DIE SCHÖNSTEN GEDICHTE

AUS ACHT JAHRHUNDERTEN

Herausgegeben von Carl Stephenson
Eingeleitet von Rudolf Hagelstange

Parkland Verlag

1998 Lizenzausgabe für Parkland Verlag, Köln

Redaktion: Monika A. Weißenberger
Satz und Layout: Bernhard Heun, Riedstadt
Umschlagentwurf: Klaus Dempel
Druck und Bindung: Mladinska knjiga, Slowenien

ISBN 3-88059-941-6

Printed in Slovenia

VOM UMGANG MIT GEDICHTEN

Die Klage, daß die Welt keinen Umgang mehr mit Gedichten pflege, ist vermutlich älter als Druckerkunst und Buchgewerbe. Dennoch wird sie unverdrossen mit dem Unterton der Reminiszenz an bessere, offenbar goldene Zeiten, also mit dem Anspruch schmerzlichster Aktualität vorgetragen: von Verlegern, von Lyrikfreunden, von den Poeten selbst. Jede neue Generation – und die lyrischen Generationen lösen einander schneller als die menschlichen ab – hegt die Überzeugung, die vorhergehende sei ungleich begünstigter gewesen, sei vor allem fleißiger gelesen worden. Jede neue Lyriker-Generation findet darum ihre engagierten Anhänger, Anwälte und Verteidiger, die der Mitwelt deutlich zu machen versuchen, wie tüchtig gerade die neue, die heranwachsende Poeten-Klasse sei und wie viel Versäumnis man auf sich lade, wenn man das übersähe. Hat die neue Klasse dann ihr Klassenziel erreicht – eine wenn auch beschränkte Lesergemeinde – und haben die Verleger ihren Anteil auf dem Altar des jungen Ruhmes geopfert, so rückt die nächste förderungswürdige Generation heran, möchte zunächst gelobt und erhoben, dann aber – wie die vorhergehende – etwas weniger erhoben und dafür mehr gelesen werden.

Man kennt die Sprüche (auf den bekanntesten spielten wir an), man kam es in Verleger- und Dichter-Korrespondenzen literaturfähigen Charakters nachlesen, man kann es von jedermann hören: es werden und wurden zu wenig Gedichte gelesen oder wenigstens gekauft. Und wenn die erste Feststellung auch des Beweises entbehrt, – die zweite kann statistisch belegt werden. Die Menschen tun sich schon recht schwer mit neuen Gedichtbänden. Während sie auf neues in der Musik, Kosmetik und Kleidermoden mit Blitzesschnelle reagieren, halten sie sich zurück, was neue, zeitgemäße oder auch moderne Gedichte betrifft. Diese Haltung oder Zurückhaltung ist für die lebenden Poeten sicherlich von Nachteil; aber sie kommt vielleicht den Überlebenden, den Vorfahren zugute. Poesie nämlich, wie sie der Leser und Liebhaber versteht, hat viel weniger mit Mode, Zeitgeist und Aktualität zu tun, als manchen recht ist. Käme es in der Poesie allein aufs Modische, auf den zeitgenössischen Akzent an, so würde sich kein Mensch mehr für Gryphius, für Hölderlin, für Goethe oder Mörike interessieren, von anderen ganz zu schweigen. (Die Literaturhistoriker sind natürlich ausgenommen.) Es kommt also offenbar auf etwas sehr Spezifisches, von zeitlichen Bedingungen Unabhängiges an: auf die *Poesie an sich*. Die Wertschätzung eines Gedichtes unterliegt vermutlich ähnlichen – keineswegs den gleichen – Gesetzen wie die der Bilder alter Meister. Daß man dieser Wertschätzung nicht sogleich inne wird, liegt wohl an der gänzlich unterschiedlichen Manipulierbarkeit dieser beiden Kunst. Gegenstände: das Bild ist und bleibt einzig und »original«; es wird sozusagen ein Schatten, ein Nichts seines Wertes, wenn es in die Vervielfaltigung eintritt. Das Gedicht dagegen bleibt – sagen wir einschränkend – »originell«, auch wenn es hunderttausendmal vervielfältigt wird. Ist der Poet siebzig Jahre tot, kann ohnehin jeder mit jedem Gedichte tun, was ihm beliebt. Ist der Maler tot, so potenzieren die Jahre seit seinem Tode den Wert seiner Arbeit. Ein Einzelner, der ein Bild Rembrandts oder Gauguins zu besitzen wünscht, muß es sich unter Umständen einige Millionen Mark oder mehr kosten lassen, während die halbe Million Menschen, die im Laufe der Zeit den ungekürzten, unverfälschten Villon, Shelley oder Trakl oder alle zusammen erwerben möchten, nur ein paar Mark dafür zu zahlen brauchen. Über diese Relationen im einzelnen nachzugrübeln, erübrigt sich. Worauf wir hinauswollen, ist folgendes:

Gedichte waren zu jeder Zeit ein höchst individueller Genuß, nie aber eine Volksnahrung. Selbst das Volkslied wurde immer von Gruppen, Eliten also oder doch bewußten Gemeinschaften gepflegt und brauchte oft ein halbes Jahrhundert, ehe es wirklich Besitz des Volkes wurde (Was leider oft mit gedankenlosem Mißbrauch, mit Abgedroschenheit gleichbedeutend ist.) Wie erst sollten das verschwebende, verwundbare Geständnis eines Hölderlin oder Mörike, die schwerwiegende Preziosität eines Rilke, die provokante Sarkastik eines Benn jedermann »geläufig« werden können! Wir entwerten das Gedicht, wenn wir von ihm erwarten, es spreche Gott und alle Welt an.

Dabei ist die Schwäche für Poesie, fürs Gedicht weitaus verbreiteter, als viele glauben. Freilich handelt es sich zunächst und zumeist um eine Vorliebe für die *eigene* Poesie. Der Verdacht ist wohl begründet, daß es weitaus mehr Lyrik-Schreiber als Lyrik-Leser auf der Welt gibt. Auf jeden Fall ist die Leidenschaft gewisser Zeitgenossen, ein Poem zu verfassen, weitaus vitaler und unabweisbarer als die Neugier und das Bedürfnis, das gelungene Gedicht eines anderen zu lesen. Ein Teil dieser »Autarken«, die das Schreiben eines schlechten oder schwachen Gedichtes dem Lesen eines guten vorziehen, mag von der dichtenden Umwelt noch in beschränktem Maße Notiz nehmen. Die eigentliche Leserschaft von Gedichten kommt aus anderen, soziologisch gar nicht erfaßbaren Schichten. Es gibt diese Leser von Gedichten auf allen Bildungsstufen, in allen Altersklassen, allen menschlichen Kategorien. Sie sind sich im Grunde durch nichts anderes einig als durch den gemeinsamen, aber höchst individuellen Umgang mit Gedichten.

Diesen Umgang mit Gedichten gibt es heute noch; es hat ihn immer gegeben; es sollte ihn – vorsichtig gesprochen – solange auch in Zukunft geben, als das Bedürfnis nach Selbst-Verständnis, nach Welt und Daseins-Interpretation, nach Erkenntnis noch spürbar ist. Die passionierten Leser von Lyrik zeichnen sich weniger durch eine Vorliebe für einen bestimmten Autor und viel mehr durch ihre Vorliebe für alles lyrische von Rang aus. Sie kennen ihre Schätze, sowohl was die Literatur ihrer Muttersprache, als auch was die ihnen zugängliche oder übertragene Weltliteratur betrifft. Sie sind – wie meist Besitzende – konservativ und gegen Neues, Revolutionäres, Modisches, Zeitgenössisches zunächst recht mißtrauisch, gelegentlich gar abweisend. Aber da sie immer im besten Sinne neugierig sind, verschließen sie sich auf die Dauer nicht der Qualität. Man kann ihnen freilich nicht mit besonderen Theorien kommen, in denen auseinandergesetzt wird, was eigentlich ein Gedicht sei und wie es nach Meinung dieses Kritikers oder jenes Poeten auszusehen habe, um Gnade zu finden. (Was die Poeten betrifft, so schreiben sie sich ihre Theorien fast immer auf den Leib beziehungsweise vom eigenen Leibe ab.) Sie finden es hübsch, wenn Goethe die Gedichte mit gemalten Fensterscheiben vergleicht; sie stimmen bei, wenn Hebbel das Dichten für ein »Gerichtstag-Halten über sich« ausgibt; sie geben Rilke recht, wenn er feststellt, daß Gedichte nicht Gefühle, sondern vor allem Erfahrungen seien; sie sehen ein, daß ein Gedicht welthaltig, ja (nach Gottfried Benn) exorbitant sein sollte; sie finden Wilhelm Lehmanns Formel, daß Dichtung der Welt zum Dasein verhelfe, ebenso schön wie wahr; ja selbst mit den Anweisungen und Regeln des außergewöhnlichen amerikanischen Dichters Ezra Pound sind sie eigentlich einverstanden. Und diese Toleranz, dieser Liberalismus, die wie Unzuständigkeit, ja Charakterlosigkeit anmuten könnten, haben gute Gründe.

Zwischen der ausholenden, narrativen Poesie eines Homer und den sentenzhaften Zweizeilern des Angelus Silesius gibt es so viele Arten und Beispiele von Dichtung und Gedichten, daß der kundige Leser gar nicht Gefahr laufen kann, irgendeinem noch so geschickten Selbstinterpreten ins Garn zu gehen. Sein häufiger Umgang mit Gedichten gibt ihm einige Urteilskraft und Sicherheit, die gleichen, die sich der Weitgereiste im Umgang mit fremden Völkern erwirbt, die ein Philatelist oder ein ernsthafter Kunstsammler besitzt. Er ist der echte Amateur, Liebhaber; und starke Liebe zu einer Sache zeitigt meist auch eine gute Dosis Sachverstand. Je länger man mit Gedichten umgeht, um so mehr erweitert sich das Phänomen Poesie. Und je mehr man es zu begreifen, festzunageln sucht (auf ein Tablett gleichsam, auf dem jeder es, fein zerlegt betrachten und zu sich nehmen kann), desto mehr entzieht es sich, weicht in sein Geheimnis zurück. Denn ein Gedicht atmet geheimnisvolle Individualität: die seines Schöpfers und seine geschöpfiche. In hundert und mehr Sprachen werden von Tausenden viele Tausende Gedichte geschrieben, Gedichte, die bestimmte Bedingungen, Erfahrungen, Zeiterscheinungen, Leidenschaften, Empfindungen, Wünsche aus oder ansprechen, und jedes einzelne (sofern es Gedicht ist) hat sein Recht und seine Stunde. Nur die unleidige deutsche Vorstellung vom Ewigkeitswert eines Gedichtes, vom »absoluten« Gedicht möchte der Poesie ein abgemessenes, überschaubares, möglichst exklusives Feld abstecken, möchte den Umgang mit Gedichten regeln, wie man mit Ampeln, Stoppschildern oder Einbahnstraßen den Verkehr regelt. Aber die Dimension, in der Dichtung wohnt und sich entfaltet, ist nicht die Waagerechte der Oberfläche, sondern die Vertikale des tiefen Himmels, der unendliche Raum der Freiheit.

Der Umgang mit Gedichten ist frei. Er kostet freilich, soll er zu Genuß und Erlebnis führen, die Mühe der Versenkung, die eben jeder selbst für sich leisten muß. Wer aber meint, es lohne den Umgang mit Gedichten nicht, weil er keinen Zugang zu ihnen habe, dem darf man versichern, daß sich der Zugang zu Gedichten am ehesten und verläßlichsten erschließt durch den Umgang mit ihnen.

Rudolf Hagelstange

Der von Kürenberg

um 1160

Ich zog mir einen Falken
Länger als ein Jahr.
Als ich gezähmt ihn hatte
Und er lieb mir war
Und ich um sein Gefieder
Goldene Zierat wand,
Da hob er sich in die Lüfte
Und flog in ein anderes Land.

Seitdem seh' ich den Falken
Schön fliegen über die Länder,
Er trägt an seinem Fuße
Seidene Bänder,
Indes im Licht seine Flügel
Golden sich dehnen.
Gott sende gnädig zusammen,
Die sich nach Liebe sehnen!

Übertragen von Wilhelm von Scholz

Ditmar von Aist

um 1140–1170

Liebster! Liebster! schläfst du
noch?
Liebster! Liebster! höre doch!
Ein Vöglein flog in die Linde vor
Tag,
Weckte mich, hör, was es singen
mag!

Ditmar von Aist

«Was weckst du mich, ich schlief
noch tief.
Nun höre ich, wie eine Stimme rief:
Waffen und Kampf, Liebe und Leid
Reiten zusammen enges Geleit.»

Da weinte die Süße, sie sah ihn an:
«All meine Freude, liebster Mann,
Sag, wann kommst du wieder zu
mir.
All meine Freude reitet mit dir.»

Übertragen von Will Vesper

Unbekannter Dichter

12. Jahrhundert

Du bist mîn, ich bin dîn:
Des solt du gewis sîn.
Du bist beslozzen

In mînem herzen;
Verlorn ist daz slüzzelîn:
Du muost immer drinne sîn.

Walther von der Vogelweide

um 1160 – um 1230

Under der linden
an der heide,
dâ unser zweier bette was,
dâ mugent ir vinden
schône beide
gebrochen bluomen unde gras.
vor dem walde in einem tal,
tandaradei,
schône sanc diu nahtegal.

Ich kam gegangen
zuo der ouwe:
do was min friedel komen ê.
da wart ich enpfangen
hêre frouwe,
daz ich bin saelic iemer mê.
kuster mich? wol tûsentstunt:
tandaradei,
seht wie rôt mir ist der munt.

Dô het er gemachet
alsô rîche
von bluomen eine bettestat.
des wirt noch gelachet
inneclîche,
kumt iemen an daz selbe pfat.
b î den rôsen er wol mac,
tandaradei,
merken wâ mirz houbet lac.

Walther von der Vogelweide

Daz er bî mir laege,
wessez iemen,
nu enwelle got'.
sô schamt ich mich.
wes er mit mir pflaege,
niemer, niemen
bevinde daz wan er und ich
und ein kleinez vogellîn:
tandaradei,
daz mac wol getriuwe sîn.

Tanzweise

«Nehmt, Herrin, diesen Kranz»,
Sprach ich jüngst zu einem
Mägdlein wunderhold,
«So zieret Ihr den Tanz
Mit den schönen Blumen, die Ihr
tragen sollt.
Hätt' ich viel Gold und Edelsteine,
Sie müßten Euch gehören,
Kann ich redlich schwören:
Vertraut mir, daß ich's ernstlich
meine.

Ihr seid so wohlgetan,
Daß ich Euch ein Kränzlein gönne
herzlich gern,
So gut ich's winden kann.

Noch viele Blumen stehen, rot und
weiße, fern,
Die weiß ich dort in jener Heide,
Wo sie gar hold entspringen
Bei der Vöglein Singen:
Da sollten wir sie brechen beide.»

Sie nahm, was ich ihr bot,
Einem Kinde gleich, dem
Freundliches geschieht.
Ihr Wänglein wurde rot
Wie die Rose, da man sie bei Lilien
sieht.

Ihr Auge schämte sich, das lichte:
Ein holdes Gegengrüßen
Ward mir von der Süßen
Und bald noch, was ich nicht
berichte.

Ich glaubte niemals mehr
Freude zu gewinnen, als ich da
besaß:
Die Blüten fielen schwer
Von den Bäumen bei uns nieder in
das Gras.
Ich war so fröhlich, daß ich lachte.
Als mich der Traum umsponnen
Hielt mit solchen Wonnen,
Da ward es Tag, und ich erwachte.

Walther von der Vogelweide

Mir ist von ihr geschehn,
Daß ich allen Mägdlein jetzt zur Sommerzeit
Muß in die Augen sehn;
Fänd' ich meine wieder: o der Seligkeit!
Wär'sie bei diesem Ringeltanze?
Ihr Frauen, habt die Güte,
Rücket auf die Hüte:
Säh' ich sie wieder unterm Kranze!

Übertragen von Karl Simrock

Wort und Tat

Nie lebte noch die Christenheit wie heut verraten,
Denn die sie lehren sollten, die sind ledig guter Taten.
's wär schon zu viel, tät nur ein Laie das:
Sie sündigen gewissenlos, drum trifft sie Gottes Haß.
Sie weisen uns den Himmel, sie, die zur Hölle fahren.
Sie sprechen, wer ihr Wort nur wollt bewahren
Und nicht ihr Werk, ging ohne Zweifel in den Himmel ein.
Es sollten die Priester reiner denn die Laien sein!

Aus welchen Büchern lernen sie
allein,
Wie man ein schönes Weib verführt
mit jungen Jahren?

Übertragen von Walter Fischel

Wolfram von Eschenbach

um 1180 – um 1230

Tagelied

WÄCHTER:
Seine Klauen durchs Wolkengrauen
Hat der Tag geschlagen,
Auf roten Himmelsschwingen
Das Licht heraufgetragen.
Des Morgens Strahlen dringen
allüberall heran.
Dunkel ist nur noch im Hof und in
Ecken.
Im Frauengemach den
glückseligen Mann
Will ich mit meinem Hornruf
wecken,
Daß unbemerkt er enteilen kann.

HERRIN:
Wächter von hinnen!
Dein Ruf von den Zinnen
Bringt mir Verdruß,
Raubt mir des Liebsten Umarmung
und Kuß.

Wolfram von Eschenbach

Mußt du immer im Dämmergrauen
Mir armen Frauen
Stören das Glück?!
Schweige! Er schlummert, er lächelt im Traume.
Weiche zurück
An des Turmdachs schwindligem Saume!
Laß mir mein Glück!

Wächter:
Er darf nicht säumen!
Aus seinen Träumen,
Herrin, muß ihn wecken mein Ruf.
Noch mag in Bergwaldes Hallen
Unbelauscht von Spähern der Huf
Seines Rosses verschallen.
Dein Ritter baut auf meine Wacht,
Um unbefehdet zu entweichen.
Wie könnt' er sonst für neue Nacht
Wieder die minnige Feste erschleichen?
Ich stoße ins Horn. Herr Ritter, erwacht!

Der Dichter:
Da schoß hell der Tag
Durchs Fenster den leuchtenden Blick,
Wo Liebe bei Liebe lag.

Die Herrin bog sich erschreckend zurück
Vor den Strahlen des Lichts.
In Weh dann und Lust
Drückt sie Kopf und Brüstchen an Mannes Brust,
Will nicht hören des Hornrufs Ton.
Es half ihr nichts.
Gab der Liebste auch süßesten Minnelohn,
Er glühte in Tag und Abschied schon.

Übertragen von Wilhelm von Scholz

Neidhart von Reuental

um 1200 – um 1250

Die beiden Gespielinnen

Ich sah noch nie die Heide
So schöngestalt,
Zu lichter Augenweide
Den grünen Wald.
Daran erkennen wir den Maien.
Ihr Mädchen, springt zu zweien
Zu dieser heitern Sommerszeit
Mit frohem Mut den Reihen!

Neidhart von Reuental

Es loben viele Zungen
Den Mai mit Schall.
Die Blümlein sind entsprungen
Allüberall,
Wo man vorher keine konnte
fnden.
Voll Laubes stehn die Linden.
Es hebt sich an, wie ihr vernahmt,
Ein Tanz von hübschen Kinden.

Die ihr fremd dem Leide
Und freudenreich,
Ihr minniglichen Maide,
Nun machet euch
Schmuck, so daß es euch die
Bayern danken,
Die Schwaben und die Franken,
Und schnüret euch das Hemde
weiß
Mit Seide an den Flanken!

«Wem soll mein Schmuck gefallen?
Ich träume», sprach ein Kind,
«Da die Jungmänner alle
Verschlafen sind.
Freud und Ehr sind nirgends mehr
lebendig,
Die Männer unbeständig;
Zu werben um ein liebend Weib
Hält keiner für notwendig!»
«Die Worte sollten dich reuen»,

Sprach ihr Gespiel.
«Das Altern wird uns freuen
Gibt's doch noch viel
Männer, die gern dienen guten
    Weiben!
Drum laß solche Reden bleiben!
Ich weiß, daß einer um mich wirbt,
Der Trauern kann vertreiben.»

«Den mußt du mir zeigen.
Wie er mir behage!
Der Gürtel sei dein eigen
Hier, den ich trage!
Dafür sollst du den Tugendlichen
    nennen,
Den Freier mich lassen kennen:
Heut nacht träumt ich, du
    wünschtest dir,
Dich bald von uns zu trennen.»

«Der, den alle nennen
Von Reuental
Und seine Lieder kennen
Wohl überall,
Der ist mir hold. Daß ihn mein
    Dank erfreute!
Um seinetwillen heute
Will ich mich schnüren schön!
    Wohlan
Schon klingt das Non-Geläute!

Übertragen von A. Seebass

Ulrich von Lichtenstein

1227 – 1271

Mailied

In dem Walde süße Töne
Singen kleine Vögelein;
An der Heide blühen schöne
Blumen in des Maien Schein.
Also blüht mein hoher Mut,
Wenn er denkt an ihre Güte,
Die mir reich macht mein Gemüte,
Wie der Traum den Armen tut.

Hoffnung hat auf hohe Dinge
Die Erwartung mir gestellt,
Daß mir noch an ihr gelinge,
Süßes Los mir einst noch fällt.
Der Erwartung freu ich mich:
Gebe Gott, daß ich's beende,
Daß sie mir den Wahn nicht wende,
Der mich freut so inniglich.

Oswald von Wolkenstein

1367 – 1445

Wohlauf, wir wollen schlafen!
Hausknecht, entzünd ein Lichtel,
Denn es ist an der Zeit,
Daß wir uns nicht vergaffen,
Der letzte tut uns leid.
Wenn Laien, Mönch und Pfaffen
Zu unsern Weibern stapfen,
Hüb sich ein böser Streit.

Hebt auf und laßt uns trinken,
Daß wir nicht also scheiden
Von diesem guten Wein.
Und lähmt er uns die Schinken,
So muß er doch hinein!
Herr Becher, laßt Euch winken!
Ob wir zu Bett auch hinken
Das ist nur kleine Pein.

Nun schleichen wir zur Türen,
Seht zu, daß wir nicht wanken
Mit ungleich schwankem Tritt!
Daß wir ums nicht verirren,
Herr Wirt, Ihr haltet mit!
Wir lassen Euch's nicht spüren,
So ihr Euch werd't aufführen
Nach polenländscher Sitt.

Her tragt den Fürsten leise,
Damit er uns nicht falle
Auf Gottes Erdenreich.
Sein Lob ich immer preise,
Er macht uns freudenreich.
Je eins dem andern weise!
Wirt, rutsch nicht auf dem Eise,
Wo's geht zu wenig gleich.

Zum Schlafen woll'n wir walzen.
Nun fragt das Hausdirnlein,
Ob es gebettet sei.
Das Kraut hat sie versalzen,

Oswald von Wolkenstein
Ins Hochdeutsche übertragen

Dazu den guten Brei.
Soll'n wir mit ihr drum kalzen?
Es war auch nicht geschmalzen;
So gab's der Schäden drei.

Unbekannter Dichter

um 1500

Innsbruck, ich muß dich lassen

Innsbruck, ich muß dich lassen,
Ich fahr dahin mein Straßen,
In fremde Land dahin.
Mein Freud ist mir genommen,
Die ich nit weiß bekommen,
Wo ich im Elend bin.

Groß Leid muß ich jetzt tragen,
Das ich allein tu klagen
Dem liebsten Buhlen mein,
Ach Lieb, nun laß mich Armen
Im Herzen dein erbarmen,
Daß ich muß dannen sein!

Mein Trost ob allen Weiben,
Dein tu ich ewig bleiben,
Stet, treu, der Ehren fromm,
Nun muß dich Gott bewahren,
In aller Tugend sparen,
Bis daß ich wiederkomm.

Ulrich von Hutten

1488 – 1523

Ich hab's gewagt mit Sinnen
Und trag deß noch kein Reu,
Mag ich nit dran gewinnen –
Noch muß man spüren Treu!
Damit ich mein':
Nit ein'm allein;
Wenn man es wollt erkennen:
Dem Land zugut!
Wiewohl man tut
Ein' Pfaffenfeind mich nennen.

Da laß ich jeden lügen
Und reden, was er will;
Hätt' Wahrheit ich verschwiegen,
Mir wären Hulder viel:
Nun hab' ich's g'sagt,
Bin drum verjagt,
Das klag' ich allen Frommen,
Wiewohl noch ich
Nit weiter flich;
Vielleicht werd' wieder kommen.

Um Gnad' will ich nit bitten,
Dieweil ich bin ohn' Schuld;
Ich hätt' das Recht gelitten;
So hindert Ungeduld,
Daß man mich nit Nach alter Sitt'
Zu G'hör hat kommen lassen;
Vielleicht will's Gott
Und zwingt sie Not,
Zu handeln diesermaßen.

Ulrich von Hutten

Nun ist oft diesergleichen
Geschehen auch hievor,
Daß einer von den Reichen
Ein gutes Spiel verlor.
Oft große Flamm'
Von Fünklein kam;
Wer weiß, ob ich's werd' rächen!
Steht's schon im Lauf,
So setz' ich drauf:
Muß gehen oder brechen!

Daneben mich zu trösten
Mein gut Gewissen hab',
Daß keiner von den Bös'ten
Mir Ehr' mag brechen ab,
Noch sagen, daß
Auf einig'maß
Ich anders sei gegangen
Denn Ehren nach.
Hab' diese Sach,
In Gutem angefangen.

Will nun ihr selbst nit raten
Dies' fromme Nation,
Ihr's Schaden sich ergatten,
Wie ich's vermahnet han,
So ist's mir leid.
Hiemit ich scheid';

Will mengen baß die Karten.
Bin unverzagt,
Ich hab's gewagt
Und will des End's erwarten.

Ob dann mir noch tut denken
Der Courtisanen List:
Ein Herz laßt sich nit kränken,
Das rechter Meinung ist;
Ich weiß noch viel,
Woll'n auch ins Spiel
Und sollten drüber sterben:
Auf, Landsknecht gut!
Und Reiters Mut!
1521 Laßt Hutten nit verderben!

Hans Sachs

Der Koch mit dem Kranich

1494 – 1576

Hört, zu Florenz ein Ritter saß,
Der ein bewährter Weidmann was
Und mit dem Federspiel umstrich.
Einst fing er einen Kranich sich
Und seinem Koch den anbefahl,
Daß er ihn briete zum Abendmahl.
Dem Rittersmann und seinen
Gästen
Bereitete der Koch zum besten

Den Kranich, tat Wurzelwerk daran
Und briet den feisten Braten dann.
Bald strömte aus der Küch' heraus
Der Bratenduft durch Gass' und Haus.
In dem des Koches Buhlschaft kam
Und bat den Koch ohn' alle Scham,
Einen Kranichschenkel ihr zu schenken.
Der sprach: «Da ließ der Herr mich henken;
Geh hin, ich geb' kein Stückchen dir.»
Sie sprach: «Versagst du die Bitte mir,
So ist es aus mit dir und mir.»
Da gab er einen Schenkel ihr.
Als man den Kranich trug zu Tisch,
Wollt' ihn der Herr zerlegen frisch.
Da hatt' der Kranich nur ein Bein.
Gleich fordert' er den Koch herein
Und sagt' ihm ernst, daß er erkläre,
Wo der eine Schenkel geblieben wäre.
Der Koch vermochte nichts zu sagen
Und tät die Augen niederschlagen
Und sprach: «Gestrenger Herre mein,
Ein Kranich hat doch nur ein Bein.»
Mit Zümen sprach der Ritter da:

«Meinst du, daß ich noch keinen
sah?»
Der Koch beschwor, es wäre wahr,
Er wollt' das Ding beweisen klar,
So sprach der Koch aus großen
Sorgen.
Der Ritter sprach: «Das sollst du
morgen!
Wenn du das nicht beweisen tust,
Am nächsten Baum du hängen
mußt.»
Kein Schlaf des Nachts dem Koche
ward,
Ihm bangt', der Herr bestraft' ihn
hart. –
Früh ritten sie zu einem See,
Wo Kraniche man traf von je.
Als sie dem Wasser kamen nah,
Zwölf Kraniche wohl der Koch
ersah;
Ein jeder stand auf einem Bein.
Die zeigt' er gleich dem Herren sein
Und sprach: «Jetzt seht die
Wahrheit an!»
Der Herr lief dicht an sie heran,
Hob auf die Händ und schrie: «hu,
hu!»
Und schreckte sie aus ihrer Ruh.
Schnell zog ein jeder noch hervor
Ein Bein und gleich die Flucht
erkor.

Hans Sachs

«Wer hat nun recht?» so sprach der Ritter.
Da sprach der Koch und schluchzte bitter:
«Herr, hättet gestern Ihr gemacht
Auch einen solchen Lärm, hervorgebracht
Hätt auch der Braten ein zweites Bein,
Des dürft Ihr fest versichert sein.
Ihr seht, es ist nicht meine Schuld.»
Durch dieses Wort erlangt' er Huld;
Der Herr mußt' seiner Einfalt lachen.
So wird oft Scherz aus ernsten Sachen,
Wo man erst fürchtet, daß erwachs'
Unheil daraus, so spricht Hans Sachs.

Der schwere Traum

Unbekannter Dichter

um 1600

Ich hab die Nacht geträumet
Wohl einen schweren Traum;
Es wuchs in meinem Garten
Ein Rosmarienbaum.

Ein Kirchhof war der Garten,
Ein Blumenbeet das Grab,
Und von dem grünen Baume
Fiel Kron und Blüte ab.

Die Blätter tät ich sammeln
In einen goldnen Krug,
Der fiel mir aus den Händen,
Daß er in Stücke schlug.

Draus sah ich Perlen rinnen
Und Tröpflein rosenrot.
Was mag der Traum bedeuten?
Ach Liebster, bist du tot?

Unbekannter Dichter

um 1600

Wie schön blüht uns der Maien,
Der Sommer fährt dahin,
Mir ist ein schön Jungfräulein
Gefallen in meinen Sinn
Bei ihr da wär mir wohl,
Wann ich nur an sie denke,
Mein Herz ist freudenvoll.

Wenn ich des Nachts lieg schlafen,
Mein Feinslieb kommt mir für,
Wenn ich alsdann erwache,
Bei mir ich niemand spür;

Unbekannter Dichter

Bringt meinem Herzen Pein,
Wollt Gott, ich sollt ihr dienen.
Wie möcht mir baß gesein.

Bei ihr, da wär ich gerne,
Bei ihr, da wär mirs wohl;
Sie ist mein Morgensterne,
Strahlt mir ins Herz so voll.
Sie hat ein roten Mund,
Sollt ich sie darauf küssen,
Mein Herz würd mir gesund.

Ich werf mit Rosenblättern
In Liebchens Fenster ein:
«Ei, schlafe oder wache,
Ich möchte bei dir sein!»
Das Fensterlein steht auf
Wie bei dem Vogelsteller,
Ich wag mich nicht hinauf.

Wollt Gott, ich fänd im Garten
Drei Rosen auf einem Zweig,
Ich wollte auf sie warten,
Ein Zeichen wärs mir gleich;
Das Morgenrot ist weit,
Es streut schon seine Rosen,
Ade, mein schöne Maid.

Unbekannter Dichter

um 1600

Jungbrunnen

Bei meines Buhlen Haupte
Da steht ein güldner Schrein,
Dahinter liegt verschlossen
Das junge Herze mein.
Wollt Gott, ich hätt den Schlüssel,
Ich würf ihn in den Rain.
Wär ich bei meinem Buhlen,
Wie möcht mir besser sein.

Bei meines Buhlen Füßen
Da fließt ein Brünnlein kalt,
Und wer des Brünnlein trinket,
Der jungt und wird nit alt;
Ich hab des Brünnlein trunken
So manchen stolzen Trunk,
Viel lieber wollt ich küssen
Meines Buhlen roten Mund.

In meines Buhlen Garten
Da stehn zwei Bäumelein,
Das ein das trägt Muskaten
Das andre braun Nägelein.
Muskaten, die sind süße,
Die Nägelein, die sind räß,
Die geb ich meinem Buhlen,
Daß er mein nicht vergeß.

Unbekannter Dichter

um 1600

Der liebste Buhle

Der liebste Buhle, den ich han,
Der leit beim Wirt im Keller.
Er hat ein hölzens Röcklein an
Und heißt der Muskateller.
Er hat mich nechten trunken
gmacht
Und fröhlich heut den ganzen Tag.
Gott geb ihm heint ein gute Nacht!

Von diesem Buhlen, den ich mein,
Will ich dir bald eins bringen.
Es ist der allerbeste Wein,
Macht mich lustig zu singen.
Frischt mir das Blut, gibt freien
Mut,
Als durch sein Kraft und
Eigenschaft.
Nu grüß dich Gott, mein Rebensaft!

Martin Opitz

1597 – 1639

Ach, Liebste, laß uns eilen,
Wir haben Zeit!
Es schadet das Verweilen
Uns beiderseit.

Der edlen Schönheit Gaben
Fliehn Fuß für Fuß,
Daß alles, was wir haben,
Verschwinden muß.

Der Wangen Zier verbleichet,
Das Haar wird greis,
Der Augen Feuer weichet,
Die Brunst wird Eis.

Das Mündlein von Korallen
Wird ungestalt,
Die Händ' als Schnee verfallen,
Und du wirst alt.

Drum laß uns jetzt genießen
Der Jugend Frucht,
Eh' denn wir folgen müssen
Der Jahre Flucht.

Wo du dich selber liebest,
So liebe mich.
Gib mir, daß, wann du gibest,
Verlier' auch ich.

Martin Opitz

Trinklied

Ich empfinde fast ein Grauen,
Daß ich, Plato, für und für
Bin gesessen über dir;
Es ist Zeit, hinauß zu schauen
Und sich bey den frischen Quellen
In dem Grünen zu ergehn,
Wo die schönen Blumen stehn
Und die Fischer Netze stellen.

Worzu dienet das Studieren
Als zu lauter Ungemach?
Unter dessen laufft die Bach
Unsers Lebens, das wir führen,
Ehe wir es inne werden,
Auff ihr letztes Ende hin,
Dann kömpt ohne Geist und Sinn
Dieses alles in die Erden.

Holla, Junger, geh' und frage,
Wo der beste Trunck mag seyn;
Nimb den Krug und fülle Wein!
Alles Trauren, Leid und Klage,
Wie wir Menschen täglich haben,
Eh uns Clotho fort gerafft,
Will ich in den süßen Saft,
Den die Traube gibt, vergraben.

Kauffe gleichfals auch Melonen
Und vergieß deß Zuckers nicht;
Schaue nur, daß nichts gebricht.
Jener mag der Heller schonen,
Der bey seinem Gold' und Schätzen
Tolle sich zu krencken pflegt
Und nicht satt zu Bette legt;
Ich wil, weil ich kan, mich letzen.

Bitte, meine gute Brüder,
Auff die Music und ein Glaß!
Kein Ding schickt sich, dünckt
  mich, baß
Als ein Trunck und gute Lieder.
Laß ich schon nicht viel zu erben,
Ey, so hab ich edlen Wein;
Wil mit andern lustig seyn,
Wann ich gleich allein muß
  sterben.

1624

Friedrich von Logau

1604–1655

Die unartige Zeit

Die Alten konnten freilich singen
Von tapfern, deutschen Heldendingen,
Die ihre Väter ausgeübet.
Wo Gott noch uns je Kinder gibet,
Die werden unsrer Zeit Beginnen
Beheulen können, nicht besingen.

Das höchste Gut

Zum höchsten Gut in dieser Welt
Wählt jeder, was ihm selbst gefällt.
Gar im Schoß sitzt der dem Glücke,
Dem gegeben sind vier Stücke.
Ein gütig Gott,
Ein liebes Weib,
Ein frischer Leib,
Ein selig Tod.

Geizhals

Den Geizhals und ein fettes Schwein
Schaut man im Tod erst nützlich sein.

Trauen

Einem trauen ist genug;
Keinem trauen ist nicht klug;
Doch ist's besser, keinem trauen,
Als auf gar zu viele bauen.

Der fürnehmste Kummer

Für den Bauch und für den Kasten
Trägt man alles Kummers Lasten.

Zorn-Urteil

Wo der Zorn den Richter macht,
hat Gerechter schon verspielt,
Weil der Zorn nicht auf das Recht,
sondern auf die Rache zielt.

Göttliche und christliche Liebe

Wo es Gottes Liebe meinte, wie es
Christen-Liebe meint,
Wundert mich, daß einen Blick
über uns die Sonne scheint.

Friedrich von Logau

Die Gelegenheit

Es mangelt nie Gelegenheit, was
Gutes zu verrichten.
Es mangelt nie Gelegenheit, was
Gutes zu vernichten.

Steuer

Wenn so oft an Gott man dächte,
Als man an die Steuer denkt,
Wär' uns, glaub' ich, längst
zurechte
Fried und Ruh' von Gott geschenkt.

Jungfern-Tränen

Ein Wasser ist mir kund, das den,
der drein nur blickt,
Mehr als der stärkste Wein in
Unvernunft verzückt:
Der Liebsten Tränen sind's, die oft
den klügsten Mann
Betören, daß er Schwarz von Weiß
nicht sondern kann.

Geld

Wozu ist Geld doch gut?
Wers nicht hat, hat nicht Mut;
Wers hat, hat Sorglichkeit;
Wers hat gehabt, hat Leid.

Flüchtige Zeit

Wer die Zeit verklagen will, daß so
 zeitlich sie verraucht,
Der verklage sich nur selbst, daß er
 sie nicht zeitlich braucht.

Der Tod

Der Tod ist unser Vater, von dem
 uns neu empfängt
Die Erde, unsre Mutter, und uns in
 ihr vermengt;
Wann nun der Tag wird kommen,
 und da wird sein die Zeit,
Gebiert uns diese Mutter zur Welt
 der Ewigkeit.

Friedrich von Logau

Weiber-Verheiß

Wer einen Aal beim Schwanz und
Weiber faßt bei Worten,
Wie feste der auch hält, hält nichts
an beiden Orten.

Begierden

Menschen sind wie Pferde, die zu
allen Zeiten
Mit dem schärfsten Sporne die
Begierden reiten.

Erbarmen und Barmherzigkeit

Eines andern Pein empfinden,
heißet nicht barmherzig sein;
Recht barmherzig sein, will heißen:
wenden eines andern Pein.

Ein unruhig Gemüt

Ein Mühlstein und ein
Menschenherz wird stets
herumgetrieben;
Wo beides nicht zu reiben hat, wird
beides selbst zerrieben.

Glauben

Luthrisch, Päpstisch und Calvinisch,
diese Glauben alle drei
Sind vorhanden; doch ist Zweifel,
wo das Christentum denn sei.

Simon Dach

1605 – 1659

Ännchen von Tharau

Ännchen von Tharau ist's die mir
gefällt,
Sie ist mein Leben, mein Gut und
mein Geld.

Ännchen von Tharau hat wieder
ihr Herz
Auf mich gerichtet in Lieb' und in
Schmerz;

Ännchen von Tharau, mein
Reichtum, mein Gut! –
Du, meine Seele, mein Fleisch und
mein Blut!

Käm' alles Wetter gleich auf uns zu
schlahn,
Wir sind gesinnet, beieinander zu
stahn;

Simon Dach

Krankheit, Verfolgung, Betrübnis und Pein
Soll unsrer Liebe Verknotigung sein.

Recht als ein Palmenbaum höher sich richt',
Je mehr ihn Hagel und Regen anficht,

So wird die Lieb' in uns mächtig und groß
Durch Kreuz, durch Leiden, durch allerlei Not.

Würdest du gleich einmal von mir getrennt,
Lebtest da, wo man die Sonne kaum kennt;

Ich will dir folgen durch Wälder, durch Meer,
Durch Eis, durch Eisen, durch feindliches Heer!

Ännchen von Tharau, mein Licht, meine Sonn'! –
Mein Leben schließ' ich um deines herum!

Was ich gebiete, wird von dir getan,

Was ich verbiete, das läßt du mir
stahn.

Was hat die Liebe doch für ein'
Bestand,
Wo nicht Ein Herz ist, Ein Mund,
Eine Hand?

Wo man sich peiniget, zanket und
schlägt,
Und gleich den Hunden und Katzen
beträgt?

Ännchen von Tharau, das woll'n
wir nicht tun;
Du bist mein Täubchen, mein
Schäfchen, mein Huhn.

Was ich begehre, ist lieb dir und
gut,
Ich lass' den Rock dir, du läßt mir
den Hut!
Dies ist uns, Ännchen, die süßeste
Ruh',
Ein Leib und Seele wird aus Ich
und Du.

Dies macht das Leben zum
himmlischen Reich,
Durch Zanken wird es der Hölle
gleich.

Übertragen von Johann Gottfried Herder

Simon Dach **Freundschaft**

Der Mensch hat nichts so eigen,
So wohl steht ihm nichts an,
Als daß er Treu erzeigen
Und Freundschaft halten kann;
Wann er mit seinesgleichen
Soll treten in ein Band,
Verspricht sich nicht zu weichen
Mit Herzen, Mund und Hand.

Die Red ist uns gegeben,
Damit wir nicht allein
Für uns nur sollen leben
Und fern von Leuten sein;
Wir sollen uns befragen
Und sehn auf guten Rat,
Das Leid einander klagen,
So uns betreten hat.

Was kann die Freude machen,
Die Einsamkeit verhehlt?
Das gibt ein duppelt Lachen,
Was Freunden wird erzehlt;
Der kann sein Leid vergessen,
Der es von Herzen sagt;
Der muß sich selbst auffressen,
Der in geheim sich nagt.

Gott stehet mir vor allen,
Die meine Seele liebt:
Dann soll mir auch gefallen,

Der mir sich herzlich gibt:
Mit diesen Bunds-Gesellen
Verlach ich Pein und Not.
Geh auf dem Grund der Hellen
Und breche durch den Tod.

Ich hab, ich habe Herzen,
So treue, wie gebührt,
Die Heuchelei und Scherzen
Nie wissentlich berührt!
Ich bin auch ihnen wieder
Von Grund der Seele hold,
Ich lieb euch mehr, ihr Brüder,
Als aller Erden Gold.

Mai-Liedchen

Komm, Dorinde, laß uns eilen,
nimm der Zeiten Güt in acht!
Angesehen, daß Verweilen
selten großen Nutz gebracht,
aber weislich fortgesetzt,
hat so manches Paar ergetzt.

Wir sind in den Frühlingsjahren,
laß uns die Gelegenheit
vorn ergreifen bei den Haaren,
sehn auf diese Maienzeit,
da sich Himmel, See und Land
knüpfen in ein Heiratband.

Simon Dach

Wenn sich die Natur verjünget,
liegt in Liebe krank und wund,
alles sich zu nehmen zwinget,
tut sie frei dem Menschen kund:
Daß sich Er, die kleine Welt,
billig nach der großen hält.

Still zu sein von Feld und Büschen,
von dem leichten Heer der Luft,
da sich jedes will vermischen,
jedes seinesgleichen ruft,
hört man in den Wäldern nicht,
wie sich Baum und Baum
bespricht?

An den Birken, an den Linden
und den Eichen nimmt man wahr,
wie sich Äst in Äste binden,
alles machet offenbar
durch das Rauschen, so es übt,
daß es sei, wie wir, verliebt.

Lust betrübt, die man verscheubet.
Dieser Eifer, dieser Brand,
diese Jugend, so uns treibet,
hat nicht ewig den Bestand,
zeigt sich wind- und vogelleicht,
ist geflügelt, kömmt und weicht.

Johannes Rist

1607 – 1667

Auf die nunmehr angekommene kalte Winterszeit

Der Winter hat sich angefangen,
Der Schnee bedeckt das ganze
Land,
Der Sommer ist hinweggegangen,
Der Wald hat sich in Reif verwandt.

Die Wiesen sind von Frost
versehret,
Die Felder glänzen wie Metall,
Die Blumen sind in Eis verkehret,
Die Flüsse stehn wie harter Stahl.

Wohlan, wir wollen von uns jagen
Durchs Feu'r das kalte Winterleid,
Kommt, laßt uns Holz zum Herde
tragen
Und Kohlen dran, jetzt ist es Zeit.

Laßt uns den Fürnewein hergeben
Dort unten aus dem großen Faß,
Das ist das rechte Winterleben:
Ein heiße Stub und kühles Glas.

Wohlan, wir wollen musizieren
Bei warmer Luft und kühlem Wein,
Ein ander mag sein Klagen führen,
Den Mammon nie läßt fröhlich
sein.

Johannes Rist

Wir wollen spielen, scherzen, essen,
Solang uns noch kein Geld gebricht,
Doch auch der Schönsten nicht vergessen,
Denn wer nicht liebt, der lebet nicht.

Wir haben dennoch g'nug zu sorgen,
Wann nun das Alter kommt heran,
Es weiß doch keiner, was ihm morgen
Noch vor ein Glück begegnen kann.

Drum will ich ohne Sorge leben,
Mit meinen Brüdern fröhlich sein,
Nach Ehr und Tugend tu ich streben,
Den Rest befehl ich Gott allein.

Unbekannter Dichter

um 1650

Willst du dein Herz mir schenken,
So fang es heimlich an,
Daß unser beider Denken
Niemand erraten kann.
Die Liebe muß bei beiden
Allzeit verschwiegen sein,
Drum schließ die größten Freuden
In deinem Herzen ein.

Behutsam sei und schweige
Und traue keiner Wand,
Lieb innerlich und zeige
Dich außen unbekannt.
Kein' Argwohn mußt du geben,
Verstellung nötig ist,
Genug, daß du, mein Leben,
Der Treu versichert bist.

Begehre keine Blicke
Von meiner Liebe nicht.
Der Neid hat viele Tücke
Auf unsern Bund gericht'.
Du mußt die Brust verschließen,
Halt deine Neigung ein,
Die Lust, die wir genießen,
Muß ein Geheimnis sein.

Zu frei sein, sich ergehen,
Hat oft Gefahr gebracht
Man muß sich wohl verstehen,
Weil ein falsch Auge wacht,

Unbekannter Dichter

Du mußt den Spruch bedenken,
Den ich vorher getan:
Willst du dein Herz mir schenken,
So fang es heimlich an.

Unbekannter Dichter

um 1650

Wiegenlied

Da droben auf dem Berge, da
wehet der Wind,
Da sitzet Maria und wieget ihr
Kind.

Sie wiegt es mit ihrer schlohweißen
Hand,
Dazu braucht sie kein Wiegenband.

«Ach Josef, liebster Josef mein,
Ach hilf mir wiegen mein
Kindelein!»

«Wie soll ich dir denn dein Kindlein
wiegen,
Ich kann ja kaum selber den Finger
biegen!»

Auf dem Berge, da wehet der Wind,
Da wieget Maria ihr Kind.

Paul Gerhardt **Nun ruhen alle Wälder**

1607 – 1676

Nun ruhen alle Wälder,
Vieh, Menschen, Städt' und Felder
Es schläft die ganze Welt;
Ihr aber, meine Sinnen,
Auf, auf, ihr sollt beginnen,
Was eurem Schöpfer wohl gefällt.

Wo bist du, Sonne, blieben?
Die Nacht hat dich vertrieben.
Die Nacht, des Tages Feind.
Fahr hin, ein andre Sonne,
Mein Jesus, meine Wonne,
Gar hell in meinem Herzen scheint.

Der Tag ist nun vergangen,
Die güldnen Sternlein prangen
Am blauen Himmelssaal;
Also werd ich auch stehen,
Wann mich wird heißen gehen
Mein Gott aus diesem Jammertal.

Der Leib eilt nun zur Ruhe.
Legt ab das Kleid und Schuhe,
Das Bild der Sterblichkeit.
Die zieh ich aus, dagegen
Wird Christus mir anlegen
Den Rock der Ehr' und
Herrlichkeit.

Paul Gerhardt

Das Haupt, die Füß und Hände
Sind froh, daß nun zum Ende
Die Arbeit kommen sei:
Herz, freu dich, du sollst werden
Vom Elend dieser Erden
Und von der Sünden Arbeit frei.

Nun geht, ihr matten Glieder,
Geht hin und legt euch nieder,
Der Betten ihr begehrt;
Es kommen Stund und Zeiten,
Da man euch wird bereiten
Zur Ruh ein Bettlein in der Erd.

Mein Augen stehn verdrossen,
Im Hui sind sie geschlossen;
Wo bleibt dann Leib und Seel?
Nimm sie zu Deinen Gnaden,
Sei gut für allen Schaden,
Du Aug und Wächter Israel!

Breit aus die Flügel beide,
O Jesus, meine Freude,
Und nimm dein Küchlein ein!
Will Satan mich verschlingen,
So laß die Englein singen:
Dies Kind soll unverletzet sein!

Auch euch, ihr meine Lieben,
Soll heinte nicht betrüben
Ein Unfall noch Gefahr!

Gott laß euch ruhig schlafen,
Stell euch die güldnen Waffen
1648 Ums Bett und seiner Engel Schar.

Sommergesang

Geh aus, mein Herz, und suche Freud
In dieser lieben Sommerzeit
An deines Gottes Gaben;
Schau an der schönen Gärten Zier,
Und siehe, wie sie mir und dir
Sich ausgeschmücket haben.

Die Bäume stehen voller Laub,
Das Erdreich decket seinen Staub
Mit einem grünen Kleide.
Narzissus und die Tulipan,
Die ziehen sich viel schöner an,
Als Salomonis Seide.

Die Lerche schwingt sich in die Luft,
Das Täublein fleugt aus seiner Kluft
Und macht sich in die Wälder;
Die hochbegabte Nachtigall
Ergötzt und füllt mit ihrem Schall
Berg, Hügel, Tal und Felder.

Paul Gerhardt

Die Glucke führt ihr Völklein aus,
Der Storch baut und bewohnt sein
 Haus,
Das Schwälblein speist die Jungen,
Der schnelle Hirsch, das leichte
 Reh
Ist froh und kömmt aus seiner Höh
Ins tiefe Gras gesprungen.

Die Bächlein rauschen in dem Sand
Und malen sich um ihren Rand
Mit schattenreichen Myrten,
Die Wiesen liegen hart dabei
Und klingen ganz vom
 Lustgeschrei
Der Schaf und ihrer Hirten.

Die unverdroßne Bienenschar
Zeucht hin und her, sucht hier und
 dar
Ihr edle Honigspeise,
Des süßen Weinstocks starker Saft
Gewinnet täglich neue Kraft
In seinem schwachen Reise.

Der Weizen wächset mit Gewalt,
Darüber jauchzet jung und alt,
Und rühmt die große Güte
Des, der so überflüssig labt
Und mit so manchem Gut begabt
Das menschliche Gemüte.

Ich selbsten kann und mag nicht
ruhn,
Des großen Gottes großes Tun
Erweckt mir alle Sinnen:
Ich singe mit, wenn alles singt,
Und lasse, was dem Höchsten klingt,
Aus meinem Herzen rinnen.

Ach, denk ich, bist Du hie so schön,
Und läßt Du's uns so lieblich sehn
Auf dieser armen Erden,
Was will doch wohl nach dieser
Welt
Dort in dem reichen Himmelszelt
Und güldnen Schlosse werden?

Welch hohe Lust, welch heller
Schein
Wird wohl in Christi Garten sein?
Wie muß es da wohl klingen,
Da so viel tausend Seraphim
Mit unverdroßnem Mund und
Stimm
Ihr Allelujah singen?

O wär ich da! O stünd ich schon,
Ach, süßer Gott! vor Deinem Thron
Und trüge meine Palmen!
So wollt ich nach der Engel Weis
Erhöhen Deines Namens Preis
Mit tausend schönen Psalmen.

Paul Gerhardt

Doch will ich gleichwohl, weil ich noch
Hier trage dieses Leibes Joch,
Auch nicht gar stille schweigen,
Mein Herze soll sich fort und fort
An diesem und an allem Ort
Zu Deinem Lobe neigen.

Hilf mir und segne meinen Geist
Mit Segen, der vom Himmel fleußt,
Daß ich Dir stetig blühe!
Gib, daß der Sommer meiner Gnad
In meiner Seelen früh und spat
Viel Glaubensfrücht erziehe.

Mach in mir Deinem Geiste Raum,
Daß ich Dir werd ein guter Baum,
Und laß mich wohl bekleiden;
Verleihe, daß zu Deinem Ruhm
Ich Deines Gartens schöne Blum
Und Pflanze möge bleiben.

Erwähle mich zum Paradeis
Und laß mich bis zur letzten Reis
An Leib und Seele grünen:
So will ich Dir und Deiner Ehr
Allein und sonsten keinem mehr
Hier und dort ewig dienen.

1656

Paul Fleming

1609 – 1640

Elschens treues Herze

Ein getreues Herze wissen,
Hat des höchsten Schatzes Preis.
Der ist selig zu begrüßen,
Der ein treues Herze weiß.
Mir ist wohl bei höchstem
Schmerze,
Denn ich weiß ein treues Herze.

Läuft das Glücke gleich zuzeiten
Anders, als man will und meint,
Ein getreues Herz hilft streiten,
Wider alles, was ist feind.
Mir ist wohl bei höchstem Schmerze,
Denn ich weiß ein treues Herze.

Sein Vergnügen steht alleine
In des andern Redlichkeit.
Hält des andern Not für seine.
Weicht nicht auch bei böser Zeit.
Mir ist wohl bei höchstem Schmerze,
Denn ich weiß ein treues Herze.

Gunst, die kehrt sich nach dem
Glücke:
Geld und Reichtum, das zerstäubt.
Schönheit läßt uns bald zurücke.
Ein getreues Herze bleibt.
Mir ist wohl bei höchstem Schmerze,
Denn ich weiß ein treues Herze.

Paul Fleming

Eins ist da sein und geschieden.
Ein getreues Herze hält.
Gibt sich allezeit zufrieden.
Steht auf, wenn es niederfällt.
Ich bin froh bei höchstem Schmerze,
Denn ich weiß ein treues Herze.

Nichts ist Süßers als zwei Treue,
Wenn sie eines worden sein.
Dies ist's, das ich mich erfreue.
Und sie gibt ihr Ja auch drein.
Mir ist wohl bei höchstem Schmerze,
Denn ich weiß ein treues Herze.

Arie

O liebliche Wangen,
Ihr macht mir Verlangen,
Dies Rote, dies Weiße
Zu schauen mit Fleiße!
Und dies nur alleine
Ist's nicht, das ich meine:
Zu schauen? Zu grüßen?
Zu rühren, zu küssen
Ihr macht mir Verlangen,
O liebliche Wangen!

O Sonne der Wonne,
O Wonne der Sonne!

O Augen, sie saugen
Das Licht meiner Augen!
O englische Sinnen,
O himmlisch Beginnen,
O Himmel auf Erden –
Magst du mir nicht werden
O Wonne der Sonne,
O Sonne der Wonne?

O Schönste der Schönen,
Benimm mir dies Sehnen!
Komm, eile, komm, komme,
Du Süße, du Fromme!
Ach, Schwester, ich sterbe,
Ich sterb, ich verderbe.
Komm, komme, komm, eile,
Komm, tröste, komm, heile!
Benimm mir dies Sehnen,
O Schönste der Schönen!

Sonett

Sei dennoch unverzagt. Gib
    dennoch unverloren.
Weich keinem Glücke nicht. Steh
    höher als der Neid.
Vergnüge dich an dir, und acht es
    für kein Leid,
Hat sich gleich wider dich Glück,
    Ort und Zeit verschworen.

Paul Fleming

Was dich betrübt und labt, halt alles für erkoren,
Nimm dein Verhängnis an. Laß alles unbereut.
Tu, was getan muß sein und eh man dir's gebeut.
Was du noch hoffen kannst, das wird noch stets geboren.

Was klagt, was lobt man doch? Sein Unglück und sein Glücke
Ist ihm ein jeder selbst. Schau alle Sachen an.
Dies alles ist in dir. Laß deinen eitlen Wahn,

Und eh du förder gehst, so geh in dich zurücke.
Wer sein selbst Meister ist und sich beherrschen kann,
Dem ist die weite Welt und alles untertan.

1641

Unbekannter Dichter

Es ist ein Schnitter, heißt der Tod,
Hat Gewalt vom großen Gott,
Heut wetzt er das Messer,
Es schneidt schon viel besser,
Bald wird er drein schneiden,
Wir müssen's nur leiden,
Hüt dich, schöns Blümelein!

Was heut noch grün und frisch da steht,
Wird morgen weggemäht:
Die edel Narzissel,
Die englischen Schlüssel,
Die schönen Hyazinthen,
Die türkischen Binden.
Hüt dich, schöns Blümelein!

Viel hunderttausend ungezählt
Da unter die Sichel hinfällt:
Rot Rosen, weiß Lilien,
Beid wird er austilgen;
Ihr Kaiserkronen,
Man wird euch nicht schonen.
Hüt dich, schöns Blümelein!

Das himmelfarben Ehrenpreis.
Die Tulipanen gelb und weiß,
Die silbernen Glöckchen,
Die guldenen Flöckchen,

Unbekannter Dichter

Sinkt alles zur Erden;
Was wird nur draus werden?
Hüt dich, schöns Blümelein!

Ihr hübsch Lavendel und Röselein,
Ihr Pappeln groß und klein,
Ihr stolzen Schwertlilien,
Ihr krausen Basilien,
Ihr zarten Violen,
Man wird euch bald holen.
Hüt dich, schöns Blümelein!

Aus Seiden ist der Fingerhut,
Aus Sammet das Wohlgemut,
Noch ist er so blind,
Nimmt, was er nur findt,
Kein Sammet, kein Seiden
Mag ihn vermeiden.
Hüt dich, schöns Blümelein!

So viel Maßlieb und Rosmarin
Welkt unter der Sichel hin,
Vergißmeinnit,
Du mußt auch mit,
Und du, Tausendschön,
Man laßt dich mit stehn.
Hüt dich, schöns Blümelein!

Er macht so gar kein Unterschied,
Geht alles in einem Schnitt,
Der stolze Rittersporn

Und Blumen im Korn,
Da liegen s' beisammen,
Man weiß kaum den Namen.
Hüt dich, schöns Blümelein!

Trutz, Tod! komm her, ich förcht
dich nit,
Trutz! komm und tu ein Schnitt.
Wenn er mich verletzet,
So werd ich versetzet,
Ich will es erwarten,
In himmlischen Garten.
Freu dich, schöns Blümelein!

1670

Andreas Gryphius

1616 – 1664

Morgensonne

Die ewig helle Schar will nun ihr
Licht verschließen,
Diana steht erblaßt; die Morgenröte
lacht
Den grauen Himmel an, der sanfte
Wind erwacht
Und reizt das Federvolk, den neuen
Tag zu grüßen.

Das Leben dieser Welt eilt schon,
die Welt zu küssen,

Und steckt sein Haupt empor; man sieht der Strahlen Pracht
Nun blinkern auf der See. O dreimal höchste Macht,
Erleuchte den, der sich jetzt beugt vor deinen Füßen!

Vertreib die dicke Nacht, die meine Seel umgibt,
Die Schmerzensfinsternis, die Herz und Geist betrübt,
Erquicke mein Gemüt und stärke mein Vertrauen!

Gib, daß ich diesen Tag in deinem Dienst allein
Zubring! und wenn mein End und jener Tag bricht ein,
Daß ich dich, meine Sonn! mein Licht! mög ewig schauen!

An die Sterne

Ihr Lichter, die ich nicht auf Erden satt kann schauen,
Ihr Fackeln, die ihr Nacht und schwarze Wolken trennt,
Als Diamanten spielt und ohne aufhör'n brennt;

Ihr Blumen, die ihr schmückt des
großen Himmels Auen;

Ihr Wächter, die, als Gott die Welt
auf wollte bauen,
Sein Wort, die Weisheit selbst, mit
rechten Namen nennt,
Die Gott allein recht mißt, die Gott
allein recht kennt,
(Wir blinden Sterblichen! Was
wollen wir uns trauen!)

Ihr Bürgen meiner Lust! Wie
manche schöne Nacht
Hab ich indem ich euch
betrachtete, gewacht?
Herolde dieser Zeit! Wann wird es
doch geschehen,

Daß ich, der eurer nicht allhier
vergessen kann,
Euch, deren Liebe mir steckt Herz
und Geister an,
Von andern Sorgen frei werd unter
mir besehen?

Andreas Gryphius

Vanitas! Vanitatum vanitas!

Die Herrlichkeit der Erden
Muß Rauch und Aschen werden,
Kein Fels, kein Erz kann stehn,
Dies, was uns kann ergetzen,
Was wir für ewig schätzen,
Wird als ein leichter Traum
vergehn.

Was sind doch alle Sachen,
Die uns ein Herze machen,
Als schlechte Nichtigkeit?
Was ist des Menschen Leben,
Der immer um muß schweben,
Als eine Phantasie der Zeit?

Der Ruhm, nach dem wir trachten,
Den wir unsterblich achten,
Ist nur ein falscher Wahn;
Sobald der Geist gewichen
Und dieser Mund erblichen,
Fragt keiner, was man hier getan.

Es hilft kein weises Wissen,
Wir werden hingerissen
Ohn' einen Unterscheid.
Was nützt der Schlösser Menge?
Dem hie die Welt zu enge,
Dem wird ein enges Grab zu weit.

Dies alles wird zerrinnen,
Was Müh' und Fleiß gewinnen,
Und saurer Schweiß erwirbt;
Was Menschen hier besitzen,
Kann für den Tod nicht nützen,
Dies alles stirbt uns, wenn man
stirbt.

Ist eine Lust, ein Scherzen,
Das nicht ein heimlich Schmerzen
Mit Herzensangst vergällt?
Was ist's, womit wir prangen?
Wo wirst du Ehr' erlangen,
Die nicht in Hohn und Schmach
verfällt?

Was pocht man auf die Throne,
Da keine Macht noch Krone
Kann unvergänglich sein?
Es mag vom Toten-Reihen
Kein Szepter dich befreien,
Kein Purpur, Gold noch edler Stein.

Wie eine Rose blühet,
Wenn man die Sonne siehet
Begrüßen diese Welt;
Die, eh' der Tag sich neiget,
Eh' sich der Abend zeiget,
Verwelkt und unversehns abfällt:

Andreas Gryphius

So wachsen wir auf Erden
Und hoffen, groß zu werden,
Und schmerz- und sorgenfrei;
Doch eh' wir zugenommen
Und recht zur Blüte kommen,
Bricht uns des Todes Sturm entzwei.

Wir rechnen Jahr auf Jahre:
Indessen wird die Bahre
Uns vor die Tür gebracht;
Drauf müssen wir von hinnen
Und, eh' wir uns besinnen,
Der Erden sagen gute Nacht.

Wieviel sind schon vergangen,
Wieviel liebreicher Wangen
Sind diesen Tag erblaßt,
Die lange Rechnung machten
Und nicht einmal bedachten,
Daß ihn ihr Rechnung kurz verfaßt.

Auf, Herz! Wach und bedenke,
Daß dieser Zeit Geschenke
Den Augenblick nur dein!
Was du zuvor genossen,
Ist als ein Strom verflossen,
Was künftig, wessen wird es sein?

Verlache Welt und Ehre,
Furcht, Hoffen, Gunst und Lehre
Und fleuch den Herren an,

Der immer König bleibet,
Den keine Zeit vertreibet,
Der einzig ewig machen kann.

Wohl dem, der auf ihn trauet!
Er hat recht fest gebauet,
Und ob er hier gleich fällt,
Wird er doch dort bestehen
Und nimmermehr vergehen,
Weil ihn die Stärke selbst erhält.

Christian Hofmann von Hofmanns-waldau

1617 – 1679

Von der Herbstzeit

Du magst den Lenz und Sommer
preisen,
Mir, mir gefällt des Herbstes Frucht,
Die man in großen Fässern sucht,
In schönen Gläsern pflegt zu weisen.
Wo fröhliche Gemüter sein,
Da bist auch du, o edler Wein!

Du kannst den Helden Stärke
machen.
Wenn sich der Feind im Felde zeigt.
Wenn, ehe man die Stadt ersteigt,
Die Mörser und Kartaunen krachen.
Wo tapfere Soldaten sein,
Da bist auch du, o edler Wein!

Christian Hofmann von Hofmannswaldau

Du kannst durch deine Macht
  erwecken
Der klugen Geister Eigenschaft,
Der unerschrocknen Redner Kraft,
Die nach dem Himmel pflegt zu
  schmecken.
Wo fertige Poeten sein,
Da bist auch du, o edler Wein!

Du heißt die Männer länger sitzen
In löblicher Gesellschaftslust;
Wem die Melancholie bewußt,
Kannst du das kalte Blut erhitzen.
Wo die verliebten Herzen sein,
Da bist auch du, o edler Wein!

Du bist der beste Koch auf Erden.
Der beste Leibarzt in der Welt,
Der zu Gesunden sich gesellt,
Die Schwachen wieder stark läßt
  werden.
Darum soll mir, o edler Wein,
Der Herbst ein ganzes Wein-Jahr
  sein!

Ermahnung

Ach, was wollt ihr trüben Sinnen
Doch beginnen!
Traurigsein hebt keine Not.
Es verzehret nur die Herzen,
Nicht die Schmerzen
Und ist ärger als der Tod.

Auf, o Seele! Du mußt lernen,
Ohne Sternen,
Wenn das Wetter tobt und bricht,
Wenn der Nächte schwarze Decken
Uns erschrecken,
Dir zu sein dein eigen Licht.

Johann Georg Greflinger

1620 – 1677

An seine Gesellschaft

Lasset uns scherzen,
Blühende Herzen,
Lasset uns lieben
Ohne Verschieben!
Lauten und Geigen
Sollen nicht schweigen.
Kommet zum Tanze
Pflücket vom Kranze!

Johann Georg
Greflinger

Drücket die Hände,
Schwätzet zum Ende
Gebet euch Küsse,
Tretet die Füße!
Machet euch fröhlich,
Machet euch ehlich,
Lasset die Narren
Länger verharren!

Ehlich zu werden
Dienet der Erden,
Ledige Leute
Mangeln der Freude.
Jeder muß sterben,
Machet euch Erben,
Euerem Gute,
Namen und Blute.

Lasset der Grauen
Murren und schauen!
Raten und Wissen
Wenig ersprießen.
Eben sie selber
Waren auch Kälber.
Blühende Herzen,
Lasset uns scherzen!

Hans Jakob Christoffel von Grimmelshausen

1625 – 1676

Komm, Trost der Nacht, o
  Nachtigal.
Laß deine Stimm mit Freudenschall
Aufs lieblichste erklingen;
Komm, komm und lob den
  Schöpfer dein,
Weil andre Vöglein schlafen sein
Und nicht mehr mögen singen!
Laß dein Stimmlein
Laut erschallen, dann vor allen
Kannst du loben
Gott im Himmel hoch dort oben.

Obschon ist hin der Sonnenschein
Und wir im Finstern müssen sein
So können wir doch singen
Von Gottes Güt und seiner Macht,
Weil uns kann hindern keine
  Nacht,
Sein Lob zu vollenbringen.
Drum dein Stimmlein
Laß erschallen, dann vor allen
Kannst du loben
Gott im Himmel hoch dort oben.

Echo, der wilde Widerhall,
Will sein bei diesem Freudenschall
Und lässet sich auch hören,
Verweist uns alle Müdigkeit,
Der wir ergeben allezeit,
Lehrt uns den Schlaf betören.

Hans Jakob Christoffel von Grimmelshausen

Drum dein Stimmlein
Laß erschallen, dann vor allen
Kannst du loben
Gott im Himmel hoch dort oben.

Die Sterne, so am Himmel stehn,
Sich lassen zum Lob Gottes sehn
Und Ehre ihm beweisen;
Die Eul auch, die nicht singen
kann,
Zeigt doch an ihrem Heulen an,
Daß sie Gott auch tu preisen.
Drum dein Stimmlein
Laß erschallen, dann vor allen
Kannst du loben
Gott im Himmel hoch dort oben.

Nur her, mein liebstes Vögelein,
Wir wollen nicht die Fäulste sein
Und schlafend liegenbleiben,
Vielmehr, bis daß die Morgenröt
Erfreuet diese Wälder öd,
In Gottes Lob vertreiben;
Laß dein Stimmlein
Laut erschallen, dann vor allen
Kannst du loben
Gott im Himmel hoch dort oben.

Aus «Simplicius Simplicissimus»

Angelus Silesius (Johannes Scheffler)

1624 – 1677

Mensch, werde wesentlich: denn
wann die Welt vergeht,
So fällt der Zufall weg; das Wesen,
das besteht.

Halt an! Wo laufst du hin? Der
Himmel ist in dir,
Suchst du Gott anderswo, fehlst du
ihn für und für.

Ich weiß nicht, was ich bin, ich bin
nicht, was ich weiß:
Ein Ding und nicht ein Ding, ein
Pünktchen und ein Kreis.

Dies alles ist ein Spiel, das sich die
Gottheit macht,
Sie hat die Kreatur um ihretwilln
erdacht.

Gott ist in mir das Feuer – und ich
in ihm der Schein;
Sind wir einander nicht ganz
inniglich gemein?

Ich weiß, daß ohne mich Gott nicht
ein Nu kann leben,
Werd ich zunicht, Er muß vor Not
den Geist aufgeben.

Die Kreaturen sind des ewgen
Wortes Stimme,

Angelus Silesius

Es singt und klingt sich selbst in
Anmut und im Grimme.

Die Ros ist ohn Warum, sie blühet,
weil sie blühet;
Sie acht nicht ihrer selbst, fragt
nicht, ob man sie siehet.

Gott macht kein neues Ding, ob's
uns zwar neue scheint:
Vor Ihm ist ewiglich, was man erst
werden meint.

Die Rose, welche hier dein äußres
Auge sieht,
Die hat von Ewigkeit in Gott also
geblüht.

Gott ist noch nie gewest und wird
auch niemals sein
Und bleibt doch nach der Welt, war
auch vor ihr allein.

Gott hat sich nie bemüht, auch nie
geruht, das merk –
Sein Wirken ist sein Ruhn und
seine Ruh sein Werk.

Das größte Wunderding ist doch
der Mensch allein:
Er kann, nach dem er's macht,
GOTT oder Teufel sein.

Der Himmel ist in dir und auch der
Höllen Qual:
Was du erkiest und willst, das hast
du überall.

Der Mensch, der seinen Geist nicht
über sich erhebt,
Der ist nicht wert, daß er im
Menschenstande lebt.

Der Regen fällt nicht ihm, die
Sonne scheint nicht ihr;
Du auch bist anderen geschaffen
und nicht dir.

Die Sonn erregt das All, macht alle
Sterne tanzen –
Wirst du nicht auch bewegt,
gehörst du nicht zum Ganzen.

Ich selbst muß Sonne sein, ich muß
mit meinen Strahlen
Das farbenlose Meer der ganzen
Gottheit malen!

Daß du nicht Menschen liebst, das
tust du recht und wohl,
Die Menschheit ist's, die man im
Menschen lieben soll.

Lieb üben hat viel Müh; wir sollten
nicht allein

Nur lieben, sondern selbst, wie
Gott, die Liebe sein.

Die Liebe geht zu Gott unangesagt
hinein –
Verstand und hoher Witz muß lang
im Vorhof sein.

Ein Herze, das zu Grund Gott still
ist, wie er will,
Wird gern von ihm berührt – es ist
sein Lautenspiel.

Ein Narr ist viel bemüht – des
Weisen ganzes Tun,
Das zehnmal edler ist, heißt
Lieben, Schauen, Ruhn.

Wer Gott um Gnaden bitt', der ist
gar übel dran:
Er betet das Geschöpf und nicht
den Schöpfer an.

Nicht du bist, der da lebt: denn das
Geschöpf ist tot;
Das Leben, das in dir dich leben
macht, ist Gott.

Freund, so du etwas bist, so bleib
doch ja nicht stehn:
Man muß aus einem Licht fort in
das andre gehn.

Die Welt, die hält dich nicht, du
selber bist die Welt,
Die dich, in dir, mit dir, so stark
gefangenhält.

Nichts ist, das dich bewegt, du
selber bist das Rad,
Das aus sich selbsten läuft und
keine Ruhe hat.

Mensch, alles was du willst, ist
schon zuvor in dir;
Es lieget nur an dem, daß du's
nicht wirkst herfür.

Die Seel', ein ew'ger Geist, ist über
alle Zeit,
Sie lebt auch in der Welt schon in
der Ewigkeit.

Mensch, in dem Ursprung ist das
Wasser rein und klar:
Trinkst du nicht aus dem Quell, so
stehst du in Gefahr.

Gott zürnet nie mit uns, wir
dichten's ihm nur an;
Unmöglich ist es ihm, daß er je
zürnen kann.

Meinst du, o armer Mensch, daß
deines Munds Geschrei

Angelus Silesius

Der rechte Lobgesang der stillen
Gottheit sei?

Geh, ruf den Morgenstern! Denn
wenn der Tag anbricht,
So siehet man erst recht, was schön
ist oder nicht,

Mensch, was du liebst, in das wirst
du verwandelt werden,
Gott wirst du, liebst du Gott, und
Erde, liebst du Erden.

Willst du den Perlentau der edeln
Gottheit fangen,
So mußt du unverrückt an seiner
Menschheit hangen.

Freund, es ist auch genug. Im Fall'
du mehr willst lesen,
So geh und werde selbst die Schrift
und selbst das Wesen.

Aus «Der Cherubinische Wandersmann»

Abraham a Santa Clara (Ulrich Megerle)

1644 – 1709

Nachtmusikanten

Hier sind wir arme Narrn
Auf Plätzen und auf Gassen
Und tun die ganze Nacht
Mit unsrer Musik passen.

Es gibt uns keine Ruh/
Die starke Liebesmacht,
Wir stehen mit dem Bogen
Erfroren auf der Wacht.

Sobald der helle Tag
Sich nur beginnt zu neigen,
Gleich stimmen wir die Laut,
Die Harfen und die Geigen.

Mit diesen laufen wir
Zu mancher Schönen Haus
Und legen unsern Kram,
Papier und Noten aus.

Der erste gibt den Takt,
Der andre bläst die Flöten,
Der dritte schlägt die Pauk,
Der viert stößt die Trompeten.

Ein andrer aber spielt
Theorb und Galischan
Mit gar besonderm Fleiß,
So gut er immer kann.

Abraham a Santa Clara

Wir pflegen auch so lang
An einem Eck zu hocken,
Bis wir ein schön Gespenst
Hin an das Fenster locken.

Da fängt man alsbald an
Vor der Geliebten Tür
Verliebte Arien
Mit Pausen und Suspir.

Und sollten vor der Wacht
Wir endlich weichen müssen,
So macht man, statt der Händ,
Die Läufe mit den Füßen.

Und also treiben wir's
Oft durch die lange Nacht,
Daß selbst die ganze Welt
Ob unsrer Narrheit lacht.

Ach, schönste Phyllis, hör
Doch unser Musizieren
Und laß uns eine Nacht
In deinem Schoß pausieren.

Unbekannter Dichter

16. Jahrhundert

Lügenlied

Ich will euch erzählen und will
auch nicht lügen:
Ich sah zwei gebratene Ochsen
fliegen,
Sie flogen gar ferne;
Sie hatten den Rücken gen Himmel
gekehrt,
Die Füße wohl gegen die Sterne.

Ein Amboß und ein Mühlenstein,
Die schwammen bei Köln wohl
über den Rhein;
Sie schwammen gar leise;
Ein Frosch verschlang sie alle beid'
Zu Pfingsten wohl auf dem Eise.

Es fuhr ein Schiff auf trocknem
Land;
Es hatte die Segel gen Wind
gespannt
Und segelt' im vollen Laufen.
Da stieß es an einen hohen Berg;
Da tat das Schiff ersaufen.

In Straßburg stand ein hoher Turm,
Der trotzte Regen, Wind und Sturm
Und stand fest über die Maßen;
Den hat der Kuhhirt mit seinem
Horn

Unbekannter Dichter

Eines Morgens umgeblasen.

So will ich hiermit mein Liedlein
beschließen,
Und sollt's auch die werte
Gesellschaft verdrießen,
Will trinken und nicht mehr lügen;
Bei mir zuland sind die Mücken so
groß
Als hier die größesten Ziegen.

Übertragen von Fritz Arndt

Unbekannter Dichter

um 1700

Lebewohl

Morgen muß ich fort von hier
Und muß Abschied nehmen;
O du allerschönste Zier,
Scheiden, das bringt Grämen.
Da ich dich so treu geliebt
Über alle Maßen,
Soll ich dich verlassen!

Wenn zwei gute Freunde sind,
Die einander kennen,
Sonn' und Mond bewegen sich,
Ehe sie sich trennen,
Noch viel größer ist der Schmerz,
Wenn ein treu verliebtes Herz
In die Fremde ziehet.

Küsset dir ein Lüftelein
Wangen oder Hände,
Denke, daß es Seufzer sein,
Die ich zu dir sende;
Tausend schick ich täglich aus,
Die da wehen um dein Haus,
Weil ich dein gedenke.

Christian Weise

1642 – 1708

Unvermutende Betrachtung des hereinbrechenden Alters

Ich wollte nächst mein Gartenhaus
besehn,
Weil da und hier viel Schaden war
geschehn:
Die Türe war entzwei, die Pfoste
war gesprungen,
Der falsche Regen war fast durch
die Wand gedrungen.
Als ich den Pachtmann schalt,
So sagt' er: Es ist alt.
Nun kunnte mich die Zeit
gedenken,
Da ich den ersten Grund ließ
senken.
Geht nun dies Haus vor Alter ein,
So werd ich wohl kein Jüngling
sein.

Christian Weise

Ich suchte bald den schönsten
 Apfelbaum,
Allein ich fand die halben Äste
 kaum:
Die Planke lag dahin, die Gänge
 stunden wüste,
Die Rose war verdorrt, das
 Holzwerk ward zu Miste.
Als ich noch einmal schalt,
So sagt' er: Es ist alt.
Nun hatt ich erst bei meinem Leben
Die Gartenordnung angegeben.
Ach, geht dies schon vor Alter ein,
So werd ich wohl kein Jüngling
 sein.

Nicht weit davon, da saß ein altes
 Weib
Und spann den Flachs zu ihrem
 Zeitvertreib;
Ich fragte, wer sie wär? Ich ließ
 mich unterweisen,
Es war des Pachtmanns Frau, die
 kam zum alten Eisen.
Wie seid Ihr so gestalt?
Sie spach: Herr, ich bin alt.
Nun hätt ich ja beim Hochzeitsessen
Schon an dem Tische mit gesessen.
Ach, tritt sie nun ins Alter ein,
So werd ich wohl kein Jüngling
 sein.

Zu guter Nacht, mein lieber
Gartenbau,
Je länger ich in deine Felder schau,
Um soviel deutlicher muß ich die
Jahre zählen,
Die künftig alle Kraft aus meinem
Leben steheln.
Die Stunde folget bald,
Ich bin unwissend alt.
Wer weiß, wie lang ich werde
gehen,
So wird der Tod vorm Bette stehen.
Ach, Herr des Lebens steh mir bei,
Daß ich kein Kind im Tode sei.

Johann Christian Günther

1695 – 1723

Trinklied

Brüder, laßt uns fröhlich sein,
Weil der Frühling währet
Und der Jugend Sonnenschein
Unser Laub verkläret;
Grab und Bahre warten nicht.
Wer die Rosen jetzo bricht,
Dem ist der Kranz bescheret.

Unsers Lebens schnelle Flucht
Leidet keinen Zügel,
Und des Schicksals Eifersucht

Johann Christian Günther

Macht ihr stetig Flügel;
Zeit und Jahre fliehn davon,
Und vielleichte schnitzt man schon
An unsers Grabes Riegel.

Wo sind diese? Sagt es mir!
Die vor wenig Jahren
Eben also, gleich wie wir,
Jung und fröhlich waren;
Ihre Leiber deckt der Sand,
Sie sind in ein ander Land
Aus dieser Welt gefahren.

Wer nach unsern Vätern forscht,
Mag den Kirchhof fragen:
Ihr Gebein, so längst vermorscht,
Wird ihm Antwort sagen.
Kann uns doch der Himmel bald,
Eh die Morgenglocke schallt,
In unsre Gräber tragen,

Unterdessen seid vergnügt,
Laßt den Himmel walten!
Trinkt, bis euch das Bier besiegt,
Nach Manier der Alten.
Fort! Mir wässert schon das Maul,
Und, ihr andern, seid nicht faul,
Die Mode zu erhalten.

Dieses Gläschen bring ich dir,
Daß die Liebste lebe

Und der Nachwelt bald von dir
Einen Abriß gebe.
Setzt ihr andern gleichfalls an,
Und wenn dieses ist getan,
1717 So lebt der edle Rebe.

Abendlied

Der Feierabend ist gemacht,
Die Arbeit schläft, der Traum erwacht.
Die Sonne führt die Pferde trinken.
Der Erdkreis wandert zu der Ruh,
Die Nacht drückt ihm die Augen zu,
Die schon dem süßen Schlafe winken.

Mein Abendopfer ist ein Lied,
Das dir zu danken sich bemüht.
Die Brust entzündet Andachtskerzen.
Gefällt dir dieser Brandaltar,
So mache die Verheißung wahr:
Gott heilet die zerschlagnen Herzen.

Das müde Haupt sinkt auf den Pfühl,
Doch wo ich ruhig schlafen will,
So muß ich deinen Engel bitten,
Der kann durch seine starke Wacht
Mich vor dem Ungetüm der Nacht
Um meine Lagerstatt behüten.

Unbekannter Dichter

um 1720

Prinz Eugen

Prinz Eugenius, der edle Ritter,
Wolt dem Kaiser wiedrum kriegen
Stadt und Festung Belgerad.
Er ließ schlagen einen Brucken,
Daß man kunt hinüber rucken,
Mit der Armee wohl für die Stadt.

Als der Brucken nun war
geschlagen,
Daß man kunt mit Stuck und
Wagen
Frey passiern den Donaufluß:
Bey Semalin schlug man das Lager,
Alle Türken zu verjagen,
Ihn'n zum Spott und zum Verdruß.

Am einundzwanzigsten August so
eben
Kam ein Spion bey Sturm und
Regen,
Schwur's dem Prinzen und zeigt's
ihm an,
Daß die Türken futragieren,
So viel als man kunt verspüren,
An die dreimalhunderttausend
Mann.

Als Prinz Eugenius dies
vernommen,
Ließ er gleich zusammen kommen
Sein General und Feldmarschall.
Er thät sie recht instrugieren,
Wie man solt die Truppen führen
Und den Feind recht greifen an.

Bey der Parole thät er befehlen,
Daß man solt die Zwölfe zählen
Bey der Uhr um Mitternacht;
Da solt all's zu Pferd aufsitzen,
Mit dem Feinde zu scharmützen,
Was zum Streit nur hätte Kraft.

Alles saß auch gleich zu Pferde,
Jeder griff nach seinem Schwerdte,
Ganz still ruckt man aus der
Schantz;
Die Musquetier wie auch die Reiter
Thäten alle tapfer streiten,
Es war fürwahr ein schöner Tantz.

Ihr Konstabler auf der Schantzen,
Spielet auf zu diesem Tantzen
Mit Karthaunen groß und klein,
Mit den großen, mit den kleinen
Auf die Türken, auf die Heyden,
Daß sie laufen all davon.

Unbekannter Dichter

Prinz Eugenius wohl auf der Rechten
Thät als wie ein Löwe fechten
Als General und Feldmarschall.
Prinz Ludewig ritt auf und nieder:
«Halt' euch brav, ihr deutschen Brüder,
Greift den Feind nur herzhaft an!»

Prinz Ludewig, der mußt aufgeben
Seinen Geist und junges Leben,
Ward getroffen von dem Blei.
Prinz Eugenius ward sehr betrübet,
Weil er ihn so sehr geliebet,
Ließ ihm bringen nach Peterwardein.

um 1720

Friedrich von Hagedorn

1708 – 1754

Der Wunsch

Du holder Gott der süß'sten Lust auf Erden,
Der schönsten Göttin schöner Sohn!
Komm, lehre mich die Kunst, geliebt zu werden;
Die leichte Kunst zu lieben weiß ich schon.

Komm ebenfalls und bilde Phyllis'
Lachen,
Cythere, gib ihr Unterricht!
Denn Phyllis weiß die Kunst,
verliebt zu machen;
Die leichte Kunst zu lieben weiß sie
nicht.

Johann, der muntre Seifensieder

Johann, der muntre Seifensieder,
Erlernte viele schöne Lieder
Und sang, mit unbesorgtem Sinn,
Vom Morgen bis zum Abend hin,
Sein Tagwerk konnt' ihm Nahrung
bringen,
Und wenn er aß, so mußt' er
singen;
Und wenn er sang, so war's mit
Lust,
Aus vollem Hals und freier Brust.
Beim Morgenbrot, beim
Abendessen
Blieb Ton und Triller unvergessen;
Der schallte recht; und seine Kraft
Durchdrang die halbe
Nachbarschaft.
Man horcht'; man fragt': Wer singt
schon wieder?
Wer ist's? der muntre Seifensieder.

Friedrich von Hagedorn

Es wohnte diesem in der Nähe
Ein Sprößling eigennütz'ger Ehe,
Der, stolz und steif und bürgerlich,
Im Schmausen keinem Fürsten wich;
Ein Garkoch richtender Verwandten,
Der Schwäger, Vettern, Nichten, Tanten.
Der stets zu halben Nächten fraß
Und seiner Wechsel oft vergaß,
Kaum hatte mit den Morgenstunden
Sein erster Schlaf sich eingefunden,
So ließ ihm den Genuß der Ruh'
Der nahe Sänger nimmer zu.
«Zum Henker, lärmst du dort schon wieder,
Vermaledeiter Seifensieder?
Ach wäre doch, zu meinem Heil,
Der Schlaf hier wie die Austern feil.»
Den Sänger, den er früh vernommen,
Läßt er an einem Morgen kommen
Und spricht: «Mein lustiger Johann!
Wie geht es Euch? Wie fangt Ihr's an?
Es rühmt ein jeder Eure Ware;
Sagt, wieviel bringt sie Euch im Jahre?»

«Im Jahre, Herr? Mir fällt nicht bei,
Wie groß im Jahr mein Vorteil sei.
So rechn' ich nicht! Ein Tag bescheret,
Was der, der auf ihn kommt, verzehret.
Dies folgt im Jahr (ich weiß die Zahl)
Dreihundertfünfundsechzigmal.»
«Ganz recht; doch könnt Ihr mir's nicht sagen,
Was pflegt ein Tag wohl einzutragen?»
«Mein Herr, Ihr forschet allzusehr;
Der eine wenig, mancher mehr.
So wie's dann fällt; mich zwingt zur Klage
Nichts als die vielen Feiertage;
Und wer sie alle rot gefärbt,
Der hatte wohl wie Ihr geerbt,
Dem war die Arbeit sehr zuwider;
Der war gewiß kein Seifensieder.»
Dies schien den Reichen zu erfreun.
«Hans», spricht er, «du sollst glücklich sein.
Itzt bist du nur ein schlechter Prahler.
Da hast du bare fünfzig Taler;
Nur unterlasse den Gesang.
Das Geld hat einen bessern Klang.»

Er dankt und schleicht mit scheuem Blicke,
Mit mehr als dieb'scher Furcht zurücke.
Er herzt den Beutel, den er hält,
Und zählt und wägt und schwenkt das Geld,
Das Geld, den Ursprung seiner Freude
Und seiner Augen neue Weide.
Es wird mit stummer Lust beschaut
Und einem Kasten anvertraut,
Den Band und starke Schlösser hüten,
Beim Einbruch Dieben Trotz zu bieten,
Den auch der karge Tor bei Nacht
Aus banger Vorsicht selbst bewacht.
Sobald sich nur der Haushund reget,
Sobald der Kater sich beweget,
Durchsucht er alles, bis er glaubt,
Daß ihn kein frecher Dieb beraubt.
Er lernt zuletzt, je mehr er spart,
Wie oft sich Sorg und Reichtum paart.
Dem Nachbar, den er stets gewecket,
Bis der das Geld ihm zugestecket,
Dem stellt er bald aus Lust zur Ruh
Den vollen Beutel wieder zu

Und spricht: «Herr, lehrt mich beßre Sachen,
Als statt des Singens Geld bewachen.
Nehmt immer Euren Bettel hin
Und laßt mir meinen frohen Sinn.
Fahrt fort, mich heimlich zu beneiden.
Ich tausche nicht mit Euren Freuden.
Der Himmel hat mich recht geliebt,
Der mir die Stimme wieder gibt.
Was ich gewesen, werd ich wieder:
1738 Johann, der muntre Seifensieder.»

Der Mai

Der Nachtigall reizende Lieder
Ertönen und locken schon wieder
Die fröhlichsten Stunden ins Jahr.
Nun singet die steigende Lerche,
Nun klappern die reisenden Störche,
Nun schwatzet der gaukelnde Aar.

Nun heben sich Binsen und Keime,
Nun kleiden die Blätter die Bäume,
Nun schwindet des Winters Gestalt;
Nun rauschen lebendige Quellen
Und tränken mit spielenden Wellen
1747 Die Triften, den Anger, den Wald.

Christian Fürchtegott Gellert

1715 – 1769

Der Held und der Reitknecht

Ein Held, der sich durch manche Schlacht,
Durch manch verheertes Land des Lorbeers wert gemacht,
Floh einstens nach verlorner Schlacht
Verwundet in den Wald, den Feinden zu entkommen,
Traf einen Eremiten an
Und ward von diesem frommen Mann,
Nebst seinem Reitknecht, aufgenommen;
Doch beider Tod war nah.

«Ach», fing der Reitknecht an,
«Werd ich denn auch in Himmel kommen?
Ich habe leider nichts getan
Als meines Herrn sein Vieh getreu in acht genommen.
Ich armer und unwürdger Mann!
Allein, mein Herr, der muß in Himmel kommen;
Denn er, ach, er hat viel getan!
Er hat drei Könige bekrieget,
In sieben Schlachten stets gesieget
Und Sachen ausgeführt, die man kaum glauben kann.»

Der Eremit sah drauf den Helden kläglich an.
«Warum habt Ihr denn alles dies getan?» –
«Warum? Zu meines Namens Ehren,
Um meine Länder zu vermehren,
Um, was ich bin, ein Held, zu sein,» –
«Oh», fiel der Eremit ihm ein,
«Deswegen mußtet Ihr so vieles Blut vergießen?
Ich bitt Euch, laßt's Euch nicht verdrießen,
Ich sag es Euch auf mein Gewissen,
Der Reitknecht, als ein schlichter Mann,
1746 Hat wirklich mehr als Ihr getan.»

Der Blinde und der Lahme

Von ungefähr muß einen Blinden
Ein Lahmer auf der Straße finden,
Und jener hofft schon freudenvoll,
Daß ihn der andre leiten soll.

«Dir», sprach der Lahme, «beizustehen?
Ich armer Mann kann selbst nicht gehen;

Christian Fürchtegott Gellert

Doch scheint's, daß du zu einer
Last
Noch sehr gesunde Schultern hast.

Entschließe dich, mich
fortzutragen,
So will ich dir die Stege sagen:
So wird dein starker Fuß mein
Bein,
Mein helles Auge deines sein.»

Der Lahme hängt mit seinen
Krücken
Sich auf des Blinden breiten
Rücken.
Vereint wirkt also dieses Paar,
Was einzeln keinem möglich war.

Du hast das nicht, was andre
haben,
Und andern mangeln deine Gaben;
Aus dieser Unvollkommenheit
Entspringet die Geselligkeit.

Wenn jenem nicht die Gabe fehlte,
Die die Natur für mich erwählte,
So würd' er nur für sich allein
Und nicht für mich bekümmert
sein.

Beschwer' die Götter nicht mit Klagen!
Der Vorteil, den sie dir versagen
Und jenem schenken, wird gemein,
1746 Wir dürfen nur gesellig sein.

Der Maler

Ein kluger Maler in Athen,
Der minder, weil man ihn bezahlte,
Als weil er Ehre suchte, malte,
Ließ einen Kenner einst den Mars im Bilde sehn
Und bat sich seine Meinung aus.
Der Kenner sagt' ihm frei heraus,
Daß ihm das Bild nicht ganz gefallen wollte,
Und daß es, um recht schön zu sein,
Weit minder Kunst verraten sollte.
Der Maler wandte vieles ein;
Der Kenner stritt mit ihm aus Gründen
Und konnt' ihn doch nicht überwinden.
Gleich trat ein junger Geck herein
Und nahm das Bild in Augenschein.
«O!» rief er bei dem ersten Blicke,
«Ihr Götter! welch ein Meisterstücke!

Christian Fürchtegott Gellert

Ach, welcher Fuß! O wie geschickt
Sind nicht die Nägel ausgedrückt!
Mars lebt durchaus in diesem
Bilde.

Wie viele Kunst, wie viele Pracht
Ist in dem Helm und in dem
Schilde
Und in der Rüstung angebracht!»
Der Maler ward beschämt gerühret
Und sah den Kenner kläglich an.
«Nun», sprach er,«bin ich
überführet,
Ihr habt mir nicht zuviel getan.»
Der junge Geck war kaum hinaus,
So strich er seinen Kriegsgott aus.

Wenn deine Schrift dem Kenner
nicht gefällt,
So ist es schon ein böses Zeichen;
Doch wenn sie gar des Narren Lob
erhält,
So ist es Zeit, sie auszustreichen.

1746

Die Ehre Gottes aus der Natur

Die Himmel rühmen des Ewigen
Ehre,
Ihr Schall pflanzt seinen Namen
fort

Ihn rühmt der Erdkreis, ihn
    preisen die Meere;
Vernimm, o Mensch, ihr göttlich
    Wort!

Wer trägt der Himmel unzählbare
    Sterne?
Wer führt die Sonn aus ihrem Zelt?
Sie kömmt und leuchtet und lacht
    uns von ferne,
Und läuft den Weg gleich als ein
    Held.

Vernimm's und siehe die Wunder
    der Werke,
Die die Natur dir aufgestellt!
Verkündigt Weisheit und Ordnung
    und Stärke
Dir nicht den Herrn, den Herrn der
    Welt?

Kannst du der Wesen unzählbare
    Heere,
Den kleinsten Staub fühllos
    beschaun?
Durch wen ist alles? O gib ihm die
    Ehre!
Mir ruft der Herr, sollst du
    vertraun.

Christian Fürchtegott Gellert

Mein ist die Kraft, mein Himmel und Erde;
An meinen Werken kennst du mich.
Ich bin's, und werde sein, der ich sein werde,
Dein Gott und Vater ewiglich.

1757

Johannes Wilhelm Ludwig Gleim

1719 – 1803

Rosen pflücke, Rosen blühn

Rosen pflücke, Rosen blühn,
Morgen ist nicht heut!
Keine Stunde laß entfliehn,
Flüchtig ist die Zeit!

Trinke, küsse! Sieh, es ist
Heut Gelegenheit!
Weißt du, wo du morgen bist?
Flüchtig ist die Zeit!

Aufschub einer guten Tat
Hat schon oft gereut!
Hurtig leben ist mein Rat.
Flüchtig ist die Zeit!

1764

Morgengesang

Wohlauf! Es tagt vortrefflich schon,
Die Nacht muß ab von ihrem
 Thron,
Der Tag will ihn besitzen!
Wohlauf! zu sehn das Licht der
 Welt,
Wie's kommt und in die Täler fällt,
Und auf der Berge Spitzen.

Wohlauf! zu fröhlichem Gesang!
Aus einem Munde: Gott sei Dank,
Er hat dem Sein geboten!
Und alles war auf sein Gebot,
Die Welt und wir! – Er ist der Gott
Der Lebenden und Toten!

Wohlauf, zur Arbeit! Schlaf ist Tod!
Der Faule schläft, und will sein
 Brot
Genießen, nicht verdienen!
Der Fleißige steht auf und lebt,
Und singt und betet, pflügt und
 gräbt,
Und seine Felder grünen!

Friedrich Gottlieb Klopstock

1724 – 1805

Das Rosenband

Im Frühlingsschatten fand ich sie,
Da band ich sie mit Rosenbändern:
Sie fühlt' es nicht und schlummerte.

Ich sah sie an, mein Leben hing
Mit diesem Blick an ihrem Leben:
Ich fühlt' es wohl und wußt' es nicht.

Doch lispelt' ich ihr sprachlos zu
Und rauschte mit den Rosen-
bändern:
Da wachte sie vom Schlummer auf.

Sie sah mich an, ihr Leben hing
Mit diesem Blick an meinem
Leben,
Und um uns ward's Elysium.

1753

Das Versprechen

Kein Eroberungskrieg! So scholl
das heilige Wort einst,
Das ihr uns gabt, verehret, als nie
verehret ein Volk ward;
Und (so deucht' es uns) Stimmen
Unsterblicher wiederholten:
Künftig nicht mehr
Eroberungskrieg.

Und jetzt führet ihr ihn, den allverderbenden, seid gar
Große Krieger, ersteigt mit schlagendem Herzen, mit heißem
Durste nach Ruhm, im Orkan der Leidenschaft, des Kampfspiels
Schimmernde Höh, die ... Abgrund ist.

Lernet den Schauplatz kennen, auf dem ihr groß seid: Auf ihm brüllt
Beifall der Löwe euch zu, heult euch vom Triumphe der Wolf vor,
Schreit mit der feinen neronischen Stimm euch von nie vergeßnem
Ewigen Namen der Geier vor.

Wenn ihr auch ganz das Gebäu des Staats umstürzetet, mußte
Dennoch die nievernommene, die menschliche, edle Verheißung
Unerschüttert stehn in der Mitte der großen Trümmer,
1795 Stehn wie der Fels im Ozean!

Dem Unendlichen

Wie erhebt sich das Herz, wenn es dich,
Unendlicher, denkt! Wie sinkt es,

Friedrich Gottlieb Klopstock

Wenn's auf sich herunterschaut!
Elend schaut's wehklagend dann
und Nacht und Tod!

Allein du rufst mich aus meiner
Nacht, der im Elend, der im Tod
hilft!
Dann denk' ich es ganz, daß du
ewig mich schufst,
Herrlicher! den kein Preis, unten
am Grab, oben am Thron,
Herr, Herr, Gott! den, dankend ent-
flammt, kein Jubel genug besingt!

Weht, Bäume des Lebens, ins
Harfengetön!
Rausche mit ihnen ins Harfengetön,
kristallner Strom!
Ihr lispelt und rauscht, und,
Harfen, ihr tönt
Nie es ganz! Gott ist es, den ihr
preist!

Donnert, Welten, in feierlichem
Gang, in der Posaunen Chor!
Du, Orion, Wage, du auch!
Tönt, all ihr Sonnen auf der Straße
voll Glanz,
In der Posaunen Chor!

Ihr Welten, donnert,
Und du, der Posaunen Chor, hallest
Nie es ganz! Gott! nie es ganz!
Gott! Gott! Gott ist es, den ihr
preist!

Die frühen Gräber

Willkommen, o silberner Mond,
Schöner, stiller Gefährt der Nacht!
Du entfliehst? Eile nicht, bleib,
Gedankenfreund!
Sehet, er bleibt, das Gewölk wallte
nur hin.

Des Maies Erwachen ist nur
Schöner noch, wie die
Sommernacht,
Wenn ihm Tau, hell wie Licht, aus
der Locke träuft
Und zu dem Hügel herauf rötlich er
kömmt.

Ihr Edleren, ach es bewächst
Eure Male schon emstes Moos!
O wie war glücklich ich, als ich
noch mit euch
Sahe sich röten den Tag,
1764 schimmern die Nacht!

Karl Wilhelm Ramler

1725 – 1798

Der Junker und der Bauer

Ein Bauer trat mit seiner Klage
Vor Junker Alexander hin:
«Vernehmt, Herr, daß ich heut am Tage
Recht übel angekommen bin:
Mein Hund hat Eure Kuh gebissen.
Wer wird den Schaden tragen müssen?»
«Schelm, das sollst du!» fuhr hier der Junker auf,
«Für dreißig Taler war mir nicht die Kuh zu Kauf,
Die sollst du diesen Augenblick erlegen.
Das sei hiermit erkannt von Rechtes wegen!»
«Ach nein, gestrenger Herr! Ich bitte, hört»,
Rief ihm der Bauer wieder zu,
«Ich hab' es in der Angst verkehrt;
Nein, Euer Hund biß meine Kuh.» –
Und wie hieß nun das Urteil Alexanders?
«Ja, Bauer! Das ist ganz was anders.»

1783
Bearbeitet nach M. Richey

Gotthold Ephraim Lessing

1729 – 1781

Die drei Ringe

Vor grauen Jahren lebt' ein Mann im Osten,
Der einen Ring von unschätzbarem Wert
Aus lieber Hand besaß. Der Stein war ein
Opal, der hundert schöne Farben spielte,
Und hatte die geheime Kraft, vor Gott
Und Menschen angenehm zu machen, wer
In dieser Zuversicht ihn trug. Was Wunder,
Daß ihn der Mann im Osten darum nie
Vom Finger ließ und die Verfügung traf,
Auf ewig ihn bei seinem Hause zu
Erhalten? Nämlich so. Er ließ den Ring
Von seinen Söhnen dem geliebtesten
Und setzte fest, daß dieser wiederum
Den Ring von seinen Söhnen dem vermache,
Der ihm der liebste sei, und stets der liebste,

Gotthold Ephraim Lessing

Ohn' Ansehn der Geburt, in Kraft allein
Des Rings, das Haupt, der Fürst des Hauses werde. –
So kam nun dieser Ring, von Sohn zu Sohn,
Auf einen Vater endlich von drei Söhnen,
Die alle drei ihm gleich gehorsam waren,
Die alle drei er folglich gleich zu lieben
Sich nicht entbrechen konnte. Nur von Zeit
Zu Zeit schien ihm bald der, bald dieser, bald
Der dritte – so wie jeder sich mit ihm
Allein befand und sein ergießend Herz
Die andern zwei nicht teilten – würdiger
Des Ringes, den er denn auch einem jeden
Die fromme Schwachheit hatte, zu versprechen.
Das ging nun so, so lang es ging, – Allein
Es kam zum Sterben, und der gute Vater

Kommt in Verlegenheit. Es schmerzt ihn, zwei
Von seinen Söhnen, die sich auf sein Wort
Verlassen, so zu kränken. – Was zu tun?
Er sendet in geheim zu einem Künstler,
Bei dem er nach dem Muster seines Ringes
Zwei andere bestellt und weder Kosten
Noch Mühe sparen heißt, sie jenem gleich,
Vollkommen gleich zu machen. Das gelingt
Dem Künstler. Da er ihm die Ringe bringt,
Kann selbst der Vater seinen Musterring
Nicht unterscheiden. Froh und freudig ruft
Er seine Söhne, jeden insbesondre,
Gibt jedem insbesondre seinen Segen –
Und seinen Ring – und stirbt. –
Kaum war der Vater tot, so kommt ein jeder
Mit seinem Ring, und jeder will der Fürst

Gotthold Ephraim Lessing

Des Hauses sein. Man untersucht, man zankt,
Man klagt. Umsonst; der rechte Ring war nicht
Erweislich – fast so unerweislich, als
Uns jetzt – der rechte Glaube. – Die Söhne
Verklagten sich; und jeder schwur dem Richter,
Unmittelbar aus seines Vaters Hand
Den Ring zu haben – wie auch wahr! – nachdem
Er von ihm lange das Versprechen schon
Gehabt, des Ringes Vorrecht einmal zu
Genießen – wie nicht minder wahr! – Der Vater,
Beteuerte jeder, könne gegen ihn
Nicht falsch gewesen sein; und eh' er dieses
Von ihm, von einem solchen lieben Vater,
Argwohnen lass', eh müss' er seine Brüder,
So gern er sonst von ihnen nur das Beste
Bereit zu glauben sei, des falschen Spiels
Bezeihen, und er wolle die Verräter

Schon auszufinden wissen, sich schon rächen.
Der Richter sprach: «Wenn ihr mir nun den Vater
Nicht bald zur Stelle schafft, so weis' ich euch
Von meinem Stuhle. Denkt ihr, daß ich Rätsel
Zu lösen da bin? Oder harret ihr,
Bis daß der rechte Ring den Mund eröffne? –
Doch halt! Ich höre ja, der rechte Ring
Besitzt die Wunderkraft, beliebt zu machen,
Vor Gott und Menschen angenehm. Das muß
Entscheiden! Denn die falschen Ringe werden
Doch das nicht können! Nun, – wen lieben zwei
Von euch am meisten? – Macht, sagt an! – Ihr schweigt?
Die Ringe wirken nur zurück? und nicht
Nach außen? Jeder liebt sich selber nur
Am meisten? Oh, so seid ihr alle drei
Betrogene Betrüger! Eure Ringe

Gotthold Ephraim Lessing

Sind alle drei nicht echt. Der echte Ring
Vermutlich ging verloren. Den Verlust
Zu bergen, zu ersetzen, ließ der Vater
Die drei für einen machen.» –
«Und also», fuhr der Richter fort, «wenn ihr
Nicht meinen Rat statt meines Spruches wollt:
Geht nur! – Mein Rat ist aber der: ihr nehmt
Die Sache völlig wie sie liegt. Hat von
Euch jeder seinen Ring von seinem Vater,
So glaube jeder sicher seinen Ring
Den echten. – Möglich, daß der Vater nun
Die Tyrannei des einen Rings nicht länger
In seinem Hause dulden wollen! – Und gewiß,
Daß er euch alle drei geliebt, und gleich
Geliebt, indem er zwei nicht drücken mögen,
Um einen zu begünstigen. – Wohlan!
Es eifre jeder seiner unbestochnen

Von Vorurteilen freien Liebe nach!
Es strebe von euch jeder um die
Wette,
Die Kraft des Steins in seinem Ring
an Tag
Zu legen! komme dieser Kraft mit
Sanftmut,
Mit herzlicher Verträglichkeit, mit
Wohltun,
Mit innigster Ergebenheit in Gott
Zu Hilf'! Und wenn sich dann der
Steine Kräfte
Bei euern Kindes-Kindeskindern
äußern:
So lad' ich über tausend tausend
Jahre
Sie wiederum vor diesen Stuhl. Da
wird
Ein weisrer Mann auf diesem
Stuhle sitzen,
Als ich, und sprechen. – Geht!»
So sagte der bescheidne Richter.

Aus «Nathan der Weise»

Im Essen bist du schnell, im Gehen
bist du faul.
Iß mit den Füßen, Freund, und
nimm zum Gehn das Maul.

Gotthold Ephraim Lessing

Du magst so oft, so fein, als dir nur möglich lügen:
Mich sollst du dennoch nicht betrügen.
Ein einzigmal nur hast du mich betrogen:
Das kam daher, du hattest nicht gelogen.

Christian Friedrich Daniel Schubart

1739 – 1791

Die Forelle

In einem Bächlein helle,
Da schoß in froher Eil,
Die launige Forelle
Vorüber wie ein Pfeil.
Ich stand an dem Gestade
Und sah in süßer Ruh'
Des muntern Fisches Bade
Im klaren Bächlein zu.

Ein Fischer mit der Rute
Wohl an dem Ufer stand
Und sah's mit kaltem Blute,
Wie sich das Fischlein wand.
Solang dem Wasser Helle,
So dacht' ich, nicht gebricht,
So fängt er die Forelle
Mit seiner Angel nicht.

Doch plötzlich ward dem Diebe
Die Zeit zu lang. Er macht
Das Bächlein tückisch trübe,
Und eh' ich es gedacht,
So zuckte seine Rute,
Das Fischlein zappelt' dran,
Und ich mit regem Blute
Sah die Betrogne an.

Die ihr am goldnen Quelle
Der sichern Jugend weilt,
Denkt doch an die Forelle!
Seht ihr Gefahr, so eilt!
Meist fehlt ihr nur aus Mangel
Der Klugheit. Mädchen, seht
Verführer mit der Angel!
Sonst blutet ihr zu spät.

Es ist genug! So nimm denn meine
  Seele,
Die müde Seele nimm zu dir.
Du weißt, wie ich die Augenblicke
  zähle
Du kennst dies bange Herz in mir,
Das oft, getäuscht, dem Tod
  entgegenschlug:
Es ist genug!

Christian Friedrich Daniel Schubart

Mich lockt nicht mehr die bunte Pracht der Erde,
Gold ist mir Staub und Ehre Tand;
Der frechen Lust einladende Gebärde,
Der Stolz im strahlenden Gewand,
Des Schwelgers Tisch, vom süßen Gifte schwer,
Lockt mich nicht mehr.

Die Torheit geht der Weisheit hier zur Seite,
Und bei der Wahrheit steht der Wahn;
Die Künste sind nicht mehr der reinen Freude,
Sie sind der Wollust untertan:
Die Tugend klagt; in schwarzen Klausen weint
Der Menschenfreund.

Zur Ewigkeit, ich fühls, bin ich geboren;
Hier bin ich Wandrer, Bürger nicht!
Mein Erbe ist, du Gott! hast es beschworen:
Mein ewig Erbe ist im Licht.
Ist's Sünde denn, wenn meine Seele schreit
Nach Ewigkeit?

Genug, genug! Es ist genug
gejammert;
Genug hab ich die bleiche Hand
Ins Gitter meines Kerkers
eingeklammert,
Und Seufzer himmelan gesandt.
Genug hab ich die Fesseln rasseln
hören,
Die ein verworfner Bruder trug!

Gott! sprich einmal! Versiegt sind
deine Zähren:
Es ist genug!

Aus «Es ist genug!»

Matthias Claudius

1740–1815

Der Mensch

Empfangen und genähret
Vom Weibe wunderbar,
Kommt er und sieht und höret
Und nimmt des Trugs nicht wahr;
Gelüstet und begehret
Und bringt sein Tränlein dar;
Verachtet und verehret,
Hat Freude und Gefahr;
Glaubt, zweifelt, wähnt und lehret,
Hält nichts und alles wahr;
Erbauet und zerstöret
Und quält sich immerdar;

Schläft, wachet, wächst und zehret;
Trägt braun und graues Haar.
Und alles dieses währet,
Wenn's hoch kommt, achtzig Jahr.
Dann legt er sich zu seinen Vätern
nieder,
Und er kommt nimmer wieder.

Abendlied

Der Mond ist aufgegangen,
Die goldnen Sternlein prangen
Am Himmel hell und klar;
Der Wald steht schwarz und schweiget,
Und aus den Wiesen steiget
Der weiße Nebel wunderbar.

Wie ist die Welt so stille
Und in der Dämmrung Hülle
So traulich und so hold!
Als eine stille Kammer,
Wo ihr des Tages Jammer
Verschlafen und vergessen sollt.

Seht ihr den Mond dort stehen?
Er ist nur halb zu sehen
Und ist doch rund und schön.
So sind wohl manche Sachen,
Die wir getrost belachen,
Weil unsere Augen sie nicht sehn.

Wir stolze Menschenkinder
Sind eitel arme Sünder
Und wissen gar nicht viel;
Wir spinnen Luftgespinste
Und suchen viele Künste
Und kommen weiter von dem Ziel.

Gott, laß uns dein Heil schauen,
Auf nichts Vergänglich's trauen,
Nicht Eitelkeit uns freun!
Laß uns einfältig werden
Und vor dir hier auf Erden
Wie Kinder fromm und fröhlich
sein!

Wollst endlich sonder Grämen
Aus dieser Welt uns nehmen
Durch einen sanften Tod,
Und wenn du uns genommen,
Laß uns in Himmel kommen,
Du, unser Herr und unser Gott!

So legt euch denn, ihr Brüder,
In Gottes Namen nieder!
Kalt ist der Abendhauch.
Verschon uns, Gott, mit Strafen,
Und laß uns ruhig schlafen,
Und unsern kranken Nachbarn
auch!

1773

Matthias Claudius

Die Liebe

Die Liebe hemmet nichts; sie kennt
nicht Tür noch Riegel
Und dringt durch alles sich;
Sie ist ohn' Anbeginn, schlug ewig
ihre Flügel
Und schlägt sie ewiglich.

Der Frühling

Heute will ich fröhlich, fröhlich
sein,
Keine Weis und keine Sitte hören,
Will mich wälzen und für Freude
schrein,
Und der König soll mir das nicht
wehren.

Denn er kömmt mit seiner Freuden
Schar
Heute aus der Morgenröte Hallen,
Einen Blumenkranz um Brust und
Haar,
Und auf seiner Schulter
Nachtigallen.

Und sein Antlitz ist ihm rot und
weiß,
Und er träuft von Tau und Duft und
Segen –
Ha! mein Tyrsus sei ein
Knospenreis,
Und so tauml ich meinem Freund
entgegen.

Kriegslied

’s ist Krieg! ’s ist Krieg! O Gottes
Engel wehre,
Und rede du darein!
’s ist leider Krieg – und ich begehre
Nicht schuld daran zu sein!

Was sollt’ ich machen, wenn im
Schlaf mit Grämen
Und blutig, bleich und blaß,
Die Geister der Erschlagnen zu mir
kämen,
Und vor mir weinten, was?

Wenn wackre Männer, die sich
Ehre suchten,
Verstümmelt und halb tot
Im Staub sich vor mir wälzten, und
mir fluchten
In ihrer Todesnot?

Matthias Claudius

Wenn tausend, tausend Väter,
Mütter, Bräute,
So glücklich vor dem Krieg,
Nun alle elend, alle arme Leute,
Wehklagten über mich?

Wenn Hunger, böse Seuch' und
ihre Nöten
Freund, Freund und Feind ins Grab
Versammelten, und mir zu Ehren
krähten
Von einer Leich' herab?

Was hülf mir Kron' und Land und
Gold und Ehre?
Die könnten mich nicht freun!
's ist leider Krieg – und ich begehre
Nicht schuld daran zu sein!

Rheinweinlied

Bekränzt mit Laub den lieben
vollen Becher,
Und trinkt ihn fröhlich leer!
In ganz Europia, ihr Herren
Zecher,
Ist solch ein Wein nicht mehr.

Er kommt nicht her aus Ungarn,
noch aus Polen,
Noch wo man franzmänn'sch
spricht.
Da mag Sankt Veit, der Ritter, Wein
sich holen!
Wir holen ihn da nicht.

Ihn bringt das Vaterland aus seiner
Fülle;
Wie wär' er sonst so gut!
Wie wär' er sonst so edel, wäre
stille
Und doch voll Kraft und Mut!

Er wächst nicht überall im
Deutschen Reiche.
Und viele Berge, hört!
Sind, wie die weiland Kreter, faule
Bäuche
Und nicht der Stelle wert.

Thüringens Berge, zum Exempel,
bringen
Gewächs, sieht aus wie Wein,
Ist's aber nicht. Man kann dabei
nicht singen,
Dabei nicht fröhlich sein.

Matthias Claudius

Im Erzgebirge dürft ihr auch nicht
suchen,
Wenn Wein ihr finden wollt.
Das bringt nur Silbererz und
Koboldkuchen
Und etwas Lausegold.

Der Blocksberg ist der lange Herr
Philister,
Er macht nur Wind wie der.
Drum tanzen auch der Kuckuck
und sein Küster
Auf ihm die Kreuz und Quer.

Am Rhein, am Rhein, da wachsen
unsre Reben;
Gesegnet sei der Rhein!
Da wachsen sie am Ufer hin und
geben
Uns diesen Labewein.

So trinkt ihn denn, und laßt uns
allewege
Uns freun und fröhlich sein!
Und wüßten wir, wo jemand
traurig läge,
Wir gäben ihm den Wein.

Ein Wiegenlied, bei Mondschein zu singen

So schlafe nun, du Kleine!
Was weinest du?
Sanft ist im Mondenscheine
Und süß die Ruh'.

Auch kommt der Schlaf
    geschwinder
Und sonder Müh';
Der Mond freut sich der Kinder
Und liebet sie.

Er liebt zwar auch die Knaben,
Doch Mädchen mehr,
Gießt freundlich schöne Gaben
Von oben her

Auf sie aus, wenn sie saugen,
Recht wunderbar;
Schenkt ihnen blaue Augen
Und blondes Haar.

Alt ist er wie ein Rabe,
Sieht manches Land;
Mein Vater hat als Knabe
Ihn schon gekannt.

Matthias Claudius

Und bald nach ihren Wochen
Hat Mutter' mal
Mit ihm von mir gesprochen:
Sie saß im Tal

In einer Abendstunde,
Den Busen bloß,
Ich lag mit offnem Munde
In ihrem Schoß.

Sie sah mich an, für Freude
Ein Tränchen lief,
Der Mond beschien uns beide,
Ich lag und schlief;

Da sprach sie: «Mond, o! scheine,
Ich hab' sie lieb,
Schein' Glück für meine Kleine!»
Ihr Auge blieb

Noch lang am Monde kleben
Und flehte mehr.
Der Mond fing an zu beben,
Als hörte er.

Und denkt nun immer wieder
An diesen Blick
Und scheint von hoch hernieder
Mir lauter Glück.

Er schien mir unterm Kranze
Ins Brautgesicht
Und bei dem Ehrentanze;
Du warst noch nicht.

Die Sternseherin Lise

Ich sehe oft um Mitternacht,
Wenn ich mein Werk getan
Und niemand mehr im Hause wacht,
Die Stern' am Himmel an.

Sie gehn da, hin und her zerstreut
Als Lämmer auf der Flur;
In Rudeln auch, und aufgereiht
Wie Perlen an der Schnur;
Und funkeln alle weit und breit
Und funkeln rein und schön;
Ich seh' die große Herrlichkeit
Und kann mich satt nicht sehn …

Dann saget unterm Himmelszelt
Mein Herz mir in der Brust:
«Es gibt was Bessers in der Welt
Als all ihr Schmerz und Lust.»

Ich werf' mich auf mein Lager hin
Und liege lange wach
Und suche es in meinem Sinn
Und sehne mich darnach.

Matthias Claudius

Der Sämann säet den Samen,
Die Erde empfängt ihn, und über
ein kleines
Keimet die Blume herauf –

Du liebtest sie. Was auch dies
Leben
Sonst für Gewinn hat, war klein dir
geachtet,
Und sie entschlummerte dir.

Was weinest du neben dem Grabe
Und hebst die Hände zur Wolke des
Todes
Und der Verwesung empor?

Wie Gras auf dem Felde sind
Menschen
Dahin, die Blätter, nur wenige Tage
Gehn wir verkleidet einher!

Der Adler besuchet die Erde,
Doch säumt nicht, schüttelt vom
Flügel den Staub und
Kehret zur Sonne zurück.

Der Tod

Ach, es ist so dunkel in des Todes
Kammer,
Tönt so traurig, wenn er sich
bewegt
Und nun aufhebt seinen schweren
Hammer
Und die Stunde schlägt.

Johann Georg Jacobi

1740 – 1814

An Chloe

Mädchen mit den schönen Wangen!
Mädchen, kämst du jetzt gegangen,
Jetzt in dieses grüne Tal!
Welch ein Jubel! O wie flögen
Meine Küsse dir entgegen,
Meine Küsse sonder Zahl,
Wie die kleinen, raschen Bienen,
Wenn der Himmel sich erhellt,
Und ein Ganzer Schwarm von
ihnen
Auf ein Blütenbäumchen fällt!

Johann Georg Jacobi

Abends

Komm, Liebchen! es neigen
Die Wälder sich dir;
Und alles mit Schweigen
Erwartet dich hier.

Der Himmel im glatten
Umdämmerten Quell!
Dies Plätzchen im Schatten,
Dies andre so hell!

Im Schatten, der Liebe
Dich lockendes Glück,
Dir flüsternd: es bliebe
Noch vieles zurück –

Es blieben der süßen
Geheimnisse viel,
So festes Umschließen;
So wonniges Spiel!

Da rauscht es! da wanken
Auf jeglichem Baum
Die Äste; da schwanken
Die Vögel im Traum.

Dies Wanken, dies Zittern
Der Blätter im Teich –
O Liebe! dein Wittern!
O Liebe! dein Reich!

Unbekannter Dichter

18. Jahrhundert

Heimliche Liebe

Kein Feuer, keine Kohle
Kann brennen so heiß
Als heimliche Liebe,
Von der niemand nichts weiß

Keine Rose, keine Nelke
Kann blühen so schön,
Als wenn zwei verliebte Seelen
Beieinander tun stehn.

Setze du einen Spiegel
Ins Herz mir hinein,
Damit du kannst sehen,
Wie so treu ich es mein'!

Unbekannter Dichter

Wenn ich ein Vöglein wär'
Und auch zwei Flügel hätt',
Flög' ich zu dir.
Weil's aber nicht kann sein,
Weil's aber nicht kann sein,
Bleib' ich allhier.

Unbekannter Dichter

Wenn ich ein Mädchen seh',
Geh' ich gleich hin zu ihr,
Schau' ihr ins G'sicht.
Da ich aber näher tritt,
Sind's ihre Äuglein nicht
Und nicht ihr G'sicht.

Bin ich entfernt von dir
Bin ich im Traum bei dir,
Redest mit mir,
Daß du mir tausendmal,
Daß du mir tausendmal
Dein Herz geschenkt.

Es ist kein' Stund' in der Nacht,
Wo nicht mein Herz erwacht
Und an dich denkt,
Daß du mir tausendmal,
Daß du mir tausendmal
Dein Herz geschenkt.

Friedrich Wilhelm Gotter

1740 – 1797

Selbst die glücklichste der Ehen,
Tochter, hat ihr Ungemach;
Selbst die besten Männer gehen
Öfters ihren Launen nach.
Wer sich von dem goldnen Ringe
Goldne Tage nur verspricht,
Oder kennt den Lauf der Dinge
Und das Herz des Menschen nicht.

Manche wirft sich ohne Sorgen
In des Gatten Arm wie du
Und beweint am andern Morgen
Ihre Freiheit, ihre Ruh.
Aus dem Sklaven ihrer Blicke
Wird ein mürrischer Tyrann;
Banger Kummer folgt dem Glücke,
Das mit ihrem Traum zerrann.

Doch dein Glück dir selbst zu
schaffen,
Tochter, steht in deiner Hand;
Die Natur gab dir die Waffen,
Gab dir Sanftmut und Verstand.
Lerne deines Gatten Herzen
Liebevoll entgegengehn,
Leichte Kränkungen verschmerzen,
Kleine Fehler übersehn.

Gottfried August Bürger

1747 – 1794

Liebeszauber

Mädel, schau mir ins Gesicht!
Schelmenauge, blinzle nicht!
Mädel, merke, was ich sage!
Gib Bescheid auf meine Frage!
Holla, hoch, mir ins Gesicht!
Schelmenauge, blinzle nicht!

Bist nicht häßlich, das ist wahr!
Äuglein hast du, blau und klar;
Stirn und Näschen, Mund und
Wangen
Dürfen wohl ihr Lob verlangen.
Reizend, Liebchen, das ist wahr,
Reizend bist du offenbar.

Aber reizend her und hin!
Bist ja doch nicht Kaiserin;
Nicht die Kaiserin der Schönen.
Wer wird dich vor allen krönen?
Reizend her und reizend hin!
Viel noch fehlt zur Kaiserin.

Hundert Schönen sicherlich,
Hundert, hundert! fänden sich,
Die vor Eifer würden lodern,
Dich vors Weltgericht zu fodern.
Hundert Schönen fänden sich;
Hundert siegten über dich.

Dennoch hegst du Kaiserrecht
Über deinen treuen Knecht,
Kaiserrecht in seinem Herzen,
Bald zur Wonne, bald zu Schmerzen,
Tod und Leben, Kaiserrecht
Nimmt von dir der treue Knecht.

Hundert ist wohl große Zahl;
Aber, Liebchen, laß einmal,
Laß es hunderttausend wagen,
Dich von Thron und Reich zu jagen!
Hunderttausend! Welche Zahl!
Sie verlören allzumal.

Schelmenauge, Schelmenmund,
Sieh mich an und tu mir's kund!
He, warum bist du die Meine?
Du allein und anders keine?
Sieh mich an und tu mir's kund,
Schelmenauge, Schelmenmund!

Sinnig forsch ich auf und ab:
Was so ganz dir hin mich gab? –
Ha! Durch nichts mich so zu zwingen,
Geht nicht zu mit rechten Dingen.
Zaubermädel auf und ab,
1778 Sprich, wo ist dein Zauberstab?

Gottfried August Bürger

An die Menschengesichter

Ich habe was Liebes, das hab ich
zu lieb,
Was kann ich, was kann ich dafür?
Drum sind mir die
Menschengesichter nicht hold:
Doch spinn ich ja leider nicht
Seide, noch Gold,
Ich spinne nur Herzeleid mir.

Auch mich hat was Liebes im
Herzen zu lieb,
Was kann es, was kann es fürs
Herz?
Auch ihm sind die
Menschengesichter nicht hold:
Doch spinnt es ja leider nicht
Seide, noch Gold,
Es spinnt sich nur Elend und
Schmerz.

Wir seufzen und sehnen, wir
schmachten uns nach,
Wir sehnen und seufzen uns krank.
Die Menschengesichter verargen
uns das,
Sie reden, sie tun uns bald dies und
bald das,
Und schmieden uns Fessel und
Zwang.

Wir irren und quälen euch andre ja nicht,
Wir quälen ja uns nur allein.
Drum, Menschengesichter, wir bitten euch sehr,
Drum laßt uns gewähren und quält uns nicht mehr,
1778 O laßt uns gewähren allein!

Die Schatzgräber

Ein Winzer, der am Tode lag,
Rief seine Kinder an und sprach:
«In unserm Weinberg liegt ein Schatz,
Grabt nur danach!» – «An welchem Platz?»
Schrie alles laut den Vater an.
«Grabt nur!» – O weh! da starb der Mann.

Kaum war der Alte beigeschafft,
So grub man nach aus Leibeskraft.
Mit Hacke, Karst und Spaten ward
Der Weinberg um und um gescharrt.
Da war kein Kloß, der ruhig blieb;
Man warf die Erde gar durchs Sieb,
Und zog die Harken kreuz und quer
Nach jedem Steinchen hin und her.

Gottfried August Bürger

Allein da ward kein Schatz verspürt
Und jeder hielt sich angeführt.

Doch kaum erschien das nächste Jahr,
So nahm man mit Erstaunen wahr,
Daß jede Rebe dreifach trug.
Da wurden erst die Söhne klug,
Und gruben nun Jahr ein Jahr aus
Des Schatzes immer mehr heraus.

1787

Unbekannter Dichter

18. Jahrhundert

Es waren zwei Königskinder,
Die hatten einander so lieb;
Sie konnten zusammen nicht kommen,
Das Wasser war viel zu tief.

«Ach Liebster, kannst du nicht schwimmen,
So schwimm doch herüber zu mir!
Drei Kerzen will ich anzünden,
Die sollen leuchten dir.»

Das hört' eine falsche Nonne,
Die tät, als wenn sie schlief;
Sie tät die Kerzen auslöschen,
Der Jüngling ertrank so tief.

Es war an einem Sonntagmorgen,
Die Leut waren alle so froh,
Nicht so die Königstochter,
Ihr' Augen saßen ihr zu.

«Ach Mutter, herzliebste Mutter,
Mir tut der Kopf so weh.
Ich möchte spazierengehen
Wohl an der blauen See.»

«Ach Tochter, herzliebste Tochter
Allein sollst du nicht gehn,
Weck auf deinen jüngsten Bruder
Und der soll mit dir gehn.»

«Ach Mutter, herzliebste Mutter,
Mein Bruder ist noch ein Kind,
Der schießt ja all die Vöglein,
Die auf Grünheide sind.»

«Ach Tochter, herzliebste Tochter,
Allein sollst du nicht gehn,
Weck auf deine jüngste Schwester,
Und die soll mit dir gehn! »

«Ach Mutter, herzliebste Mutter,
Meine Schwester ist noch ein Kind,
Sie pflückt ja all die Blümlein,
Die auf Grünheide sind.»

Unbekannter Dichter

Die Mutter ging zur Kirche,
Die Tochter hielt ihren Gang.
Sie ging solang spazieren,
Bis sie den Fischer fand.

«Ach Fischer, liebster Fischer,
Willst du dir verdienen groß Lohn,
So wirf dein Netz ins Wasser
Und fisch mir den Königssohn.»

Was zog sie von ihrem Finger,
Ein Ringlein von Gold so rot,
«Sieh da, wohledler Fischer,
Kauf deinen Kindem Brot.»

Der Fischer warf seine Netze,
Er warf sie bis auf den Grund,
Er fischte und fischte solange,
Bis er den Königssohn fand.

Den schloß sie in ihre Arme
Und küßte ihn auf den Mund,
«Ach, Mündlein, könntest du
sprechen,
So wär' mein jung Herze gesund.»

Was nahm sie von ihrem Haupte?
Die goldene Königskron',
«Sieh da, wohledler Fischer,
Hier hast du deinen Lohn.»

Sie schwang sich um ihren Mantel
Und sprang wohl in die See,
«Lebt wohl, lieb Vater und Mutter,
Ihr seht mich nimmermehr.»

Da hört' man Glöckchen läuten,
Da hört' man Jammer und Not.
Hier liegen zwei Königskinder,
Sind alle beide tot.

Johann Gottfried Herder

1744 – 1803

Das Flüchtigste

Tadle nicht der Nachtigallen
Bald verhallend süßes Lied;
Sieh, wie unter allen, allen
Lebensfreuden, die entfallen,
Stets zuerst die schönste flieht.

Sieh, wie dort im Tanz der Horen
Lenz und Morgen schnell
entweicht;
Wie die Rose, mit Auroren
Jetzt im Silbertau geboren,
Jetzt, Auroren gleich, erbleicht.

Johann Gottfried Herder

Höre, wie im Chor der Triebe
Bald der zarte Ton verklingt.
Sanftes Mitleid, Wahn der Liebe,
Ach, daß er uns ewig bliebe!
Aber ach, sein Zauber sinkt.

Und die Frische dieser Wangen,
Deines Herzens rege Glut,
Und die ahnenden Verlangen,
Die am Wink der Hoffnung hangen –
Ach, ein fliehend, fliehend Gut!

Selbst die Blüte deines Strebens,
Aller Musen schönste Gunst,
Jede höchste Kunst des Lebens,
Freund, du fesselst sie vergebens:
Sie entschlüpft, die Zauberkunst.

Aus dem Meer der Götterfreuden
Ward ein Tropfe uns geschenkt,
Ward gemischt mit manchem Leiden,
Leerer Ahnung, falschen Freuden,
Ward im Nebelmeer ertränkt.

Aber auch im Nebelmeere
Ist der Tropfe Seligkeit:
Einen Augenblick ihn trinken,
Rein ihn trinken und versinken,
Ist Genuß der Ewigkeit.

1787

Der Mensch und sein Schatte

«Sage, was hab ich mit dir?
Du bist vor und hinter mir,
Öder Schatte, schwarzer Geist,
Der mein Nichts mir immer weist.»

«Tadelst du, o Freund, ein Bild,
Das dein Wesen dir enthüllt?
Ohne jenes Lichtes Bahn
Bist du Schatte um und an.

Steht die Sonne dort vor dir,
Schleich ich hinterm Rücken hier;
Wird sie dir im Rücken stehn,
Wird dein Schatte vor dir gehn.

Deines Lebens Sonnenlicht
Ist Vernunft; die fliehe nicht.
Wird sie dir im Rücken stehn,
Wird dein Schatte vor dir gehn.»

Das Lied des Lebens

Flüchtiger als Wind und Welle
Flieht die Zeit, was hält sie auf?
Sie genießen auf der Stelle,
Sie ergreifen schnell im Lauf:
Das, ihr Brüder, hält ihr Schweben,
Hält die Flucht der Tage ein,

Johann Gottfried Herder

Schneller Gang ist unser Leben,
Laßt uns Rosen auf ihn streun!

Rosen, denn die Tage sinken
In des Winters Nebelmeer;
Rosen, denn sie blühn und blinken
Links und rechts noch um uns her.
Rosen stehn auf jedem Zweige
Jeder schönen Jugendtat.
Wohl ihm, der bis auf die Neige
Rein gelebt sein Leben hat.

Tage, werdet uns zum Kranze,
Der des Greises Schlaf umzieh'
Und um sie in frischem Glanze
Wie ein Traum der Jugend blüht!
Auch die dunkeln Blumen kühlen
Uns mit Ruhe, doppelt süß;
Und die lauen Lüfte spielen
Freundlich uns ins Paradies.

1787

Der Nachruhm

Mich reizet nicht des Ruhmes Schall,
Der aus Posaunen tönt,
Den jeder leise Widerhall
Im stillen Tal verhöhnt.
Ein Ruhm, der wie der Sturmwind braust,
Ist selbst ein Sturm, der bald versaust.

Mich reizet mehr der Silberton,
Der unbelauschet klingt,
Und meiner Muse schönsten Lohn,
Den Dank des Herzens singt,
Die Träne, die dem Aug entfließt
Und mich mit Bruderliebe grüßt.

Nicht allen gönnte die Natur
Das allgepriesne Glück,
Zu bilden auf des Schöpfers Spur
Ein ewges Meisterstück.
Das, ein Vollkommnes seiner Art,
Der Nachwelt stetes Muster ward;

An dem, im Anblick noch entzückt,
Der späte Schüler steht,
Und in des Meisters Seele blickt
Und stumm von dannen geht,
Indes sein Herz den seltnen Geist
Mit lautem Puls glückselig preist.

Wir schwimmen in dem Strom der
  Zeit
Auf Welle Welle fort.
Das Meer der Allvergessenheit
Ist unser letzter Ort;
Genug, wenn Welle Welle trieb
Und ohne Namen Wirkung blieb.

Wenn dann auch in der Zeiten Bau
Mich bald ihr Schutt begräbt,

Johann Gottfried Herder

Und meine Kraft auf Gottes Au
In andern Blumen lebt,
Und mein Gedanke mit zum Geist
Vollendender Gedanken fleußt.

Schön ists, von allen anerkannt,
Sich allgeliebt zu sehn;
Doch schöner noch, auch
ungenannt,
Wohltätig fest zu stehn.
Verdienst ist meines Stolzes Neid
Und bei Verdienst Unsichtbarkeit.

So nennet Gottes Kreatur
Nur schweigend seinen Ruhm;
Sie blüht in wirkender Natur,
Ihr selbst ein Eigentum,
Der Schöpfer zeigt sich nicht, und
kühn
Verkennt der Tor und leugnet ihn.

Eroberungssucht

Weh euch, ihr Prinzen, die für
Ruhm
Der Völker Blut vergossen,
Für deren Macht und Eigentum
So bittre Tränen flossen,

Die ihr doch, was ihr habt, nicht
nützt
Und nicht genießt, was ihr besitzt,
Die ihr um Wahn nur fechtet
Und um Phantome rechtet!

Die Tränen sind ein bittrer Trank,
Ein Kelch, für euch zu leeren
Des Ruhmes heisrer Lobgesang
Wird sich in Fluch verkehren,
Wenn um die euch gegrabne Gruft
Nun jeder Seufzer Rache ruft,
Wenn eure Kinder müssen,
Was ihr verschuldet, büßen!

Die Harmonie der Welt

Siehet das Auge? Höret das Ohr?
Dein innerer Sinn sieht;
Er nur höret und weiß, was er von
außen vernahm.
Und du zweifeltest, Freund, am
hohen inneren Weltsinn?
Hörst du die Harfe nicht? Willst du
auch *sehen* den Ton?

Johann Gottfried Herder

O schwarze Nacht, wer hat ihn,
deinen Schleier, je aufgedeckt!
Du warst einst All; da kam ein
Funke Feuer
Und hat den Weltschein aufgeweckt,
Der jetzt noch ist. In ewgem
Wechselkreise
Mit Tag und Nacht
Rollt er hinweg! mir, bis ich meine
Reise,
Die kurze Reise, bald vollbracht,
Dann geb ich euch, die ihr ihn
gabet, wieder,
Nacht oder Licht!
Dem Weltgeist meinen Geist, und
sinke nieder,
Sei ich dann, oder sei ich nicht!

Vergleichung

Wie der köstlichste Wein von
seinem Boden Geschmack
nimmt,
Saft und Farbe; so sind wir die
Gewächse der Zeit.
Dies kocht reifer die Sonne, dem
gibt sie süßere Anmut,
Aber des Bodens Natur ändert nicht
Sonne, noch Zeit.

Das Unsere und Fremde

Was nicht in deiner Macht,
O Tor, das wünschest du;
Und was in deiner Macht,
Verlierst du drüber – Ruh !

Ein Traum, ein Traum ist unser
 Leben auf Erden hier.
Wie Schatten auf den Wogen
 schweben und schwinden wir.
Und messen unsre trägen Tritte
 nach Raum und Zeit;
Und sind (und wissen's nicht) in
 Mitte der Ewigkeit.

Unbekannter Dichter

O Straßburg, o Straßburg

O Straßburg, o Straßburg,
Du wunderschöne Stadt!
Darinnen liegt begraben
So manicher Soldat.

So mancher, so schöner,
Auch tapferer Soldat,
Der Vater und lieb Mutter
Böslich verlassen hat.

Unbekannter Dichter

Verlassen, verlassen!
Es kann nicht anders sein!
Zu Straßburg, ja zu Straßburg
Soldaten müssen sein.

Der Vater, die Mutter,
Die gingen vors Hauptmanns Haus:
«Ach Hauptmann, lieber Herr
Hauptmann.
Gebt mir meinen Sohn heraus!»

«Euern Sohn kann ich nicht geben
Für noch so vieles Geld;
Euer Sohn – und der muß sterben
Im weit und breiten Feld;

Im weiten, im breiten,
Wohl draußen vor dem Feind,
Wenn gleich sein schwarzbraun
Mädchen
So bitter um ihn weint.»

Sie weinet, sie greinet,
Sie klaget also sehr:
Ade, Herzallerliebste!
Wir sehn uns nimmermehr!

um 1800

Unbekannter Dichter

Es steht ein Baum im Odenwald,
Der hat viel grüne Äst';
Da bin ich schon viel tausendmal
Bei meinem Schatz gewest.

Da sitzt ein schöner Vogel drauf,
Der pfeift gar wunderschön;
Ich und mein Schätzel lauern auf,
Wenn wir mit'nander gehn.

Der Vogel sitzt in seiner Ruh'
Wohl auf dem höchsten Zweig,
Und schauen wir dem Vogel zu,
So pfeift er alsogleich.

Der Vogel sitzt in seinem Nest
Wohl auf dem grünen Baum!
Ach, Schätzel, bin ich bei dir
g'west,
Oder ist es nur ein Traum?

Und als ich wied'rum kam zu dir,
Gehauen war der Baum!
Ein andrer Liebster steht bei ihr –
O du verfluchter Traum!

Der Baum, der steht im Odenwald,
Und ich bin in der Schweiz;
Da liegt der Schnee, und ist so kalt:
Mein Herz es mir zerreißt!

Aus «Des Knaben Wunderhorn»

Ludwig Heinrich Christoph Hölty

1748 – 1776

Der rechte Gebrauch des Lebens

Wer hemmt den Flug der Stunden?
Sie rauschen hin
Wie Pfeile Gottes! Jeder
Sekundenschlag
Reißt uns dem Sterbebette näher,
Näher dem eisernen Todesschlafe!

Dir blüht kein Frühling, wenn du
gestorben bist;
Dir weht kein Schatten, tönet kein
Becherklang;
Dir lacht kein süßes Mädchen-
lächeln,
Strömet kein Scherz von des
Freundes Lippe!

Noch rauscht der schwarze Flügel
des Todes nicht!
Drum hasch die Freuden, eh sie
der Sturm verweht,
Die Gott, wie Sonnenschein und
Regen,
Aus der vergeudenden Urne
schüttet!

Ein froher Abend, welchen der
heitre Scherz
Der Freundschaft flügelt, oder das
Deckelglas;

Ein Kuß auf deines Mädchens
Wangen,
Oder auf ihren gehobnen Busen;

Ein Gang im Grünen, wann du, o
Nachtigall,
Dein süßes Mailied durch die
Gesträuche tönst,
Wägt jeden Kranz des Nachruhms
nieder,
Den sich der Held und der Weise
wanden!

Der Kuß, den mir die blühende
Tochter gibt,
Ist süßer als die Küsse der Enkelin,
Die sie dem kalten Hügel opfert,
Wo ich den eisernen Schlummer
schlafe.

Die Liebe

Eine Schale des Harms, eine der
Freuden wog
Gott dem Menschengeschlecht;
aber der lastende
Kummer senket die Schale,
Immer hebet die andre sich.

Ludwig Heinrich Christoph Hölty

Irren, traurigen Tritts wanken wir
unsern Weg
Durch das Leben hinab, bis sich die
Liebe naht,
Eine Fülle der Freuden
In die steigende Schale streut.

Wie dem Pilger der Quell silbern
entgegenrinnt,
Wie der Regen des Mais über die
Blüten träuft,
Naht die Liebe; des Jünglings
Seele zittert und huldigt ihr!

Nähm er Kronen und Gold, mißte
der Liebe? Gold
Ist ihm fliegende Spreu, Kronen ein
Flittertand,
Alle Hoheit der Erde,
Sonder herzliche Liebe, Staub!

Los der Engel! Kein Sturm düstert
die Seelenruh
Des Beglückten! Der Tag hüllt sich
in lichters Blau,
Kuß und Flüstern und Lächeln
Flügelt Stunden an Stunden fort.

Herrscher neideten ihn, kosteten sie des Glücks,
Das dem Liebenden ward, würfen den Königsstab
Aus den Händen und suchten
Sich ein friedliches Hüttendach.

Unter Rosengesträuch spielet ein Quell und mischt
Dem begegnenden Bach Silber. So strömen flugs
Seel und Seele zusammen,
Wann allmächtige Liebe naht.

1773

Auftrag

Ihr Freunde, hänget, wann ich gestorben bin,
Die kleine Harfe hinter dem Altar auf,
Wo an der Wand die Totenkränze
Manches verstorbenen Mädchens schimmern.

Der Küster zeigt dann freundlich dem Reisenden
Die kleine Harfe, rauscht mit dem roten Band,
Das, an der Harfe festgeschlungen,
Unter den goldenen Saiten flattert.

Ludwig Heinrich Christoph Hölty

«Oft», sagt er staunend, «tönen im Abendrot
Von selbst die Saiten leise wie Bienenton:
Die Kinder, hergelockt vom Kirchhof,
Hörtens, und sahn, wie die Kränze bebten.»

1775

Aufmunterung zur Freude

Wer wollte sich mit Grillen plagen,
Solang uns Lenz und Jugend blühn;
Wer wollt' in seinen Blütentagen
An finstrer Schwermut Altar knien!

Die Freude winkt auf allen Wegen,
Die durch dies Pilgerleben gehn;
Sie bringt uns selbst den Kranz entgegen,
Wenn wir am Scheidewege stehn.

Noch rinnt und rauscht die Wiesenquelle,
Noch ist die Laube kühl und grün,
Noch scheint der liebe Mond so helle,
Wie er durch Adams Bäume schien,

Noch macht der Saft der Purpurtraube
Des Menschen krankes Herz gesund,
Noch schmecket in der Abendlaube
Der Kuß auf einen roten Mund.

Noch tönt der Busch voll Nachtigallen
Dem Jüngling süße Fühlung zu,
Noch strömt, wenn ihre Lieder schallen,
Selbst in zerrißne Seelen Ruh.

O wunderschön ist Gottes Erde
Und wert, darauf vergnügt zu sein;
Drum will ich, bis ich Asche werde,
1776 Mich dieser schönen Erde freun!

Lebenspflichten

Rosen auf den Weg gestreut
Und des Harms vergessen!
Eine kurze Spanne Zeit
Ward uns zugemessen.

Heute hüpft im Frühlingstanz
Noch der frohe Knabe;
Morgen weht der Totenkranz
Schon auf seinem Grabe.

Ludwig
Heinrich
Christoph
Hölty

Wonne führt die junge Braut
Heute zum Altare;
Eh die Abendwolke taut
Ruht sie auf der Bahre.

Gebet Harm und Grillenfang,
Gebet ihn den Winden;
Ruht, bei frohem Becherklang
Unter grünen Linden.

Lasset keine Nachtigall
Unbehorcht verstummen;
Keine Bien im Frühlingstal
Unbelauschet summen.

Fühlt, solang es Gott erlaubt,
Kuß und süße Trauben,
Bis der Tod, der alles raubt,
Kommt, sie auch zu rauben.

1776

Johann Wolfgang Goethe

1749 – 1832

Die schöne Nacht

Nun verlaß' ich diese Hütte,
Meiner Liebsten Aufenthalt,
Wandle mit verhülltem Schritte
Durch den öden, finstern Wald:
Luna bricht durch Busch und
  Eichen,
Zephir meldet ihren Lauf,
Und die Birken streun mit Neigen
Ihr den süßten Weihrauch auf.

Wie ergötz' ich mich im Kühlen
Dieser schönen Sommernacht!
O wie still ist hier zu fühlen,
Was die Seele glücklich macht!
Läßt sich kaum die Wonne fassen;
Und doch wollt' ich, Himmel, dir
Tausend solcher Nächte lassen,
Gäb' mein Mädchen eine mir.

um 1768

Willkommen und Abschied

Es schlug mein Herz: geschwind zu
  Pferde!
Es war getan, fast eh' gedacht.
Der Abend wiegte schon die Erde,
Und an den Bergen hing die Nacht;
Schon stand im Nebelkleid die
  Eiche,

Johann Wolfgang Goethe

Ein aufgetürmter Riese, da,
Wo Finsternis aus dem Gesträuche
Mit hundert schwarzen Augen sah.

Der Mond von einem Wolkenhügel
Sah kläglich aus dem Duft hervor,
Die Winde schwangen leise Flügel,
Umsausten schauerlich mein Ohr,
Die Nacht schuf tausend Ungeheuer,
Doch frisch und fröhlich war mein Mut;
In meinen Adern welches Feuer!
In meinem Herzen welche Glut!

Dich sah ich, und die milde Freude
Floß von dem süßen Blick auf mich;
Ganz war mein Herz an deiner Seite
Und jeder Atemzug für dich.
Ein rosenfarbnes Frühlingswetter
Umgab das liebliche Gesicht,
Und Zärtlichkeit für mich – ihr Götter!
Ich hofft' es, ich verdient' es nicht!

Doch ach! Schon mit der Morgensonne
Verengt' der Abschied mir das Herz:
In deinen Küssen welche Wonne!

In deinem Auge welcher Schmerz!
Ich ging. Du standst und sahst zur Erden,
Und sahst mir nach mit nassem Blick –
Und doch, welch Glück, geliebt zu werden!
Und lieben, Götter, welch ein Glück!

Mailied

Wie herrlich leuchtet
Mir die Natur!
Wie glänzt die Sonne!
Wie lacht die Flur!

Es dringen Blüten
Aus jedem Zweig
Und tausend Stimmen
Aus dem Gesträuch,

Und Freud und Wonne
Aus jeder Brust.
O Erd', o Sonne,
O Glück, o Lust!

O Lieb', o Liebe!
So golden schön,
Wie Morgenwolken
Auf jenen Höhn!

Johann Wolfgang Goethe

Du segnest herrlich
Das frische Feld,
Im Blütendampfe
Die volle Welt.

O Mädchen, Mädchen,
Wie lieb' ich dich!
Wie blickt dein Auge!
Wie liebst du mich!

So liebt die Lerche
Gesang und Luft,
Und Morgenblumen
Den Himmelsduft,

Wie ich dich liebe
Mit warmem Blut,
Die du mir Jugend
Und Freud' und Mut

Zu neuen Liedern
Und Tänzen gibst,
Sei ewig glücklich,
Wie du mich liebst!

1771

Mahomets Gesang

Seht den Felsenquell,
Freudehell,
Wie ein Sternenblick!

Über Wolken
Nährten seine Jugend
Gute Geister
Zwischen Klippen im Gebüsch.

Jünglingsfrisch
Tanzt er aus der Wolke
Auf die Marmorfelsen nieder,
Jauchzet wieder
Nach dem Himmel.

Durch die Gipfelgänge
Jagt er bunten Kieseln nach,
Und mit frühem Führertritt
Reißt er seine Bruderquellen
Mit sich fort.

Drunten werden in dem Tal
Unter seinem Fußtritt Blumen,
Und die Wiese
Lebt von seinem Hauch.

Doch ihn hält kein Schattental,
Keine Blumen,
Die ihm seine Knie umschlingen,
Ihm mit Liebesaugen schmeicheln:
Nach der Ebne dringt sein Lauf
Schlangenwandelnd.

Bäche schmiegen
Sich gesellig an. Nun tritt er
In die Ebne silberprangend,
Und die Ebne prangt mit ihm,
Und die Flüsse von der Ebne
Und die Bäche von den Bergen
Jauchzen ihm und rufen: Bruder!
Bruder, nimm die Brüder mit,
Mit zu deinem alten Vater,
Zu dem ew'gen Ozean,
Der mit ausgespannten Armen
Unser wartet,

Die sich, ach, vergebens öffnen,
Seine Sehnenden zu fassen:
Denn uns frißt in öder Wüste
Gier'ger Sand. Die Sonne droben
Saugt an unserm Blut. Ein Hügel
Hemmet uns zum Teiche! Bruder,
Nimm die Brüder von der Ebne,
Nimm die Brüder von dem Bergen
Mit, zu deinem Vater mit!

Kommt ihr alle! –
Und nun schwillt er
Herrlicher: Ein ganz Geschlechte
Tragt den Fürsten hoch empor!
Und im rollenden Triumphe
Gibt er Ländern Namen. Städte

Werden unter seinem Fuß.
Unaufhaltsam rauscht er weiter,
Läßt der Türme Flammengipfel,
Marmorhäuser, eine Schöpfung
Seiner Fülle, hinter sich.

Zedernhäuser trägt der Atlas
Auf den Riesenschultern; sausend
Wehen über seinem Haupte
Tausend Flaggen durch die Lüfte,
Zeugen seiner Herrlichkeit.

Und so trägt er seine Brüder,
Seine Schätze, seine Kinder
Dem erwartenden Erzeuger
1772/73 Freudebrausend an das Herz.

Ganymed

Wie im Morgenglanze
Du rings mich anglühst,
Frühling, Geliebter!
Mit tausendfacher Liebeswonne
Sich an mein Herz drängt
Deiner ewigen Wärme
Heilig Gefühl,
Unendliche Schöne!

Johann Wolfgang Goethe

Daß ich dich fassen möcht'
In diesen Arm!
Ach, an deinem Busen
Lieg' ich, schmachte,
Und deine Blumen, dein Gras
Drängen sich an mein Herz.
Du kühlst den brennenden
Durst meines Busens,

Lieblicher Morgenwind!
Ruft drein die Nachtigall
Liebend nach mir aus dem
  Nebeltal.

Ich komm', ich komme!
Wohin? Ach, wohin?

Hinauf! Hinauf strebt's.
Es schweben die Wolken
Abwärts, die Wolken
Neigen sich der sehnenden Liebe.
Mir! Mir!
In euerm Schoße
Aufwärts!
Umfangend umfangen!
Aufwärts an deinen Busen,
All-liebender Vater!

1774

Neue Liebe, neues Leben

Herz, mein Herz, was soll das geben?
Was bedränget dich so sehr?
Welch ein fremdes, neues Leben!
Ich erkenne dich nicht mehr.
Weg ist alles, was du liebtest,
Weg, warum du dich betrübtest,
Weg dein Fleiß und deine Ruh –
Ach, wie kamst du nur dazu!

Fesselt dich die Jugendblüte,
Diese liebliche Gestalt,
Dieser Blick voll Treu und Güte
Mit unendlicher Gewalt?
Will ich rasch mich ihr entziehen,
Mich ermannen, ihr entfliehen,
Führet mich im Augenblick,
Ach, mein Weg zu ihr zurück.

Und an diesem Zauberfädchen,
Das sich nicht zerreißen läßt,
Hält das liebe, lose Mädchen
Mich so wider Willen fest:
Muß in ihrem Zauberkreise
Leben nun auf ihre Weise,
Die Veränderung, ach wie groß!
1775 Liebe! Liebe! laß mich los!

Johann Wolfgang Goethe

Beherzigung

Feiger Gedanken
Bängliches Schwanken,
Weibisches Zagen,
Ängstliches Klagen
Wendet kein Elend,
Macht dich nicht frei.

Allen Gewalten
Zum Trutz sich erhalten,
Nimmer sich beugen,
Kräftig sich zeigen
Rufet die Arme
Der Götter herbei.

um 1775

Warum gabst du uns die tiefen Blicke?

Warum gabst du uns die tiefen
Blicke,
Unsre Zukunft ahnungsvoll zu
schaun,
Unsrer Liebe, unserm Erdenglücke
Wähnend selig nimmer hinzutraun?
Warum gabst uns, Schicksal, die
Gefühle,
Uns einander in das Herz zu sehn,
Um durch all die seltenen Gewühle
Unser wahr Verhältnis auszuspähn?

Ach, so viele tausend Menschen
kennen,
Dumpf sich treibend, kaum ihr
eigen Herz,
Schweben zwecklos hin und her
und rennen
Hoffnungslos in unversehnen
Schmerz;
Jauchzen wieder, wenn der
schnellen Freuden
Unerwart'te Morgenröte tagt:
Nur uns armen liebevollen beiden
Ist das wechselseitge Glück
versagt,
Uns zu lieben, ohn uns zu
verstehen,
In dem andern sehn, was er nie
war,
Immer frisch auf Traumglück
auszugehen
Und zu schwanken auch in
Traumgefahr.

Glücklich, den ein leerer Traum
beschäftigt!
Glücklich, dem die Ahnung eitel
wär!
Jede Gegenwart und jeder Blick
bekräftigt
Traum und Ahnung leider uns noch
mehr.

Johann Wolfgang Goethe

Sag, was will das Schicksal uns
bereiten?
Sag, wie band es uns so rein genau?
Ach, du warst in abgelebten Zeiten
Meine Schwester oder meine Frau.

Kanntest jeden Zug in meinem
Wesen,
Spähtest, wie die reinste Nerve
klingt,
Konntest mich mit einem Blicke
lesen,
Den so schwer ein sterblich Aug
durchdringt
Tropftest Mäßigung dem heißen
Blute,
Richtetest den wilden irren Lauf,
Und in deinen Engelsarmen ruhte
Die zerstörte Brust sich wieder auf;
Hieltest zauberleicht ihm
angebunden
Und vergaukeltest ihm manchen
Tag.
Welche Seligkeit glich jenen
Wonnestunden,
Da er dankbar dir zu Füßen lag,
Fühlt' sein Herz an deinem Herzen
schwellen,
Fühlte sich in deinem Auge gut,
Alle seine Sinne sich erhellen
Und beruhigen sein brausend Blut!

Und von allem dem schwebt ein
Erinnern
Nur noch um das ungewisse Herz;
Fühlt die alte Wahrheit ewig gleich
im Innern,
Und der neue Zustand wird ihm
Schmerz.
Und wir scheinen uns nur halb
beseelet,
Dämmernd ist um uns der hellste
Tag,
1776 Glücklich, daß das Schicksal, das
An Charlotte von Stein uns quälet,
Uns doch nicht verändern mag!

Wanderers Nachtlied

Der du von dem Himmel bist,
Alles Leid und Schmerzen stillest,
Den, der doppelt elend ist,
Doppelt mit Erquickung füllest,

Ach, ich bin des Treibens müde!
Was soll all der Schmerz und Lust?
Süßer Friede,
1776 Komm, ach komm in meine Brust!

Johann Wolfgang Goethe

Ein gleiches

Über allen Gipfeln
Ist Ruh',
In allen Wipfeln
Spürest du

Kaum einen Hauch;
Die Vögelein schweigen im Walde.
Warte nur, balde
Ruhest du auch.

1780

Rastlose Liebe

Dem Schnee, dem Regen,
Dem Wind entgegen,
Im Dampf der Klüfte,
Durch Nebeldüfte,
Immer zu! Immer zu!
Ohne Rast und Ruh!

Lieber durch Leiden
Möcht' ich mich schlagen,
Als so viel Freuden
Des Lebens ertragen.

Alle das Neigen
Von Herzen zu Herzen,
Ach wie so eigen
Schaffet das Schmerzen!

Wie soll ich fliehen?
Wälderwärts ziehen?
Alles vergebens!
Krone des Lebens,
Glück ohne Ruh,
1776 Liebe, bist du!

Alles geben die Götter, die
unendlichen,
Ihren Lieblingen ganz,
Alle Freuden, die unendlichen,
Alle Schmerzen, die unendlichen,
1777 ganz.

Gretchen

Meine Ruh' ist hin,
Mein Herz ist schwer,
Ich finde sie nimmer
Und nimmermehr.

Wo ich ihn nicht hab',
Ist mir das Grab,
Die ganze Welt
Ist mir vergällt.

Johann Wolfgang Goethe

Mein armer Kopf
Ist mir verrückt,
Mein armer Sinn
Ist mir zerstückt.

Meine Ruh' ist hin,
Mein Herz ist schwer,
Ich finde sie nimmer
Und nimmermehr.

Nach ihm nur schau' ich
Zum Fenster hinaus,
Nach ihm nur geh' ich
Aus dem Haus.

Sein hoher Gang,
Sein edle Gestalt,
Seines Mundes Lächeln,
Seiner Augen Gewalt,

Und seiner Rede
Zauberfluß,
Sein Händedruck,
Und ach, sein Kuß!

Meine Ruh' ist hin,
Mein Herz ist schwer,
Ich finde sie nimmer
Und nimmermehr.

Mein Busen drängt
Sich nach ihm hin,
Ach dürft' ich fassen
Und halten ihn

Und küssen ihn,
So wie ich wollt',
An seinen Küssen
Vergehen sollt'!

um 1777
Aus «Faust»

Gesang der Geister über den Wassern

Des Menschen Seele
Gleicht dem Wasser.
Vom Himmel kommt es,
Zum Himmel steigt es,
Und wieder nieder
Zur Erde muß es.
Ewig wechselnd.

Strömt von der hohen,
Steilen Felswand
Der reine Strahl,
Dann stäubt er lieblich
In Wolkenwellen
Zum glatten Fels,
Und leicht empfangen
Wallt er verschleiernd,
Leisrauschend
Zur Tiefe nieder.

Johann Wolfgang Goethe

Ragen Klippen
Dem Sturz entgegen,
Schäumt er unmutig
Stufenweise
Zum Abgrund.

Im flachen Bette
Schleicht er das Wiesental hin,
Und in dem glatten See
Weiden ihr Antlitz
Alle Gestirne.

Wind ist der Welle
Lieblicher Buhler;
Wind mischt vom Grund aus
Schäumende Wogen.

Seele des Menschen,
Wie gleichst du dem Wasser!
Schicksal des Menschen,
Wie gleichst du dem Wind!

1779

Lied der Parzen

Es fürchte die Götter
Das Menschengeschlecht!
Sie halten die Herrschaft
In ewigen Händen
Und können sie brauchen,
Wie's ihnen gefällt,

Der fürchte sie doppelt,
Den je sie erheben!
Auf Klippen und Wolken
Sind Stühle bereitet
Um goldene Tische.

Erhebet ein Zwist sich –
So stürzen die Gäste,
Geschmäht und geschändet,
In nächtliche Tiefen,
Und harren vergebens,
Im Finstern gebunden,
Gerechten Gerichtes.

Sie aber, sie bleiben
In ewigen Festen
An goldenen Tischen.
Sie schreiten vom Berge
Zu Bergen hinüber –

Aus Schlünden der Tiefe
Dampft ihnen der Atem
Erstickter Titanen
Gleich Opfergerüchen,
Ein leichtes Gewölke.

Es wenden die Herrscher
Ihr segnendes Auge
Von ganzen Geschlechtern
Und meiden, im Enkel
Die ehmals geliebten

Johann Wolfgang Goethe

Still redenden Züge
Des Ahnherrn zu sehn. –

So sangen die Parzen.
Es horcht der Verbannte
In nächtlichen Höhlen,
Der Alte, die Lieder,
Denkt Kinder und Enkel
Und schüttelt das Haupt.

um 1780
Aus «Iphigenie auf Tauris»

Das Göttliche

Edel sei der Mensch,
Hilfreich und gut!
Denn das allein
Unterscheidet ihn
Von allen Wesen,
Die wir kennen.

Heil den unbekannten
Höhern Wesen,
Die wir ahnen!
Ihnen gleiche der Mensch;
Sein Beispiel lehr' uns
Jene glauben.

Denn unfühlend
Ist die Natur:
Es leuchtet die Sonne
Über Bös' und Gute,

Und dem Verbrecher
Glänzen, wie dem Besten,
Der Mond und die Sterne.

Wind und Ströme,
Donner und Hagel
Rauschen ihren Weg
Und ergreifen,
Vorübereilend,
Einen um den andern.

Auch so das Glück
Tappt unter die Menge,
Faßt bald des Knaben
Lockige Unschuld,
Bald auch den kahlen
Schuldigen Scheitel.

Nach ewigen, ehrnen,
Großen Gesetzen
Müssen wir alle
Unseres Daseins
Kreise vollenden.

Nur allein der Mensch
Vermag das Unmögliche:
Er entscheidet,
Wählet und richtet;
Er kann dem Augenblick
Dauer verleihen,

Johann Wolfgang Goethe

Er allein darf
Den Guten lohnen,
Den Bösen strafen,
Heilen und retten,
Alles Irrende, Schweifende
Nützlich verbinden.

Und wir verehren
Die Unsterblichen,
Als wären sie Menschen,
Täten im großen,
Was der Beste im kleinen
Tut oder möchte.

Der edle Mensch
Sei hilfreich und gut!
Unermüdet schaff' er
Das Nützliche, Rechte,
Sei uns ein Vorbild
Jener geahneten Wesen!

um 1780

Grenzen der Menschheit

Wenn der uralte,
Heilige Vater
Mit gelassener Hand
Aus rollenden Wolken
Segnende Blitze
Über die Erde sät,
Küß ich den letzten

Saum seines Kleides.
Kindliche Schauer
Treu in der Brust.

Denn mit Göttern
Soll sich nicht messen
Irgendein Mensch.

Hebt er sich aufwärts
Und berührt
Mit dem Scheitel die Sterne,
Nirgends haften dann
Die unsichern Sohlen,
Und mit ihm spielen
Wolken und Winde.

Steht er mit festen
Markigen Knochen
Auf der wohlgegründeten
Dauernden Erde,
Reicht er nicht auf,
Nur mit der Eiche
Oder der Rebe
Sich zu vergleichen.

Was unterscheidet
Götter von Menschen?
Daß viele Wellen
Vor jenen wandeln,
Ein ewiger Strom:
Uns hebt die Welle,

Johann Wolfgang Goethe

Verschlingt die Welle,
Und wir versinken.

Ein kleiner Ring
Begrenzt unser Leben,
Und viele Geschlechter
Reihen sich dauernd
An ihres Daseins
Unendliche Kette.

um 1780

Prometheus

Bedecke deinen Himmel, Zeus,
Mit Wolkendunst
Und übe, dem Knaben gleich,
Der Disteln köpft,
An Eichen dich und Bergeshöhn;
Mußt mir meine Erde
Doch lassen stehn
Und meine Hütte, die du nicht
gebaut,
Und meinen Herd,
Um dessen Glut
Du mich beneidest.

Ich kenne nichts Ärmeres
Unter der Sonn' als euch, Götter!
Ihr nähret kümmerlich
Von Opfersteuern
Und Gebetshauch

Eure Majestät
Und darbtet, wären
Nicht Kinder und Bettler
Hoffnungsvolle Toren.

Da ich ein Kind war,
Nicht wußte, wo aus noch ein,
Kehrt' ich mein verirrtes Auge
Zur Sonne, als wenn drüber wär'
Ein Ohr, zu hören meine Klage,
Ein Herz wie meines,
Sich des Bedrängten zu erbarmen.

Wer half mir
Wider der Titanen Übermut?
Wer rettete vom Tode mich,
Von Sklaverei?
Hast du nicht alles selbst vollendet,
Heilig glühend Herz?
Und glühtest jung und gut,
Betrogen, Rettungsdank
Dem Schlafenden da droben?

Ich dich ehren? Wofür?
Hast du die Schmerzen gelindert
Je des Beladenen?
Hast du die Tränen gestillet
Je des Geängsteten?
Hat nicht mich zum Manne
geschmiedet
Die allmächtige Zeit

Johann Wolfgang Goethe

Und das ewige Schicksal,
Meine Herrn und deine?

Wähntest du etwa,
Ich sollte das Leben hassen,
In Wüsten fliehen,
Weil nicht alle
Blütenträume reiften?
Hier sitz' ich, forme Menschen
Nach meinem Bilde,

Ein Geschlecht, das mir gleich sei,
Zu leiden, zu weinen,
Zu genießen und zu freuen sich –
Und dein nicht zu achten,
Wie ich!

Zueignung

Der Morgen kam; es scheuchten seine Tritte
Den leisen Schlaf, der mich gelind umfing,
Daß ich, erwacht, aus meiner stillen Hütte
Den Berg hinauf mit frischer Seele ging;
Ich freute mich bei einem jeden Schritte

Der neuen Blume, die voll Tropfen hing.
Der junge Tag erhob sich mit Entzücken,
Und alles war erquickt, mich zu erquicken.

Und wie ich stieg, zog von dem Fluß der Wiesen
Ein Nebel sich in Streifen sacht hervor,
Er wich und wechselte, mich zu umfließen,
Und wuchs geflügelt mir ums Haupt empor.
Des schönen Blicks sollt' ich nicht mehr genießen,
Die Gegend deckte mir ein trüber Flor:
Bald sah ich mich von Wolken wie umgossen
Und mit mir selbst in Dämmrung eingeschlossen.

Auf einmal schien die Sonne durchzudringen,
Im Nebel ließ sich eine Klarheit sehn.
Hier sank er, leise sich hinabzuschwingen,

Hier teilt' er steigend sich um Wald und Höhn.
Wie hofft' ich ihr den ersten Gruß zu bringen!
Sie hofft' ich nach der Trübe doppelt schön.
Der luft'ge Kampf war lange nicht vollendet,
Ein Glanz umgab mich, und ich stand geblendet.

Bald machte mich, die Augen aufzuschlagen,
Ein innrer Trieb des Herzens wieder kühn,
Ich konnt' es nur mit schnellen Blicken wagen,
Denn alles schien zu brennen und zu glühn.
Da schwebte, mit den Wolken hergetragen,
Ein göttlich Weib vor meinen Augen hin:
Kein schöner Bild sah ich in meinem Leben,
Sie sah mich an und blieb verweilend schweben.

Kennst du mich nicht? sprach sie mit einem Munde,

Dem aller Lieb' und Treue Ton
entfloß:
Erkennst du mich, die ich in
manche Wunde
Des Lebens dir den reinsten
Balsam goß?
Du kennst mich wohl, an die, zu
ew'gem Bunde,
Dein strebend Herz sich fest und
fester schloß.
Sah ich dich nicht mit heißen
Herzenstränen
Als Knabe schon nach mir dich
eifrig sehnen?

Ja! rief ich aus, indem ich selig
nieder
Zur Erde sank, lang hab' ich dich
gefühlt:
Du gabst mir Ruh', wenn durch die
jungen Glieder
Die Leidenschaft sich rastlos
durchgewühlt;
Du hast mir wie mit himmlischem
Gefieder
Am heißen Tag die Stirne sanft
gekühlt;
Du schenktest mir der Erde beste
Gaben,
Und jedes Glück will ich durch
dich nur haben!

Johann Wolfgang Goethe

Dich nenn' ich nicht. Zwar hör' ich dich von vielen
Gar oft genannt, und jeder heißt dich *sein*,
Ein jedes Auge glaubt auf dich zu zielen,
Fast jedem Auge wird dein Strahl zur Pein.
Ach, da ich irrte, hatt' ich viel Gespielen,
Da ich dich kenne, bin ich fast allein:
Ich muß mein Glück nur mit mir selbst genießen,
Dein holdes Licht verdecken und verschließen.

Sie lächelte, sie sprach: Du siehst, wie klug,
Wie nötig war's, euch wenig zu enthüllen!
Kaum bist du sicher vor dem gröbsten Trug,
Kaum bist du Herr vom ersten Kinderwillen,
So glaubst du dich schon Übermensch genug,
Versäumst die Pflicht des Mannes zu erfüllen!
Wieviel bist du von andern unterschieden?

Erkenne dich, leb' mit der Welt in Frieden!

Verzeih mir, rief ich aus, ich meint' es gut!
Soll ich umsonst die Augen offen haben?
Ein froher Wille lebt in meinem Blut,
Ich kenne ganz den Wert von deinen Gaben.
Für andre wächst in mir das edle Gut,
Ich kann und will das Pfund nicht mehr vergraben!
Warum sucht' ich den Weg so sehnsuchtsvoll,
Wenn ich ihn nicht den Brüdern zeigen soll?

Und wie ich sprach, sah mich das hohe Wesen
Mit einem Blick mitleid'ger Nachsicht an;
Ich konnte mich in ihrem Auge lesen,
Was ich verfehlt, und was ich recht getan.
Sie lächelte, da war ich schon genesen,

Johann Wolfgang Goethe

Zu neuen Freuden stieg mein Geist heran:
Ich konnte nun mit innigem Vertrauen
Mich zu ihr nahn und ihre Nähe schauen.

Da reckte sie die Hand aus in die Streifen
Der leichten Wolken und des Dufts umher;
Wie sie ihn faßte, ließ er sich ergreifen,
Er ließ sich ziehn, es war kein Nebel mehr.
Mein Auge konnt' im Tale wieder schweifen,
Gen Himmel blickt' ich, er war hell und hehr.
Nur sah ich sie den reinsten Schleier halten,
Er floß um sie und schwoll in tausend Falten.

Ich kenne dich, ich kenne deine Schwächen,
Ich weiß, was Gutes in dir lebt und glimmt!
– So sagte sie, ich hör' sie ewig sprechen –

Empfange hier, was ich dir lang
bestimmt!
Dem Glücklichen kann es an nichts
gebrechen,
Der dies Geschenk mit stiller Seele
nimmt:
Aus Morgenduft gewebt und
Sonnenklarheit,
Der Dichtung Schleier aus der
Hand der Wahrheit.

Und wenn es dir und deinen
Freunden schwüle
Am Mittag wird, so wirf ihn in die
Luft!
Sogleich umsäuselt Abendwindes
Kühle,
Umhaucht euch Blumen-
Würzgeruch und Duft.
Es schweigt das Wehen banger
Erdgefühle,
Zum Wolkenbette wandelt sich die
Gruft,
Besänftiget wird jede Lebenswelle,
Der Tag wird lieblich, und die
Nacht wird helle.

So kommt denn, Freunde, wenn auf
euren Wegen
Des Lebens Bürde schwer und
schwerer drückt,

Johann Wolfgang Goethe

Wenn eure Bahn ein frischerneuter Segen
Mit Blumen ziert, mit goldnen Früchten schmückt,
Wir gehn vereint dem nächsten Tag entgegen!
So leben wir, so wandeln wir beglückt.
Und dann auch soll, wenn Enkel um uns trauern,
Zu ihrer Lust noch unsre Liebe dauern.

1784

Klärchens Lied

Freudvoll,
Und leidvoll,
Gedankenvoll sein,
Hangen
Und bangen
In schwebender Pein,
Himmelhoch jauchzend,
Zum Tode betrübt –
Glücklich allein
Ist die Seele, die liebt.

um 1788
Aus «Egmont»

Mignon

Kennst du das Land, wo die
Zitronen blühn,
Im dunkeln Laub die Gold-Orangen
glühn,
Ein sanfter Wind vom blauen
Himmel weht,
Die Myrte still und hoch der
Lorbeer steht?
Kennst du es wohl?
Dahin! Dahin
Möcht' ich mit dir, o mein
Geliebter, ziehn!

Kennst du das Haus? Auf Säulen
ruht sein Dach,
Es glänzt der Saal, es schimmert
das Gemach,
Und Marmorbilder stehn und sehn
mich an:
Was hat man dir, du armes Kind,
getan? –
Kennst du es wohl?
Dahin! Dahin
Möcht' ich mit dir, o mein
Beschützer, ziehn!

Johann Wolfgang Goethe

Kennst du den Berg und seinen
Wolkensteg?
Das Maultier sucht im Nebel seinen
Weg,
In Höhlen wohnt der Drachen alte
Brut,
Es stürzt der Fels und über ihn die
Flut –
Kennst du ihn wohl?
Dahin! Dahin
Geht unser Weg; o Vater, laß uns
ziehn!

Heiß mich nicht reden, heiß mich
schweigen,
Denn mein Geheimnis ist mir
Pflicht;
Ich möchte dir mein ganzes Innre
zeigen,
Allein das Schicksal will es nicht.

Zur rechten Zeit vertreibt der
Sonne Lauf
Die finstre Nacht, und sie muß sich
erhellen;
Der harte Fels schließt seinen
Busen auf,
Mißgönnt der Erde nicht die
tiefverborgnen Quellen.

Ein jeder sucht im Arm des
Freundes Ruh',
Dort kann die Brust in Klagen sich
ergießen;
Allein ein Schwur drückt mir die
Lippen zu,
Und nur ein Gott vermag sie
aufzuschließen.

Nur wer die Sehnsucht kennt,
Weiß, was ich leide!
Allein und abgetrennt
Von aller Freude,
Seh' ich ans Firmament
Nach jeder Seite.
Ach! der mich liebt und kennt,
Ist in der Weite.
Es schwindelt mir, es brennt
Mein Eingeweide.
Nur wer die Sehnsucht kennt,
Weiß, was ich leide!

So laßt mich scheinen, bis ich
werde,
Zieht mir das weiße Kleid nicht
aus!
Ich eile von der schönen Erde
Hinab in jenes feste Haus.

Johann Wolfgang Goethe

Dort ruh' ich eine kleine Stille,
Dann öffnet sich der frische Blick;
Ich lasse dann die reine Hülle,
Den Gürtel und den Kranz zurück.

Und jene himmlischen Gestalten,
Sie fragen nicht nach Mann und
Weib,
Und keine Kleider, keine Falten
Umgeben den verklärten Leib.

Zwar lebt' ich ohne Sorg' und
Mühe,
Doch fühlt' ich tiefen Schmerz
genung;
Vor Kummer altert ich zu frühe –
Macht mich auf ewig wieder jung!

1780 – 90
Aus «Wilhelm Meister»

Beherzigung

Ach, was soll der Mensch
verlangen?
Ist es besser, ruhig bleiben?
Klammernd fest sich anzuhängen?
Ist es besser, sich zu treiben?
Soll er sich ein Häuschen bauen?
Soll er unter Zelten leben?
Soll er auf die Felsen trauen?
Selbst die festen Felsen beben.

Eines schickt sich nicht für alle!
Sehe jeder, wie er's treibe,
Sehe jeder, wo er bleibe,
1789 Und wer steht, daß er nicht falle!

Bleibe nicht am Boden haften,
Frisch gewagt und frisch hinaus!
Kopf und Arm mit heitern Kräften,
Überall sind sie zu Haus;

Wo wir uns der Sonne freuen,
um 1790 Sind wir jede Sorge los;
Aus «Wilhelm Daß wir uns in ihr zerstreuen,
Meister» Darum ist die Welt so groß.

Philine

Singet nicht in Trauertönen
Von der Einsamkeit der Nacht!
Nein, sie ist, o holde Schönen,
Zur Geselligkeit gemacht.

Wie das Weib dem Mann gegeben
Als die schönste Hälfte war,
Ist die Nacht das halbe Leben,
Und die schönre Hälfte zwar.

Johann Wolfgang Goethe

Könnt ihr euch des Tages freuen,
Der nur Freuden unterbricht?
Er ist gut, sich zu zerstreuen,
Zu was anderm taugt er nicht.

Aber wenn in nächtger Stunde
Süßer Lampe Dämmrung fließt,
Und vom Mund zum nahen Munde
Scherz und Liebe sich ergießt;

Wenn der rasche, lose Knabe,
Der sonst wild und feurig eilt,
Oft bei einer kleinen Gabe
Unter leichten Spielen weilt;

Wenn die Nachtigall Verliebten
Liebevoll ein Liedchen singt,
Das Gefangnen und Betrübten
Nur wie Ach und Wehe klingt:

Mit wie leichtem Herzensregen
Horchet ihr der Glocke nicht,
Die mit zwölf bedächtgen Schlägen
Ruh' und Sicherheit verspricht!

Darum an dem langen Tage
Merke dir es, liebe Brust:
Jeder Tag hat seine Plage,
Und die Nacht hat ihre Lust.

1795
Aus «Wilhelm Meister»

Harfenspieler

Wer nie sein Brot mit Tränen aß,
Wer nie die kummervollen Nächte
Auf seinem Bette weinend saß,
Der kennt euch nicht, ihr
  himmlischen Mächte.

Ihr führt ins Leben uns hinein,
Ihr laßt den Armen schuldig
  werden,
Dann überlaßt ihr ihn der Pein:
Denn alle Schuld rächt sich auf
  Erden.

um 1795
Aus «Wilhelm Meister»

Nähe des Geliebten

Ich denke dein, wenn mir der
  Sonne Schimmer
Vom Meere strahlt;
Ich denke dein, wenn sich des
  Mondes Flimmer
In Quellen malt.

Ich sehe dich, wenn auf dem
  fernen Wege
Der Staub sich hebt;
In tiefer Nacht, wenn auf dem
  schmalen Stege
Der Wandrer bebt.

Johann Wolfgang Goethe

Ich höre dich, wenn dort mit
dumpfem Rauschen
Die Welle steigt;
Im stillen Haine geh' ich oft zu
lauschen,
Wenn alles schweigt.

Ich bin bei dir, du seist auch noch
so ferne,
Du bist mir nah!

Die Sonne sinkt, bald leuchten mir
die Sterne.
O wärst du da!

um 1795

Frühzeitiger Frühling

Tage der Wonne,
Kommt ihr so bald?
Schenkt mir die Sonne,
Hügel und Wald?

Reichlicher fließen
Bächlein zumal.
Sind es die Wiesen?
Ist es das Tal?

Blauliche Frische!
Himmel und Höh!
Goldene Fische
Wimmeln im See.

Buntes Gefieder
Rauschet im Hain,
Himmlische Lieder
Schallen darein.

Unter des Grünen
Blühender Kraft
Naschen die Bienen
Summend am Saft.

Leise Bewegung
Bebt in der Luft,
Reizende Regung,
Schläfernder Duft.

Mächtiger rühret
Bald sich ein Hauch,
Doch er verlieret
Gleich sich im Strauch.

Aber zum Busen
Kehrt er zurück:
Helfet, ihr Musen,
Tragen das Glück!

Saget, seit gestern
Wie mir geschah?
Liebliche Schwestern,
um 1800 Liebchen ist da!

Johann Wolfgang Goethe

An den Mond

Füllest wieder Busch und Tal
Still mit Nebelglanz,
Lösest endlich auch einmal
Meine Seele ganz;

Breitest über mein Gefild
Lindernd deinen Blick,
Wie des Freundes Auge mild
Über mein Geschick.

Jeden Nachklang fühlt mein Herz
Froh- und trüber Zeit,
Wandle zwischen Freud' und
Schmerz
In der Einsamkeit.

Fließe, fließe, lieber Fluß!
Nimmer werd' ich froh;
So verrauschte Scherz und Kuß,
Und die Treue so.

Ich besaß es doch einmal,
Was so köstlich ist!
Daß man doch zu seiner Qual
Nimmer es vergißt!

Rausche, Fluß, das Tal entlang
Ohne Rast und Ruh,

Rausche, flüstre meinem Sang
Melodien zu,

Wenn du in der Winternacht
Wütend überschwillst,
Oder um die Frühlingspracht
Junger Knospen quillst.

Selig, wer sich vor der Welt
Ohne Haß verschließt,
Einen Freund am Busen hält
Und mit dem genießt,

Was, von Menschen nicht gewußt
Oder nicht bedacht,
Durch das Labyrinth der Brust
um 1800 Wandelt in der Nacht.

Gesang der Erzengel

Raphael:
Die Sonne tönt nach alter Weise
In Brudersphären Wettgesang,
Und ihre vorgeschriebne Reise
Vollendet sie mit Donnergang.
Ihr Anblick gibt den Engeln Stärke,
Wenn keiner sie ergründen mag;
Die unbegreiflich hohen Werke
Sind herrlich wie am ersten Tag.

Johann Wolfgang Goethe

GABRIEL:
Und schnell und unbegreiflich schnelle
Dreht sich umher der Erde Pracht;
Es wechselt Paradieseshelle
Mit tiefer, schauervoller Nacht;
Es schäumt das Meer in breiten Flüssen
Am tiefen Grund der Felsen auf,
Und Fels und Meer wird fortgerissen
In ewig schnellem Sphärenlauf.

MICHAEL:
Und Stürme brausen um die Wette,
Vom Meer aufs Land, vom Land aufs Meer,
Und bilden wütend eine Kette
Der tiefsten Wirkung ringsumher.
Da flammt ein blitzendes Verheeren
Dem Pfade vor des Donnerschlags;
Doch deine Boten, Herr, verehren
Das sanfte Wandeln deines Tags.

ZU DREI:
Der Anblick gibt den Engeln Stärke,
Da keiner dich ergründen mag,
Und alle deine hohen Werke
Sind herrlich wie am ersten Tag.

um 1800
Aus dem Prolog zu «Faust»

Wer darf ihn nennen?
Und wer bekennen:
Ich glaub' ihn?
Wer empfinden
Und sich unterwinden
Zu sagen: ich glaub' ihn nicht?
Der Allumfasser,
Der Allerhalter,
Faßt und erhält er nicht
Dich, mich, sich selbst?
Wölbt sich der Himmel nicht da
droben?
Liegt die Erde nicht hier unten
fest?
Und steigen freundlich blickend
Ewige Sterne nicht herauf?
Schau' ich nicht Aug' in Auge dir,
Und drängt nicht alles
Nach Haupt und Herzen dir,
Und webt in ewigem Geheimnis
Unsichtbar sichtbar neben dir?
Erfüll' davon dein Herz, so groß es
ist,
Und wenn du ganz in dem Gefühle
selig bist,
Nenn' es dann, wie du willst,
Nenn's Glück! Herz! Liebe! Gott!
Ich habe keinen Namen
Dafür! Gefühl ist alles;
um 1800 Name ist Schall und Rauch,
Aus «Faust» Umnebelnd Himmelsglut.

Johann Wolfgang Goethe

Natur und Kunst, sie scheinen sich
zu fliehen
Und haben sich, eh man es denkt,
gefunden;
Der Widerwille ist auch mir
verschwunden,
Und beide scheinen gleich mich
anzuziehen.

Es gilt wohl nur ein redliches
Bemühen!
Und wenn wir erst in abgemeßnen
Stunden
Mit Geist und Fleiß uns an die
Kunst gebunden,
Mag frei Natur im Herzen wieder
glühen.

So ist's mit aller Bildung auch
beschaffen:
Vergebens werden ungebundne
Geister
Nach der Vollendung reiner Höhe
streben.

Wer Großes will, muß sich
zusammenraffen;
In der Beschränkung zeigt sich erst
der Meister,
Und das Gesetz nur kann uns
Freiheit geben.

1802

Tischlied

Mich ergreift, ich weiß nicht wie,
Himmlisches Behagen,
Will mich's etwa gar hinauf
Zu den Sternen tragen?
Doch ich bleibe lieber hier,
Kann ich redlich sagen,
Beim Gesang und Glase Wein
Auf den Tisch zu schlagen.

Wundert euch, ihr Freunde, nicht,
Wie ich mich gebärde.
Wirklich ist es allerliebst
Auf der lieben Erde:
Darum schwör' ich feierlich
Und ohn' alle Fährde,
Daß ich mich nicht freventlich
Wegbegeben werde.

Da wir aber allzumal
So beisammen weilen,
Dächt' ich, klänge der Pokal
Zu des Dichters Zeilen.
Gute Freunde ziehen fort,
Wohl einhundert Meilen,
Darum soll man hier am Ort
Anzustoßen eilen.

Johann Wolfgang Goethe

Lebe hoch, wer Leben schafft!
Das ist meine Lehre.
Unser König denn voran,
Ihm gebührt die Ehre.
Gegen inn- und äußern Feind
Setzt er sich zur Wehre;
Ans Erhalten denkt er zwar
Mehr noch, wie er mehre.

Nun begrüß' ich sie sogleich,
Sie, die einzig Eine.
Jeder denke ritterlich
Sich dabei die Seine,
Merket auch ein schönes Kind,
Wen ich eben meine,
Nun, so nicke sie mir zu:
Leb' auch so der Meine!

Freunden gilt das dritte Glas,
Zweien oder dreien,
Die mit uns am guten Tag
Sich im stillen freuen
Und der Nebel trübe Nacht
Leis und leicht zerstreuen;
Diesen sei ein Hoch gebracht,
Alten oder neuen.

Breiter wallet nun der Strom,
Mit vermehrten Wellen.
Leben jetzt im hohen Ton
Redliche Gesellen!

Die sich mit gedrängter Kraft
Brav zusammenstellen
In des Glückes Sonnenschein
Und in schlimmen Fällen!

Wie wir nun zusammen sind,
Sind zusammen viele.
Wohl gelingen denn, wie uns,
Andern ihre Spiele!
Von der Quelle bis ans Meer
Mahlet manche Mühle,
1802 Und das Wohl der ganzen Welt
Ist's, worauf ich ziele.

Epilog zu Schillers Glocke

Freude dieser Stadt bedeute,
Friede sei ihr erst Geläute!

Und so geschah's! Dem friedenreichen Klange
Bewegte sich das Land, und segenbar
Ein frisches Glück erschien; im Hochgesange
Begrüßten wir das junge Fürstenpaar;
Im Vollgewühl, in lebensregem Drange

Johann Wolfgang Goethe

Vermischte sich die tät'ge
Völkerschar,
Und festlich ward an die
geschmückten Stufen
Die Huldigung der Künste
vorgerufen.

Da hör' ich schreckhaft
mitternächt'ges Läuten,
Das dumpf und schwer die
Trauertöne schwellt.
Ist's möglich? Soll es unsern
Freund bedeuten,
An den sich jeder Wunsch
geklammert hält?
Den Lebenswürd'gen soll der Tod
erbeuten?
Ach! wie verwirrt solch ein Verlust
die Welt!
Ach! was zerstört ein solcher Riß
den Seinen'
Nun weint die Welt, und sollten *wir*
nicht weinen?

Denn er war unser! Wie bequem
gesellig
Den hohen Mann der gute Tag
gezeigt,
Wie bald sein Ernst anschließend,
wohlgefällig

Zur Wechselrede heiter sich geneigt,
Bald raschgewandt, geistreich und sicherstellig
Der Lebensplane tiefen Sinn erzeugt
Und fruchtbar sich in Rat und Tat ergossen,
Das haben wir erfahren und genossen.

Denn er war unser! Mag das stolze Wort
Den lauten Schmerz gewaltig übertönen!
Er mochte sich bei uns im sichern Port
Nach wildem Sturm zum Dauernden gewöhnen.
Indessen schritt sein Geist gewaltig fort
Ins Ewige des Wahren, Guten, Schönen,
Und hinter ihm in wesenlosem Scheine
Lag, was uns alle bändigt, das Gemeine.

Nun schmückt' er sich die schöne Gartenzinne,

Johann Wolfgang Goethe

Von wannen er der Sterne Wort
vernahm,
Das dem gleich ew'gen, gleich
lebend'gen Sinne
Geheimnisvoll und klar
entgegenkam.
Dort, sich und uns zu köstlichem
Gewinne,
Verwechselt' er die Zeiten
wundersam,
Begegnet' so, im Würdigsten
beschäftigt,
Der Dämmerung, der Nacht, die
uns entkräftigt.

Ihm schwollen der Geschichte Flut
auf Fluten,
Verspülend, was getadelt, was
gelobt,
Der Erdbeherrscher wilde
Heeresgluten,
Die in der Welt sich grimmig
ausgetobt,
Im niedrig Schrecklichsten, im
höchsten Guten
Nach ihrem Wesen deutlich
durchgeprobt. –
Nun sank der Mond, und zu
erneuter Wonne
Vom klaren Berg herüber stieg die
Sonne.

Nun glühte seine Wange rot und röter
Von jener Jugend, die uns nie entfliegt,
Von jenem Mut, der früher oder später
Den Widerstand der stumpfen Welt besiegt,
Von jenem Glauben, der sich, stets erhöhter,
Bald kühn hervordrängt, bald geduldig schmiegt,
Damit das Gute wirke, wachse, fromme,
Damit der Tag dem Edlen endlich komme.

Doch hat er, so geübt, so vollgehaltig,
Dies bretterne Gerüste nicht verschmäht;
Hier schildert' er das Schicksal, das gewaltig
Von Tag zu Nacht die Erdenachse dreht;
Und manches tiefe Werk hat, reichgestaltig,
Den Wert der Kunst, des Künstlers Wert erhöht.
Er wendete die Blüte höchsten Strebens,

Das Leben selbst, an dieses Bild des Lebens.
Ihr kanntet ihn, wie er mit Riesenschritte
Den Kreis des Wollens, des Vollbringens maß,
Durch Zeit und Land der Völker Sinn und Sitte,
Das dunkle Buch, mit heiterm Blicke las;
Doch wie er, atemlos in unsrer Mitte
In Leiden bangte, kümmerlich genas,
Das haben wir in traurig schönen Jahren –
Denn er war unser! – leidend miterfahren.

Ihn, wenn er vom zerrüttenden Gewühle
Des bittren Schmerzes wieder aufgeblickt,
Ihn haben wir dem lästigen Gefühle
Der Gegenwart, der stockenden, entrückt,
Mit guter Kunst und ausgesuchtem Spiele
Den neubelebten edlen Sinn erquickt

Und noch am Abend vor den
letzten Sonnen
Ein holdes Lächeln glücklich
abgewonnen.

Er hatte früh das strenge Wort
gelesen,
Dem Leiden war er, war dem Tod
vertraut.
So schied er nun, wie er so oft
genesen;
Nun schreckt uns das, wofür uns
längst gegraut.
Doch schon erblicket sein
verklärtes Wesen
Sich hier verklärt, wenn es
herniederschaut.
Was Mitwelt sonst an ihm beklagt,
getadelt,
Es hat's der Tod, es hat's die Zeit
geadelt.

Auch manche Geister, die mit ihm
gerungen,
Sein groß Verdienst unwillig
anerkannt,
Sie fühlen sich von seiner Kraft
durchdrungen,
In seinem Kreise willig festgebannt.
Zum Höchsten hat er sich
emporgeschwungen,

Johann Wolfgang Goethe

Mit allem, was wir schätzen, eng
verwandt.
So feiert ihn! Denn was dem Mann
das Leben
Nur halb erteilt, soll ganz die
Nachwelt geben.

So bleibt er uns, der vor so
manchen Jahren –
Schon zehne sind's – von uns sich
weggekehrt.
Wir haben alle segenreich
erfahren,
Die Welt verdank' ihm, was er sie
gelehrt;
Schon längst verbreitet sich's in
ganze Scharen,
Das Eigenste, was ihm allein
gehört.
Er glänzt uns vor, wie ein Komet
entschwindend,
Unendlich Licht mit seinem Licht
verbindend.

1805 – 1815

Gefunden

Ich ging im Walde
So für mich hin,
Und nichts zu suchen,
Das war mein Sinn.

Im Schatten sah ich
Ein Blümchen stehn,
Wie Sterne leuchtend,
Wie Äuglein schön.

Ich wollt' es brechen,
Da sagt' es fein:
Soll ich zum Welken
Gebrochen sein?

Ich grub's mit allen
Den Würzlein aus,
Zum Garten trug ich's
Am hübschen Haus.

Und pflanzt' es wieder
Am stillen Ort,
Nun zweigt es immer
1813 Und blüht so fort.

Selige Sehnsucht

Sagt es niemand, nur den Weisen,
Weil die Menge gleich verhöhnet,
Das Lebendge will ich preisen,
Das nach Flammentod sich sehnet.

In der Liebesnächte Kühlung,
Die dich zeugte, wo du zeugtest,

Johann Wolfgang Goethe

Überfällt dich fremde Fühlung,
Wenn die stille Kerze leuchtet.

Nicht mehr bleibest du umfangen
In der Finsternis Beschattung,
Und dich reißet neu Verlangen
Auf zu höherer Begattung.

Keine Ferne macht dich schwierig,
Kommst geflogen und gebannt,
Und zuletzt, des Lichts begierig,
Bist du, Schmetterling, verbrannt.

Und solang du das nicht hast,
Dieses: Stirb und werde!
Bist du nur ein trüber Gast
Auf der dunklen Erde.

um 1819
Aus «Westöstlicher Divan»

Prooemion

Im Namen dessen, der sich selbst
erschuf!
Von Ewigkeit in schaffendem Beruf;
In seinem Namen, der den Glauben
schafft,
Vertrauen, Liebe, Tätigkeit und
Kraft;
In jenes Namen, der, sooft genannt,
Dem Wesen nach blieb immer
unbekannt:

Soweit das Ohr, soweit das Auge
reicht,
Du findest nur Bekanntes, das ihm
gleicht,
Und deines Geistes höchster
Feuerflug
Hat schon am Gleichnis, hat am
Bild genug;
Es zieht dich an, es reißt dich
heiter fort,
Und wo du wandelst, schmückt
sich Weg und Ort;
Du zählst nicht mehr, berechnest
keine Zeit.
Und jeder Schritt ist
Unermeßlichkeit.

Was wär' ein Gott, der nur von
außen stieße,
Im Kreis das All am Finger laufen
ließe!
Ihm ziemt's, die Welt im Innern zu
bewegen,
Natur in Sich, Sich in Natur zu
hegen,
So daß, was in Ihm lebt und webt
und ist,
Nie Seine Kraft, nie Seinen Geist
vermißt.

Johann Wolfgang Goethe

Im Innern ist ein Universum auch;
Daher der Völker löblicher Gebrauch,
Daß jeglicher das Beste, was er kennt,
Er Gott, ja seinen Gott benennt,
Ihm Himmel und Erden übergibt,
Ihn fürchtet und wo möglich liebt.

1815/16

Was verkürzt mir die Zeit?
Tätigkeit!
Was macht sie unerträglich lang?
Müßiggang!
Was bringt in Schulden?
Harren und dulden!
Was macht gewinnen?
Nicht lange besinnen!
Was bringt zu Ehren?
Sich wehren!

um 1819
Aus «Westöstlicher Divan»

Eins und Alles

Im Grenzenlosen sich zu finden,
Wird gern der einzelne verschwinden,
Da löst sich aller Überdruß;
Statt heißen Wünschen, wildem Wollen,

Statt läst'gem Fordern, strengem Sollen
Sich aufzugeben ist Genuß.

Weltseele, komm, uns zu durchdringen!
Dann mit dem Weltgeist selbst zu ringen,
Wird unsrer Kräfte Hochberuf.
Teilnehmend führen gute Geister,
Gelinde leitend, höchste Meister
Zu dem, der alles schafft und schuf.

Und umzuschaffen das Geschaffne,
Damit sich's nicht zum Starren waffne,
Wirkt ewiges, lebendiges Tun.
Und was nicht war, nun will es werden
Zu reinen Sonnen, farbigen Erden;
In keinem Falle darf es ruhn.

Es soll sich regen, schaffend handeln,
Erst sich gestalten, dann verwandeln;
Nur scheinbar steht's Momente still.
Das Ewige regt sich fort in allen:
Denn alles muß in Nichts zerfallen,
1821 Wenn es im Sein beharren will.

Johann Wolfgang Goethe

Im ernsten Beinhaus war's, wo ich
beschaute,
Wie Schädel Schädeln angeordnet
paßten.
Die alte Zeit gedacht ich, die
ergraute.

Sie stehn in Reih' geklemmt, die
sonst sich haßten,
Und derbe Knochen, die sich
tödlich schlugen,
Sie liegen kreuzweis, zahm allhier
zu rasten.

Entrenkte Schulterblätter! Was sie
trugen,
Fragt niemand mehr; und zierlich
tät'ge Glieder,
Die Hand, der Fuß, zerstreut aus
Lebensfugen.

Ihr Müden also lagt vergebens
nieder.
Nicht Ruh im Grabe ließ man euch,
vertrieben
Seid ihr herauf zum lichten Tage
wieder,

Und niemand kann die dürre
Schale lieben,

Welch herrlich edlen Kern sie auch
bewahrte.
Doch mir Adepten war die Schrift
geschrieben,

Die heil'gen Sinn nicht jedem
offenbarte,
Als ich inmitten solcher starren
Menge
Unschätzbar herrlich ein Gebild
gewahrte,

Daß in des Raumes Moderkält und
Enge
Ich frei und wärmefühlend mich
erquickte,
Als ob ein Lebensquell dem Tod
entspränge.

Wie mich geheimnisvoll die Form
entzückte!
Die gottgedachte Spur, die sich
erhalten!
Ein Blick, der mich an jenes Meer
entrückte,

Das flutend strömt gesteigerte
Gestalten,
Geheim Gefäß, Orakelsprüche
spendend,

Johann Wolfgang Goethe

Wie bin ich wert, dich in der Hand
zu halten?

Dich höchsten Schatz aus Moder
fromm entwendend,
Und in die freie Luft, zu freiem
Sinnen,
Zum Sonnenlicht andächtig hin
mich wendend.

Was kann der Mensch im Leben
mehr gewinnen,
Als daß sich Gott-Natur ihm
offenbare,
Wie sie das Feste läßt zu Geist
verrinnen,
Wie sie das Geisterzeugte fest
bewahre!

1826
Bei Betrachtung von Schillers Schädel

Lied des Türmers

Zum Sehen geboren,
Zum Schauen bestellt,
Dem Turme geschworen,
Gefällt mir die Welt.
Ich blick in die Feme,
Ich seh in der Näh
Den Mond und die Sterne,
Den Wald und das Reh.

So seh ich in allen
Die ewige Zier,
Und wie mirs gefallen,
Gefall ich auch mir.
Ihr glücklichen Augen,
Was je ihr gesehn,
Es sei wie es wolle,
Es war doch so schön!

um 1829
Aus «Faust», II. Teil

Alles Vergängliche
Ist nur ein Gleichnis;
Das Unzulängliche,
Hier wird's Ereignis;

Das Unbeschreibliche,
Hier ist's getan;
Das Ewig-Weibliche
Zieht uns hinan.

Aus «Faust», II. Teil

Es erben sich Gesetz' und Rechte
Wie eine ew'ge Krankheit fort;
Sie schleppen von Geschlecht sich
zu Geschlechte
Und rücken sacht von Ort zu Ort.
Vernunft wird Unsinn, Wohltat
Plage;

Johann Wolfgang Goethe
Aus «Faust»

Weh dir, daß du ein Enkel bist!
Vom Rechte, das mit uns geboren
ist,
Von dem ist, leider! nie die Frage.

Man könnt' erzogene Kinder
gebären,
Wenn die Eltern erzogen wären

Alles in der Welt läßt sich ertragen,
Nur nicht eine Reihe von schönen
Tagen.

Wer mit dem Leben spielt,
Kommt nie zurecht;
Wer sich nicht selbst befiehlt,
Bleibt immer ein Knecht.

Wär' nicht das Auge sonnenhaft,
Die Sonne könnt' es nie erblicken;
Läg nicht in uns des Gottes eigne
Kraft,
Wie könnt' uns Göttliches
entzücken!

Willst du ins Unendliche schreiten,
Geh nur im Endlichen nach allen
Seiten.

Willst du dich am Ganzen
erquicken,
So mußt du das Ganze im Kleinen
erblicken.

Vermächtnis

Kein Wesen kann zu Nichts
zerfallen!
Das Ew'ge regt sich fort in allen,
Am Sein erhalte dich beglückt!
Das Sein ist ewig: denn Gesetze
Bewahren die lebend'gen Schätze,
Aus welchen sich das All
geschmückt.

Das Wahre war schon längst
gefunden
Hat edle Geisterschaft verbunden,
Das alte Wahre, faß es an!
Verdank' es, Erdensohn, dem
Weisen,
Der ihr, die Sonne zu umkreisen,
Und dem Geschwister wies die
Bahn.

Johann Wolfgang Goethe

Sofort nun wende dich nach innen:
Das Zentrum findest du da drinnen,
Woran kein Edler zweifeln mag,
Wirst keine Regel da vermissen:
Denn das selbständige Gewissen
Ist Sonne deinem Sittentag.

Den Sinnen hast du dann zu trauen,
Kein Falsches lassen sie dich schauen,
Wenn dein Verstand dich wach erhält.
Mit frischem Blick bemerke freudig
Und wandle, sicher wie geschmeidig,
Durch Auen reichbegabter Welt.

Genieße mäßig Füll' und Segen!
Vernunft sei überall zugegen,
Wo Leben sich des Lebens freut.
Dann ist Vergangenheit beständig,
Das Künftige voraus lebendig,
Der Augenblick ist Ewigkeit.

Und war es endlich dir gelungen,
Und bist du vom Gefühl durchdrungen:
Was fruchtbar ist, allein ist wahr –
Du prüfst das allgemeine Walten,
Es wird nach seiner Weise schalten,
Geselle dich zur kleinsten Schar.

Und wie von alters her, im stillen,
Ein Liebewerk nach eignem Willen
Der Philosoph, der Dichter schuf,
So wirst du schönste Gunst erzielen:
Denn edlen Seelen vorzufühlen
Ist wünschenswertester Beruf.

1829

Johann Heinrich Voss

1751 – 1826

Die Spinnerin

Ich saß und spann vor meiner Tür,
Da kam ein junger Mann gegangen;
Sein blaues Auge lachte mir,
Und röter glühten meine Wangen.
Ich sah vom Rocken auf und spann
Und saß verschämt und spann und spann.

Gar freundlich bot er guten Tag
Und trat mit holder Scheu mir näher.
Mir ward so angst, der Faden brach;
Das Herz im Busen schlug mir höher;
Betroffen knüpft' ich wieder an
Und saß verschämt und spann und spann.

Johann Heinrich Voss

Liebkosend drückt' er mir die Hand
Und schwur, daß keine Hand ihr gleiche,
Die schönste nicht im ganzen Land
An Lieblichkeit, an Rund und Weiche!
Wie sehr dies Lob mein Herz gewann:
Ich saß verschämt und spann und spann.

Er lehnt' an meinen Stuhl den Arm
Und rühmte sehr das feine Fädchen
Sein naher Mund so rot und warm,
Wie zärtlich haucht' er: «Süßes Mädchen!»
Wie blickte mich sein Auge an!
Ich saß verschämt und spann und spann.

Indes an meine Wange her
Sein schönes Angesicht sich bückte,
Begegnet' ihm von ungefähr
Mein Haupt, das sanft im Spinnen nickte.
Da küßte mich der schöne Mann:
Ich saß verschämt und spann und spann.

Mit großem Ernst verwies ich's
ihm,
Doch ward er kühner stets und
freier,
Umarmte mich mit Ungestüm
Und küßte mich so rot wie Feuer.
Oh, sagt mir, Schwestern! sagt mir
an:
War's möglich, daß ich
1791 weiterspann?

Die Abendstille

Schon vom Abend schön
Glühen Wald und Höhn,
Glüht die Zitterwelle,
Wo der Schwan auf Golde
schwimmt,
Und dem Ostgewölk entglimmt
Rot des Mondes Helle.

Feucht in warmer Luft
Haucht des Grases Duft,
Das in Schobern stehet.
Um uns her am Wassersaum
Regt sich Halm und Blättchen
kaum,
Nur die Pappel wehet.

Johann Heinrich Voss

Hier zum Duft des Heus
Duften, rot und weiß,
Ros' und Nachtviole,
Hier, an gelber Blüte reich,
Hochgerankt von Zweig auf Zweig,
Schlanke Kaprifole.

Auf umbüschter Bank
Tönt uns still Gesang
Ferner Nachtigallen,
Still auch säuselt Laub und Ried:
Still soll Harfenton und Lied
Durch die Still' erschallen.

Kindlein, unbewußt,
Horchen auf mit Lust
Nach dem süßen Klange,
Aber Jungfrau, Mann und Greis,
Von des Liedes Seele heiß,
Stehn, und sinnen lange.

Zur Arbeit

Ein Guter schafft was Gutes gern
Und fraget nicht, ob Arbeit schände:
Dem trägen Hochmut bleibt er fern;
Sein Ruhm sind arbeitfrohe Hände.
Wer immer tun läßt, niemals tut,
Ist weder sich noch andern gut.

Der Gute sieht sein Werk gedeihn
Und schweiget stolz bei stolzem
Tadel.
Für Ehre gilt ihm ehrlich sein,
Und Edelmut verleiht ihm Adel;
Der Erde Göttern lebt er gleich,
Zufrieden stets, wenn auch nicht
reich.

Man schafft sein Werk und
schweiget still;
Die Arbeit muß den Meister loben.
Wenn Neid auch unterdrücken will,
Den Kopf behält man immer oben.
Ein Sprüchlein sagt: Was gehen
kann,
Das gehet fort und kommt schon
an.

Am Abend denkt man: Wohl
geschafft!
Und freuet sich der Folg im
Schlafe;
Der Morgen weckt uns, frisch an
Kraft,
Zum Werk der Freude, nicht der
Strafe!
Die Arbeit straft nicht Gottes Buch;
Der Arbeit Scheu ward unser
Fluch.

Johann Heinrich Voss

Glückselig macht nur Tätigkeit
Wie lang wurd euch, ihr
Müßiggänger,
Wie peinlich lang die liebe Zeit!
Wir wünschen Tag und Stunde
länger.
Selbst ewig währt uns nie zu lang
Bei rascher Tat und Lustgesang.

Jakob Michael Reinhold Lenz

1752 – 1792

An das Herz

Kleines Ding, um uns zu quälen,
Hier in diese Brust gelegt!
Ach, wer's vorsäh, was er trägt,
Würde wünschen, tät's ihm fehlen!

Deine Schläge, wie so selten
Mischt sich Lust in sie hinein!
Und wie augenblicks vergelten
Sie ihm jede Lust mit Pein!

Ach! und weder Lust noch Qualen
Sind ihm schrecklicher als das:
Kalt und gefühllos! O ihr Strahlen,
Schmelzt es lieber mit zu Glas!

Bebe, beb ihr auf zu Füßen,
Frühlingserde, und ein Flor

Junger Veilchen, sie zu grüßen,
Keim aus deinem Schoß hervor.

Sagt ihr, Veilchen, eure Wonne,
Daß ihr sie zu sehn gekriegt,
Sagt ihr, daß in eurer Sonne,
Fern von ihr, ein Bruder liegt.

Urania

Du kennst mich nicht,
Wirst nie mich kennen,
Wirst nie mich nennen,
Mit Flammen im Gesicht.

Ich kenne dich
Und kann dich missen –
Ach mein Gewissen,
Was peinigest du mich?

Dich missen? Nein,
Für mich geboren –
Für mich verloren?
Bei Gott, es kann nicht sein.

Sei hoch dein Freund
Und groß und teuer –
Doch, ist er treuer
Als dieser, der hier weint

Jakob Michael Reinhold Lenz

Und dir mißfällt –?
O Nachtgedanken!!
Kenn' ihn, den Kranken,
Sein Herz ist eine Welt.

Christian Adolf Overbeck

1755 – 1821

An den Mai

Komm, lieber Mai, und mache
Die Bäume wieder grün!
Und laß mir an dem Bache
Die kleinen Veilchen blühn!
Wie möcht' ich doch so gerne
Ein Blümchen wieder sehn!
Ach, lieber Mai, wie gerne
Einmal spazierengehn!

Zwar Wintertage haben
Wohl auch der Freuden viel.
Man kann im Schnee eins traben
Und treibt manch Abendspiel.
Baut Häuserchen von Karten,
Spielt Blindekuh und Pfand.
Auch gibt's viel Schlittenfahrten
Ins schöne freie Land.

Doch wenn die Vögel singen
Und wir dann froh und flink
Auf grünem Rasen springen,
Das ist ein ander Ding.
Jetzt muß mein Steckenpferdchen
Ganz still im Winkel stehn.
Denn draußen in dem Gärtchen
Kann man fürwahr nicht gehn.

Am meisten aber dauret
Mich Lottens Herzeleid.
Das arme Mädchen lauret
Recht auf die Blumenzeit,
Umsonst hol' ich ihr Spielchen
Zum Zeitvertreib herbei.
Sie sitzt in ihrem Stühlchen
Wie's Hühnchen auf dem Ei.

Ach, wenn's doch erst gelinder
Und grüner draußen wär!
Komm, lieber Mai, wir Kinder,
Wir bitten gar zu sehr.
O komm! und bring vor allem
Recht viele Veilchen mit!
Bring auch viel Nachtigallen
1775 Und schöne Kuckucks mit!

Friedrich Schiller

1759–1805

Die Größe der Welt

Die der schaffende Geist einst aus dem Chaos schlug,
Durch die schwebende Welt flieg' ich des Windes Flug,
Bis am Strande
Ihrer Wogen ich lande,
Anker werf', wo kein Hauch mehr weht
Und der Markstein der Schöpfung steht.

Sterne sah ich bereits jugendlich auferstehn,
Tausendjährigen Gangs durchs Firmament zu gehn,
Sah sie spielen
Nach den lockenden Zielen;
Irrend suchte mein Blick umher,
Sah die Räume schon – sternenleer.

Anzufeuern den Flug weiter zum Reich des Nichts,
Steur' ich mutiger fort, nehme den Flug des Lichts,
Neblicht trüber
Himmel an mir vorüber,
Weltsysteme, Fluten im Bach,
Strudeln dem Sonnenwandrer nach.

Sieh, den einsamen Pfad wandelt ein Pilger mir
Rasch entgegen – : «Halt an! Waller, was suchst du hier?»
Zum Gestade
Seiner Welt meine Pfade!
Segle hin, wo kein Hauch mehr weht
Und der Markstein der Schöpfung steht!

«Steh! du segelst umsonst – vor dir Unendlichkeit!»
Steh! du segelst umsonst – Pilger, auch hinter mir! –
Senke nieder,
Adlergedank', dein Gefieder!
Kühne Seglerin, Phantasie,
1786 Wirf ein mutloses Anker hie.

Resignation

Eine Phantasie

Auch ich war in Arkadien geboren,
Auch mir hat die Natur
An meiner Wiege Freude zugeschworen,
Auch ich war in Arkadien geboren,
Doch Tränen gab der kurze Lenz mir nur.

Friedrich Schiller

Des Lebens Mai blüht einmal und
nicht wieder,
Mir hat er abgeblüht.
Der stille Gott – o weinet, meine
Brüder –
Der stille Gott taucht meine Fackel
nieder,
Und die Erscheinung flieht.

Da steh' ich schon auf deiner
Schauerbrücke,
Ehrwürdge Geistermutter –
Ewigkeit!
Empfange meinen Vollmachtbrief
zum Glücke,
Ich bring' ihn unerbrochen dir
zurücke,
Mein Lauf ist aus. Ich weiß von
keiner Seligkeit.

Vor deinem Thron erheb' ich meine
Klage,
Verhüllte Richterin.
Auf jenem Stern ging eine frohe
Sage,
Du thronest hier mit des Gerichtes
Waage
Und nennest dich Vergelterin.

Hier – spricht man – warten
Schrecken auf den Bösen
Und Freuden auf den Redlichen.
Des Herzens Krümmen werdest du
entblößen,
Der Vorsicht Rätsel werdest du mir
lösen
Und Rechnung halten mit dem
Leidenden.

Hier öffne sich die Heimat dem
Verbannten,
Hier endige des Dulders
Dornenbahn.
Ein Götterkind, das sie mir
Wahrheit nannten,
Die meisten flohen, wenige nur
kannten,
Hielt meines Lebens raschen Zügel
an:

«Ich zahle dir in einem andern
Leben,
Gib deine Jugend mir!
Nichts kann ich dir als diese
Weisung geben.»
Ich nahm die Weisung auf das
andre Leben,
Und meiner Jugend Freuden gab
ich ihr.

Friedrich Schiller

«Gib mir das Weib, so teuer deinem Herzen,
Gib deine Laura mir!
Jenseits der Gräber wuchern deine Schmerzen.»
Ich riß sie blutend aus dem wunden Herzen
Und weinte laut und gab sie ihr.

«Die Schuldverschreibung lautet an die Toten»
Hohnlächelte die Welt,
«Die Lügnerin, gedungen von Despoten,
Hat für die Wahrheit Schatten dir geboten,
Du bist nicht mehr, wenn dieser Schein verfällt.»

Frech witzelte das Schlangenheer der Spötter:
«Vor einem Wahn, den nur Verjährung weiht,
Erzitterst du? Was sollen deine Götter,
Des kranken Weltplans schlau erdachte Retter,
Die Menschenwitz des Menschen Notdurft leiht?

Was heißt die Zukunft, dir uns
Gräber decken?
Die Ewigkeit, mit der du eitel
prangst?
Ehrwürdig nur, weil Hüllen sie
verstecken,
Der Riesenschatten unsrer eignen
Schrecken
Im hohlen Spiegel der
Gewissensangst.

Ein Lügenbild lebendiger
Gestalten,
Die Mumie der Zeit,
Vom Balsamgeist der Hoffnung in
den kalten
Behausungen des Grabes
hingehalten,
Das nennt dein Fieberwahn
Unsterblichkeit?

Für Hoffnungen – Verwesung straft
sie Lügen –
Gabst du gewisse Güter hin?
Sechstausend Jahre hat der Tod
geschwiegen;
Kam je ein Leichnam aus der Gruft
gestiegen,
Der Meldung tat von der
Vergelterin?»

Friedrich Schiller

Ich sah die Zeit nach deinen Ufern fliegen,
Die blühende Natur
Blieb hinter ihr, ein welker Leichnam, liegen,
Kein Toter kam aus seiner Gruft gestiegen,
Und fest vertraut' ich auf den Götterschwur.

All meine Freuden hab' ich dir geschlachtet,
Jetzt werf' ich mich vor deinen Richterthron.
Der Menge Spott hab' ich beherzt verachtet,
Nur deine Güte hab' ich groß geachtet,
Vergelterin, ich fordre meinen Lohn.

«Mit gleicher Liebe lieb' ich meine Kinder!»
Rief unsichtbar ein Genius.
«Zwei Blumen», rief er, « – hört es, Menschenkinder –
Zwei Blumen blühen für den weisen Finder,
Sie heißen Hoffnung und Genuß.

Wer dieser Blumen eine brach,
begehre
Die andre Schwester nicht.
Genieße, wer nicht glauben kann.
Die Lehre
Ist ewig, wie die Welt. Wer glauben
kann, entbehre.
Die Weltgeschichte ist das
Weltgericht.

Du hast gehofft, dein Lohn ist
abgetragen,
Dein Glaube war dein zugewognes
Glück.
Du konntest deine Weisen fragen,
Was man von der Minute
ausgeschlagen,
1784/85 Gibt keine Ewigkeit zurück.»

An die Freude

Freude, schöner Götterfunken,
Tochter aus Elysium,
Wir betreten feuertrunken,
Himmlische, dein Heiligtum,
Deine Zauber binden wieder,
Was die Mode streng geteilt;
Alle Menschen werden Brüder,
Wo dein sanfter Flügel weilt.

Friedrich Schiller

Seid umschlungen, Millionen!
Diesen Kuß der ganzen Welt!
Brüder – überm Sternenzelt
Muß ein lieber Vater wohnen.

Wem der große Wurf gelungen,
Eines Freundes Freund zu sein,
Wer ein holdes Weib errungen,
Mische seinen Jubel ein!
Ja – wer auch nur eine Seele
Sein nennt auf dem Erdenrund'
Und wer's nie gekonnt, der stehle
Weinend sich aus diesem Bund!

Was den großen Ring bewohnet,
Huldige der Sympathie!
Zu den Sternen leitet sie,
Wo der Unbekannte thronet.

Freude trinken alle Wesen
An den Brüsten der Natur,
Alle Guten, alle Bösen
Folgen ihrer Rosenspur.
Küsse gab sie uns und Reben,
Einen Freund, geprüft im Tod;
Wollust ward dem Wurm gegeben,
Und der Cherub steht vor Gott.

Ihr stürzt nieder, Millionen?
Ahndest du den Schöpfer, Welt?
Such ihn überm Sternenzelt!
Über Sternen muß er wohnen.

Freude heißt die starke Feder
In der ewigen Natur. Freude,
Freude treibt die Räder
In der großen Weltenuhr,
Blumen lockt sie aus den Keimen,
Sonnen aus dem Firmament,
Sphären rollt sie in den Räumen,
Die des Sehers Rohr nicht kennt.

Froh, wie seine Sonnen fliegen
Durch des Himmels prächt'gen Plan
Wandelt, Brüder, eure Bahn,
Freudig wie ein Held zum Siegen.

Aus der Wahrheit Feuerspiegel
Lächelt sie den Forscher an.
Zu der Tugend steilem Hügel
Leitet sie des Dulders Bahn.
Auf des Glaubens Sonnenberge
Sieht man ihre Fahnen wehn,
Durch den Riß gesprengter Särge
Sie im Chor der Engel stehn.

Friedrich Schiller

Duldet mutig, Millionen!
Duldet für die beßre Welt!
Droben überm Sternenzelt
Wird ein großer Gott belohnen.

Göttern kann man nicht vergelten;
Schön ist's, ihnen gleich zu sein.
Gram und Armut soll sich melden!
Mit den Frohen sich erfreun.
Groll und Rache sei vergessen,
Unserm Todfeind sei verziehn,
Keine Träne soll ihn pressen,
Keine Reue nage ihn.

Unser Schuldbuch sei vernichtet!
Ausgesöhnt die ganze Welt!
Brüder – überm Sternenzelt
Richtet Gott, wie wir gerichtet.

Freude sprudelt in Pokalen,
In der Traube goldnem Blut
Trinken Sanftmut Kannibalen,
Die Verzweiflung Heldenmut.
Brüder, fliegt von euren Sitzen,
Wenn der volle Römer kreist,
Laßt den Schaum zum Himmel spritzen
Dieses Glas dem guten Geist!

Den der Sterne Wirbel loben,
Den des Seraphs Hymne preist,
Dieses Glas dem guten Geist
Überm Sternenzelt dort oben!

Festen Mut in schweren Leiden,
Hilfe, wo die Unschuld weint,
Ewigkeit geschwornen Eiden,
Wahrheit gegen Freund und Feind,
Männerstolz vor Königsthronen –
Brüder, gält' es Gut und Blut:
Dem Verdienste seine Kronen,
Untergang der Lügenbrut!

Schließt den heilgen Zirkel dichter,
Schwört bei diesem goldnen Wein,
Dem Gelübde treu zu sein,
1785 Schwört es bei dem Sternenrichter!

Die Teilung der Erde

«Nehmt hin die Welt!» rief Zeus von seinen Höhen
Den Menschen zu. «Nehmt, sie soll euer sein.
Euch schenk' ich sie zum Erb' und ew'gen Lehen;
Doch teilt euch brüderlich darein.»

Friedrich Schiller

Da eilt, was Hände hat, sich einzurichten,
Es regte sich geschäftig jung und alt.
Der Ackermann griff nach des Feldes Früchten,
Der Junker birschte durch den Wald.

Der Kaufmann nimmt, was seine Speicher fassen,
Der Abt wählt sich den edeln Firnewein,
Der König sperrt die Brücken und die Straßen
Und sprach: «Der Zehente ist mein.»

Ganz spät, nachdem die Teilung längst geschehen,
Naht der Poet, er kam aus weiter Fern'.
Ach! da war überall nichts mehr zu sehen,
Und alles hatte seinen Herrn.

«Weh mir! So soll denn ich allein von allen
Vergessen sein, ich, dein getreuster Sohn?»

So ließ er laut der Klage Ruf
erschallen
Und warf sich hin vor Jovis Thron.

«Wenn du im Land der Träume
dich verweilet»,
Versetzt der Gott «so hadre nicht
mit mir.
Wo warst du denn, als man die
Welt geteilet?»
«Ich war», sprach der Poet, «bei dir.

Mein Auge hing an deinem
Angesichte,
An deines Himmels Harmonie mein
Ohr;
Verzeih dem Geiste, der, von
deinem Lichte
Berauscht, das Irdische verlor!»

«Was tun?» spricht Zeus, «die Welt
ist weggegeben;
Der Herbst, die Jagd, der Markt ist
nicht mehr mein.
Willst du in meinem Himmel mit
mir leben,
Sooft du kommst, er soll dir offen
sein.»

1795

Friedrich Schiller

Die Ideale

So willst du treulos von mir
  scheiden
Mit deinen holden Phantasien,
Mit deinen Schmerzen, deinen
  Freuden,
Mit allen unerbittlich fliehn?
Kann nichts dich, Fliehende,
  verweilen,
O meines Lebens goldne Zeit?
Vergebens, deine Wellen eilen
Hinab ins Meer der Ewigkeit,

Erloschen sind die heitern Sonnen,
Die meiner Jugend Pfad erhellt,
Die Ideale sind zerronnen,
Die einst das trunkne Herz
  geschwellt.
Er ist dahin, der süße Glaube
An Wesen, die mein Traum gebar,
Der rauhen Wirklichkeit zum Raube,
Was einst so schön, so göttlich war.

Wie einst mit flehendem Verlangen
Pygmalion den Stein umschloß,
Bis in des Marmors kalte Wangen
Empfindung glühend sich ergoß,
So schlang ich mich mit
  Liebesarmen

Um die Natur, mit Jugendlust,
Bis sie zu atmen, zu erwarmen
Begann an meiner Dichterbrust.

Und, teilend meine Flammentriebe,
Die Stumme eine Sprache fand,
Mir wiedergab den Kuß der Liebe
Und meines Herzens Klang
verstand;
Da lebte mir der Baum, die Rose,
Mir sang der Quellen Silberfall,
Es fühlte selbst das Seelenlose
Von meines Lebens Widerhall.

Es dehnte mit allmächtgem Streben
Die enge Brust ein kreißend All,
Herauszutreten in das Leben,
In Tat und Wort, in Bild und Schall.
Wie groß war diese Welt gestaltet,
Solang die Knospe sie noch barg;
Wie wenig, ach! hat sich entfaltet,
Dies wenige, wie klein und karg!

Wie sprang, von kühnem Mut
beflügelt,
Beglückt in seines Traumes Wahn,
Von keiner Sorge noch gezügelt,
Der Jüngling in des Lebens Bahn!
Bis an des Äthers bleichste Sterne
Erhob ihn der Entwürfe Flug,

Friedrich Schiller

Nichts war so hoch und nichts so ferne,
Wohin ihr Flügel ihn nicht trug.

Wie leicht ward er dahingetragen,
Was war dem Glücklichen zu schwer!
Wie tanzte vor des Lebens Wagen
Die lustige Begleitung her!
Die Liebe mit dem süßen Lohne,
Das Glück mit seinem goldnen Kranz,
Der Ruhm mit seiner Sternenkrone,
Die Wahrheit in der Sonne Glanz!

Doch ach! schon auf des Weges Mitte
Verloren die Begleiter sich,
Sie wandten treulos ihre Schritte,
Und einer nach dem andern wich.
Leichtfüßig war das Glück entflogen,
Des Wissens Durst blieb ungestillt,
Des Zweifels finstre Wetter zogen
Sich um der Wahrheit Sonnenbild.

Ich sah des Ruhmes heilge Kränze
Auf der gemeinen Stirn entweiht,
Ach, allzu schnell, nach kurzem Lenze,
Entfloh die schöne Liebeszeit!

Und immer stiller ward's und immer
Verlaßner auf dem rauhen Steg,
Kaum warf noch einen bleichen Schimmer
Die Hoffnung auf den finstern Weg.

Von all dem rauschenden Geleite
Wer harrte liebend bei mir aus?
Wer steht mir tröstend noch zur Seite
Und folgt mir bis zum finstern Haus?
Du, die du alle Wunden heilest,
Der Freundschaft leise, zarte Hand,
Des Lebens Bürden liebend teilest,
Du, die ich frühe sucht und fand.

Und du, die gern sich mit ihr gattet,
Wie sie der Seele Sturm beschwört:
Beschäftigung, die nie ermattet,
Die langsam schafft, doch nie zerstört,
Die zu dem Bau der Ewigkeiten
Zwar Sandkorn nur für Sandkorn reicht,
Doch von der großen Schuld der Zeiten
1795 Minuten, Tage, Jahre streicht.

Friedrich Schiller

Sprüche des Konfuzius

1

Dreifach ist der Schritt der Zeit:
Zögernd kommt die Zukunft
hergezogen,
Pfeilschnell ist das Jetzt entflogen,
Ewig still steht die Vergangenheit.

Keine Ungeduld beflügelt
Ihren Schritt, wenn sie verweilt.
Keine Furcht, kein Zweifeln zügelt
Ihren Lauf, wenn sie enteilt.
Keine Reu, kein Zaubersogen
Kann die stehende bewegen.

Möchtest du beglückt und weise
Endigen des Lebens Reise,
Nimm die zögernde zum Rat,
Nicht zum Werkzeug deiner Tat.
Wähle nicht die fliehende zum
Freund,
Nicht die bleibende zum Feind.

2

Dreifach ist des Raumes Maß:
Rastlos fort ohn Unterlaß
Strebt die Länge; fort ins Weite
Endlos gießet sich die Breite;
Grundlos senkt die Tiefe sich.

Dir ein Bild sind sie gegeben:
Rastlos vorwärts mußt du streben,
Nie ermüdet stille stehn,
Willst du die Vollendung sehn;
Mußt ins Breite dich entfalten,
Soll sich dir die Welt gestalten;
In die Tiefe mußt du steigen,
Soll sich dir das Wesen zeigen.

Nur Beharrung führt zum Ziel,
Nur die Fülle führt zur Klarheit,
Und im Abgrund wohnt die
Wahrheit.

1795/99

Das Mädchen aus der Fremde

In einem Tal bei armen Hirten
Erschien mit jedem jungen Jahr,
Sobald die ersten Lerchen
schwirrten,
Ein Mädchen, schön und
wunderbar.

Friedrich Schiller

Sie war nicht im dem Tal geboren,
Man wußte nicht, woher sie kam,
Und schnell war ihre Spur verloren,
Sobald das Mädchen Abschied nahm.

Beseligend war ihre Nähe,
Und alle Herzen wurden weit,
Doch eine Würde, eine Höhe
Entfernte die Vertraulichkeit.

Sie brachte Blumen mit und Früchte,
Gereift auf einer andern Flur,
In einem andern Sonnenlichte,
In einer glücklichern Natur.

Und teilte jedem eine Gabe,
Dem Früchte, jenem Blumen aus,
Der Jüngling und der Greis am Stabe,
Ein jeder ging beschenkt nach Haus.

Willkommen waren alle Gäste,
Doch nahte sich ein liebend Paar,
Dem reichte sie der Gaben beste,
Der Blumen allerschönste dar.

1796

Das Geheimnis

Sie konnte mir kein Wörtchen
sagen,
Zu viele Lauscher waren wach,
Den Blick nur durft ich schüchtern
fragen,
Und wohl verstand ich, was er
sprach.
Leis komm ich her in deine Stille,
Du schön belaubtes Buchenzelt,
Verbirg in deiner grünen Hülle
Die Liebenden dem Aug der Welt!

Von ferne mit verworrnem Sausen
Arbeitet der geschäftge Tag,
Und durch der Stimmen hohles
Brausen
Erkenn ich schwerer Hämmer
Schlag.
So sauer ringt die kargen Lose
Der Mensch dem harten Himmel
ab,
Doch leicht erworben, aus dem
Schoße
Der Götter fällt das Glück herab.

Daß ja die Menschen nie es hören
Wie treue Lieb uns still beglückt!
Sie können nur die Freude stören,
Weil Freude nie sie selbst entzückt.

Friedrich Schiller

Die Welt wird nie das Glück
erlauben,
Als Beute wird es nur gehascht,
Entwenden mußt du's oder rauben,
Eh dich die Mißgunst überrascht.

Leis auf den Zehen kommt's
geschlichen,
Die Stille liebt es und die Nacht,
Mit schnellen Füßen ist's
entwichen,
Wo des Verräters Auge wacht.
O schlinge dich, du sanfte Quelle,
Ein breiter Strom um uns herum,
Und drohend mit empörter Welle
Verteidige dies Heiligtum!

1797

Reiterlied

Wohlauf, Kameraden, aufs Pferd,
aufs Pferd!
Ins Feld, in die Freiheit gezogen!
Im Felde, da ist der Mann noch was
wert,
Da wird das Herz noch gewogen.
Da tritt kein anderer für ihn ein,
Auf sich selber steht er da ganz
allein.

Aus der Welt die Freiheit
verschwunden ist,
Man sieht nur Herren und Knechte,
Die Falschheit herrschet, die
Hinterlist
Bei dem feigen
Menschengeschlechte,
Der dem Tod ins Angesicht
schauen kann,
Der Soldat allein ist der freie Mann!

Des Lebens Ängsten, er wirft sie
weg,
Hat nicht mehr zu fürchten, zu
sorgen,
Er reitet dem Schicksal entgegen
keck,
Trifft's heute nicht, trifft es doch
morgen,
Und trifft es morgen, so lasset uns
heut
Noch schlürfen die Neige der
köstlichen Zeit!

Der Reiter und sein geschwindes
Roß,
Sie sind gefürchtete Gäste,
Es flimmern die Lampen im
Hochzeitsschloß,
Ungeladen kommt er zum Feste.

Friedrich Schiller

Er wirbet nicht lange, er zeiget
nicht Gold,
Im Sturm erringt er den Minnesold.

Warum weint die Dirn und
zergrämt sich schier?
Laß fahren dahin, laß fahren!
Er hat auf Erden kein bleibend
Quartier,
Kann treue Lieb' nicht bewahren.
Das rasche Schicksal, es treibt ihn
fort,
Seine Ruhe läßt er an keinem Ort.

Drum frisch, Kameraden, den
Rappen gezäumt,
Die Brust im Gefechte gelüftet!
Die Jugend brauset, das Leben
schäumt,
Frisch auf, eh' der Geist noch
verdüftet!
Und setzt ihr nicht das Leben ein,
Nie wird euch das Leben
gewonnen sein.

1797
Aus «Wallenstein»

Hoffnung

Es reden und träumen die
Menschen viel
Von bessern künftigen Tagen,

Nach einem glücklichen, goldenen Ziel
Sieht man sie rennen und jagen.
Die Welt wird alt und wird wieder jung,
Doch der Menseh hofft immer Verbesserung.

Die Hoffnung führt ihn ins Leben ein,
Sie umflattert den fröhlichen Knaben,
Den Jüngling begeistert ihr Zauberschein,
Sie wird mit dem Greis nicht begraben;
Denn beschließt er im Grabe den müden Lauf,
Noch am Grabe pflanzt er – die Hoffnung auf.

Es ist kein leerer, schmeichelnder Wahn,
Erzeugt im Gehirne des Toren,
Im Herzen kündet es laut sich an:
Zu was Besserm sind wir geboren.
Und was die innere Stimme spricht,
Das täuscht die hoffende Seele nicht.

1797

Friedrich Schiller

Die Worte des Glaubens

Drei Worte nenn' ich euch,
inhaltschwer,
Sie gehen von Munde zu Munde;
Doch stammen sie nicht von außen
her,
Das Herz nur gibt davon Kunde,
Dem Mensehen ist aller Wert
geraubt,
Wenn er nicht mehr an die drei
Worte glaubt.

Der Mensch ist frei geschaffen, ist
frei,
Und würd' er in Ketten geboren,
Laßt euch nicht irren des Pöbels
Geschrei,
Nicht den Mißbrauch rasender
Toren!
Vor dem Sklaven, wenn er die Kette
bricht,
Vor dem freien Menschen erzittert
nicht!

Und die Tugend, sie ist kein leerer
Schall,
Der Mensch kann sie üben im
Leben,
Und soll't er auch straucheln
überall,

Er kann nach der göttlichen streben;
Und was kein Verstand der Verständigen sieht,
Das übet in Einfalt ein kindlich Gemüt.

Und ein Gott ist, ein heiliger Wille lebt,
Wie auch der menschliche wanke;
Hoch über der Zeit und dem Raume weht
Lebendig der höchste Gedanke;
Und ob alles in ewigem Wechsel kreist,
Es beharret im Wechsel ein ruhiger Geist.

Die drei Worte bewahret euch, inhaltschwer,
Sie pflanzet von Munde zu Munde,
Und stammen sie gleich nicht von außen her,
Eures Innre gibt davon Kunde.
Dem Menschen ist immer sein Wert geraubt,
Solang er noch an die drei Worte glaubt.

1797

Friedrich Schiller

Des Mädchens Klage

Der Eichwald brauset, die Wolken ziehn,
Das Mägdlein sitzet an Ufers Grün,
Es bricht sich die Welle mit Macht, mit Macht,
Und sie seufzt hinaus in die finstre Nacht,
Das Auge von Weinen getrübet.

«Das Herz ist gestorben, die Welt ist leer,
Und weiter gibt sie dem Wunsche nichts mehr.
Du Heilige, rufe dein Kind zurück,
Ich habe genossen das irdische Glück,
Ich habe gelebt und geliebet!»

Es rinnet der Tränen vergeblicher Lauf,
Die Klage, sie wecket die Toten nicht auf,
Doch nenne, was tröstet und heilet die Brust
Nach der süßen Liebe verschwundener Lust,
Ich, die Himmlische, will's nicht versagen.

«Laß rinnen der Tränen
vergeblichen Lauf,
Es wecke die Klage den Toten nicht
auf –
Das süßeste Glück für die
trauernde Brust
Nach der schönen Liebe
verschwundener Lust
Sind der Liebe Schmerzen und
1798 Klagen.»

Die Erwartung

Hör' ich das Pförtchen nicht gehen?
Hat nicht der Riegel geklirrt?
Nein, es war des Windes Wehen,
Der durch diese Pappeln schwirrt.

O schmücke dich, du grün-
belaubtes Dach,
Du sollst die Anmutstrahlende
empfangen,
Ihr Zweige, baut ein schattendes
Gemach,
Mit holder Nacht sie heimlich zu
umfangen,
Und all ihr Schmeichellüfte, werdet
wach

Friedrich Schiller

Und scherzt und spielt um ihre
Rosenwangen,
Wenn seine schöne Bürde leicht
bewegt,
Der zarte Fuß zum Sitz der Liebe
trägt.

Stille! Was schlüpft durch die
Hecken
Raschelnd mit eilendem Lauf?
Nein, es scheuchte nur der
Schrecken
Aus dem Busch den Vogel auf.

O lösche deine Fackel, Tag! Hervor,
Du geist'ge Nacht, mit deinem
holden Schweigen,
Breit um uns her den purpurroten
Flor,
Umspinn uns mit geheimnisvollen
Zweigen,
Der Liebe Wonne flieht des
Lauschers Ohr,
Sie flieht des Strahles
unbescheidnen Zeugen!
Nur Hesper, der Verschwiegene,
allein
Darf still herblickend ihr Vertrauter
sein.

Rief es von ferne nicht leise,
Flüsternden Stimmen gleich?
Nein, der Schwan ist's, der die
Kreise
Ziehet durch den Silberteich.

Mein Ohr umtönt ein
Harmonienfluß,
Der Springquell fällt mit
angenehmem Rauschen,
Die Blume neigt sich bei des
Westes Kuß,
Und alle Wesen seh, ich Wonne
tauschen;
Die Traube winkt, die Pfirsche zum
Genuß,
Die üppig schwellend hinter
Blättern lauschen,
Die Luft, getaucht in der Gewürze
Flut,
Trinkt von der heißen Wange mir
die Glut.

Hör' ich nicht Tritte erschallen?
Rauscht's nicht den Laubgang
daher?
Nein, die Frucht ist dort gefallen,
Von der eignen Fülle schwer.

Friedrich Schiller

Des Tages Flammenauge selber bricht
In süßem Tod, und seine Farben blassen,
Kühn öffnen sich im holden Dämmerlicht
Die Kelche schon, die seine Gluten hassen,
Still hebt der Mond sein strahlend Angesicht,
Die Welt zerschmilzt in ruhig große Massen,
Der Gürtel ist von jedem Reiz gelöst,
Und alles Schöne zeigt sich mir entblößt.

Seh ich nichts Weißes dort schimmern?
Glänzt's nicht wie seidnes Gewand?
Nein, es ist der Säule Flimmern
An der dunklen Taxuswand.

O sehnend Herz, ergötze dich nicht mehr,
Mit süßen Bildern wesenlos zu spielen!
Der Arm, der sie umfassen will, ist leer,
Kein Schattenglück kann diesen Busen kühlen;

O führe mir die Lebende daher,
Laß ihre Hand, die zärtliche, mich
fühlen!
Den Schatten nur von ihres
Mantels Saum – –
Und in das Leben tritt der hohle
Traum.

Und leis, wie aus himmlischen
Höhen
Die Stunde des Glückes erscheint,
So war sie genaht, ungesehen,
Und weckte mit Küssen den
1799 Freund.

Das Lied von der Glocke

Vivos voco. Mortuos plango.
Fulgura frango

Fest gemauert in der Erden
Steht die Form, aus Lehm
gebrannt,
Heute muß die Glocke werden!
Frisch, Gesellen, seid zur Hand!
Von der Stirne heiß
Rinnen muß der Schweiß,
Soll das Werk den Meister loben;
Doch der Segen kommt von oben.

Friedrich Schiller

Zum Werke, das wir ernst bereiten,
Geziemt sich wohl ein ernstes Wort;
Wenn gute Reden sie begleiten,
Dann fließt die Arbeit munter fort.
So laßt uns jetzt mit Fleiß betrachten,
Was durch die schwache Kraft entspringt;
Den schlechten Mann muß man verachten,
Der nie bedacht, was er vollbringt,
Das ist's ja, was den Menschen zieret,
Und dazu ward ihm der Verstand,
Daß er im innern Herzen spüret,
Was er erschafft mit seiner Hand.

Nehmet Holz vom Fichtenstamme,
Doch recht trocken laßt es sein,
Daß die eingepreßte Flamme
Schlage zu dem Schwalch hinein!
Kocht des Kupfers Brei,
Schnell das Zinn herbei,
Daß die zähe Glockenspeise
Fließe nach der rechten Weise!

Was in des Dammes tiefer Grube
Die Hand mit Feuers Hilfe baut,
Hoch auf des Turmes Glockenstube,

Da wird es von uns zeugen laut,
Noch dauern wird's in späten Tagen
Und rühren vieler Menschen Ohr
Und wird mit dem Betrübten klagen
Und stimmen zu der Andacht Chor,
Was unten tief dem Erdensohne
Das wechselnde Verhängnis bringt,
Das schlägt an die metallne Krone,
Die es erbaulich weiterklingt.

Weiße Blasen seh' ich springen,
Wohl! die Massen sind im Fluß.
Laßt's mit Aschensalz
durchdringen,
Das befördert schnell den Guß.
Auch vom Schaume rein
Muß die Mischung sein,
Daß vom reinlichen Metalle
Rein und voll die Stimme schalle.

Denn mit der Freude Federklange
Begrüßt sie das geliebte Kind
Auf seines Lebens erstem Gange
Den es in Schlafes Arm beginnt.
Ihm ruhen noch im Zeitenschoße
Die schwarzen und die heitern Lose;
Der Mutterliebe zarte Sorgen
Bewachen seinen goldnen Morgen. –
Die Jahre fliehen pfeilgeschwind.
Vom Mädchen reißt sich stolz der
Knabe,

Friedrich Schiller

Er stürmt ins Leben wild hinaus,
Durchmißt die Welt am
Wanderstabe.
Fremd kehrt er heim ins Vaterhaus,
Und herrlich, in der Jugend
Prangen,
Wie ein Gebild aus Himmelshöhn,
Mit züchtigen, verschämten
Wangen
Sieht er die Jungfrau vor sich
stehn.
Da faßt ein namenloses Sehnen
Des Jünglings Herz, er irrt allein,
Aus seinen Augen brechen Tränen,
Er flieht der Brüder wilden Reihn.
Errötend folgt er ihren Spuren
Und ist von ihrem Gruß beglückt,
Das Schönste sucht er auf den
Fluren,
Womit er seine Liebe schmückt.
O zarte Sehnsucht, süßes Hoffen,
Der ersten Liebe goldne Zeit!
Das Auge sieht den Himmel offen,
Es schwelgt das Herz in Seligkeit –
O daß sie ewig grünen bliebe,
Die schöne Zeit der jungen Liebe!

Wie sich schon die Pfeifen bräunen!
Dieses Stäbchen tauch' ich ein:
Sehn wir's überglast erscheinen,
Wird's zum Gusse zeitig sein.

Jetzt, Gesellen, frisch!
Prüft mir das Gemisch,
Ob das Spröde mit dem Weichen
Sich vereint zum guten Zeichen.

Denn wo das Strenge mit dem Zarten,
Wo Starkes sich und Mildes paarten,
Da gibt es einen guten Klang.
Drum prüfe, wer sich ewig bindet,
Ob sich das Herz zum Herzen findet!
Der Wahn ist kurz, die Reu' ist lang. –
Lieblich in der Bräute Locken
Spielt der jungfräuliche Kranz,
Wenn die hellen Kirchenglocken
Laden zu des Festes Glanz.
Ach! des Lebens schönste Feier
Endigt auch den Lebensmai,
Mit dem Gürtel, mit dem Schleier
Reißt der schöne Wahn entzwei.
Die Leidenschaft flieht,
Die Liebe muß bleiben.
Die Blume verblüht,
Die Frucht muß treiben.
Der Mann muß hinaus
Ins feindliche Leben,
Muß wirken und streben
Und pflanzen und schaffen,

Friedrich Schiller

Erlisten, erraffen,
Muß wetten und wagen,
Das Glück zu erjagen.
Da strömet herbei die unendliche Gabe,
Es füllt sich der Speicher mit köstlicher Habe,
Die Räume wachsen, es dehnt sich das Haus,
Und drinnen waltet
Die züchtige Hausfrau,
Die Mutter der Kinder,
Und herrschet weise
Im häuslichen Kreise,
Und lehret die Mädchen
Und wehret den Knaben
Und reget ohn' Ende
Die fleißigen Hände
Und mehrt den Gewinn
Mit ordnendem Sinn,
Und füllet mit Schätzen die duftenden Laden
Und dreht um die schnurrende Spindel den Faden,
Und sammelt im reinlich geglätteten Schrein
Die schimmernde Wolle, den schneeigten Lein,
Und füget zum Guten dem Glanz und den Schimmer,
Und ruhet nimmer.

Und der Vater mit frohem Blick
Von des Hauses weitschauendem
Giebel
Überzählet sein blühend Glück,
Siehet der Pfosten ragende Bäume
Und der Scheunen gefüllte Räume
Und die Speicher, vom Segen
gebogen,
Und des Kornes bewegte Wogen,
Rühmt sich mit stolzem Mund:
Fest, wie der Erde Grund,
Gegen des Unglücks Macht
Steht mir des Hauses Pracht! –
Doch mit des Geschickes Mächten
Ist kein ew'ger Bund zu flechten,
Und das Unglück schreitet schnell.

Wohl! nun kann der Guß beginnen,
Schön gezacket ist der Bruch.
Doch, bevor wir's lassen rinnen,
Betet einen frommen Spruch!
Stoßt den Zapfen aus!
Gott bewahr' das Haus!
Rauchend in des Henkels Bogen
Schießt's mit feuerbraunen Wogen.

Wohltätig ist des Feuers Macht,
Wenn sie der Mensch bezähmt,
bewacht,
Und was er bildet, was er schafft,
Das dankt er dieser Himmelskraft;

Friedrich Schiller

Doch furchtbar wird die
Himmelskraft,
Wenn sie der Fessel sich entrafft,
Einhertritt auf der eigenen Spur
Die freie Tochter der Natur.
Wehe, wenn sie losgelassen,
Wachsend ohne Widerstand
Durch die volkbelebten Gassen
Wälzt den ungeheuren Brand!
Denn die Elemente hassen
Das Gebild der Menschenhand.
Aus der Wolke
Quillt der Segen,
Strömt der Regen
Aus der Wolke, ohne Wahl,
Zuckt der Strahl!
Hört ihr's wimmern hoch vom
Turm?
Das ist Sturm!
Rot wie Blut
Ist der Himmel'
Das ist nicht des Tages Glut!
Welch Getümmel
Straßen auf!
Dampf wallt auf!
Flackernd steigt die Feuersäule,
Durch der Straße lange Zeile
Wächst es fort mit Windeseile,
Kochend, wie aus Ofens Rachen,
Glühn die Lüfte, Balken krachen,
Pfosten stürzen, Fenster klirren,

Kinder jammern, Mütter irren,
Tiere wimmern
Unter Trümmern.
Alles rennet, rettet, flüchtet,
Taghell ist die Nacht gelichtet.
Durch der Hände lange Kette
Um die Wette
Fliegt der Eimer, hoch im Bogen
Spritzen Quellen, Wasserwogen.
Heulend kommt der Sturm geflogen,
Der die Flamme brausend sucht.
Prasselnd in die dürre Frucht
Fällt sie, in des Speichers Räume,
In der Sparren dürre Bäume,
Und als wollte sie im Wehen
Mit sich fort der Erde Wucht
Reißen in gewaltger Flucht,
Wächst sie in des Himmels Höhen
Riesengroß. –
Hoffnungslos
Weicht der Mensch der Götterstärke,
Müßig sieht er seine Werke
Und bewundernd untergehen.

Leergebrannt
Ist die Stätte,
Wilder Stürme rauhes Bette.
In den öden Fensterhöhlen
Wohnt das Grauen,
Und des Himmels Wolken schauen
Hoch hinein.

Friedrich Schiller

Einen Blick
Nach dem Grabe
Seiner Habe
Sendet noch der Mensch zurück –
Greift fröhlich dann zum
Wanderstabe.
Was Feuers Wut ihm auch geraubt,
Ein süßer Trost ist ihm geblieben:
Er zählt die Häupter seiner Lieben,
Und sieh! ihm fehlt kein teures
Haupt.

In die Erd' ist's aufgenommen,
Glücklich ist die Form gefüllt;
Wird's auch schön zutage kommen
Daß es Fleiß und Kunst vergilt?
Wenn der Guß mißlang?
Wenn die Form zersprang?
Ach, vielleicht, indem wir hoffen,
Hat uns Unheil schon getroffen.

Dem dunkeln Schoß der heil'gen
Erde
Vertrauen wir der Hände Tat,
Vertraut der Sämann seine Saat
Und hofft, daß sie entkeimen werde
Zum Segen, nach des Himmels Rat.
Noch köstlicheren Samen bergen
Wir trauernd in der Erde Schoß
Und hoffen, daß er aus den Särgen
Erblühen soll zu schönerm Los.

Von dem Dome
Schwer und bang
Tönt die Glocke
Grabgesang.

Ernst begleiten ihre Trauerschläge
Einen Wandrer auf dem letzten
   Wege.

Ach! die Gattin ist's, die teure,
Ach! es ist die treue Mutter,
Die der schwarze Fürst der
   Schatten
Wegführt aus dem Arm des Gatten,
Aus der zarten Kinder Schar,
Die sie blühend ihm gebar,
Die sie an der treuen Brust
Wachsen sah mit Mutterlust –
Ach! des Hauses zarte Bande
Sind gelöst auf immerdar;
Denn sie wohnt im Schattenlande,
Die des Hauses Mutter war;
Denn es fehlt ihr treues Walten,
Ihre Sorge wacht nicht mehr;
An verwaister Stätte schalten
Wird die Fremde, liebeleer.

Bis die Glocke sich verkühlet.
Laßt die strenge Arbeit ruhn.
Wie im Laub der Vogel spielet,
Mag sich jeder gütlich tun.

Winkt der Sterne Licht,
Ledig aller Pflicht
Hört der Bursch die Vesper
schlagen,
Meister muß sich immer plagen.

Munter fördert seine Schritte
Fern im wilden Forst der Wandrer
Nach der lieben Heimathütte.
Blökend ziehen heim die Schafe,
Und der Rinder
Breitgestirnte, glatte Scharen
Kommen brüllend,
Die gewohnten Ställe füllend.
Schwer herein
Schwankt der Wagen,
Kornbeladen;
Bunt von Farben
Auf den Garben
Liegt der Kranz,
Und das junge Volk der Schnitter
Fliegt zum Tanz.
Markt und Straße werden stiller,
Um des Lichts gesell'ge Flamme
Sammeln sich die Hausbewohner,
Und das Stadttor schließt sich
knarrend,
Schwarz bedecket
Sich die Erde;
Doch den sichern Bürger schrecket
Nicht die Nacht,

Die den Bösen gräßlich wecket;
Denn das Auge des Gesetzes wacht.

Heil'ge Ordnung, segenreiche
Himmelstochter, die das Gleiche
Frei und leicht und freudig bindet,
Die der Städte Bau gegründet,
Die herein von den Gefilden
Rief den ungesell'gen Wilden,
Eintrat in der Menschen Hütten,
Sie gewöhnt zu sanften Sitten
Und das teuerste der Bande
Wob, den Trieb zum Vaterlande!

Tausend fleiß'ge Hände regen,
Helfen sich in muntern Bund,
Und in feurigem Bewegen
Werden alle Kräfte kund.
Meister rührt sich und Geselle
In der Freiheit heil'gem Schutz;
Jeder freut sich seiner Stelle,
Bietet dem Verächter Trutz.
Arbeit ist des Bürgers Zierde,
Segen ist der Mühe Preis;
Ehrt den König seine Würde,
Ehret uns der Hände Fleiß.

Holder Friede,
Süße Eintracht,
Weilet, weilet
Freundlich über dieser Stadt!

Friedrich Schiller

Möge nie der Tag erscheinen,
Wo des rauhen Krieges Horden
Dieses stille Tal durchtoben
Wo der Himmel,
Den des Abends sanfte Röte
Lieblich malt,
Von der Dörfer, von der Städte
Wildem Brande schrecklich strahlt!

Nun zerbrecht mir das Gebäude,
Seine Absicht hat's erfüllt,
Daß sich Herz und Auge weide
An dem wohlgelungnen Bild.
Schwingt den Hammer, schwingt,
Bis der Mantel springt!
Wenn die Glock' soll auferstehen,
Muß die Form in Stücken gehen.

Der Meister kann die Form
zerbrechen
Mit weiser Hand, zur rechten Zeit;
Doch wehe, wenn in
Flammenbächen
Das glühnde Erz sich selbst befreit!
Blindwütend, mit des Donners
Krachen,
Zersprengt es das geborstne Haus,
Und wie aus offnem Höllenrachen
Speit es Verderben zündend aus.
Wo rohe Kräfte sinnlos walten,
Da kann sich kein Gebild gestalten;

Wenn sich die Völker selbst
befrein,
Da kann die Wohlfahrt nicht
gedeihn.

Weh, wenn sich in dem Schoß der
Städte
Der Feuerzunder still gehäuft,
Das Volk, zerreißend seine Kette,
Zur Eigenhilfe schrecklich greift!
Da zerret an der Glocke Strängen
Der Aufruhr, daß sie heulend schallt
Und, nur geweiht zu
Friedensklängen,
Die Losung anstimmt zur Gewalt.

Freiheit und Gleichheit! hört man
schallen,
Der ruh'ge Bürger greift zur Wehr,
Die Straßen füllen sich, die Hallen,
Und Würgerbanden ziehn umher.
Da werden Weiber zu Hyänen
Und treiben mit Entsetzen Scherz;
Noch zuckend, mit des Panthers
Zähnen,
Zerreißen sie des Feindes Herz.
Nichts Heiliges ist mehr, es lösen
Sich alle Bande frommer Scheu;
Der Gute räumt den Platz dem
Bösen,
Und alle Laster walten frei,

Friedrich Schiller

Gefährlich ist's, den Leu zu wecken,
Verderblich ist des Tigers Zahn;
Jedoch der schrecklichste der Schrecken,
Das ist der Mensch in seinem Wahn.
Weh denen, die dem Ewigblinden
Des Lichtes Himmelsfackel leihn!
Sie strahlt ihm nicht, sie kann nur zünden
Und äschert Städt und Länder ein.

Freude hat mir Gott gegeben!
Sehet! wie ein goldner Stern
Aus der Hülse, blank und eben,
Schält sich der metallne Kern.
Von dem Helm zum Kranz
Spielt's wie Sonnenglanz,
Auch des Wappens nette Schilder
Loben den erfahrnen Bilder.
Herein! herein!
Gesellen alle, schließt den Reihen,
Daß wir die Glocke taufend weihen!
‹Concordia› soll ihr Name sein.
Zur Eintracht, zu herzinnigem Vereine
Versammle sie die liebende Gemeine.

Und dies sei fortan ihr Beruf,
Wozu der Meister sie erschuf:

Hoch überm niedern Erdenleben
Soll sie in blauem Himmelszelt,
Die Nachbarin des Donners, schweben
Und grenzen an die Sternenwelt,
Soll eine Stimme sein von oben,
Wie der Gestirne helle Schar,
Die ihren Schöpfer wandelnd loben
Und führen das bekränzte Jahr.
Nur ewigen und ernsten Dingen
Sei ihr metallner Mund geweiht,
Und stündlich mit den schnellen Schwingen
Berühr' im Fluge sie die Zeit.
Dem Schicksal leihe sie die Zunge;
Selbst herzlos, ohne Mitgefühl,
Begleite sie mit ihrem Schwunge
Des Lebens wechselvolles Spiel.
Und wie der Klang im Ohr vergehet,
Der mächtig tönend ihr entschallt,
So lehre sie, daß nichts bestehet,
Daß alles Irdische verhallt.

Jetzo mit der Kraft des Stranges
Wiegt die Glock' mir aus der Gruft,
Daß sie in das Reich des Klanges
Steige, in die Himmelsluft.
Ziehet, ziehet, hebt!
Sie bewegt sich, schwebt.
Freude dieser Stadt bedeute,
1799 Friede sei ihr erst Geläute.

Friedrich Schiller

Nänie

Auch das Schöne muß sterben! das Menschen und Götter bezwinget,
Nicht die eherne Brust rührt es den stygischen Zeus.
Einmal nur erweichte die Liebe den Schattenbeherrscher,
Und an der Schwelle noch, streng, rief er zurück sein Geschenk.
Nicht stillt Aphrodite dem schönen Knaben die Wunde,
Die in den zierlichen Leib grausam der Eber geritzt,
Nicht errettet den göttlichen Held die unsterbliche Mutter,
Wann er, am skäischen Tor fallend, sein Schicksal erfüllt.
Aber sie steigt aus dem Meer mit allen Töchtern des Nereus,
Und die Klage hebt an um den verherrlichten Sohn.
Siehe, da weinen die Götter, es weinen die Göttinnen alle,
Daß das Schöne vergeht, daß das Vollkommene stirbt.
Auch ein Klaglied zu sein im Mund der Geliebten ist herrlich,
Denn das Gemeine geht klanglos zum Orkus hinab.

1800

Die Worte des Wahns

Drei Worte hört man,
bedeutungschwer,
Im Munde der Guten und Besten.
Sie schallen vergeblich, ihr Klang
ist leer,
Sie können nicht helfen und
trösten.
Verscherzt ist dem Menschen des
Lebens Frucht,
Solang er die Schatten zu haschen
sucht.

Solang er glaubt an die goldene
Zeit,
Wo das Rechte, das Gute wird
siegen –
Das Rechte, das Gute führt ewig
Streit,
Nie wird der Feind ihm erliegen,
Und erstickst du ihn nicht in den
Lüften frei,
Stets wächst ihm die Kraft auf der
Erde neu.

Solang er glaubt, daß das buhlende
Glück
Sich dem Edeln vereinigen werde –
Dem Schlechten folgt es mit
Liebesblick,

Friedrich Schiller

Nicht dem Guten gehöret die Erde.
Er ist ein Fremdling, er wandert
aus
Und suchet ein unvergänglich
Haus.

Solang er glaubt, daß dem ird'schen
Verstand
Die Wahrheit je wird erscheinen –
Ihren Schleier hebt keine'
sterbliche Hand,
Wir können nur raten und meinen.
Du kerkerst den Geist in ein tönend
Wort,
Doch der freie wandelt im Sturme
fort.

Drum, edle Seele, entreiß dich dem
Wahn
Und den himmlischen Glauben
bewahre!
Was kein Ohr vernahm, was die
Augen nicht sahn,
Es ist dennoch das Schöne, das
Wahre!
Es ist nicht draußen, da sucht es
der Tor;
Es ist in dir, du bringst es ewig
hervor.

1800

Sehnsucht

Ach, aus dieses Tales Gründen,
Die der kalte Nebel drückt,
Könnt ich doch den Ausgang
    finden,
Ach wie fühlt ich mich beglückt!
Dort erblick ich schöne Hügel,
Ewig jung und ewig grün!
Hätt ich Schwingen, hätt ich Flügel,
Nach den Hügeln zög ich hin.

Harmonien hör ich klingen,
Töne süßer Himmelsruh,
Und die leichten Winde bringen
Mir der Düfte Balsam zu,
Goldne Früchte seh ich glühen,
Winkend zwischen dunklem Laub,
Und die Blumen, die dort blühen,
Werden keines Winters Raub.

Ach wie schön muß sich's ergehen
Dort im ewgen Sonnenschein,
Und die Luft auf jenen Höhen,
O wie labend muß sie sein!
Doch mir wehrt des Stromes
    Toben,
Der ergrimmt dazwischen braust,
Seine Wellen sind gehoben,
Daß die Seele mir ergraust.

Friedrich Schiller

Einen Nachen seh ich schwanken,
Aber ach! der Fährmann fehlt.
Frisch hinein und ohne Wanken!
Seine Segel sind beseelt.
Du mußt glauben, du mußt wagen,
Denn die Götter leihn kein Pfand,
Nur ein Wunder kann dich tragen
In das schöne Wunderland.

1801

An die Freunde

Liebe Freunde, es gab schönre
  Zeiten
Als die unsern! – das ist nicht zu
  streiten!
Und ein edler Volk hat einst gelebt.
Könnte die Geschichte davon
  schweigen,
Tausend Steine würden redend
  zeugen,
Die man aus dem Schoß der Erde
  gräbt.
Doch es ist dahin, es ist
  verschwunden,
Dieses hochbegünstigte
  Geschlecht.
Wir, wir leben! Unser sind die
  Stunden,
Und der Lebende hat recht.

Freunde, es gibt glücklichere
Zonen
Als das Land, worin wir leidlich
wohnen,
Wie der weitgereiste Wandrer
spricht.
Aber hat Natur uns viel entzogen,
War die Kunst uns freundlich doch
gewogen,
Unser Herz erwarmt an ihrem
Licht.
Will der Lorbeer hier sich nicht
gewöhnen,
Wird die Myrte unsers Winters
Raub,
Grünet doch, die Schläfe zu
bekrönen,
Uns der Rebe muntres Laub.

Wohl von größerm Leben mag es
rauschen,
Wo vier Welten ihre Schätze
tauschen,
An der Themse, auf dem Markt der
Welt.
Tausend Schiffe landen an und
gehen;
Da ist jedes Köstliche zu sehen,
Und es herrscht der Erde Gott, das
Geld.

Aber nicht im trüben Schlamm der Bäche,
Der von wilden Regengüssen schwillt,
Auf des stillen Baches ebner Fläche
Spiegelt sich das Sonnenbild.

Prächtiger als wir in unserm Norden
Wohnt der Bettler an der Engelspforten,
Denn er sieht das ewig einz'ge Rom!
Ihn umgibt der Schönheit Glanzgewimmel,
Und ein zweiter Himmel in dem Himmel
Steigt Sankt Peters wunderbarer Dom.
Aber Rom in allem seinem Glanze
Ist ein Grab nur der Vergangenheit;
Leben duftet nur die frische Pflanze,
Die die grüne Stunde streut.

Größres mag sich anderswo begeben
Als bei uns in unserm kleinen Leben,
Neues – hat die Sonne nie gesehn.
Sehn wir doch das Große aller Zeiten

Auf den Brettern, die die Welt
bedeuten,
Sinnvoll, still an uns vorübergehn.
Alles wiederholt sich nur im Leben,
Ewig jung ist nur die Phantasie:
Was sich nie und nirgend hat
begeben,
1802 Das allein veraltet nie!

Punschlied

Vier Elemente,
Inniggesellt,
Bilden das Leben,
Bauen die Welt.

Preßt der Zitrone
Saftigen Stern!
Herb ist des Lebens
Innerster Kern.

Jetzt mit des Zuckers
Linderndem Saft
Zähmet die herbe,
Brennende Kraft!

Gießet des Wassers
Sprudelnden Schwall!
Wasser umfanget
Ruhig das All.

Friedrich Schiller

Tropfen des Geistes
Gießet hinein!
Leben dem Leben
Gibt er allein.

Eh' es verdüftet,
Schöpfet es schnell!
Nur wenn er glühet.
Labet der Quell.

1802

Die Gunst des Augenblicks

Und so finden wir uns wieder
In den heitern bunten Reihn,
Und es soll der Kranz der Lieder
Frisch und grün geflochten sein.

Aber wem der Götter bringen
Wir des Liedes ersten Zoll?
Ihn vor allen laßt uns singen,
Der die Freude schaffen soll.

Denn was frommt es, daß mit
Leben
Ceres den Altar geschmückt?
Daß den Purpursaft der Reben
Bacchus in die Schale drückt?

Zückt vom Himmel nicht der
Funken,
Der den Herd in Flammen setzt,
Ist der Geist nicht feuertrunken,
Und das Herz bleibt unergetzt.

Aus den Wolken muß es fallen,
Aus der Götter Schoß das Glück,
Und der mächtigste von allen
Herrschern ist der Augenblick.

Von dem allerersten Werden
Der unendlichen Natur
Alles Göttliche auf Erden
Ist ein Lichtgedanke nur.

Langsam in dem Lauf der Horen
Füget sich der Stein zum Stein,
Schnell, wie es der Geist geboren.
Will das Werk empfunden sein.

Wie im hellen Sonnenblicke
Sich ein Farbenteppich webt,
Wie auf ihrer bunten Brücke
Iris durch den Himmel schwebt,

So ist jede schöne Gabe
Flüchtig wie des Blitzes Schein,
Schnell in ihrem düstern Grabe
1802/03 Schließt die Nacht sie wieder ein.

Friedrich Schiller

Der Pilgrim

Noch in meines Lebens Lenze
War ich, und ich wandert' aus,
Und der Jugend frohe Tänze
Ließ ich in des Vaters Haus.

All mein Erbteil, meine Habe
Warf ich fröhlich glaubend hin,
Und am leichten Pilgerstabe
Zog ich fort mit Kindersinn.

Denn mich trieb ein mächtig
  Hoffen
Und ein dunkles Glaubenswort,
Wandle, rief's, der Weg ist offen,
Immer nach dem Aufgang fort.

Bis zu einer goldnen Pforten
Du gelangst, da gehst du ein,
Denn das Irdische wird dorten
Himmlisch, unvergänglich sein.

Abend ward's und wurde Morgen,
Nimmer, nimmer stand ich still,
Aber immer blieb's verborgen,
Was ich suche, was ich will.

Berge lagen mir im Wege,
Ströme hemmten meinen Fuß,

Über Schlünde baut ich Stege,
Brücken durch den wilden Fluß.

Und zu eines Stroms Gestaden
Kam ich, der nach Morgen floß,
Froh vertrauend seinem Faden,
Werf ich mich in seinen Schoß.

Hin zu einem großen Meere
Trieb mich seiner Wellen Spiel,
Vor mir liegt's in weiter Leere,
Näher bin ich nicht dem Ziel.

Ach, kein Steg will dahin führen,
Ach, der Himmel über mir
Will die Erde nie berühren,
1803 Und das Dort ist niemals hier.

Pflicht für jeden

Immer strebe zum Ganzen! Und
kannst du selber kein Ganzes
Werden, als dienendes Glied
schließ an ein Ganzes dich an!

Friedrich Schiller

Mitteilung

Aus der schlechtesten Hand kann
Wahrheit mächtig noch wirken;
Bei der Schönheit allein macht das
Gefäß den Gehalt.

Wissenschaft

Einem ist sie die hohe, die
himmlische Göttin, dem andern
Eine tüchtige Kuh, die ihn mit
Butter versorgt.

Mein Glaube

Welche Religion ich bekenne?
Keine von allen,
Die du mir nennst. – Und warum
keine? – Aus Religion.

Unterschied der Stände

Adel ist auch in der sittlichen Welt.
Gemeine Naturen
Zahlen mit dem, was sie *tun*, edle
mit dem, was sie *sind*.

Freund und Feind

Teuer ist mir der Freund, doch
auch den Feind kann ich nützen;
Zeigt mir der Freund, was ich
kann, lehrt mich der Feind, was
ich soll.

Wahl

Kannst du nicht allen gefallen durch
deine Tat und dein Kunstwerk
Mach' es wenigen recht; vielen
gefallen, ist schlimm.

Erwartung und Erfüllung

In den Ozean schifft mit tausend
Masten der Jüngling;
Still, auf gerettetem Boot, treibt in
den Hafen der Greis.

Aufgabe

Keiner sei gleich dem andern, doch
gleich sei jeder dem Höchsten.
Wie das zu machen? Es sei jeder
vollendet in sich.

Friedrich Schiller

Güte und Größe

Nur zwei Tugenden gibt's. O wären sie immer vereinigt:
Immer die Güte auch groß, immer die Größe auch gut!

Aus «Zerstreute Epigramme»

Die verschiedene Bestimmung

Millionen beschäftigen sich, daß die Gattung bestehe,
Aber durch wenige nur pflanzet die Menschheit sich fort.
Tausend Keime zerstreuet der Herbst, doch bringet kaum einer
Früchte, zum Element kehren die meisten zurück.
Aber entfaltet sich auch nur einer – einer allein streut
Eine lebendige Welt ewiger Bildungen aus.

Aus «Votivtafeln»

Johann Peter Hebel

1760 – 1826

Neujahrslied

Mit der Freude zieht der Schmerz
Traulich durch die Zeiten,
Schwere Stürme, milde Weste,
Bange Sorgen, frohe Feste
Wandeln sich zur Seiten.

Und wo eine Träne fällt,
Blüht auch eine Rose.
Schon gemischt, noch eh' wir's bitten,
Ist für Thronen und für Hütten
Schmerz und Lust im Lose.

War's nicht so im alten Jahr?
Wird's im neuen enden?
Sonnen wallen auf und nieder,
Wolken gehn und kommen wieder,
Und kein Wunsch wird's wenden.

Gebe denn, der über uns
Wägt mit rechter Waage,
Jedem Sinn für seine Freuden,
Jedem Mut für seine Leiden
In die neuen Tage,

Jedem auf des Lebens Pfad
Einen Freund zur Seite,
Ein zufriedenes Gemüte,
Und zu stiller Herzensgüte
Hoffnung ins Geleite!

Johann Peter Hebel

Sonntagsfrühe

Der Samstag hub zum Sonntag an:
«Jetzt ruhn sie alle, Nachbarsmann!
Sie sind vom Schaffen her und hin
Gar weidlich müd' an Seel' und Sinn;
Mir selbst will's bald nicht besser gehn,
Kann kaum noch auf den Beinen stehn.»

Er spricht's, und von der Mitternacht
Wird er nun auch ins Bett gebracht.
Der Sonntag spricht: «Jetzt ist's an mir!«
Gar heimlich schließt er seine Tür.
Schlaftrunken noch und gar gemach
Schwankt er den Sternlein hintennach.

Doch jetzt reibt er die Augen aus
Und kommt der Sonn' an Tür und Haus;
Sie schläft im stillen Kämmerlein.
Er klopft und pocht ans Fensterlein
Und ruft ihr zu: «'s ist an der Zeit!»
Die Sonne sagt: «Bin auch bereit.»

Und leise auf den Zehen geht
Und heiter auf den Bergen steht
Der Sonntag. Und das Tal entlang
Schläft alles noch; mit stillem Gang
Tritt er ins Dorf hinein und spricht
Zum Hahne: «Du, verrat mich
nicht!»

Wenn alles endlich ist erwacht,
Geschlafen hat die ganze Nacht,
So steht er da im Sonnenschein,
Guckt zu den Fenstern uns herein
Mit seinen Augen, mild und gut,
Und mit dem Sträußchen auf dem
Hut.

Drum meint er's treu, und was ich
sag',
Es freut ihn, wenn man schlafen
mag
Und meint, es sei noch dunkle
Nacht,
Wann längst die Sonn' am Himmel
lacht.
Drum kam er auch so leis heran
Und sieht so lieblich jetzt uns an.

Wie glitzert rings auf Gras und Laub
Vom Morgentau der Silberstaub!
Wie weht so frische Maienluft

Johann Peter Hebel

Voll Kirschenblüt' und
Schlehenduft!
Und's Bienlein sammelt ohne Frist;
Es weiß nicht, daß es Sonntag ist.

Wie prangt nicht in dem Gartenland
Der Kirschenbaum im Maigewand!
Und blaue Veilchen, Tulipan'
Und Sternenblümchen nebendran
Und Hyazinthen, daß man traun
Meint, in das Paradies zu schaun!

Und's ist so still und heimt uns so,
Man ist so ruhig und so froh.
Man hört im Dorf kein Hüst und
Hott!
Nur Guten Tag! und Dank Euch
Gott!
Und Gott sei Lob! ein schöner Tag!
Ist alles, was man hören mag.

Und's Vöglein sagt: «Ei freilich ja !
Potztausend, ja, er ist schon da!
Er dringt mit seinem Himmelsstrahl
Durch Blüt' und Laub in Berg und
Tal!»
Und's Distelfinkchen vornean
Hat's Sonntagsröckchen angetan.

Wie? Läuten sie nicht da schon ein?
Der Pfarrer muß heut eilig sein.

Aus dem Alemannischen übertragen von Theodor Echtermeyer

Geh, brich ein paar Aurikeln ab;
Doch wisch' mir ja den Staub nicht ab;
Und prangst du, Gundel, in dem Staat,
Halt' ich ein Sträußchen dir parat!

Johannes Gaudenz von Salis-Seewis

1762 – 1834

Herbstlied

Bunt sind schon die Wälder,
Gelb die Stoppelfelder,
Und der Herbst beginnt.
Rote Blätter fallen,
Graue Nebel wallen,
Kühler weht der Wind.

Wie die volle Traube
Aus dem Rebenlaube
Purpurfarbig strahlt!
Am Geländer reifen
Pfirsiche, mit Streifen
Rot und weiß bemalt.

Sieh, wie hier die Dirne
Emsig Pflaum' und Birne
In ihr Körbchen legt!
Dort mit leichten Schritten

Johannes Gaudenz von Salis-Seewis

Jene goldne Quitten
In den Landhof trägt!

Flinke Träger springen,
Und die Mädchen singen,
Alles jubelt froh!
Bunte Bänder schweben
Zwischen hohen Reben
Auf dem Hut von Stroh.

Geige tönt und Flöte
Bei der Abendröte
Und im Mondenglanz.
Junge Winzerinnen
Winken und beginnen
1782 Deutschen Ringeltanz.

Fürbitte

Heilige, reine Vernunft, vergib den Blinden am Wege,
Die dich verfolgen und schmähn! – Göttin, sie kannten dich nie!
Aber wehre den Stolzen, die gern uns zwängen zu knieen
Vor das vergoldete Kalb, ihren begrenzten Verstand!

Winterlied

Das Feld ist weiß, so blank und
rein,
Vergoldet von der Sonne Schein,
Die blaue Luft ist stille;
Hell wie Kristall
Blinkt überall
Der Fluren Silberhülle.

Der Lichtstrahl spaltet sich im Eis,
Es flimmert blau und rot und weiß,
Und wechselt seine Farbe.
Aus Schnee heraus
Ragt, nackt und kraus,
Des Dorngebüsches Garbe.

Von Reifenduft befiedert sind
Die Zweige rings, die sanfte Wind'
Im Sonnenstrahl bewegen.
Dort stäubt vom Baum
Der Flocken Flaum
Wie leichter Blütenregen.

Tief sinkt der braune Tannenast
Und drohet, mit des Schnees Last
Den Wandrer zu beschütten;
Vom Frost der Nacht
Gehärtet, kracht
Der Weg von seinen Tritten.

Johannes Gaudenz von Salis-Seewis

Das Bächlein schleicht, von Eis geengt;
Voll lautrer, blauer Zacken hängt
Das Dach; es stockt die Quelle,
Im Sturze harrt,
Zu Glas erstarrt,
Des Wasserfalles Welle.

Die blaue Meise piepet laut;
Der muntre Sperling pickt vertraut
Die Körner von der Scheune.
Der Zeisig hüpft
Vergnügt und schlüpft
Durch blätterlose Haine.

Wohlan! Auf festgediegner Bahn
Klimm ich den Hügel schnell hinan
Und blicke froh ins Weite;
Und preise den,
Der rings so schön
Die Silberflocken streute.

1785

Jean Paul (Jean Paul Friedrich Richter)

1763 – 1825

Ich sage euch

Ich sage euch, ’s ist alles heilig jetzt,
Und wer im Blühen einen Baum
verletzt,
Der schneidet ein, wie in ein
Mutterherz.
Und wer sich eine Blume pflückt
zum Scherz
Und sie dann von sich schleudert
sorgenlos,
Der reißt ein Kind von seiner
Mutter Schoß.
Und wer dem Vogel jetzt die
Freiheit raubt,
Der sündiget an eines Sängers
Haupt,
Und wer im Frühling bitter ist und
hart,
Vergeht sich wider Gott, der
sichtbar ward.

Hohe Natur! Wenn wir dich sehen
und lieben.
So lieben wir unsre Menschen
wärmer,
Und wenn wir sie betrauern
müssen oder vergessen,
So bleibst du bei uns und ruhest
vor dem nassen Auge,

Wie ein zürnendes, abendrotes
Gebirge.
Ach! vor der Seele, vor welcher der
Morgentau der Ideale
Zum grauen kalten Landregen sich
entfärbt hat,
Und vor dem Herzen, dem auf den
unterirdischen Gängen
Des Lebens die Menschen nur
noch wie dürre
Gekrümmte Mumien auf Stäben
begegnen
In Katakomben,
Und vor dem Auge, das verarmt ist
und verlassen
Und das kein Mensch mehr
erfreuen will,
Und vor dem stolzen Göttersohne,
den sein Unglaube
Und seine einsame, menschenleere
Brust
An einen ewigen, unverrückten
Schmerz anschmieden:
Vor allen diesen bleibst du,
erquickende Natur,
Mit deinen Blumen und Gebirgen
und Katarakten
Treu und tröstend stehen,
Und der blutende Göttersohn
Wirft stumm und kalt den Tropfen
der Pein aus den Augen,

Damit sie hell und weit auf deinen Vulkanen,
Auf deinen Frühlingen und Sonnen liegen.

Johann Gottfried Seume

1763 – 1810

Der Wilde

Ein Kanadier, der noch Europens
Übertünchte Höflichkeit nicht kannte,
Und ein Herz, wie Gott es ihm gegeben,
Von Kultur noch frei, im Busen fühlte,
Brachte, was er mit des Bogens Sehne
Fern in Quebecs übereisten Wäldern
Auf der Jagd erbeutet, zum Verkaufe.
Als er ohne schlaue Rednerkünste,
So wie man ihm bot, die Felsenvögel
Um ein Kleines hingegeben hatte,
Eilt' er froh mit dem geringen Lohne
Heim zu seinen tief verdeckten Horden
In die Arme seiner braunen Gattin.

Aber ferne noch von seiner Hütte
Überall ihn unter freiem Himmel
Schnell der schrecklichste der Donnerstürme.
Aus dem langen rabenschwarzen Haare
Troff der Guß herab auf seinen Gürtel,
Und das grobe Haartuch seines Kleides
Klebte rund an seinem hageren Leibe.
Schaurig zitternd unter kaltem Regen
Eilete der gute, wackre Wilde
In ein Haus, das er von fern erblickte.
«Herr, ach laßt mich, bis der Sturm sich leget»,
Bat er mit der herzlichsten Gebärde
Den gesittet feinen Eigentümer,
«Obdach hier in eurem Hause finden!» –
«Willst du, mißgestaltes Ungeheuer»,
Schrie ergrimmt der Pflanzer ihm entgegen,
«Willst du Diebsgesicht mir aus dem Hause!»
Und ergriff den schweren Stock im Winkel.

Traurig schritt der ehrliche Hurone
Fort von dieser unwirtbaren Schwelle,
Bis durch Sturm und Guß der späte Abend
Ihn in seine friedliche Behausung
Und zu seiner braunen Gattin brachte.
Kurze Zeit darauf hatt' unser Pflanzer
Auf der Jagd im Walde sich verirret.
Über Stock und Stein, durch Tal und Bäche,
Stieg er schwer auf manchen jähen Felsen,
Um sich umzusehen nach dem Pfade,
Der ihn tief in diese Wildnis brachte,
Doch sein Spähn und Rufen war vergebens;
Nichts vernahm er als das hohle Echo
Längs den hohen, schwarzen Felsenwänden.
Ängstlich ging er bis zur zwölften Stunde,
Wo er an dem Fuß des nächsten Berges
Noch ein kleines schwaches Licht erblickte.

Johann Gottfried Seume

Furcht und Freude schlug in
seinem Herzen,
Und er faßte Mut und nahte leise,
«Wer ist draußen?», brach mit
Schreckenstone
Eine Stimme tief her aus der Höhle.
Und ein Mann trat aus der kleinen
Wohnung.
«Freund, im Walde hab' ich mich
verirret»,
Sprach der Europäer furchtsam
schmeichelnd;
«Gönnet mir, die Nacht hier
zuzubringen,
Und zeigt morgen früh, ich werd'
euch danken,
Nach der Stadt mir die gewissen
Wege»,

«Kommt herein», versetzt der
Unbekannte,
«Wärmt euch; noch ist Feuer in der
Hütte!»
Und er führt ihn auf das
Binsenlager,
Schreitet finster trotzig in den
Winkel,
Holt den Rest von seinem
Abendmahle,
Hummer, Lachs und frischen
Bärenschinken,

Um den späten Fremdling zu
bewirten.
Mit dem Hunger eines Weidmanns
speiste,
Festlich wie bei einem
Klosterschmause,
Neben seinem Wirt der Europäer.
Fest und ernsthaft schaute der
Hurone
Seinem Gaste spähend auf die
Stirne,
Der mit tiefem Schnitt den
Schinken trennte,
Und mit Wollust trank vom
Honigtranke.
Eine Bärenhaut auf weichem
Moose
War des Pflanzers gute Lagerstätte,
Und er schlief bis in die hohe
Sonne.

Wie der wilden Zone wildster
Krieger,
Schrecklich stand mit Köcher, Pfeil
und Bogen
Der Hurone jetzt vor seinem Gaste
Und erweckte ihn; der Europäer
Griff bestürzt nach seinem
Jagdgewehre;
Und der Wilde gab ihm eine Schale,
Angefüllt mit süßem Morgentranke.

Johann Gottfried Seume

Als er lächelnd seinen Gast gelabet,
Bracht' er ihn durch manche lange Windung,
Über Stock und Stein durch Tal und Bäche,
Durch das Dickicht auf die rechte Straße.
Höflich dankte fein der Europäer;
Finster blickend blieb der Wilde stehen,
Sahe starr dem Pflanzer in die Augen,
Sprach mit voller, fester, ernster Stimme:
«Haben wir vielleicht uns schon gesehen?»
Wie vom Blitz getroffen stand der Jäger,
Und erkannte nun in seinem Wirte
Jenen Mann, den er vor wenig Wochen
In den Sturmwind aus dem Hause jagte,
Stammelte verwirrt Entschuldigungen.
Ruhig lächelnd sagte der Hurone:
«Seht, ihr fremden, klugen, weißen Leute,
Seht, wir Wilden sind doch bessre Menschen!»
Und er schlug sich seitwärts in die Büsche.

1793

Die Gesänge

Wo man singet, laß dich ruhig
nieder,
Ohne Furcht, was man im Lande
glaubt,
Wo man singet, wird kein Mensch
beraubt;
Bösewichter haben keine Lieder.

Wenn der Becher mit dem
Traubenblute
Unter Rosen unsre Stunden kürzt,
Und die Weisheit unsre Freuden
würzt,
Macht ein Lied den Wein zum
Göttergute.

Wenn die Sprache stirbt von
meinem Munde
Und der Schauer mein Gebein
durchläuft,
Und mit Eisenarm der Tod mich
greift;
Singt ein Lied zu meiner schönen
1804 Stunde!

Johann Gottfried Seume

Arie

Schwarz ist mein Pfad, den mir auf dickem Dorne
Die Eisenhand
Der Parze wies, als sie mir einst im Zorne
Den Faden wand.
Was hast du, Welt, das ich zum Pilgermahle
Noch hoffen darf,
Ach, den das Schicksal aus dem Satz der Schale
Zum Trotze warf?
Es lagert sich von mißgeschaffnen Gnomen
Um meine Stirn
Ein Heer und quält mit stygischen Phantomen
Mein Herz und Hirn!
Mein Wandelplatz sind lange Totenhallen,
Wo Fürst und Knecht
Im Arm der Zeit zu gleichem Moder fallen
Und gleichem Recht.
Wo gleicher Schutt auf Knochen stolzer Edeln
Und Fröner fällt,
Wo schwelgerisch der Wurm in beider Schädeln

Behausung hält.
Da hat für mich der Mutterschoß
der Erde,
Mir jetzt so karg,
Doch Platz, wenn ich zurücke
kehren werde,
Für meinen Sarg.
Und weigerte man mir auch Sarg
und Decke,
Was liegt mir dran?
Flaum oder Stein in eins; an
welchem Flecke,
Geht mich nichts an.

Joachim Perinet

1763 – 1816

Wer niemals einen Rausch gehabt,
Der ist kein braver Mann;
Wer seinen Durst mit Achteln labt,
Fang' lieber gar nicht an.
Da dreht sich alles um und um
In unserm Capitolium.

Doch zu viel trinken ist nicht gut,
Drei Quart sind eben recht;
Da steht auf einem Ohr der Hut,
Ist nur der Wein auch echt.
Trinkt unsereiner zu viel Wein,
Findt er sich nicht zum Haus
hinein.

Joachim Perinet

Ein jeder Trinker lebe hoch,
Der bei dem vollen Glas
Schon oft der Arbeit hartes Joch,
Des Lebens Müh' vergaß.
Wer dich verschmäht, du edler Wein,
Der ist nicht wert, ein Mensch zu sein.

Drum trink' ich, weil ich trinken kann
Und mir das Weinchen schmeckt,
So lange, bis der Sensenmann
Ins kühle Grab mich streckt.
Denn endet sich mein Lebenslauf,
So hört von selbst das Trinken auf.

1794
Aus dem Singspiel «Das neue Sonntagskind»

Georg Philipp Schmidt von Lübeck

1766 – 1849

Des Fremdlings Abendlied

Ich komme vom Gebirge her,
Es ruft das Tal, es rauscht das Meer;
Ich wandle still und wenig froh,
Und immer fragt der Seufzer: wo?

Die Sonne dünkt mich hier so kalt,
Die Blüte welk, das Leben alt,
Und was sie reden, tauber Schall;
Ich bin ein Fremdling überall.

Wo bist du, mein gelobtes Land,
Gesucht, geahnt und nie gekannt,
Das Land, das Land, so
hoffnungsgrün,
Das Land, wo meine Rosen blühn,

Wo meine Träume wandeln gehn,
Wo meine Toten auferstehn;
Das Land, das meine Sprache
spricht
Und alles hat, was mir gebricht?

Ich wandle still und wenig froh,
Und immer fragt der Seufzer: wo?
Es bringt die Luft den Hauch
zurück:
Da, wo du nicht bist, blüht das
Glück!

1808

Ernst Moritz Arndt

1769 – 1860

Warum ruf ich?

Und rufst du immer Vaterland
Und Freiheit? Will das Herz nicht rasten?
Und doch, wie bald umrollt der Sand
Des Grabes deinen Leichenkasten!
Die nächste Ladung trägst du schon
Geschrieben hell auf weißem Scheitel;
Gedenk des weisen Salomon,
Gedenk des Spruches: Alles eitel.

Ja, darum ruf ich Vaterland
Und Freiheit – dieser Ruf muß bleiben,
Wann lange unsrer Gräber Sand
Und unsern Staub die Winde treiben;
Wann unsrer Namen dünner Schall
Im Zeitensturme längst verklungen,
Sei dieses Namens Widerhall
Von Millionen nachgesungen!

Ja, darum, weil wir gleich dem
Schein
Der Morgendämmerung
verschweben
Muß dies die große Sonne sein,
Worin wir blühn, wodurch wir
leben;
Drum müssen wir an diesem Bau
Uns hier die Ewigkeit erbauen,
Damit wir aus dem Geistergau
Einst selig können niederschauen.

O Vaterland! Mein Vaterland!
Du heilges, das mir Gott gegeben!
Sei alles eitel, alles Tand,
Mein Name nichts und nichts mein
Leben –
Du wirst Jahrtausende durchblühn
In deutschen Treuen, deutschen
Ehren:
Wir Kurze müssen hinnen ziehn,
Doch Liebe wird unsterblich
währen.

Friedrich Hölderlin

1770 – 1843

Der Gott der Jugend

Gehn dir im Dämmerlichte
Wenn in der Sommernacht
Für selige Gesichte
Dein liebend Auge wacht,
Noch oft der Freunde Manen
Und, wie der Sterne Chor,
Die Geister der Titanen
Des Altertums empor;

Wird da, wo sich im Schönen
Das Göttliche verhüllt,
Noch oft das tiefe Sehnen
Der Liebe dir gestillt;
Belohnt des Herzens Mühen
Der Ruhe Vorgefühl,
Und tönt von Melodien
Der Seele Saitenspiel:

So such im stillsten Tale
Den blütenreichsten Hain,
Und gieß aus goldner Schale
Den frohen Opferwein:
Noch lächelt unveraltet
Des Herzens Frühling dir,
Der Gott der Jugend waltet
Noch über dir und mir.

Wie unter Tiburs Bäumen,
Wenn da der Dichter saß
Und unter Götterträumen
Der Jahre Flucht vergaß,
Wenn ihn die Ulme kühlte,
Und wenn sie stolz und froh
Im Silberblüten spielte,
Die Flut des Anio;

Und wie um Platons Hallen,
Wenn durch der Haine Grün,
Begrüßt von Nachtigallen,
Der Stern der Liebe schien,
Wenn alle Lüfte schliefen,
Und sanft bewegt vom Schwan,
Cephisus durch Oliven
Und Myrtensträuche rann:

So schön ists noch hienieden!
Auch unser Herz erfuhr
Das Leben und den Frieden
Der freundlichen Natur;
Noch blüht des Himmels Schöne,
Noch mischen brüderlich
In unsers Herzens Töne
Des Frühlings Laute sich.

Drum such im stillsten Tale
Den düftereichsten Hain,
Und gieß aus goldner Schale
Den frohen Opferwein!

Friedrich Hölderlin

Noch lächelt unveraltet
Das Bild der Erde dir,
Der Gott der Jugend waltet
Noch über dir und mir.

Die Liebe

Wenn ihr Freunde vergeßt, wenn
    ihr die Euern all,
O ihr Dankbaren, sie, eure Dichter
    schmäht,
Gott vergeb es, doch ehret
Nur die Seele der Liebenden.

Denn o saget, wo lebt menschliches
    Wesen sonst,
Da die knechtische jetzt alles, die
    Sorge, zwingt?
Darum wandelt der Gott auch
Sorglos über dem Haupte uns
    längst.

Doch, wie immer das Jahr kalt und
    gesanglos ist,
Zur beschiedenen Zeit, aber aus
    weißem Feld
Grüne Halme doch sprossen,
Oft ein einsamer Vogel singt,

Wenn sich mählich der Wald
  dehnet, der Strom sich regt,
Schon die mildere Luft leise von
  Mittag weht
Zur erlesenen Stunde,
So ein Zeichen der schönern Zeit,

Die wir glauben, erwächst
  einziggenügsam noch,
Einzig edel und fromm über dem
  ehernen,
Wilden Boden die Liebe,
Gottes Tochter, von ihm allein.

Sei gesegnet, o sei, himmlische
  Pflanze, mir
Mit Gesange gepflegt, wenn des
  ätherischen
Nektars Kräfte dich nähren,
Und der schöpfrische Strahl dich
  reift.

Wachse und werde zum Wald! eine
  beseeltere,
Vollentblühende Welt! Sprache der
  Liebenden
Sei die Sprache des Landes,
Ihre Seele der Laut des Volks!

Friedrich Hölderlin

An Diotima

Götter wandelten einst bei Menschen, die herrlichen Musen
Und der Jüngling Apoll, heilend, begeisternd wie du.

Und du bist mir wie sie, als hätte der Seligen einer
Mich ins Leben gesandt. Geh' ich, es wandelt das Bild

Meiner Heldin mit mir, wo ich duld' und bilde, mit Liebe
Bis in den Tod; denn dies lernt' ich und hab' ich von ihr.

Laß uns leben, o du, mit der ich leide, mit der ich
Innig und gläubig und treu ringe nach schönerer Zeit

Sind doch wir's! Und wüßten sie noch in kommenden Jahren
Von uns beiden, wenn einst wieder der Genius gilt,

Sprächen sie: Es schufen sich einst die Einsamen liebend,
Nur von Göttern gekannt, ihre geheimere Welt.

Denn, die Sterblichen nur besorgt,
hinab in den Orkus
Sank die Menge, doch sie fanden
zu Göttern die Bahn.

Sie, die inniger Liebe treu und dem
göttlichen Geiste,
Hoffend und duldend und still über
die Trübsal gesiegt.

Der Mensch

Kaum sproßten aus den Wassern, o
Erde, dir
Der jungen Berge Gipfel und
dufteten
Luftatmend, immergrüner Haine
Voll, in des Ozeans grauer Wildnis

Die ersten holden Inseln; und
freudig sah
Des Sonnengottes Auge die
Neulinge,
Die Pflanzen, seiner ewgen Jugend
Lächelnde Kinder, aus dir geboren

Da auf der Insel schönster, wo
immerhin
Den Hain in zarter Ruhe die Luft
umfloß,

Friedrich Hölderlin

Lag unter Trauben einst, nach lauer
Nacht, in der dämmernden Morgenstunde

Geboren, Mutter Erde! dein schönstes Kind, –
Und auf zum Vater Helios sieht bekannt
Der Knab, und wacht und wählt, die süßen
Beere versuchend, die heilige Rebe

Zur Amme sich, und bald ist er groß; ihn scheun
Die Tiere, denn ein anderer ist wie sie
Der Mensch; nicht dir und nicht dem Vater
Gleicht er, denn kühn ist in ihm und einzig

Des Vaters hohe Seele mit deiner Lust,
O Erd! und deiner Trauer von je vereint;
Der Göttermutter, der Natur, der
Allesumfassenden, möcht er gleichen!

Ach! darum treibt ihn, Erde! vom
Herzen dir
Sein Übermut, und deine
Geschenke sind
Umsonst, und deine zarten Bande;
Sucht er ein Besseres doch, der
Wilde!

Von seines Ufers duftender Wiese
muß
Ins blütenlose Wasser hinaus der
Mensch,
Und glänzt auch, wie die
Sternennacht, von
Goldenen Früchten sein Hain, doch
gräbt er

Sich Höhlen in den Bergen und
späht im Schacht
Von seines Vaters heiterem Lichte
fern,
Dem Sonnengott auch ungetreu,
der
Knechte nicht liebt und der Sorgen
spottet.

Denn freier atmen Vögel des
Walds, wenn schon
Des Menschen Brust sich
herrlicher hebt, und der

Die dunkle Zukunft sieht, er muß
auch
Sehen den Tod und allein ihn
fürchten.

Und Waffen wider alle, die atmen,
trägt
In ewigbangem Stolze der Mensch;
im Zwist
Verzehrt er sich und seines
Friedens
Blume, die zärtliche, blüht nicht
lange.

Ist er von allen Lebensgenossen
nicht
Der seligste? Doch tiefer und
reißender
Ergreift das Schicksal,
allausgleichend,
Auch die entzündbare Brust dem
Starken.

Die Heimat

Froh kehrt der Schiffer heim an
den stillen Strom,
Von Inseln fernher, wenn er
geerntet hat;

So käm auch ich zur Heimat, hätt ich
Güter so viele, wie Leid, geerntet.

Ihr teuern Ufer, die mich erzogen einst,
Stillt ihr der Liebe Leiden, versprecht ihr mir,
Ihr Wälder meiner Jugend, wenn ich
Komme, die Ruhe noch einmal wieder?

Am kühlen Bache, wo ich der Wellen Spiel,
Am Strome, wo ich gleiten Schiffe sah,
Dort bin ich bald; euch, traute Berge,
Die mich behüteten einst, der Heimat

Verehrte sichre Grenzen, der Mutter Haus
Und liebender Geschwister Umarmungen
Begrüß ich bald, und ihr umschließt mich,
Daß, wie in Banden, das Herz mir heile,

Ihr treugebliebnen! aber ich weiß,
ich weiß,
Der Liebe Leid, dies heilet so bald
mir nicht,
Dies singt kein Wiegensang, den
tröstend
Sterbliche singen, mir aus dem
Busen,

Denn sie, die uns das himmlische
Feuer leihn,
Die Götter, schenken heiliges Leid
uns auch,
Drum bleibe dies. Ein Sohn der
Erde.
Schein ich: zu lieben gemacht, zu
leiden.

Ehmals und jetzt

In jüngern Tagen war ich des
Morgens froh,
Des Abends weint' ich; jetzt, da ich
älter bin,
Beginn' ich zweifelnd meinen Tag,
doch
Heilig und heiter ist mir sein Ende.

Dem Sonnengott

Wo bist du? trunken dämmert die
 Seele mir
Von aller deiner Wonne; denn eben
 ists,
Daß ich gesehen, wie müde seiner
Fahrt der entzückende
 Sonnenjüngling

Die jungen Locken badet im
 Goldgewölk;
Und jetzt noch blickt mein Auge
 von selbst nach ihm,
Doch fern ist er zu frommen
 Völkern,
Die ihn noch ehren,
 hinweggegangen.

Dich lieb ich, Erde! trauerst du
 doch mit mir!
Und unsre Trauer wandelt, wie
 Kinderschmerz,
In Schlummer sich, und, wie die
 Winde
Flattern und flüstern im Saitenspiele,

Bis ihm des Meisters Finger den
 schönsten Ton
Entlockt, so spielen Nebel und
 Träum um uns,

Friedrich Hölderlin

Bis der Geliebte wiederkommt und
Leben und Geist sich in uns
entzündet.

Gesang des Deutschen

O heilig Herz der Völker, o
Vaterland!
Allduldend gleich der
schweigenden Mutter Erd'
Und allverkannt, wenn schon aus
deiner
Tiefe die Fremden ihr Bestes
haben!

Sie ernten den Gedanken, den
Geist von dir,
Sie pflücken gern die Traube, doch
höhnen sie
Dich, ungestalte Rebe! daß du
Schwankend den Boden und wild
umirrest.

Du Land des hohen, ernsteren
Genius!
Du Land der Liebe! Bin ich der
Deine schon,
Oft zürnt ich weinend, daß du
immer
Blöde die eigene Seele leugnest.

Doch magst du manches Schöne
nicht bergen mir;
Oft stand ich überschauend das
holde Grün,
Den weiten Garten hoch in deinen
Lüften auf hellem Gebirg und sah
dich.

An deinen Strömen ging ich und
dachte dich,
Indes die Töne schüchtern die
Nachtigall
auf schwanker Weide sang, und
still auf
Dämmerndem Grunde die Welle
weilte.

Und an den Ufern sah ich die
Städte blühn,
Die Edlen, wo der Fleiß in der
Werkstatt schweigt,
Die Wissenschaft, wo deine Sonne
Milde dem Künstler zum Ernste
leuchtet.

Kennst du Minervas Kinder? sie
wählten sich
Den Ölbaum früh zum Lieblinge;
kennst du sie?
Noch lebt, noch waltet der Athener
Seele, die sinnende, still bei
Menschen,

Friedrich Hölderlin

Wenn Platons frommer Garten auch schon nicht mehr
Am alten Strome grünt und der dürftge Mann
Die Heldenasche pflügt, und scheu der
Vogel der Nacht auf der Säule trauert.

O heilger Wald! o Attika! traf Er doch
Mit seinem furchtbarn Strahle dich auch, so bald,
Und eilten sie, die die belebt, die
Flammen entbunden zum Aether über?

Doch wie der Frühling wandelt der Genius
Von Land zu Land. Und wir? Ist denn Einer auch
Von unsern Jünglingen, der nicht ein
Ahnden, ein Rätsel der Brust, verschwiege?

Den deutschen Frauen danket! sie haben uns
Der Götterbilder freundlichen Geist bewahrt,
Und täglich sühnt der holde klare
Friede das böse Gewirre wieder.

Wo sind jetzt Dichter, denen der
Gott es gab,
Wie unsern Alten, freudig und
fromm zu sein,
Wo Weise, wie unsre sind? die
Kalten und Kühnen, die
Unbestechbarn!

Nun! sei gegrüßt in deinem Adel,
mein Vaterland,
Mit neuem Namen, reifeste Frucht
der Zeit!
Du letzte und du erste aller
Musen, Urania, sei gegrüßt mir!

Noch säumst und schweigst du,
sinnest ein freudig Werk,
das von dir zeuge, sinnest ein neu
Gebild,
Das einzig, wie du selber, das aus
Liebe geboren und gut, wie du,
sei –

Wo ist dein Delos, wo dein
Olympia,
Daß wir uns alle finden am
höchsten Fest?
Doch wie errät der Sohn, was du
den
Deinen, Unsterbliche, längst
bereitest?

Friedrich Hölderlin

Lebenslauf

Größres wolltest auch du, aber die
Liebe zwingt
All uns nieder, das Leid beuget
gewaltiger,
Und es kehret umsonst nicht
Unser Bogen, woher er kommt.

Aufwärts oder hinab! wehet in
heilger Nacht,
Wo die stumme Natur werdende
Tage sinnt,
Weht im nüchternen Orkus
Nicht ein liebender Atem auch?

Dies erfuhr ich. Denn nie,
sterblichen Meistern gleich
Habt ihr Himmlischen, ihr
Alleserhaltenden,
Daß ich wüßte, mit Vorsicht
Mich des ebenen Pfads geführt.

Alles prüfe der Mensch, sagen die
Himmlischen,
Daß er, kräftig genährt, danken für
Alles lern
Und verstehe die Freiheit,
Aufzubrechen, wohin er will.

Der Abschied

Trennen wollten wir uns, wähnten
  es gut und klug?
Da wirs taten, warum schröckte,
  wie Mord, die Tat?
Ach, wir kennen uns wenig,
Denn es waltet ein Gott in uns.

Den verraten? ach ihn, welcher uns
  alles erst,
Sinn und Leben, erschuf, ihn, den
  beseelenden
Schutzgott unserer Liebe,
Dies, dies *Eine* vermag ich nicht.

Aber anderen Fehl denket der
  Weltsinn sich,
Andern ehernen Dienst übt er und
  anders Recht,
Und es listet die Seele
Tag für Tag der Gebrauch uns ab.

Wohl! ich wußt es zuvor. Seit die
  gewurzelte
Ungestalte, die Furcht, Götter und
  Menschen trennt,
Muß, mit Blut sie zu sühnen,
Muß der Liebenden Herz vergehn.

Friedrich Hölderlin

Laß mich schweigen! o laß nimmer
von nun an mich
Dieses Tödliche sehn, daß ich im
Frieden doch
Hin ins Einsame ziehe,
Und noch unser der Abschied sei.

Reich die Schale mir selbst, daß ich
des rettenden
Heilgen Giftes genug, daß ich des
Lethetranks
Mit dir trinke, daß alles,
Haß und Liebe, vergessen sei.

Hingehn will ich. Vielleicht seh ich
in langer Zeit,
Diotima! dich hier. Aber verblutet ist
Dann das Wünschen und friedlich
Gleich den Seligen, fremde gehn.

Wir umher, ein ruhig Gespräch
führet uns ab und auf,
Sinnend, zögernd; doch jetzt mahnt
die Vergessenen
Hier die Stelle des Abschieds,
Es erwarmet ein Herz in uns.

Staunend seh ich dich an, Stimmen
und süßen Sang,
Wie aus voriger Zeit, hör ich und
Saitenspiel,

Und die Lilie duftet
Golden über dem Bach uns auf.

Hyperions Schicksalslied

Ihr wandelt droben im Licht
Auf weichem Boden, selige Genien!
Glänzende Götterlüfte
Rühren euch leicht,
Wie die Finger der Künstlerin
Heilige Saiten.

Schicksallos, wie der schlafende
Säugling, atmen die Himmlischen;
Keusch bewahrt
In bescheidener Knospe
Blühet ewig
Ihnen der Geist,
Und die seligen Augen
Blicken in stiller
Ewiger Klarheit.

Doch uns ist gegeben,
Auf keiner Stätte zu ruhn,
Es schwinden, es fallen
Die leidenden Menschen
Blindlings von einer
Stunde zur andern,
Wie Wasser von Klippe
Zu Klippe geworfen,
Jahrlang ins Ungewisse hinab.

Friedrich Hölderlin

An die Parzen

Nur einen Sommer gönnt, ihr Gewaltigen!
Und einen Herbst zu reifem Gesange mir,
Daß williger mein Herz, vom süßen
Spiele gesättiget, dann mir sterbe!

Die Seele, der im Leben ihr göttlich Recht
Nicht ward, sie ruht auch drunten im Orkus nicht;
Doch ist mir einst das Heilge, das am
Herzen mir liegt, das Gedicht, gelungen:

Willkommen dann, o Stille der Schattenwelt!
Zufrieden bin ich, wenn auch mein Saitenspiel
Mich nicht hinabgeleitet: einmal
Lebt ich wie Götter, und mehr bedarfs nicht.

Brot und Wein

Ringsum ruhet die Stadt; still wird die erleuchtete Gasse,

Und mit Fackeln geschmückt
rauschen die Wagen hinweg.
Statt gehn heim, von Freuden des
Tags zu ruhen, die Menschen,
Und Gewinn und Verlust wäget ein
sinniges Haupt
Wohl zufrieden zu Haus; leer steht
von Trauben und Blumen,
Und von Werken der Hand ruht der
geschäftige Markt.
Aber das Saitenspiel tönt fern aus
Gärten – vielleicht, daß
Dort ein Liebendes spielt oder ein
einsamer Mann
Ferner Freunde gedenkt und der
Jugendzeit – und die Brunnen
Immerquillend und frisch rauschen
an duftendem Beet.
Still in dämmriger Luft ertönen
geläutete Glocken,
Und der Stunden gedenk rufet ein
Wächter die Zahl.
Jetzt auch kommet ein Wehn und
regt die Gipfel des Hains auf,
Sieh! und das Schattenbild unserer
Erde, der Mond
Kommet geheim nun auch; die
Schwärmerische, die Nacht,
kommt
Voll mit Sternen und wohl wenig
bekümmert um uns,

Glänzt die Erstaunende dort, wo die Fremdlingin unter den Menschen,
Über Gebirgeshöhn traurig und prächtig herauf.

Wunderbar ist die Gunst der Hocherhabnen und niemand
Weiß, von wannen und was einem geschiehet von ihr
So bewegt sie die Welt und die hoffende Seele der Menschen,
Selbst kein Weiser versteht, was sie bereitet, denn so
Will es der oberste Gott, der dich liebet, und darum
Ist noch lieber, wie sie, dir der besonnene Tag.
Aber zuweilen liebt auch klares Auge den Schatten
Und versuchet zu Lust, eh es die Not ist, den Schlaf,
Oder es blickt auch gern ein treuer Mann in die Nacht hin,
Ja, es ziemet sich, ihr Kränze zu weihn und Gesang,
Weil den Irrernden sie geheiliget ist und den Toten,
Selbst aber besteht, ewig, in freiestem Geist.

Aber sie muß uns auch, daß in der
zauernden Weile,
Daß im Finstern für uns einiges
Haltbare sei,
Uns die Vergessenheit und das
Heiligtrunkene gönnen,
Gönnen das strömende Wort, das,
wie die Liebenden, sei,
Schlummerlos, und vollern Pokal
und kühneres Leben,
Heilig Gedächtnis auch, wachend
zu bleiben bei Nacht.

Hälfte des Lebens

Mit gelben Birnen hänget
Und voll mit wilden Rosen
Das Land in den See;
Ihr holden Schwäne,
Und trunken von Küssen
Tunkt ihr das Haupt
Ins heilignüchterne Wasser.

Weh mir, wo nehm ich, wenn
Es Winter ist, die Blumen, und wo
Den Sonnenschein
Und Schatten der Erde?
Die Mauern stehn
Sprachlos und kalt, im Winde
Klirren die Fahnen.

Friedrich Hölderlin

Da ich ein Knabe war

Da ich ein Knabe war,
Rettet' ein Gott mich oft
Vom Geschrei und der Rute der
Menschen,

Da spielt ich sicher und gut
Mit den Blumen des Hains,
Und die Lüftchen des Himmels
Spielten mit mir.

Und wie du das Herz
Der Pflanzen erfreust,
Wenn sie entgegen dir
Die zarten Arme strecken,
So hast du mein Herz erfreut,
Vater Helios! und, wie Endymion
War ich dein Liebling,
Heilige Luna!

O all ihr treuen,
Freundlichen Götter!
Daß ihr wüßtet,
Wie euch meine Seele geliebt!

Zwar damals rief ich noch nicht
Euch mit Namen, auch ihr
Nanntet mich nie, wie Menschen
sich nennen,
Als kennten sie sich.

Doch kannt ich euch besser,
Als ich je die Menschen gekannt,
Ich verstand die Stille des Äthers,
Des Menschen Wort verstand ich nie.

Mich erzog der Wohllaut
Des säuselnden Hains,
Und lieben lernt ich
Unter den Blumen.
Im Arme der Götter wuchs ich groß.

Menschenbeifall

Ist nicht heilig mein Herz,
schöneren Lebens voll,
Seit ich liebe? Warum achtetet ihr
mich mehr,
Da ich stolzer und wilder,
Wortereicher und leerer war?
Ach! der Menge gefällt, was auf den
Marktplatz taugt,
Und es ehret der Knecht nur den
Gewaltsamen;
An das Göttliche glauben
Die allein, die es selber sind.

Friedrich Hölderlin

Der Dichter

Der schwarze Mantel will sich dichter falten,
Die freundlichen Gespräche sind verschollen;
Wo allen Wesen tief Gesang entquollen,
Da muß die stumme Einsamkeit nun walten.

Es darf den großen Flug das Herz entfalten,
Und Phantasie nicht mehr der Täuschung zollen;
Was farbig prangt, muß bald ins Dunkle rollen,
Nur unsichtbares Licht kann nie veralten.

Willkommen, heil'ge Nacht, in deinen Schauern!
Es strahlt in dir des Lichtes Licht dem Frommen.
Führ ihn ins große All aus engen Mauern!

Er ist ins Inn're der Natur gekommen
Und kann um ird'schen Glanz nun nicht mehr trauern,

Weil schon die Binde ihm vom
  Haupt genommen.

Novalis (Friedrich Freiherr von Hardenberg)

1772 – 1801

Alle Menschen seh' ich leben

Alle Menschen seh' ich leben,
Viele leicht vorüberschweben,
Wenig mühsam vorwärtsstreben,
Doch nur einem ist gegeben
Leichtes Streben, schwebend
  Leben.

Wahrlich, der Genuß ziemt Toren,
An der Zeit sind sie verloren,
Gleichen ganz den Ephemeren.
In dem Streit mit Sturm und Wogen
Wird der Weise fortgezogen,
Kämpft, um niemals aufzuhören,
Und so wird die Zeit betrogen,
Endlich unters Joch gebogen,
Muß des Weisen Macht vermehren.

Ruh' ist Göttern nur gegeben,
Ihnen ziemt der Überfluß,
Doch für uns ist Handeln Leben,
Macht zu üben nur Genuß.

Novalis

Gottlob, daß ich auf Erden bin

Gottlob, daß ich auf Erden bin
Und Leib und Seele habe;
Ich danke Gott in meinem Sinn
Für diese große Gnade.

Der Leib ist mir doch herzlich lieb,
Trotz seiner Fehl und Mängel,
Ich nehme gern mit ihm vorlieb
Und neide keinem Engel.

Ich küsse gern mein braunes Weib
Und meine lieben Kinder,
Und das tut wahrlich doch mein
Leib;
Und mir ist es gesünder,

Als wenn ich mit Philosophie
Die Seele mir verdürbe,
Denn ein klein wenig Not macht
sie,
Die liebe Weisheit, mürbe.

Wenn alle untreu werden,
So bleib' ich dir doch treu,
Daß Dankbarkeit auf Erden
Nicht ausgestorben sei.
Für mich umfing dich Leiden,

Vergingst für mich in Schmerz,
Drum geb' ich dir mit Freuden
Auf ewig dieses Herz.

Oft muß ich bitter weinen,
Daß du gestorben bist
Und mancher von den Deinen
Dich lebenslang vergißt.
Von Liebe nur durchdrungen,
Hast du so viel getan,
Und doch bist du verklungen,
Und keiner denkt daran.

Du stehst voll treuer Liebe
Noch immer jedem bei,
Und wenn dir keiner bliebe,
So bleibst du dennoch treu;
Die treuste Liebe sieget,
Am Ende fühlt man sie,
Weint bitterlich und schmieget
Sich kindlich an dein Knie.

Ich habe dich empfunden,
O lasse nicht von mir!
Daß innig mich verbunden
Auf ewig sein mit dir.
Einst schauen meine Brüder
Auch wieder himmelwärts
Und sinken liebend nieder
Und fallen dir ans Herz.

Aus «Ohne ihn und mit ihm»

Novalis

Wenn in bangen, trüben Stunden
Unser Herz beinah verzagt,
Wenn, von Krankheit überwunden,
Angst in unserm Innern nagt;
Wir der Treugeliebten denken,
Wie sie Gram und Kummer drückt,
Wolken unsern Blick beschränken,
Die kein Hoffnungsstrahl
durchbricht,
O, dann neigt sich Gott herüber,
Seine Liebe kommt uns nah,
Sehnen wir uns dann hinüber,
Steht sein Engel vor uns da.
Bringt den Kelch des frischen
Lebens,
Lispelt Mut und Trost uns zu;
Und wir beten nicht vergebens
Auch für der Geliebten Ruh.

Aus «Ohne ihn und mit ihm»

Muß immer der Morgen
wiederkommen?
Endet nie des Irdischen Gewalt?
Unselige Geschäftigkeit verzehrt
Den himmlischen Anflug der
Nacht.
Wird nie der Liebe geheimes Opfer
Ewig brennen?
Zugemessen ward
Dem Lichte seine Zeit;
Aber zeitlos und raumlos ist

Der Nacht Herrschaft. –
Ewig ist die Dauer des Schlafs.
Heiliger Schlaf –
Beglücke zu selten nicht
Der Nacht Geweihte
In diesem irdischen Tagewerk.
Nur die Toren verkennen dich
Und wissen von keinem Schlafe
Als dem Schatten,
Den du in jener Dämmerung
Der wahrhaften Nacht
Mitleidig auf uns wirfst.
Sie fühlen dich nicht
In der goldnen Flut der Trauben –
In des Mandelbaums
Wunderöl
Und dem braunem Safte des
Mohns.
Sie wissen nicht,
Daß du es bist,
Der des zarten Mädchens
Busen umschwebt
Und zum Himmel den Schoß macht
Ahnden nicht,
Daß aus alten Geschichten
Du himmelöffnend entgegentrittst
Und den Schlüssel trägst
Zu den Wohnungen der Seligen,
Unendlicher Geheimnisse
Schweigender Bote.

Aus «Hymnen an die Nacht»

Novalis

Hinüber wall ich
Und jede Pein
Wird mir ein Stachel
Der Wollust sein.
Noch wenig Zeiten,
So bin ich los
Und liege trunken
Der Lieb im Schoß.
Unendliches Leben
Wogt mächtig in mir;
Ich schaue von oben
Herunter nach dir.
An jenem Hügel
Verlischt dein Glanz.
Ein Schatten bringet
Den kühlenden Kranz.
Oh, sauge, Geliebter,
Gewaltig mich an,
Daß ich entschlummern
Und lieben kann.
Ich fühle des Todes
Verjüngende Flut,
Zu Balsam und Äther
Verwandelt mein Blut.
Ich lebe bei Tage
Voll Glauben und Mut
Und sterbe die Nächte
In heiliger Glut.

Aus «Hymnen an die Nacht»

Über der Menschen
Weitverbreitete Stämme
Herrschte vor Zeiten
Ein eisemes Schicksal
Mit stummer Gewalt.
Eine dunkle
Schwere Binde
Lag um ihre
Bange Seele.
Unendlich war die Erde,
Der Götter Aufenthalt
Und ihre Heimat
Reich an Kleinoden
Und herrlichen Wundern.
Seit Ewigkeiten
Stand ihr geheimnisvoller Bau.
Über des Morgens
Blauen Bergen
In des Meeres
Heiligem Schoß
Wohnte die Sonne,
Das allzündende
Lebendige Licht.
Ein alter Riese
Trug die selige Welt,
Fest unter Bergen
Lagen die Ursöhne
Der Mutter Erde –
Ohnmächtig
In ihrer zerstörenden Wut
Gegen das neue

Novalis Herrliche Göttergeschlecht
Und die befreundeten
Fröhlichen Menschen.
Des Meeres dunkle
Blaue Tiefe
War einer Göttin Schoß.
Himmlische Scharen
Wohnten in fröhlicher Lust
In den kristallenen Grotten –
Flüsse und Bäume,
Blumen und Tiere
Hatten menschlichen Sinn,
Süßer schmeckte der Wein,
Weil ihn blühende Götterjugend
Den Menschen gab –
Des goldnen Korns
Volle Garben
Waren ein göttliches Geschenk,
Der Liebe trunkne Freuden
Ein heiliger Dienst
Der himmlischen Schönheit.
So war das Leben
Ein ewiges Fest
Der Götter und Menschen.
Und kindlich verehrten
Alle Geschlechter
Die zarte, köstliche Flamme
Als das Höchste der Welt.
Nur ein Gedanke wars,

Der furchtbar zu den frohen
Tischen trat
Und das Gemüt in wilde Schrecken
hüllte.
Hier wußten selbst die Götter
keinen Rat,
Der das Gemüt mit süßem Troste
füllte.
Geheimnisvoll war dieses Unholds
Pfad,
Des Wut kein Flehn und keine
Gabe stillte –
Es war der Tod, der dieses
Lustgelag
Mit Angst und Schmerz und Tränen
unterbrach.

Auf ewig nun von allen
abgeschieden,
Was hier das Herz in süßer Wollust
regt –
Getrennt von den Geliebten, die
hinieden
Vergebne Sehnsucht, langes Weh
bewegt –
Schien nur dem Toten matter
Traum beschieden,
Ohnmächtiges Ringen, nur ihm
auferlegt.
Zerbrochen war die Woge des
Genusses

Novalis

Am Felsen des unendlichen
Verdrusses.

Mit kühnem Geist und hoher
Sinnenglut
Verschönte sich der Mensch die
grause Larve –
Ein blasser Jüngling löscht das
Licht und ruht –
Sanft ist das Ende, wie ein Wehn
der Harfe –
Erinnrung schmilzt in kühner
Schattenflut,
Die Dichtung sangs dem traurigen
Bedarfe.
Doch unenträtselt blieb die ewge
Nacht,
Das ernste Zeichen einer fernen
Macht.

Aus «Hymnen an die Nacht»

Wenn nicht mehr Zahlen und
Figuren
Sind Schlüssel aller Kreaturen,
Wenn die, so singen oder küssen,
Mehr als die Tiefgelehrten wissen,
Wenn sich die Welt ins freie Leben
Und in die Welt wird
zurückbegeben,

Wenn dann sich wieder Licht und
Schatten
Zu echter Klarheit werden gatten
Und man in Märchen und
Gedichten
Erkennt die wahren
Weltgeschichten,
Dann fliegt von einem geheimen
Wort
Das ganze verkehrte Wesen fort.

Aus «Heinrich von Ofterdingen»

Heinrich von Kleist

1777 – 1811

Der höhere Frieden

Wenn sich auf des Krieges Donnerwagen
Menschen waffnen, auf der Zwietracht Ruf,
Menschen, die im Busen Herzen tragen,
Herzen, die der Gott der Liebe schuf:

Denk' ich, können sie doch mir nichts rauben,
Nicht den Frieden, der sich selbst bewährt,
Nicht die Unschuld, nicht an Gott den Glauben,
Der dem Hasse wie dem Schrecken wehrt;

Nicht des Ahorns dunkelm Schatten wehren,
Daß er mich im Weizenfeld erquickt,
Und das Lied der Nachtigall nicht stören,
Die den stillen Busen mir entzückt.

Mädchenrätsel

Träumt er zur Erde, wen,
Sagt mir, wen meint er?
Schwillt ihm die Träne,was,
Götter, was weint er?

Bebt er, ihr Schwestern, was,
Redet, erschrickt ihn?
Jauchzt er, o Himmel, was,
Ist's, was beglückt ihn?

Das letzte Lied

Fernab am Horizont, auf
Felsenriffen,
Liegt der gewitterschwarze Krieg
getürmt.
Die Blitze zucken schon, die
ungewissen,
Der Wandrer sucht das Laubdach,
das ihn schirmt.
Und wie ein Strom, geschwellt von
Regengüssen,
Aus seines Ufers Bette heulend
stürmt,
Kommt das Verderben, mit
entbundnen Wogen,
Auf alles, was besteht,
herangezogen.

Heinrich von Kleist

Der alten Staaten graues Prachtgerüste
Sinkt donnernd ein, von ihm hinweggespült,
Wie auf der Heide Grund ein Wurmgeniste,
Von einem Knaben scharrend weggewühlt;
Und wo das Leben, um der Menschen Brüste,
In tausend Lichtern jauchzend hat gespielt,
Ist es so lautlos jetzt, wie in den Reichen,
Durch die die Wellen des Kozythus schleichen.

Und ein Geschlecht, von düsterm Haar umflogen,
Tritt aus der Nacht, das keinen Namen führt,
Das, wie ein Hirngespinst der Mythologen,
Hervor aus der Erschlagnen Knochen stiert;
Das ist geboren nicht, und nicht erzogen,
Vom alten, das im deutschen Land regiert;
Das läßt in Tönen, wie der Nord an Strömen,

Wenn er im Schilfrohr seufzet, sich
vernehmen.

Und du, o Lied, voll unnennbarer
Wonnen,
Das das Gefühl so wunderbar
erhebt,
Das, einer Himmelsurne wie
entronnen,
Zu den entzückten Ohren
niederschwebt,
Bei dessen Klang, empor ins Reich
der Sonnen,
Von allen Banden frei, die Seele
strebt:
Dich trift der Todespfeil; die Parzen
winken,
Und stumm ins Grab mußt du
darnieder sinken.

Ein Götterkind, bekränzt, im
Jugendreigen,
Wirst du nicht mehr von Land zu
Lande ziehn,
Nicht mehr in unsre Tänze
niedersteigen,
Nicht hochrot mehr, bei unserm
Mahl, erglühn.
Und nur wo einsam, unter
Tannenzweigen,

Heinrich von Kleist

Zu Leichensteinen stille Pfade fliehn,
Wird Wanderern, die bei den Toten leben,
Ein Schatten deiner Schön' entgegenschweben.

Und stärker rauscht der Sänger in die Saiten,
Der Töne ganze Macht lockt er hervor,
Er singt die Lust, fürs Vaterland zu streiten,
Und machtlos schlägt sein Ruf an jedes Ohr,
Und wie er flatternd das Panier der Zeiten
Sich weiter pflanzen sieht, von Tor zu Tor,
Schließt er sein Lied; er wünscht mit ihm zu enden
Und legt die Leier tränend aus den Händen.

Unbekannter Dichter

um 1800

Laß rauschen, Lieb, laß rauschen

Ich hört ein Sichlein rauschen,
Wohl rauschen durch das Korn,
Ich hört ein Mägdlein klagen,
Sie hätt ihr Lieb verlorn.

Laß rauschen, Lieb, laß rauschen,
Ich acht nicht, wie es geh,
Ich tät mein Lieb vertauschen
In Veilchen und im Klee.

Du hast ein Mägdlein worben
In Veilchen und im Klee,
So steh ich hier alleine,
Tut meinem Herzen weh.

Ich hör ein Hirschlein rauschen,
Wohl rauschen durch den Wald,
Ich hör mein Lieb sich klagen,
Die Lieb verrauscht so bald.

Laß rauschen, Lieb, laß rauschen.
Ich weiß nicht, wie mir wird,
Die Bächlein immer rauschen
Und keines sich verirrt.

Aus «Des Knaben Wunderhorn»

Clemens Brentano

1778 – 1842

Eingang

Was reif in diesen Zeilen steht,
Was lächelnd winkt und sinnend
fleht,
Das soll kein Kind betrüben;
Die Einfalt hat es ausgesät,
Die Schwermut hat
hindurchgeweht,
Die Sehnsucht hat's getrieben.
Und ist das Feld einst abgemäht,
Die Armut durch die Stoppeln geht,
Sucht Ähren, die geblieben;
Sucht Lieb, die für sie untergeht,
Sucht Lieb, die mit ihr aufersteht,
Sucht Lieb, die sie kann lieben.
Und hat sie einsam und
verschmäht,
Die Nacht durch, dankend in
Gebet,
Die Körner ausgerieben,
Liest sie, als früh der Hahn
gekräht,
Was Lieb erhielt, was Leid verweht,
Ans Feldkreuz angeschrieben:
«O Stern und Blume, Geist und
Kleid,
Lieb, Leid und Zeit und Ewigkeit!»

Schweig, Herz, kein Schrei

Schweig, Herz, kein Schrei!
Denn alles geht vorbei!
Doch daß ich auferstand
Und wie ein Irrstern ewig sie
umrunde,
Ein Geist, den sie gebannt,
Das hat Bestand.

Ja, alles geht vorbei.
Nur dieses Wunderband,
Aus meines Herzens tiefstem
Grunde
Zu ihrem Geist gespannt,
Das hat Bestand.

Ja, alles geht vorbei.
Doch sie, die mich erkannt,
Den Harrenden, wildfremd an Ort
und Stunde,
Ging nicht vorbei, sie stand,
Reicht mir die Hand.

Ja, alles geht vorbei.
Doch diese liebe Hand,
Die ich in tiefer, freudenheller
Stunde
An meinem Herzen fand,
Die hat Bestand.

Clemens Brentano

Der Spinnerin Lied

Es sang vor langen Jahren
Wohl auch die Nachtigall,
Das war wohl süßer Schall,
Da wir zusammen waren.

Ich sing und kann nicht weinen,
Und spinne so allein
Den Faden klar und rein,
Solang der Mond wird scheinen.

Da wir zusammen waren,
Da sang die Nachtigall,
Nun mahnet mich ihr Schall,
Daß du von mir gefahren.

So oft der Mond mag scheinen,
Gedenk ich dein allein,
Mein Herz ist klar und rein,
Gott wolle uns vereinen.

Seit du von mir gefahren,
Singt stets die Nachtigall,
Ich denk bei ihrem Schall,
Wie wir zusammen waren.

Gott wolle uns vereinen,
Hier spinn ich so allein,
Der Mond scheint klar und rein,
Ich sing und möchte weinen.

Wie so leis die Blätter wehn

Wie so leis die Blätter wehn
In dem lieben stillen Hain;
Sonne will schon schlafen gehn,
Läßt ihr goldnes Hemdelein
Sinken auf den grünen Rasen,
Wo die schlanken Hirsche grasen
In dem roten Abendschein:

In der Quellen klare Flut
Treibt kein Fischlein mehr sein
Spiel;
Jedes suchet, wo es ruht,
Sein gewöhnlich Ort und Ziel
Und entschlummert überm
Lauschen
Auf der Wellen leises Rauschen
Zwischen bunten Kieseln kühl.

Schlank schaut auf der Felsenwand
Sich die Glockenblume um;
Denn verspätet über Land
Will ein Bienchen mit Gesumm
Sich zur Nachtherberge melden,
In den blauen zarten Zelten,
Schlüpft herein und wird ganz
stumm.

Clemens Brentano

Vöglein, euer schwaches Nest,
Ist das Abendlied vollbracht,
Wird wie eine Burg so fest;
Fromme Vöglein schützt zur Nacht
Gegen Katz, und Marderkrallen,
Die im Schlaf sie überfallen,
Gott, der über alle wacht.

Treuer Gott, du bist nicht weit;
Dir vertraun wir ohne Harm
In der wilden Einsamkeit,
Wie in Hofes eitlem Schwarm.
Du wirst uns die Hütte bauen,
Daß wir fromm und voll Vertrauen
Sicher ruhn in deinem Arm.

Abendständchen

Hör, es klagt die Flöte wieder,
Und die kühlen Brunnen rauschen;
Golden wehn die Töne nieder;
Stille, stille, laßt uns lauschen!

Holdes Bitten, mild Verlangen,
Wie es süß zum Herzen spricht!
Durch die Nacht, die mich
umfangen,
Blickt zu mir der Töne Licht.

Ewige Gegenwart

Ich habe allem Leben
Mit jedem Abendrot
Den Abschiedskuß gegeben,
Und jeder Schlaf ist Tod.

Es sinkt der Morgen nieder,
Mit Fittichen so lind
Weckt mich die Liebe wieder,
Ein neugeboren Kind.

Und wenn ich einsam weine
Und wenn das Herz mir bricht,
So sieh im Sonnenscheine
Mein lächelnd Angesicht!

Ich sinke ewig unter
Und steige ewig auf
Und blühe stets gesunder
Aus Liebesschoß herauf.

Das Leben nie verschwindet,
Mit Liebesflamm' und Licht
Hat Gott sich selbst entzündet
In der Natur Gedicht.

Das Licht hat mich durchdrungen
Und reißet mich hervor;
Mit tausend Flammenzungen
Glüh ich zur Glut empor.

Clemens Brentano

So kann ich nimmer sterben,
Kann nimmer mir entgeh'n,
Denn um mich zu verderben,
Müßt Gott selbst untergeh'n.

Sprich aus der Ferne

Sprich aus der Ferne,
Heimliche Welt,
Die sich so gerne
Zu mir gesellt!

Wenn das Abendrot
  niedergesunken,
Keine freudige Farbe mehr spricht,
Und die Kränze still leuchtender
  Funken
Die Nacht um die schattichte Stirne
  flieht:
Wehet der Sterne
Heiliger Sinn
Leis durch die Ferne
Bis zu mir hin.

Wenn des Mondes still lindernde
  Tränen
Lösen der Nächte verborgenes
  Weh,
Dann wehet Friede. In goldenen
  Kähnen

Schiffen die Geister im
himmlischen See.
Glänzender Lieder
Klingender Lauf
Ringelt sich nieder,
Wallet hinauf.

Wenn der Mitternacht heiliges
Grauen
Bang durch die dunklen Wälder
hinschleicht,
Und die Büsche gar wundersam
schauen,
Alles sich finster, tiefsinnig bezeugt:
Wandelt im Dunkeln
Freundliches Spiel,
Still Lichter funkeln,
Schimmerndes Ziel.

Alles ist freundlich wohlwollend
verbunden,
Bietet sich tröstend und trauernd
die Hand,
Sind durch die Nächte die Lichter
gewunden,
Alles ist ewig im Innern verwandt.

Sprich aus der Ferne,
Heimliche Welt,
Die sich so gerne
Zu mir gesellt!

Karoline von Günderode

1780 – 1806

Die eine Klage

Wer die tiefste aller Wunden
Hat in Geist und Sinn empfunden,
Bittrer Trennung Schmerz;
Wer geliebt, was er verloren,
Lassen muß, was er erkoren,
Das geliebte Herz,

Der versteht in Lust die Tränen
Und der Liebe ewig Sehnen
Eins in Zwei zu sein,
Eins im andern sich zu finden,
Daß der Zweiheit Grenzen
schwinden
Und des Daseins Pein.

Wer so ganz in Herz und Sinnen
Konnt' ein Wesen lieb gewinnen,
Oh! den tröstet's nicht,
Daß für Freuden, die verloren,
Neue werden neu geboren:
Jene sind's doch nicht.

Das geliebte, süße Leben,
Dieses Nehmen und dies Geben,
Wort und Sinn und Blick,
Dieses Suchen und dies Finden,
Dieses Denken und Empfinden
Gibt kein Gott zurück.

Ist alles stumm und leer ...

Ist alles stumm und leer,
Nichts macht mir Freude mehr;
Düfte, sie düften nicht,
Lüfte, sie lüften nicht,
Mein Herz ist so schwer!

Ist alles öd und hin,
Bange mein Geist und Sinn;
Wollte, nicht weiß ich was,
Jagt' mich ohne Unterlaß,
Wüßt' ich wohin? –

Ein Bild von Meisterhand
Hat mir den Sinn gebannt.
Seit ich das holde sah,
Ist's fern und ewig nah
Mir anverwandt.

Ein Klang im Herzen ruht,
Der noch erfüllt den Mut
Wie Flötenhauch ein Wort,
Tönet noch leise fort,
Stillt Tränenflut.

Frühlinges Blumen treu,
Kommen zurück aufs neu;
Nicht so der Liebe Glück!
Ach, es kommt nicht zurück,
Schön, doch nicht treu.

Kann Lieb so unlieb sein,
Von mir so fern, was mein? –
Kann Lust so schmerzlich sein
Untreu so herzlich sein? –
O Wonn', o Pein!

Phönix der Lieblichkeit
Dich trägt dein Fittich weit
Hin zu der Sonne Strahl –
Ach, was ist dir zumal
Mein einsam Leid?

Liebe

O reiche Armut! Gebend, seliges
Empfangen!
In Zagheit Mut! In Freiheit doch
gefangen.
In Stummheit Sprache,
Schüchtern bei Tage,
Siegend mit zaghaftem Bangen.

Lebendiger Tod, im Einen sel'ges
Leben
Schwelgend in Not, im Widerstand
ergeben,
Genießend schmachten,
Nie satt betrachten,
Leben im Traum und doppelt
Leben.

Ludwig Achim von Arnim

1781 – 1831

Mir ist zu licht zum Schlafen,
Der Tag bricht in die Nacht,
Die Seele ruht im Hafen,
Ich bin so froh verwacht.

Ich hauchte meine Seele
Im ersten Kusse aus,
Was ist's, daß ich mich quäle,
Ob sie auch fand ein Haus!

Sie hat es wohl gefunden
Auf ihren Lippen schön,
O welche sel'ge Stunden !
Wie ist mir so geschehn.

Was soll ich nun noch sehen?
Ach, alles ist in ihr,
Was fühlen, was erflehen?
Es ward ja alles mir!

Ich habe was zu sinnen,
Ich hab', was mich beglückt,
In allen meinen Sinnen
Bin ich von ihr entzückt.

Ludwig Achim von Arnim

Ritt im Mondschein

Herz zum Herzen ist nicht weit
Unter lichten Sternen,
Und das Aug', vom Tau geweiht,
Blickt zu lieben Fernen.

Unterm Hufschlag klingt die Welt,
Und die Himmel schweigen,
Zwischen beiden mir gesellt,
Will der Mond sich zeigen.

Zeigt sich heut in roter Glut
An dem Erdenrande,
Gleich als ob mit heißem Blut
Er auf Erden lande.

Doch nun flieht er scheu empor,
Glänzt in reinem Lichte,
Und ich scheue mich auch vor
Seinem Angesichte.

Wiegenlied

Goldne Wiegen schwingen,
Und die Mücken singen;
Blumen sind die Wiegen,
Kindlein drinnen liegen,
Auf und nieder geht der Wind,
Geht sich warm und geht gelind.

Wieviel Kinder wiegen,
Wieviel soll ich kriegen?
Eins und zwei und dreie,
Und ich zähl aufs neue;
Auf und nieder geht der Wind,
Und ich weine wie ein Kind.

Das Nest

Die Sonne scheinet an die Wand,
Die Schwalbe baut daran;
O Sonne, halt nur heute stand,
Daß sie recht bauen kann.
Es ward ihr Nest so oft zerstört,
Noch eh' es fertig war,
Und dennoch baut sie wie betört;
Die Sonne scheint so klar!

So süß und töricht ist der Sinn,
Der hier ein Haus sich baut; –
Im hohen Flug ist kein Gewinn
Der fern aus Lüften schaut;
Und ging er auch zur Ewigkeit,
Er paßt nicht in die Zeit,
Er ist von ihrer Freudigkeit
Verschieden himmelweit.

Ludwig Achim von Arnim

Gebet

Gib Liebe mir und einen frohen Mund,
Daß ich dich, Herr der Erde, tue kund;
Gesundheit gib bei sorgenfreiem Gut,
Ein frommes Herz und einen festen Mut;
Gib Kinder mir, die aller Mühe wert;
Verscheuch die Feinde von dem trauten Herd;
Gib Flügel dann und einen Hügel Sand;
Den Hügel Sand im lieben Vaterland;
Die Flügel schenk dem abschiedschweren Geist,
Daß er sich leicht der schönen Welt entreißt.

Aus dem Roman «Kronenwächter»

Adelbert von Chamisso

1781 – 1838

Die Knospe der Rose

Von der üpp'gen, grünen Blätter
Schatt'gem Netze dicht umwoben,
Wagt den Kelch nicht zu entfalten,
Knospe noch, die zarte Rose.

Und sie reift das Gold der Düfte
In des Kelches tiefem Borne,
Reift der Reize stille Mächte
In dem Innersten verborgen.

Rose, Rose! bald entschwellen
Muß die Kron' der vollen Knospe,
Steigen bald das Gold der Düfte
Aus des dunklen Kerkers Wohnung.

Purpurglühend wird erstrahlen
Dir, der Sehnenden, Aurora,
Ihr dein Kelch entgegenglühen
Von der Blätter grünem Throne.

Selig, selig, wem erblühet
Dann die lang' verschloss'ne Krone,
Daß er trinke Gold der Düfte
Aus dem reichsten Kelch der
Wonnen!

Adelbert von Chamisso

Mahnung

Willst deines Hauses Glanz du
aufrecht halten?
Laß rosten deiner Väter Schild und
Schwert!
Die tun es nicht, die geben nicht den
Wert,
Die Zeit ist abgelaufen, wo sie galten.

Das Neue wird, das Alte muß
veralten.
Die Meinung hat im Lichten sich
verklärt
Und von der rauhen Faustkraft
abgekehrt;
Das Wort ist's, der Gedanke, welche
walten.

Dort magst du die verfehmten
Häupter sehen,
Männer des Wortes, welche tüchtig
waren,
Und sehen ihre Sitze ledig stehen.

Von dir laß die Geschichte Gleiches
melden!
Tüchtig, wie sie, erwirb' und lasse
fahren,
Und Deutschland rechnet dich zu
seinen Helden!

Der Soldat

Es geht bei gedämpfter Trommel
Klang,
Wie weit noch die Stätte, der Weg
wie lang!
O käm' er zur Ruh' und wär' es
vorbei!
Ich glaub', es bricht mir das Herz
entzwei.

Ich hab' in der Welt nur ihn geliebt,
Nur ihn, dem jetzt man den Tod
doch gibt.
Bei klingendem Spiele wird
paradiert,
Dazu bin ich auch kommandiert.

Da schaut er auf zum letztenmal
In Gottes Sonne freudigen Strahl;
Nun binden sie ihm die Augen zu –
Dir schenke Gott die ewige Ruh!

Es haben die neun wohl angelegt,
Acht Kugeln haben vorbeigefegt;
Sie zitterten alle vor Jammer und
Schmerz,
Ich aber, ich traf ihn mitten ins
Herz.

Adelbert von Chamisso

Das Schloß Boncourt

Ich träum' als Kind mich zurücke
Und schüttle mein greises Haupt;
Wie sucht ihr mich heim, ihr
  Bilder,
Die lang ich vergessen geglaubt?

Hoch ragt aus schatt'gen Gehegen
Ein schimmerndes Schloß hervor,
Ich kenne die Türme, die Zinnen,
Die steinerne Brücke, das Tor.

Es schauen vom Wappenschilde
Die Löwen so traulich mich an,
Ich grüße die alten Bekannten
Und eile den Burghof hinan.

Dort liegt die Sphinx am Brunnen,
Dort grünt der Feigenbaum,
Dort, hinter diesen Fenstern,
Verträumt' ich den ersten Traum.

Ich tret' in die Burgkapelle
Und suche des Ahnherrn Grab;
Dort ist's, dort hängt vom Pfeiler
Das alte Gewaffen herab.

Noch lesen umflort die Augen
Die Züge der Inschrift nicht,
Wie hell durch die bunten Scheiben
Das Licht darüber auch bricht.

So stehst du, o Schloß meiner Väter,
Mir treu und fest in dem Sinn,
Und bist von der Erde
verschwunden,
Der Pflug geht über dich hin.

Sei fruchtbar, o teurer Boden,
Ich segne dich mild und gerührt
Und segn' ihn zwiefach, wer immer
Den Pflug nun über dich führt.

Ich aber will auf mich raffen,
Mein Saitenspiel in der Hand,
Die Weiten der Erde
durchschweifen
Und singen von Land zu Land.

Die alte Waschfrau

Du siehst geschäftig bei dem
Linnen
Die Alte dort in weißem Haar,
Die rüstigste der Wäscherinnen
Im sechsundsiebenzigsten Jahr.
So hat sie stets mit sauerm Schweiß
Ihr Brot in Ehr und Zucht gegessen
Und ausgefüllt mit treuem Fleiß
Den Kreis, den Gott ihr
zugemessen.

Adelbert von Chamisso

Sie hat in ihren jungen Tagen
Geliebt, gehofft und sich vermählt;
Sie hat des Weibes Los getragen,
Die Sorgen haben nicht gefehlt;
Sie hat den kranken Mann gepflegt,
Sie hat drei Kinder ihm geboren;
Sie hat ihn in das Grab gelegt
Und Glaub' und Hoffnung nicht verloren.

Da galt's, die Kinder zu ernähren;
Sie griff es an mit heiterm Mut,
Sie zog sie auf in Zucht und Ehren,
Der Fleiß, die Ordnung sind ihr Gut.
Zu suchen Ihren Unterhalt
Entließ sie segnend ihre Lieben,
So stand sie nun allein und alt,
Ihr war ihr heitrer Mut geblieben.

Sie hat gespart und hat gesonnen
Und Flachs gekauft und nachts gewacht,
Den Flachs zu feinem Garn gesponnen,
Das Garn dem Weber hingebracht;
Der hat's gewebt zu Leinewand.
Die Schere brauchte sie, die Nadel,
Und nähte sich mit eigner Hand
Ihr Sterbehemde sonder Tadel.

Ihr Hemd, ihr Sterbehemd, sie
schätzt es,
Verwahrt's im Schrein am
Ehrenplatz;
Es ist ihr Erstes und ihr Letztes,
Ihr Kleinod, ihr ersparter Schatz.
Sie legt es an, des Herren Wort
Am Sonntag früh sich einzuprägen;
Dann legt sie's wohlgefällig fort,
Bis sie darin zur Ruh sie legen.

Und ich, an meinem Abend, wollte,
Ich hätte, diesem Weibe gleich,
Erfüllt, was ich erfüllen sollte
In meinen Grenzen und Bereich;
Ich wollt', ich hätte so gewußt
Am Kelch des Lebens mich zu
laben,
Und könnt' am Ende gleiche Lust
An meinem Sterbehemde haben.

Geh du nur hin!

Ich war auch jung und bin jetzt alt,
Der Tag ist heiß, der Abend kalt,
Geh du nur hin, geh du nur hin,
Und schlag dir solches aus dem
Sinn.

Adelbert von Chamisso

Du steigst hinauf, ich steig' hinab,
Wer geht im Schritt, wer geht im Trab?
Sind dir die Blumen eben recht,
Sind doch sechs Bretter auch nicht schlecht.

Es ist nur so der Lauf der Welt

Mir ward als Kind im Mutterhaus,
Zu aller Zeit, tagein, tagaus,
Die Rute wohl gegeben.
Und als ich an zu wachsen fing
Und endlich in die Schule ging,
Erging es mir noch schlimmer.

Das Lesen war ein Hauptverdruß;
Ach! wer's nicht kann und dennoch muß,
Der lebt ein hartes Leben.
So ward ich unter Schmerzen groß
Und hoffte nun ein bess'res Los,
Da ging es mir noch schlimmer.

Wie hat die Sorge mich gepackt!
Wie hab' ich mich um Geld geplackt!
Was hat's für Not gegeben!
Und als zu Geld ich kommen war,
Da führt' ein Weib mich zum Altar,
Da ging es mir noch schlimmer.

Ich hab's versucht und hab's
verflucht,
Pantoffeldienst und Kinderzucht
Und das Gekreisch der Holden,
O, meiner Kindheit stilles Glück,
Wie wünsch' ich dich jetzt fromm
zurück!
Die Rute war gar golden!

Heinrich Christian Ludwig Senf

? – 1793

Am Fenster

Nacht und Still' ist um mich her;
Kaum ein Lüftchen regt sich mehr;
Nur der liebe Mond bescheint
Noch so traulich seinen Freund.

Jede marternde Begier
Still ist jeder Wunsch in mir,
Der wohl um ein Puppenspiel
Dieser Welt mir sonst entfiel.

Kann ich reines Herzens nur
Dich bewundern, o Natur;
Kann ich nur an Freundes Hand
Wandeln bis an Grabes Rand.

Ludwig Tieck

1773 – 1853

Mondbeglänzte Zaubernacht

Mondbeglänzte Zaubernacht,
Die den Sinn gefangen hält,
Wundervolle Märchenwelt,
Steig auf in der alten Pracht!

Herbstlied

Feldeinwärts flog ein Vögelein
Und sang im muntern
Sonnenschein
Mit süßem wunderbarem Ton:
«Ade! ich fliege nun davon
Weit, weit
Reis' ich noch heut.»

Ich horchte auf den Feldgesang,
Mir ward so wohl und doch so
bang,
Mit frohem Schmerz, mit trüber
Lust
Stieg wechselnd bald und sank die
Brust:
Herz, Herz,
Brichts du vor Wonn' oder
Schmerz?

Doch als ich Blätter fallen sah,
Da sagt' ich: Ach! der Herbst ist da,
Der Sommergast, die Schwalbe
zieht,
Vielleicht so Lieb' und Sehnsucht
flieht
Weit, weit,
Rasch mit der Zeit.

Doch rückwärts kam der
Sonnenschein,
Dicht zu mir drauf das Vögelein,
Es sah mein tränend Angesicht
Und sang: «Die Liebe wintert nicht,
Nein nein!
Ist und bleibt Frühlingsschein!»

Max von Schenkendorf

1783 – 1817

Soldatenmorgenlied

Erhebt euch von der Erde,
Ihr Schläfer, aus der Ruh!
Schon wiehern uns die Pferde
Den guten Morgen zu.

Die lieben Waffen glänzen
So hell im Morgenrot,
Man träumt von Siegeskränzen,
Man denkt auch an den Tod.

Max von Schenkendorf

Du reicher Gott in Gnaden,
Schau her vom blauen Zelt,
Du selbst hast uns geladen
In dieses Waffenfeld.
Laß uns vor dir bestehen
Und gib uns heute Sieg,
Die Christenbanner wehen,
Dein ist, o Herr, der Krieg.

Ein Morgen soll noch kommen,
Ein Morgen, mild und klar,
Sein harren alle Frommen,
Ihn schaut der Engel Schar.
Bald scheint er sonder Hülle
Auf jeden deutschen Mann:
O brich du Tag der Fülle,
Du Freiheitstag brich an!

Dann Klang von allen Türmen
Und Klang aus jeder Brust,
Und Ruhe nach den Stürmen
Und Lieb und Lebenslust!
Es schallt auf allen Wegen
Ein frohes Siegsgeschrei –
Und wir, ihr wackern Degen,
Wir waren auch dabei!

1813

Freiheit

Freiheit, die ich meine,
Die mein Herz erfüllt,
Komm mit deinem Scheine,
Süßes Engelsbild,

Magst du nie dich zeigen
Der bedrängten Welt?
Führest deinen Reigen
Nur am Sternenzelt?

Auch bei grünen Bäumen
In dem lustgen Wald,
Unter Blütenträumen
Ist dein Aufenthalt.

Ach! das ist ein Leben,
Wenn es weht und klingt,
Wenn dein stilles Weben
Wonnig uns durchdringt.

Wenn die Blätter rauschen
Süßen Freundesgruß,
Wenn wir Blicke tauschen,
Liebeswort und Kuß.

Aber immer weiter
Nimmt das Herz den Lauf,
Auf der Himmelsleiter
Steigt die Sehnsucht auf.

Max von Schenkendorf

Aus den stillen Kreisen
Kommt mein Hirtenkind,
Will der Welt beweisen,
Was es denkt und minnt.

Blüht ihm doch ein Garten,
Reift ihm doch ein Feld
Auch in jener harten
Steinerbauten Welt.

Wo sich Gottes Flamme
In ein Herz gesenkt,
Das am alten Stamme
Treu und liebend hängt,

Wo sich Männer finden,
Die für Ehr und Recht
Mutig sich verbinden,
Weilt ein frei Geschlecht.

Hinter dunkeln Wällen,
Hinter ehrnem Tor
Kann das Herz noch schwellen
Zu dem Licht empor;

Für die Kirchenhallen,
Für der Väter Gruft,
Für die Liebsten fallen,
Wenn die Freiheit ruft –

Das ist rechtes Glühen
Frisch und rosenrot:
Heldenwangen blühen
Schöner auf im Tod.

Wolltest auf uns lenken
Gottes Lieb und Lust,
Wollest gern dich senken
In die deutsche Brust.

Freiheit, holdes Wesen,
Gläubig, kühn und zart,
Hast ja lang erlesen
Dir die deutsche Art.

Unbekannter Dichter

Mit Mann und Roß und Wagen
So hat sie Gott geschlagen.
Es irrt durch Schnee und Wald
  umher
Das große mächtige Franzenheer.
Der Kaiser auf der Flucht,
Soldaten ohne Zucht.
Mit Mann und Roß und Wagen
So hat sie Gott geschlagen.

Jäger ohne Gewehr,
Kaiser ohne Heer,
Heer ohne Kaiser,

Unbekannter Dichter

Wildnis ohne Weiser.
Mit Mann und Roß und Wagen
So hat sie Gott geschlagen.

Trommler ohne Trommelstock,
Kürassier im Weiberrock,
Ritter ohne Schwert,
Reiter ohne Pferd.
Mit Mann und Roß und Wagen
So hat sie Gott geschlagen.

Fähnrich ohne Fahn',
Flinten ohne Hahn,
Büchsen ohne Schuß,
Fußvolk ohne Fuß.
Mit Mann und Roß und Wagen
So hat sie Gott geschlagen.

Feldherrn ohne Witz,
Stückleut' ohne Geschütz,
Flüchter ohne Schuh',
Nirgends Rast und Ruh'.
Mit Mann und Roß und Wagen
So hat sie Gott geschlagen.

Speicher ohne Brot,
Allerorten Not,
Wagen ohne Rad,
Alles müd und matt.
Kranke ohne Wagen,
So hat sie Gott geschlagen.

1813

Leopold Schefer

1784 – 1862

Der sanfte Geist

Die Sterne wandeln ihre Riesenbahn
Geheim herauf, vorüber und hinab,
Und Göttliches vollbringt indes der Gott
Auf ihren Silberscheiben so geheim.
Denn sieh! indessen schläft in Blütenzweigen
Der Vogel ungestört, nicht aufgeweckt
Von seiner großen, heil'gen Wirksamkeit.
Kein Laut erschallt davon herab zur Erde.
Kein Echo hörst du in dem stillen Wald.
Das Murmeln ist des Baches eignes Rauschen.
Das Säuseln ist der Blätter eignes Flüstern.
Und du, o Mensch, verlangst nach eitlem Ruhm?
Du tust, was du denn tust, so laut geräuschvoll;
Und an die Sterne willst du's kindisch schreiben?
Doch ist der sanfte Geist in dich gezogen,

Leopold Schefer

Der aus der Sonne schweigend großer Arbeit,
Aus Erd' und Lenz, aus Mond und Sternennacht
Zu deiner Seele spricht: Dann ruhst auch du,
Vollbringst das Gute und erschaffst das Schöne
Und gehst so still auf deinem Erdenwege,
Als wäre deine Seel' aus Mondenlicht,
Als wärst du eins mit jenem stillen Geist.

Gelassenheit

Nur wer die ganze Stimme der Natur
Heraushört, dem wird sie zur Harmonie,
Hier nah' vor meinen Füßen weint ein Kind,
Und rings im Garten singen hundert Vögel;
Dort morschet eine altbejahrte Eiche,
Und drunter nicken junge Blütenbäume

Sich freundlich zu; dort schallen
Grabgesänge
Vom Schlafgemach der Toten, und
vom Walde
Her seh' ich selbst durch den
halboffnen Sarg
Den Toten liegen – sieh, und durch
den Spalt
Zwei kleine blühnde Kinder still
sich wundern,
Und oben ziehn die Wolken,
unbekümmert
Um all das unten, ihren ew'gen
Weg.
Wie mischen die Gefühle sich im
Herzen
Zu schönem Ebenmaß und
Götterruhe!
Der Geist des schönen Alls ist mir
geworden:
Von Freud' und Schmerz gleich
fern, steh' ich bereit,
Was auch das Leben bringt, recht
zu empfangen.

Leopold Schefer

Des Meisters Wundersaal

Nun ist ein großer Wundersaal geöffnet,
Der Frühlingssaal! so groß, daß See und Inseln,
Die Hügel Trojas und dein Vaterland
Wie kleine Kindergärtchen drinnen liegen!
So alt, daß Abel ihn erkennen würde;
So neu, daß ihn der Silbergreis bestaunt,
Der achtzigmal durch seine Pracht gewandelt;
So warm, daß Bathseba noch einmal gern
Umwebt von seinen Düften badete;
So reich, daß Salomo nur schauen möchte
Den Weinstock Augen und die Feigen Blätter
Gewinnen! und der Saal so licht, daß droben
Die Lerche selbst die graue Lerche sieht,
Die unter ihrem wolkenhohen Liede
In grüner Saat, in stillem Neste brütet;

So bald verschlossen, daß die
Hyazinthe
Hervorzubrechen eilt und
abzublühn;
Daß jede Welle unaufhaltsam fließt,
Als habe sie nicht auf ein Wörtchen
Zeit!
So schön, daß auch Homer mit
blinden Augen
Noch einmal weinen würde! – Und
so lieb! –
Die Toten, Priamus und Helena,
Und Karl der Große und Napoleon,
Sie möchten im Gefängnis ihrer
Gruft
Ein kleines, kleines Fensterchen
nur haben,
Um einen Blick hinaus zu tun zum
Himmel –
Nur groß genug, das Ohr daran zu
legen,
Ein Viertelstündchen lang das
Bienensurren
Und das Geruf der Vögel
anzuhören,
Zu weinen und nach langem Schlaf
gestärkt
Sich wieder hin zu langem Schlaf
zu legen,
Dem schweren Schlaf der Toten! –
Doch du lebst

Leopold Schefer

In dieser Werkstatt zarter
Wunderwerke,
In der kein Hammerschlag erklang,
kein Pinsel
Wo übrig steht – kein Meister
sichtbar schuf –
Und doch ist alles fertig!
Wundersam!
Nur Wolken fliegen weg, die
Wasser trugen!
Nur Wasser rauschten fort, die
Wiesen netzten!
Nur Lüfte löschen aus, die Wolken
brachten!
Und lächelnd still, als ob sie nichts
getan,
Steht hell die Sonn' am Himmel,
doch noch sichtbar
Den Menschen! Aber der, der alles
tut,
Der Meister ist nicht einmal
sichtbar, lächelt
Selbst nicht einmal – der Frühling
ist sein Lächeln!

Marianne von Willemer

1784 – 1860

Ostwind

Was bedeutet die Bewegung?
Bringt der Ostwind frohe Kunde?
Seiner Schwingen frische Regung
Kühlt des Herzens tiefe Wunde.

Kosend spielt er mit dem Staube,
Jagt ihn auf in leichten Wölkchen,
Treibt zur sichern Rebenlaube
Der Insekten frohes Völkchen.

Lindert sanft der Sonne Glühen,
Kühlt auch mir die heißen Wangen,
Küßt die Reben noch im Fliehen,
Die auf Feld und Hügel prangen.

Und mich soll sein leises Flüstern
Von dem Freunde lieblich grüßen;
Eh' noch diese Hügel düstern,
Sitz' ich still zu seinen Füßen.

Und du magst nun weiter ziehen,
Diene Frohen und Betrübten,
Dort, wo hohe Mauern glühen,
Finde ich den Vielgeliebten.

Ach, die wahre Herzenskunde,
Liebeshauch, erfrischtes Leben
Wird mir nur aus seinem Munde,
Kann mir nur sein Atem geben.

Marianne von Willemer

Westwind

Ach, um deine feuchten
Schwingen,
West, wie sehr ich dich beneide,
Denn du kannst ihm Kunde
bringen,
Was ich durch die Trennung leide!

Die Bewegung deiner Flügel
Weckt im Busen stilles Sehnen,
Blumen, Auen, Wald und Hügel
Stehn bei deinem Hauch in Tränen.

Doch dein mildes sanftes Wehen
Kühlt die wunden Augenlider;
Ach, für Leid müßt' ich vergehen,
Hofft' ich nicht, wir sehn uns
wieder.

Geh denn hin zu meinem Lieben,
Spreche sanft zu seinem Herzen;
Doch vermeid ihn zu betrüben
Und verschweig ihm meine
Schmerzen.

Sag ihm nur, doch sag's
bescheiden,
Seine Liebe sei mein Leben,
Freudiges Gefühl von beiden
Wird mir seine Nähe geben.

Bettina von Arnim

1785 – 1859

Auf diesem Hügel überseh ich meine Welt!
Hinab ins Tal, mit Rasen sanft begleitet,
Vom Weg durchzogen, der hinüberleitet,
Das weiße Haus inmitten aufgestellt,
Was ist's, worin sich hier der Sinn gefällt?

Auf diesem Hügel überseh ich meine Welt!
Erstieg ich auch der Länder steilste Höhen,
Von wo ich könnt die Schiffe fahren sehen
Und Städte fern und nah von Bergen stolz umstellt,
Nichts ist's, was mir den Blick gefesselt hält.

Auf diesem Hügel überseh ich meine Welt!
Und könnt ich Paradiese überschauen,
Ich sehnte mich zurück nach jenen Auen,
Wo deines Daches Zinne meinem Blick sich stellt,
Denn der allein umgrenzet meine Welt!

Justinus Kerner

1786 – 1862

Wanderlied

Wohlauf! noch getrunken
Den funkelnden Wein!
Ade nun, ihr Lieben!
Geschieden muß sein.
Ade nun, ihr Berge,
Du väterlich Haus!
Es treibt in die Ferne
Mich mächtig hinaus.

Die Sonne, sie bleibet
Am Himmel nicht stehn,
Es treibt sie, durch Länder
Und Meere zu gehn.
Die Woge nicht haftet
Am einsamen Strand,
Die Stürme, sie brausen
Mit Macht durch das Land.

Mit eilenden Wolken
Der Vogel dort zieht,
Und singt in der Ferne
Ein heimatlich Lied.
So treibt es den Burschen
Durch Wälder und Feld
Zu gleichen der Mutter,
Der wandernden Welt.

Da grüßen ihn Vögel
Bekannt überm Meer,
Sie flogen von Fluren
Der Heimat hieher;
Da duften die Blumen
Vertraulich um ihn,
Sie trieben vom Lande
Die Lüfte dahin.

Die Vögel, die kennen
Sein väterlich Haus.
Die Blumen einst pflanzt' er
Der Liebe zum Strauß,
Und Liebe, die folgt ihm,
Sie geht ihm zur Hand:
So wird ihm zur Heimat
1809 Das ferneste Land.

Der Einsame

Wohl gehest du an Liebeshand,
Ein übersel'ger Mann;
Ich geh allein, doch mit mir geht,
Was mich beglücken kann.

Es ist des Himmels heilig Blau,
Der Auen Blumenpracht,
Einsamer Nachtigallen Schlag
In alter Wälder Nacht.

Justinus Kerner

Es ist der Wolke stiller Lauf,
Lebend'ger Wasser Zug,
Der grünen Saaten wogend Meer
Und leichter Vögel Flug.

Du ruhst im zarten Frauenarm,
Am Rosenmund voll Duft;
Einsam geh ich, im Mantel spielt
Die kühle Abendluft.

Es kommt kein Wandrer mehr des Wegs,
Der Vogel ruht im Baum;
Ich schreite durch die düstre Nacht,
In mir den hellsten Traum.

1816

Der reichste Fürst

Preisend mit viel schönen Reden
Ihrer Länder Wert und Zahl,
Saßen viele deutsche Fürsten
Einst zu Worms im Kaisersaal.

«Herrlich», sprach der Fürst von Sachsen,
«Ist mein Land und seine Macht,
Silber hegen seine Berge
Wohl in manchem tiefen Schacht.»

«Seht mein Land in üpp'ger Fülle»,
Sprach der Kurfürst von dem Rhein,
«Goldne Saaten in den Tälern,
Auf den Bergen edlen Wein!»

«Große Städte, reiche Klöster»,
Ludwig, Herr zu Bayern, sprach,
«Schaffen, daß mein Land dem Euren
Wohl nicht steht an Schätzen nach.»

Eberhard, der mit dem Barte,
Württembergs geliebter Herr,
Sprach: «Mein Land hat kleine Städte,
Trägt nicht Berge silberschwer;

Doch ein Kleinod hält's verborgen:
Daß in Wäldern, noch so groß,
Ich mein Haupt kann kühnlich legen
Jedem Untertan in Schoß.»

Und es rief der Herr von Sachsen,
Der von Bayern, der vom Rhein:
«Graf im Bart! Ihr seid der reichste,
1818 Euer Land trägt Edelstein!»

Justinus Kerner

Der Wanderer in der Sägemühle

Dort unten in der Mühle
Saß ich in süßer Ruh'
Und sah dem Räderspiele,
Und sah den Wassern zu.

Sah zu der blanken Säge,
Es war mir wie ein Traum,
Die bahnte lange Wege
In einen Tannenbaum.

Die Tanne war wie lebend,
In Trauermelodie;
Durch alle Fasern bebend,
Sang diese Worte sie:

Du kehrst zur rechten Stunde,
O Wanderer, hier ein,
Du bist's, für den die Wunde
Mir dringt ins Herz hinein!

Du bist's, für den wird werden,
Wenn kurz gewandert du,
Dies Holz im Schoß der Erden
Ein Schrein zur langen Ruh.

Vier Bretter sah ich fallen,
Mir ward's ums Herze schwer,
Ein Wörtlein wollt' ich lallen,
Da ging das Rad nicht mehr.

1826

Zur Ruh, zur Ruh

Zur Ruh, zur Ruh,
Ihr müden Glieder!
Schließt fest euch zu,
Ihr Augenlider!
Ich bin allein,
Fort ist die Erde,
Nacht muß es sein,
Daß Licht mir werde.

O führt mich ganz,
Ihr innern Mächte!
Hin zu dem Glanz
Der tiefsten Nächte.
Fort aus dem Raum
Der Erdenschmerzen
Durch Nacht und Traum
Zum Mutterherzen.

Ludwig Uhland

1787 – 1862

Frühlingsglaube

Die linden Lüfte sind erwacht,
Sie säuseln und weben Tag und
Nacht,
Sie schaffen an allen Enden.
O frischer Duft, o neuer Klang!
Nun, armes Herze, sei nicht bang!
Nun muß sich alles, alles wenden.

Die Welt wird schöner mit jedem
Tag,
Man weiß nicht, was noch werden
mag,
Das Blühen will nicht enden.
Es blüht das fernste, tiefste Tal:
Nun, armes Herz, vergiß der Qual!
Nun muß sich alles, alles wenden!

Schäfers Sonntagslied

Das ist der Tag des Herrn!
Ich bin allein auf weiter Flur.
Noch eine Morgenglocke nur,
Nun Stille nah und fern.

Anbetend knie ich hier.
O süßes Graun! geheimes Wehn!
Als knieten viele ungesehn
Und beteten mit mir.

Der Himmel nah und fern.
Er ist so klar und feierlich,
So ganz, als wollt' er öffnen sich.
1805 Das ist der Tag des Herrn!

Die Abgeschiedenen

So hab ich endlich dich gerettet
Mir aus der Menge wilden Reihn!
Du bist in meinen Arm gekettet,
Du bist nun mein, nun einzig mein.
Es schlummert alles diese Stunde,
Nur wir noch leben auf der Welt,
Wie in der Wasser stillem Grunde
Der Meergott seine Göttin hält.

Verrauscht ist all das rohe Tosen,
Das deine Worte mir verschlang,
Dein leises liebevolles Kosen
Ist nun mein einz'ger süßer Klang.
Die Erde liegt in Nacht gehüllet,
Kein Licht erglänzt auf Flur und
Teich,
Nur dieser Lampe Schimmer füllet
Noch unsrer Liebe kleines Reich.

Ludwig Uhland

Der gute Kamerad

Ich hatt' einen Kameraden,
Einen bessern findst du nit.
Die Trommel schlug zum Streite,
Er ging an meiner Seite
In gleichem Schritt und Tritt.

Eine Kugel kam geflogen;
Gilt's mir oder gilt es dir?
Ihn hat es weggerissen,
Er liegt mir vor den Füßen,
Als wär's ein Stück von mir.

Will mir die Hand noch reichen,
Derweil ich eben lad':
Kann dir die Hand nicht geben;
Bleib du im ew'gen Leben,
Mein guter Kamerad!

1809

Der Wirtin Töchterlein

Es zogen drei Burschen wohl über
den Rhein,
Bei einer Frau Wirtin, da kehrten
sie ein:

«Frau Wirtin, hat Sie gut Bier und
Wein?
Wo hat Sie Ihr schönes
Töchterlein?» –

«Mein Bier und Wein ist frisch und
klar.
Mein Töchterlein liegt auf der
Totenbahr.»

Und als sie traten zur Kammer
hinein.
Da lag sie in einem schwarzen
Schrein.

Der erste, der schlug den Schleier
zurück
Und schaute sie an mit traurigem
Blick:

«Ach, lebtest du noch, du schöne
Maid!
Ich würde dich lieben von dieser
Zeit.»

Der zweite deckte den Schleier zu
Und kehrte sich ab und weinte
dazu:

«Ach, daß du liegst auf der
Totenbahr!
Ich hab dich geliebet so manches
Jahr.»

Der dritte hub ihn wieder sogleich
Und küßte sie an den Mund so
bleich:

«Dich liebt' ich immer, dich lieb ich
noch heut
Und werde dich lieben in
Ewigkeit.»

1809

Einkehr

Bei einem Wirte wundermild,
Da war ich jüngst zu Gaste;
Ein goldner Apfel war sein Schild
An einem langen Aste.

Es war der gute Apfelbaum,
Bei dem ich eingekehret;
Mit süßer Kost und frischem
Schaum
Hat er mich wohl genähret.

Es kamen in sein grünes Haus
Viel leichtbeschwingte Gäste;
Sie sprangen frei und hielten
  Schmaus
Und sangen auf das beste.

Ich fand ein Bett zu süßer Ruh'
Auf weichen, grünen Matten;
Der Wirt, er deckte selbst mich zu
Mit seinem kühlen Schatten.

Nun fragt' ich nach der
  Schuldigkeit,
Da schüttelt er den Wipfel.
Gesegnet sei er allezeit
1811 Von der Wurzel bis zum Gipfel!

Neujahrswunsch

Wer redlich hält zu seinem Volke,
Der wünsch ihm ein gesegnet Jahr!
Vor Mißwachs, Frost und
  Hagelwolke
Behüt uns aller Engel Schar!
Und mit dem bang ersehnten
  Korne
Und mit dem lang entbehrten Wein
Bring uns dies Jahr in seinem
  Horne
Das alte, gute Recht herein!

Ludwig Uhland

Man kann in Wünschen sich
vergessen,
Man wünschet leicht zum Überfluß,
Wir aber wünschen nicht
vermessen,
Wir wünschen, was man wünschen
muß.
Denn soll der Mensch im Leibe
leben,
So brauchet er sein täglich Brot,
Und soll er sich zum Geist erheben,
So ist ihm seine Freiheit not.

1817

Zimmerspruch

Das neue Haus ist aufgericht'.
Gedeckt, gemauert ist es nicht,
Noch können Regen und
Sonnenschein
Von oben und überall herein;
Drum rufen wir zum Meister der
Welt,
Er wolle von dem Himmelszelt
Nur Heil und Segen gießen aus
Hier über dieses offne Haus.
Zuoberst woll' er gut Gedeihn
In die Kornböden uns verleihn,
In die Stube Fleiß und
Frömmigkeit,
In die Küche Maß und Reinlichkeit,

In den Stall Gesundheit allermeist,
In den Keller dem Wein einen
guten Geist;
Die Fenster und Pforten woll' er
weihn,
Daß nichts Unselig's komm' herein,
Und daß aus dieser neuen Tür
Bald fromme Kindlein springen für.
Nun, Maurer, decket und mauert
aus!
Der Segen Gottes ist im Haus.

Unbekannter Dichter

um 1800

An den Mond

Guter Mond, du gehst so stille
Durch die Abendwolken hin;
Deines Schöpfers weiser Wille
Hieß auf jener Bahn dich ziehn.

Leuchte freundlich jedem Müden
In das stille Kämmerlein!
Und dein Schimmer gieße Frieden
Ins bedrängte Herz hinein!

Bearbeitet von Karl Enslin

Friedrich Rückert

1788 – 1866

Vom Büblein, das überall hat mitgenommen sein wollen

Denk an! das Büblein ist einmal
Spazieren gangen im Wiesental;
Da wurd's müd gar sehr
Und sagt': «Ich kann nicht mehr;
Wenn nur was käme
Und mich mitnähme!»

Da ist das Bächlein geflossen
 kommen
Und hat's Büblein mitgenommen;
Das Büblein hat sich aufs Bächlein
 gesetzt,
Und hat gesagt: «So gefällt mir's
 jetzt.»

Aber was meinst du? das Bächlein
 war kalt,
Das hat das Büblein gespürt gar
 bald;
Es hat's gefroren gar sehr,
Es sagt': «Ich kann nicht mehr;
Wenn nur was käme
Und mich mitnähme!»

Da ist das Schifflein geschwommen
 kommen
Und hat's Büblein mitgenommen;

Das Büblein hat sich aufs Schifflein gesetzt
Und hat gesagt: «Da gefällt mir's jetzt.»

Aber siehst du? das Schifflein war schmal,
Das Büblein denkt: «Da fall' ich einmal»;
Da fürcht't es sich gar sehr
Und sagt': «Ich mag nicht mehr;
Wenn nur was käme
Und mich mitnähme!»

Da ist die Schnecke gekrochen kommen
Und hat's Büblein mitgenommen;
Das Büblein hat sich ins Schneckenhäuslein gesetzt
Und hat gesagt: «Da gefällt mirs jetzt.»

Aber denkt! die Schnecke war kein Gaul,
Sie war im Kriechen gar zu faul;
Dem Büblein ging's langsam zu sehr;
Es sagt': «Ich mag nicht mehr;
Wenn nur was käme
Und mich mitnähme!»

Friedrich Rückert

Da ist der Reiter geritten
gekommen,
Der hat's Büblein mitgenommen;
Das Büblein hat sich hinten aufs
Pferd gesetzt
Und hat gesagt: «So gefällt mir's
jetzt.»
Aber gib acht! das ging wie der Wind,
Es ging dem Büblein gar zu
geschwind;

Es hopst darauf hin und her
Und schreit: «Ich kann nicht mehr;
Wenn nur was käme
Und mich mitnähme!»

Da ist ein Baum ihm ins Haar
gekommen
Und hat's Büblein mitgenommen;
Er hat's gehängt an einen Ast gar
hoch,
Dort hängt das Büblein und zappelt
noch.

Das Kind fragt:
«Ist denn das Büblein gestorben?»

Antwort:
«Nein! es zappelt ja noch!
Morgen gehen wir 'naus und tun's
runter.»

1813
Aus: «Fünf Märlein zum Einschlafen für mein Schwesterlein.»

Kehr ein bei mir

Du bist die Ruh,
Der Friede mild,
Die Sehnsucht du
Und was sie stillt.

Ich weihe dir
Voll Lust und Schmerz
Zur Wohnung hier
Mein Aug und Herz.

Kehr ein bei mir,
Und schließe du
Still hinter dir
Die Pforten zu.

Treib andern Schmerz
Aus dieser Brust!
Voll sei dies Herz
Von deiner Lust.

Dies Augenzelt,
Von deinem Glanz
Allein erhellt,
1814 O füll es ganz.

Friedrich Rückert

Ich kleide dich mit einem schönen
Kleide,
Darin du sollst wie eine Fürstin
prangen;
Lieb' ist das Kleid, das rings dich
soll umfangen;
Wen Liebe schmückt, bedarf der
Gold und Seide?

Ich schmücke dich mit köstlichem
Geschmeide,
Das um dich soll in goldner
Windung hangen;
Das Goldgeschmeid' ist Hoffnung
und Verlangen,
Sie sind der Liebe goldne Kettlein
beide.

Ich bau' dir eine sanftgewölbte
Hütte,
Verschlungen aus dem Schatten
dreier Äste,
Die drei sind Treue, G'nügsamkeit
und Sitte,

Und wenn du mit mir willst zum
stillem Feste
Einziehn und wohnen in des
Hüttleins Mitte,
So wird es uns zum schönsten der
Paläste.

um 1814
Aus «Amaryllus»

Zünde nur die Opferflamme
Immer höher, heller an;
Was an mir von Erden stamme,
Daß ich's ganz dir opfern kann!

Du ein Blitz aus Himmelslichte,
Glanz von reinerer Natur,
Strahl von Gottes Angesichte,
Und ich bin von Staube nur.

O wie kniet in tiefer Kleinheit
Meine Liebe neben dir,
Wie in hoher Engelsreinheit
Schwebst du lächelnd über mir.

Hebe mich auf deine Flügel,
Löse meinen dumpfen Traum,
Nimm mir ab die schweren Zügel,
Die mich niederziehn zum Raum.

Hauche doch die Sinnumdüstrung
Mir vom Seelenspiegel fort,
Brich mir doch die
Wahnumflüstrung,
Brich sie durch dein klares Wort.

Ird'sches Feuer in den Adern,
In den Blicken trübe Glut,
In der Brust verworrnes Hadern –
Mache, daß der Aufruhr ruht!

Friedrich Rückert

1821 · *Aus «Liebesfrühling»*

Mache, daß mein Ich mir
schwinde,
Daß mich mit mir selbst entzweit,
Daß ich Gott und dich empfinde,
Und die Welt in Einigkeit.

Parabel

Es ging ein Mann im Syrerland,
Führt' ein Kamel am Halfterband,
Das Tier mit grimmigen Gebärden
Urplötzlich anfing scheu zu werden
Und tat so ganz entsetzlich
schnaufen,
Der Führer vor ihm mußt entlaufen.
Er lief und einen Brunnen sah
Von ungefähr am Wege da.
Das Tier hört' er im Rücken
schnauben,
Das mußt' ihm die Besinnung
rauben.
Er in den Schacht des Brunnens
kroch,
Er stürzte nicht, er schwebte noch.
Gewachsen war ein
Brombeerstrauch
Aus des geborstnen Brunnens
Bauch;
Daran der Mann sich fest tat
klammern

Und seinen Zustand drauf
bejammern.
Er blickte in die Höh und sah
Dort das Kamelhaupt furchtbar
nah,
Das ihn woll't oben fassen wieder.
Dann blickt' er in den Brunnen
nieder;
Da sah am Grund er einen Drachen
Aufgähnen mit entsperrtem
Rachen,
Der drunten ihn verschlingen
wollte,
Wenn er hinunterfallen sollte.
So schwebend in der beiden Mitte,
Da sah der Arme noch das Dritte:
Wo in die Mauerspalte ging
Des Sträuchleins Wurzel, dran er
hing,
Da sah er still ein Mäusepaar,
Schwarz eine, weiß die andre war.
Er sah die schwarze mit der
weißen
Abwechselnd an der Wurzel
beißen.
Sie nagten, zausten, gruben,
wühlten,
Die Erd ab von der Wurzel spülten;
Und wie sie rieselnd niederrann,
Der Drach im Grund aufblickte
dann,

Zu sehn, wie bald mit seiner Bürde
Der Strauch entwurzelt fallen
würde.
Der Mann in Angst und Furcht und
Not,
Umstellt, umlagert und umdroht,
Im Stand des jammerhaften
Schwebens,
Sah sich nach Rettung um
vergebens.
Und da er also um sich blickte,
Sah er ein Zweiglein, welches
nickte
Vom Brombeerstrauch mit reifen
Beeren;
Da konnt' er doch der Lust nicht
wehren.
Er sah nicht des Kameles Wut
Und nicht den Drachen in der Flut
Und nicht der Mäuse Tückespiel,
Als ihm die Beer' ins Auge fiel.
Er ließ das Tier von oben rauschen
Und unter sich den Drachen
lauschen
Und neben sich die Mäuse nagen,
Griff nach den Beerlein mit
Behagen.
Sie deuchten ihm zu essen gut,
Aß Beer' auf Beerlein wohlgemut,
Und durch die Süßigkeit im Essen
War alle seine Furcht vergessen. –

Du fragst: Wer ist der töricht' Mann,
Der so die Furcht vergessen kann?
So wiß, o Freund, der Mann bist du;
Vernimm die Deutung auch dazu!
Es ist der Drach im Brunnengrund
Des Todes aufgesperrter Schlund;
Und das Karnel, das oben droht,
Es ist des Lebens Angst und Not.
Du bist's, der zwischen Tod und Leben
Am grünen Strauch der Welt mußt schweben.
Die beiden, so die Wurzel nagen,
Dich samt den Zweigen, die dich tragen,
Zu liefern in des Todes Macht,
Die Mäuse heißen Tag und Nacht.
Es nagt die schwarze wohl verborgen
Vom Abend heimlich bis zum Morgen,
Es nagt vom Morgen bis zum Abend,
Die weiße, wurzeluntergrabend.
Und zwischen diesem Graus und Wust
Lockt dich die Beere Sinnenlust,
Daß du's Kamel, die Lebensnot,
Daß du im Grund den Drachen Tod,
Daß du die Mäuse Tag und Nacht

Friedrich Rückert

Vergissest und auf nichts hast acht,
Als daß du recht viel Beerlein
haschest,
Aus Grabes Brunnenritzen
naschest.

1822

Mit vierzig Jahren

Mit vierzig Jahren ist der Berg
erstiegen
Wir stehen still und schaun zurück,
Dort sehen wir der Kindheit stilles
liegen
Und dort der Jugend lautes Glück.

Noch einmal schau, und dann
gekräftigt weiter
Erhebe deinen Wanderstab!
Hindehnt ein Bergesrücken sich,
ein breiter,
Und hier nicht, drüben geht's
hinab.

Nicht atmend aufwärts brauchst du
mehr zu steigen,
Die Ebne zieht von selbst dich fort,
Dann wird sie sich mit dir
unmerklich neigen,
Und eh' du's denkst, bist du im
Port.

um 1828

Abendlied

Ich stand auf Berges Halde,
Als heim die Sonne ging,
Und sah, wie überm Walde
Des Abends Goldnetz hing.

Des Himmels Wolken tauten
Der Erde Frieden zu,
Bei Abendglockenlauten
Ging die Natur zur Ruh.

Ich sprach: O Herz, empfinde
Der Schöpfung Stille nun
Und schick mit jedem Kinde
Der Flur dich auch, zu ruhn.

Die Blumen alle schließen
Die Augen allgemach,
Und alle Wellen fließen
Besänftiget im Bach.

Nun hat der müde Sylphe
Sich unters Blatt gesetzt,
Und die Libell im Schilfe
Entschlummert taubenetzt.

Es ward dem goldnen Käfer
Zur Wieg' das Rosenblatt,
Die Herde mit dem Schäfer
Sucht ihre Lagerstatt.

Friedrich Rückert

Die Lerche sucht aus Lüften
Ihr feuchtes Nest im Klee,
Und in den Waldes Schlüften
Ihr Lager Hirsch und Reh.

Wer sein das Hüttchen nennet,
Ruht nun darin sich aus,
Und wen die Fremde trennet,
Den trägt ein Traum nach Haus.

Mich fasset ein Verlangen,
Daß ich zu dieser Frist
Hinauf nicht kann gelangen,
Wo meine Heimat ist.

um 1834

Ich hatte dich lieb, mein
Töchterlein!
Und nun ich dich habe begraben,
Mach' ich mir Vorwürf, ich hätte
fein
Noch lieber dich können haben.

Ich habe dich lieber, viel lieber
gehabt,
Als ich dir's mochte zeigen;
Zu selten mit Liebeszeichen begabt
Hat dich mein ernstes Schweigen.

Ich habe dich lieb gehabt, so lieb,
Auch wenn ich dich streng gescholten;
Was ich von Liebe dir schuldig blieb,
Sei zwiefach dir jetzt vergolten!

Zu oft verbarg sich hinter der Zucht
Die Vaterlieb' im Gemüte;
Ich hatte schon im Auge die Frucht,
Anstatt mich zu freuen der Blüte.

O hätt' ich gewußt, wie bald der Wind
Die Blüt' entblättern sollte!
Tun hätt' ich sollen meinem Kind,
Was alles sein Herzchen wollte.

Da solltest du, was ich wollte, tun,
Und tatst es auf meine Winke.
Du trankst das Bittre, wie reut mich's nun,
Weil ich dir sagte: trinke!

Dein Mund, geschlossen von Todeskrampf,
Hat meinem Gebot sich erschlossen;
Ach! nur zu verlängern den Todeskampf,
Hat man dir's eingegossen.

Friedrich Rückert

Du aber hast, vom Tod umstrickt,
Noch deinem Vater geschmeichelt,
Mit brechenden Augen ihn
angeblickt,
Mit sterbenden Händchen
gestreichelt.

Was hat mir gesagt die streichelnde
Hand,
Da schon die Rede dir fehlte?
Daß du verziehest den Unverstand,
Der dich gutmeinend quälte.

Nun bitt' ich dir ab jedes harte
Wort,
Die Worte, die dich bedräuten,
Du wirst sie haben vergessen dort
Oder weißt sie zu deuten.

um 1835
Aus «Kindertotenlieder.»

Ich kann hinauf nicht steigen,
Hinauf zu dir;
Du kannst herab dich neigen,
Herab zu mir.

Du kannst herab dich neigen,
Zu mir herab.
Die Sommerlüfte schweigen
Auf deinem Grab.

Die Sommerlüfte schweigen
Um deine Gruft;
O komm im Sternenreigen
Aus Himmelsduft!

O komm im Sternenreigen
Mit Äthertau!
Laß dir noch einmal zeigen
Die Erdenau!

Laß dir noch einmal zeigen
Den Frühlingsglanz!
Zeig' mir, was dort dir eigen
Ist für ein Kranz!

Zeig' mir, was dort dir eigen
Zum Spiel man gab!
Ich kann hinauf nicht steigen,
O steig' herab!

um 1835
Aus «Kindertotenlieder.»

Joseph Freiherr von Eichendorff

1788 – 1857

Das zerbrochene Ringlein

In einem kühlen Grunde,
Da geht ein Mühlenrad,
Mein' Liebste ist verschwunden,
Die dort gewohnet hat.

Sie hat mir Treu' versprochen,
Gab mir ein'n Ring dabei,
Sie hat die Treu gebrochen,
Mein Ringlein sprang entzwei.

Ich möcht' als Spielmann reisen
Weit in die Welt hinaus
Und singen meine Weisen
Und gehn von Haus zu Haus.

Ich möcht' als Reiter fliegen
Wohl in die blut'ge Schlacht,
Um stille Feuer liegen
Im Feld bei dunkler Nacht.

Hör' ich das Mühlrad gehen:
Ich weiß nicht, was ich will –
Ich möcht' am liebsten sterben,
Da wär's auf einmal still!

1809

Abschied

O Täler weit, o Höhen,
O schöner, grüner Wald,
Du meiner Lust und Wehen
Andächt'ger Aufenthalt!
Da draußen, stets betrogen,
Saust die geschäft'ge Welt,
Schlag noch einmal die Bogen
Um mich, du grünes Zelt!

Wenn es beginnt zu tagen,
Die Erde dampft und blinkt,
Die Vögel lustig schlagen,
Daß dir dein Herz erklingt:.
Da mag vergehn, verwehen
Das trübe Erdenleid,
Da sollst du auferstehen
In junger Herrlichkeit!

Da steht im Wald geschrieben
Ein stilles, ernstes Wort
Von rechtem Tun und Lieben,
Und was des Menschen Hort.
Ich habe treu gelesen
Die Worte schlicht und wahr,
Und durch mein ganzes Wesen
Ward's unaussprechlich klar.

Joseph Freiherr von Eichendorff

Bald werd ich dich verlassen,
Fremd in der Fremde gehn,
Auf buntbewegten Gassen
Des Lebens Schauspiel sehn;
Und mitten in dem Leben
Wird deines Ernsts Gewalt
Mich Einsamen erheben,
So wird mein Herz nicht alt.

1810

Morgengebet

O wunderbares, tiefes Schweigen,
Wie einsam ist's noch auf der Welt!
Die Wälder nur sich leise neigen,
Als ging der Herr durchs stille Feld.

Ich fühl mich recht wie neu
geschaffen,
Wo ist die Sorge nun und Not?
Was mich noch gestern wollt
erschlaffen,
Ich schäm' mich des im Morgenrot.

Die Welt mit ihrem Gram und
Glücke
Will ich, ein Pilger, froh bereit,
Betreten nur wie eine Brücke
Zu dir, Herr, übern Strom der Zeit.

1814

Der frohe Wandersmann

Wem Gott will rechte Gunst
erweisen,
Den schickt er in die weite Welt;
Dem will er seine Wunder weisen
In Berg und Wald und Strom und
Feld.

Die Trägen, die zu Hause liegen,
Erquicket nicht das Morgenrot;
Sie wissen nur von Kinderwiegen,
Von Sorgen, Last und Not um Brot.

Die Bächlein von den Bergen
springen,
Die Lerchen schwirren hoch vor
Lust,
Was sollt' ich nicht mit ihnen
singen
Aus voller Kehl' und frischer Brust?

Den lieben Gott lass' ich nur
walten;
Der Bächlein, Lerchen, Wald und
Feld
Und Erd und Himmel will erhalten,
Hat auch mein' Sach' aufs best
bestellt!

1817

Joseph Freiherr von Eichendorff

Heimweh

Wer in die Fremde will wandern,
Der muß mit der Liebsten gehn,
Es jubeln und lassen die andern
Den Fremden alleine stehn.

Was wisset ihr, dunkele Wipfel,
Von der alten – schönen Zeit?
Ach, die Heimat hinter den Gipfeln,
Wie liegt sie von hier so weit.

Am liebsten betracht' ich die Sterne,
Die schienen, wie ich ging zu ihr,
Die Nachtigall hör' ich so gerne,
Sie sang vor der Liebsten Tür.

Der Morgen, das ist meine Freude!
Da steig' ich in stiller Stund
Auf den höchsten Berg in die Weite,
Grüß dich, Deutschland, aus
Herzensgrund!

1817

Die zwei Gesellen

Es zogen zwei rüst'ge Gesellen
Zum erstenmal von Haus,
So jubelnd recht in die hellen,
Klingenden, singenden Wellen
Des vollen Frühlings hinaus.

Die strebten nach hohen Dingen,
Die wollten, trotz Lust und Schmerz,
Was Rechts in der Welt vollbringen,
Und wem sie vorübergingen,
Dem lachten Sinnen und Herz. –

Der erste, der fand ein Liebchen,
Die Schwieger kauft' Hof und Haus;
Der wiegte gar bald ein Bübchen,
Und sah aus heimlichem Stübchen
Behaglich ins Feld hinaus.

Dem zweiten sangen und logen
Die tausend Stimmen im Grund
Verlockend' Sirenen, und zogen
Ihn in der buhlenden Wogen
Farbig klingenden Schlund.

Und wie er auftaucht' vom Schlunde,
Da war er müde und alt.
Sein Schifflein, das lag im Grunde,
So still war's rings in die Runde,
Und über die Wasser weht's kalt.

Es singen und klingen die Wellen
Des Frühlings wohl über mir:
Und seh' ich so kecke Gesellen,
Die Tränen im Auge mir schwellen –
1818 Ach Gott, führ uns liebreich zu dir!

Joseph Freiherr von Eichendorff

Der Abend

Schweigt der Menschen laute Lust,
Rauscht die Erde wie in Träumen
Wunderbar mit allen Bäumen,
Was dem Herzen kaum bewußt,
Alte Zeiten, linde Trauer,
Und es schweifen leise Schauer
Wetterleuchtend durch die Brust.

1816

Auf meines Kindes Tod

Von fern die Uhren schlagen,
Es ist schon tiefe Nacht,
Die Lampe brennt so düster,
Dein Bettlein ist gemacht.

Die Winde nur noch gehen
Wehklagend um das Haus,
Wir sitzen einsam drinne
Und lauschen oft hinaus.

Es ist, als müßtest leise
Du klopfen an die Tür,
Du hätt'st dich nur verirret
Und kämst zurück zu mir.

Wir armen, armen Toren!
Wir irren ja im Graus
Des Dunkels noch verloren –
Du fandest längst nach Haus.

1832

Sehnsucht

Es schienen so golden die Sterne,
Am Fenster ich einsam stand
Und hörte aus weiter Ferne
Ein Posthorn im stillen Land.
Das Herz mir im Leibe entbrennte,
Da hab' ich mir heimlich gedacht:
Ach, wer da mitreisen könnte
In der prächtigen Sommernacht!

Zwei junge Gesellen gingen
Vorüber am Bergeshang.
Ich hörte im Wandern sie singen
Die stille Gegend entlang:
Von schwindelnden Felsenschlüften,
Wo die Wälder rauschen so sacht,
Von Quellen, die von den Klüften
Sich stürzen in Waldesnacht.

Sie sangen von Marmorbildern,
Von Gärten, die überm Gestein
In dämmernden Lauben
verwildern,
Palästen im Mondenschein,
Wo die Mädchen am Fenster
lauschen,
Wann der Lauten Klang erwacht,
Und die Brunnen verschlafen
rauschen
1834 In der prächtigen Sommernacht.

Joseph Freiherr von Eichendorff

Mondnacht

Es war, als hätt' der Himmel
Die Erde still geküßt,
Daß sie im Blütenschimmer
Von ihm nun träumen müßt'.

Die Luft ging durch die Felder,
Die Ähren wogten sacht,
Es rauschten leis die Wälder,
So sternklar war die Nacht.

Und meine Seele spannte
Weit ihre Flügel aus,
Flog durch die stillen Lande,
Als flöge sie nach Haus.

1837

Der Pilger

Man setzt uns auf die Schwelle
Wir wissen nicht, woher?
Da glüht der Morgen helle,
Hinaus verlangt uns sehr.
Der Erde Klang und Bilder,
Tiefblaue Frühlingsluft,
Verlockend wild und wilder,
Bewegen da die Brust.

Bald wird es rings so schwüle,
Die Welt eratmet kaum,
Berg', Schloß und Wälder kühle,
Stehn lautlos wie im Traum,
Und ein geheimes Grausen
Beschleichet unsern Sinn;
Wir sehnen uns nach Hause
1837 Und wissen nicht, wohin?

Mahnung

Genug gemeistert nun die Weltgeschichte!
Die Sterne, die durch alle Zeiten tagen,
Ihr wollet sie mit frecher Hand zerschlagen
Und jeder leuchten mit dem eignen Lichte.

Doch unaufhaltsam rucken die Gewichte,
Von selbst die Glocken von den Türmen schlagen,
Der alte Zeiger, ohne euch zu fragen,
Weist flammend auf die Stunde der Gerichte.

Joseph Freiherr von Eichendorff

O stille Schauer, wunderbares
Schweigen,
Wenn heimlich flüsternd sich die
Wälder neigen,
Die Täler alle geisterbleich
versanken

Und in Gewittern von den
Bergesspitzen
Der Herr die Weltgeschichte
schreibt mit Blitzen
Denn seine sind nicht euere
Gedanken.

1839

Im Alter

Wie wird nun alles so stille wieder!
So war mir's oft in der Kinderzeit,
Die Bäche gehen rauschend nieder
Durch die dämmernde Einsamkeit,
Kaum noch hört man einen Hirten
singen,
Aus allen Dörfern, Schluchten, weit
Die Abendglocken herüberklingen;
Versunken nun mit Lust und Leid
Die Täler, die noch einmal blitzen,
Nur hinter dem stillen Walde weit
Noch Abendröte an den
Bergesspitzen,
Wie Morgenrot der Ewigkeit.

1839

Nachtzauber

Hörst du nicht die Quellen gehen
Zwischen Stein und Blumen weit
Nach den stillen Waldesseen,
Wo die Marmorbilder stehen
In der schönen Einsamkeit?
Von den Bergen sacht hernieder,
Weckend die uralten Lieder,
Steigt die wunderbare Nacht,
Und die Gründe glänzen wieder,
Wie du's oft im Traum gedacht.

Kennst die Blume du, entsprossen
In dem mondbeglänzten Grund?
Aus der Knospe, halb erschlossen,
Junge Glieder blühend sprossen,
Weiße Arme, roter Mund,
Und die Nachtigallen schlagen,
Und rings hebt es an zu klagen,
Ach, vor Liebe todeswund,
Von versunknen schönen Tagen –
1853 Komm, o komm zum stillen Grund!

Wilhelm Hey

1790 – 1854

Weißt du, wieviel Sternlein stehen

Weißt du, wieviel Sternlein stehen
An dem blauen Himmelszelt?
Weißt du, wieviel Wolken gehen
Weithin über alle Welt?
Gott der Herr hat sie gezählet,
Daß ihm auch nicht eines fehlet
An der ganzen großen Zahl.

Weißt du, wieviel Mücklein spielen
In der hellen Sonnenglut?
Wieviel Fischlein auch sich kühlen
In der hellen Wasserflut?
Gott der Herr rief sie mit Namen,
Daß sie all' ins Leben kamen,
Daß sie nun so fröhlich sind.

Weißt du, wieviel Kinder frühe
Stehn aus ihren Bettlein auf,
Daß sie ohne Sorg und Mühe
Fröhlich sind im Tageslauf?
Gott im Himmel hat an allen
Seine Lust, sein Wohlgefallen,
Kennt auch dich und hat dich lieb.

1836

Ferdinand Raimund

1790 – 1836

Das Hobellied

Da streiten sich die Leut herum
Oft um den Wert des Glücks,
Der eine heißt den andern dumm,
Am End weiß keiner nix.
Das ist der allerärmste Mann,
Der andre oft zu reich,
Das Schicksal setzt den Hobel an
Und hobelt's beide gleich.

Die Jugend will halt stets mit Gwalt
In allem glücklich sein,
Doch wird man nur ein bissel alt,
Da gibt man sich schon drein.
Oft zankt mein Weib mit mir, o
Graus!
Das bringt mich nicht in Wut,
Da klopf' ich meinen Hobel aus
Und denk', du brummst mir gut.

Zeigt sich der Tod einst mit Verlaub
Und zupft mich: ‹Brüderl, kumm›.
Da stell' ich mich im Anfang taub
Und schau' mich gar nicht um.
Doch sagt er: ‹Lieber Valentin,
Mach keine Umständ, geh!›,
Da leg' ich meinen Hobel hin
Und sag' der Welt ade.

Aus «Der Verschwender»

Ferdinand Raimund

An Schillers Nachruhm

In stiller Nacht, beim düstern Lampenscheine,
Hast du oft tief dein sinnend Haupt gesenkt;
Hoch wiegt dein Nachruhm nun mit Stolz das seine,
Weil mit dem Höchsten du die Kunst beschenkt.
In fremden Sprachen deinen Geist verkündend,
Fragt er die Welt: ob je ein Dichter sang,
Der seinen Ruf durch höhres Recht begründend,
Die Liebe seiner Nation errang?
Dir ist des Ruhmes seltner Doppelorden:
Bewunderung und Lieb', zugleich geworden!

Wer hat wie du fürs deutsche Volk geschrieben?
Hat Jüngling, Mann und Greis gleich hoch entzückt?
Wer Völker lehrt, verdient, daß sie ihn lieben,
Wer Glück bereitet, sei auch selbst beglückt.
Warst du es auch? und konntest du es werden?

Ragt Sehnsucht nicht aus deinem
Lied empor?
Lebt ein Gemüt, das rein beglückt
auf Erden?
Der Weise lügt es oft, es wähnt's
der Tor;
Doch was das Leben auch an dir
verbrochen,
Du hast dich durch Unsterblichkeit
gerochen!

Dein Name lebt, dem frechen Tod
zum Hohne,
Der stets der Welt zu früh das
Bessre raubt.
Schon rüstet Deutschland sich, die
Marmorkrone
Zu drücken auf dein ew'ges
Dichterhaupt.
Ein Monument soll einst der
Nachwelt lehren,
(Nicht wie du schriebst, dies
kündet nur dein Lied)
Daß Deutschland seltne Männer
weiß zu ehren,
Und für der Dichtkunst Hoheit
noch entglüht.
Der Himmel kann dir höhern Lohn
noch bieten,
Die Erde tat, – was sie vermag
1835 hienieden!

Theodor Körner

1791 – 1813

Die Eichen

Abend wird's, des Tages Stimmen schweigen,
Röter strahlt der Sonne letztes Glühn,
Und hier sitz ich unter euren Zweigen,
Und das Herz ist mir so voll, so kühn!
Alter Zeiten alte treue Zeugen,
Schmückt euch doch des Lebens frisches Grün,
Und der Vorwelt kräftige Gestalten
Sind uns noch in eurer Pracht erhalten.

Viel des Edeln hat die Zeit zertrümmert,
Viel des Schönen starb den frühen Tod.
Durch die reichen Blätterkränze schimmert
Seinen Abschied dort das Abendrot.
Doch um das Verhängnis unbekümmert,
Hat vergebens euch die Zeit bedroht,
Und es ruft mir aus der Zweige Wehen:
Alles Große muß im Tod bestehen! –

Und ihr habt bestanden! – Unter allen
Grünt ihr frisch und kühn mit starkem Mut.
Wohl kein Pilger wird vorüber wallen,
Der in eurem Schatten nicht geruht.
Und wenn herbstlich eure Blätter fallen,
Tot auch sind sie euch ein köstlich Gut;
Denn, verwesend werden eure Kinder
Eurer nächsten Frühlingspracht Begründer.

Schönes Bild von alter deutscher Treue,
Wie sie bess're Zeiten angeschaut,
Wo in freudig kühner Todesweihe
Bürger ihre Staaten festgebaut.
Ach was hilft's, daß ich den Schmerz erneue?
Sind doch alle diesem Schmerz vertraut!
Deutsches Volk, du herrlichstes vor allen,
Deine Eichen stehn, du bist gefallen!

1811

Theodor Körner

Lützows wilde Jagd

Was glänzt dort vom Walde im
Sonnenschein?
Hör's näher und näher brausen.
Es zieht sich herunter in düsteren
Reihn
Und gellende Hörner schallen
darein
Und erfüllen die Seele mit
Grausen.
Und wenn ihr die schwarzen
Gesellen fragt:
Das ist Lützows wilde verwegene
Jagd.

Was zieht dort rasch durch den
finstern Wald
Und streift von Bergen zu Bergen?
Es legt sich in nächtlichen
Hinterhalt;
Das Hurra jauchzt, und die Büchse
knallt,
Es fallen die fränkischen Schergen.
Und wenn ihr die schwarzen Jäger
fragt:
Das ist Lützows wilde verwegene
Jagd.

Wo die Reben dort glühen, dort
braust der Rhein,

Der Wütrich geborgen sich meinte,
Da naht es schnell mit
Gewitterschein
Und wirft sich mit rüst'gen Armen
hinein
Und springt ans Ufer der Feinde.
Und wenn ihr die schwarzen
Schwimmer fragt:
Das ist Lützows wilde verwegene
Jagd.

Was braust dort im Tale die laute
Schlacht,
Was schlagen die Schwerter
zusammen?
Wildherzige Reiter schlagen die
Schlacht,
Und der Funke der Freiheit ist
glühend erwacht
Und lodert in blutigen Flammen.
Und wenn ihr die schwarzen Reiter
fragt:
Das ist Lützows wilde verwegene
Jagd.

Wer scheidet dort röchelnd vom
Sonnenlicht,
Unter winselnde Feinde gebettet?
Es zuckt der Tod auf dem Angesicht,
Doch die wackern Herzen erzittern
nicht,

Theodor Körner

Das Vaterland ist ja gerettet!
Und wenn ihr die schwarzen Gefallnen fragt:
Das war Lützows wilde verwegene Jagd.

Die wilde Jagd und die deutsche Jagd
Auf Henkersblut und Tyrannen! –
Drum, die ihr uns liebt, nicht geweint und geklagt!
Das Land ist ja frei, und der Morgen tagt,
Wenn wir's auch nur sterbend gewannen!
Und von Enkeln zu Enkeln sei's nachgesagt:
Das war Lützows wilde verwegene Jagd.

1813

Abschied vom Leben

Die Wunde brennt, die bleichen Lippen beben.
Ich fühl's in meines Herzens matterm Schlage,
Hier steh ich an den Marken meiner Tage.
Gott, wie du willst! dir hab ich mich ergeben.

Viel goldne Bilder sah ich um mich
schweben;
Das schöne Traumlied wird zur
Totenklage,
Mut! Mut! Was ich so treu im
Herzen trage,
Das muß ja doch dort ewig mit mir
leben!

Und was ich hier als Heiligtum
erkannte,
Wofür ich rasch und jugendlich
entbrannte,
Ob ich's nun Freiheit, ob ich's
Liebe nannte;

Als lichten Seraph seh ich's vor mir
stehen;
Und wie die Sinne langsam mir
vergehen,
Trägt mich ein Hauch zu
morgenroten Höhen.

Theodor Körner

Gebet während der Schlacht

Vater, ich rufe dich!
Brüllend umwölkt mich der Dampf der Geschütze,
Sprühend umzucken mich rasselnde Blitze.
Lenker der Schlachten, ich rufe dich!
Vater du, führe mich!

Vater du, führe mich!
Führ mich zum Siege, führ mich zum Tode:
Herr, ich erkenne deine Gebote!
Herr, wie du willst, so führe mich.
Gott, ich erkenne dich!

Gott, ich erkenne dich!
So im herbstlichen Rauschen der Blätter
Als im Schlachtendonnerwetter,
Urquell der Gnade, erkenn ich dich.
Vater du' segne mich!

Vater du, segne mich!
In deine Hand befehl ich mein Leben,
Du kannst es nehmen, du hast es gegeben;
Zum Leben, zum Sterben segne mich!
Vater, ich preise dich!

Vater, ich preise dich!
’s ist ja kein Kampf für die Güter der Erde;
Das Heiligste schützen wir mit dem Schwerte.
Drum, fallend und siegend, preis’ ich dich;
Gott, dir ergeb ich mich!

Gott, dir ergeb ich mich!
Wenn mich die Donner des Todes begrüßen,
Wenn meine Adern geöffnet fließen:
Dir, mein Gott, dir ergeb ich mich!
1814 Vater, ich rufe dich!

Franz Grillparzer

1791 – 1872

Erinnerung

Hab' ich mich nicht losgerissen,
Nicht mein Herz von ihr gewandt,
Weil ich sie verachten müssen,
Weil ich wertlos sie erkannt?

Warum steht in holdem Bangen
Sie denn immer noch vor mir?
Woher dieses Glutverlangen,
Das mich jetzt noch zieht zu ihr?

Tausend alte Bilder kommen,
Ach! und jedes, jedes spricht:
Ist der Pfeil auch weggenommen,
Ist's darum die Wunde nicht.

1818

Als sie, zuhörend, am Klavier saß

Still saß sie da, die lieblichste von allen,
Aufhorchend, ohne Tadel, ohne Lob;
Das dunkle Tuch war von der Brust gefallen,
Die, nur vom Kleid bedeckt, sich atmend hob;
Das Haupt gesenkt, den Leib nach vorn gebogen,
Wie von den flieh'nden Tönen nachgezogen.

Nenn' ich sie schön? Ist Schönheit
doch ein Bild,
Das selbst sich malt und nur sich
selbst bedeutet,
Doch Höheres aus diesen Zügen
quillt,
Die wie die Züge einer Schrift
verbreitet,
An sich oft bildlos, unscheinbare
Zeichen,
Doch himmlisch durch den Sinn,
den sie erreichen.

So saß sie da, das Regen nur der
Wangen
Mit ihren zarten Muskeln, rund
und weich,
Der Wimpern Zucken, die das Aug'
umhangen,
Der Lippen Spiel, die Purpur-
lädchen gleich,
Den Schatz von Perlen hüllen jetzt,
nun zeigen,
Verriet Gefühl, von dem die Worte
schweigen.

Und wie die Töne brausend sich
verwirren,
In stetem Kampfe stets nur halb
versöhnt,

Jetzt klagen, wie verflogne Tauben
girren,
Jetzt stürmen, wie der Gang der
Wetter dröhnt,
Sah ich ihr Lust und Qual im
Antlitz kriegen,
Und jeder Ton ward Bild in ihren
Zügen.
Mitleidend wollt' ich schon zum
Künstler rufen;
«Halt ein! Warum zermalmst du
ihre Brust?»
Da war erreicht die schneidendste
der Stufen,
Der Ton des Schmerzes ward zum
Ton der Lust,
Und wie Neptun, vor dem die
Stürme flogen,
Hob sich der Dreiklang ebnend aus
den Wogen;

Und wie die Sonne steigt; die
Strahlen dringen
Durch der zersprengten Wetter
dunkle Nacht,
So fing ihr Aug', an dem noch
Tropfen hingen,
Hellglänzend auf in sonnengleicher
Pracht;
Ein leises Ach aus ihrem süßen
Munde,

Sah, wie nach Mitgefühl, sie in die
Runde.

Da trieb's mich auf; nun soll sie's
hören!
Was mich schon längst bewegt, nun
werd' ihr's kund!
Doch sie blickt her; den Künstler
nicht zu stören,
Befiehlt ihr Finger, schwicht'gend
an dem Mund,
Und wieder seh' ich horchend sie
sich neigen
Und wieder muß ich sitzen, wieder
1821 schweigen.

Gedanken am Fenster

Herüber durch die Berge
Ertönt es dumpf und schwer,
Wie Leichentuch um Särge,
Verhüllt Gewölk die Berge,
Und drinnen geht der Herr.

Die Erde sieht's mit Bangen,
Die Luft, sie regt sich nicht,
Die Vögel, die erst sangen,
Sind still zu Nest gegangen,
Das Weltall ahnt Gericht.

Franz Grillparzer

Es blitzt! Was zuckst du, Auge?
Denkst du der Tränen itzt
In einem andern Auge,
Für die ein Rächer tauge
Gleich jenem, der dort blitzt?

Ein Wirbelwind von oben
Greift nieder in den Staub;
Nun werden Wetter toben,
Schon ist der Keil gehoben,
Bezeichnet ihm sein Raub.

Doch horch! welch leis Bewegen
Rauscht durch die Blätterwand?
Was Strafe schien, wird Segen,
Vom Himmel rieselt Regen
Und tränkt das durst'ge Land.

1822

Bitte

Schilt mich nicht arbeitscheu und
träge,
Weil ich zum Werke spät mich
rege,
Dem Armen gleich' ich ganz und
gar,
Der Tonnen Goldes schuldig war;
Das Ganze konnt' er ab nicht
tragen,

Was sollt' er sich mit Groschen plagen?
Stell' einen Jäger auch dir vor,
Mit Kugeln lud er früh sein Rohr
Und geht hinaus ins tauige Feld,
Dem Hirsche nach sein Streben stellt;
Der Hase läuft, es fliegt das Huhn,
Er aber läßt die Arme ruhn,
Bringt nicht den Hirsch sein gutes Glück,
Kehrt ohne Beut' er spät zurück,
Die andern alle schwer beladen.
Warum hatt' er nicht Schrot
1826 geladen!

Was je den Menschen schwer gefallen,
Eins ist das Bitterste von allen:
Vermissen, was schon unser war,
Den Kranz verlieren aus dem Haar,
Nachdem man sterben sich gesehen,
1826 Mit seiner eignen Leiche gehen.

Franz Grillparzer

Sorgenvoll

Mein Kummer ist mein Eigentum,
Den geb' ich nicht heraus.
Was gut wohl sonst an mir und schlimm,
Besitzt und teilt! Das hab' und nimm!
Mit ihm nur halt' ich haus.

Und wie der Geiz'ge seinen Schatz
Des Nachts besieht bei Licht,
So zähl' ich ihn, wenn alles Ruh,
Entsprungne Körner leg' ich zu
Und lausch' und atme nicht.

Und kommt's zu sterben, leg' ich ihn
Als Obol in den Mund,
Vielleicht zahlt er den Fährmann mir
Und zähmt das Frohen neid'sche Tier,
Des schwarzen Orkus Hund.

1830

Trost

Wenn dich Glück und Freunde
fliehen,
Sei du nicht zu tief besorgt,
Wie besitzen nur geliehen
Ist verloren nur geborgt.

So an trüben Herbstestagen,
Wenn erlosch des Jahres Glanz,
Schau im Wind die Blätter jagen,
Ein entfleischter Totentanz.

Aber kaum der Lenz erschienen,
Zahlt ein Erbe, lusterstarkt,
Er mit barem, blanken Grünen,
Was der Vorfahr abgekargt.

Hold von neuem sind die Götter,
Überall Wonne, Lust und Licht,
Neue Freuden, neue Blätter –
1834 Freilich nur dieselben nicht.

Franz Grillparzer

Entsagung

Eins ist, was altergraue Zeiten lehren,
Und lehrt die Sonne, die erst heut getagt:
Des Menschen ew'ges Los, es heißt: Entbehren,
Und kein Genuß, als den du dir versagt.

Die Speise, so erquicklich deinem Munde,
Beim frohen Fest genippter Götterwein,
Des Teuren Kuß auf deinem heißen Munde –
Dein wär's? Sieh zu! ob du vielmehr nicht sein.

Denn der Natur alther notwend'ge Mächte,
Sie hassen, was sich freie Bahnen zieht,
Als vorenthalten ihrem ewgen Rechte,
Und reißen's lauernd in ihr Machtgebiet.

All, was du hältst, davon bist du
gehalten,
Und wo du herrschest, bist du auch
der Knecht.
Es sieht Genuß sich vom Bedarf
gespalten,
Und eine Pflicht knüpft sich an
jedes Recht.

Nur was du abweist, kann dir
wieder kommen,
Was du verschmähst, naht ewig
schmeichelnd sich;
Und in dem Abschied, vom Besitz
genommen,
Erhältst du dir das einzig Deine:
1836 Dich!

Wenn der Vogel singen will,
Sucht er einen Ast,
Nur die Lerche trägt beim Sang
Eigne, leichte Last.

Doch der Fink, die Nachtigall,
Selbst der muntre Spatz
Wählen, eh die Kehle tönt,
Für den Fuß den Platz.

Franz Grillparzer

Gebt mir, wo ich stehen soll,
Weist mir das Gebiet,
Und ich will euch wohl erfreun
Noch mit manchem Lied.

Denn in Deutschland weht der
Sturm –
Sturm, man weiß, ist Wind –
Wähnen, wenn der Ast sie schnellt,
Daß sie flügge sind.

Und hier Landes dunkelt's tief,
Nacht wie Pech und Harz,
In den Zweigen nächst dem Stamm
Nisten Dohlen schwarz.

Kauz und Eule dämisch dumm
Schaun zum Astloch 'raus,
Nur der Starmatz schwatzt vom
Platz,
Kanzelt für das Haus.

Tiefer unten aber steigt's
Auf vom Boden dumpf,
Und die Frösche quaken laut
Aus verjährtem Sumpf.

Und so schweb' ich ew'gen Flugs
Zwischen Erd' und Luft,
Und kein Platz dem müden Fuß,
Als dereinst die Gruft.

1837

Abschied von Wien

Leb wohl, du stolze Kaiserstadt,
Zwar nicht auf immer, denk' ich,
Zu andern Grenzen, lebensmatt,
Die irren Schritte lenk' ich.

Schön bist du, doch gefährlich
auch,
Dem Schüler wie dem Meister,
Entnervend weht dein
Sommerhauch,
Du Capua der Geister.

Auf deinen Fluren geht sich's
weich,
Und Berg' und Wälder breiten
Rings um dich her ein Zauberreich,
Durch das die Ströme gleiten.

Weithin Musik, wie wenn im Baum
Der Vögel Chor erwachte,
Man spricht nicht, denkt wohl etwa
kaum
Und fühlt das Halbgedachte.

Dazu ein Volk, ein wackres Herz,
Verstand und vom gesunden,
Das sich mit Märchen und mit
Scherz
Der Wahrheit Bild umwunden.

Franz Grillparzer

Man lebt in halber Poesie,
Gefährlich für die ganze,
Und ist ein Dichter, ob man nie
An Vers gedacht und Stanze.

Doch weil von so viel Schönheit voll
Wir nur zu atmen brauchen,
Vergißt man, was zum Herzen quoll,
Auch wieder auszuhauchen:

Die Tafel bleibt, die Leinwand leer,
Drum fort aus diesen Gründen,
Ob von der Reiselust Beschwer
Sich fest're Bilder ründen.

1843

Gustav Schwab

1792 – 1850

Das Gewitter

Urahne, Großmutter, Mutter und Kind
In dumpfer Stube beisammen sind;
Es spielet das Kind, die Mutter sich schmückt,
Großmutter spinnet, Urahne gebückt
Sitzt hinter dem Ofen im Pfühl –
Wie wehen die Lüfte so schwül!

Das Kind spricht: «Morgen ist's Feiertag!
Wie will ich spielen im grünen Hag,
Wie will ich springen durch Tal und Höhn,
Wie will ich pflücken viel Blumen schön;
Dem Anger, dem bin ich hold!» –
Hört ihr's, wie der Donner grollt?

Die Mutter spricht: «Morgen ist's Feiertag!
Da halten wir alle fröhlich Gelag.
Ich selber, ich rüste mein Feierkleid;
Das Leben, es hat auch Lust nach Leid,
Dann scheint die Sonne wie Gold!» –
Hört ihr's, wie der Donner grollt?

Gustav Schwab

Großmutter spricht «Morgen ist's
Feiertag!
Großmutter hat keinen Feiertag.
Sie kochet das Mahl, sie spinnet
das Kleid;
Das Leben ist Sorg und viel Arbeit;
Wohl dem, der tat, was er sollt'!» –
Hört ihr's, wie der Donner grollt?

Urahne spricht: «Morgen ist's
Feiertag!
Am liebsten morgen ich sterben
mag:
Ich kann nicht singen und scherzen
mehr,
Ich kann nicht sorgen und schaffen
schwer,
Was tu' ich noch auf der Welt?» –
Seht ihr, wie der Blitz dort fällt?

Sie hören's nicht, sie sehen's nicht,
Es flammet die Stube wie lauter
Licht:
Urahne, Großmutter, Mutter und
Kind
Vom Strahl miteinander getroffen
sind,
Vier Leben endet ein Schlag –
Und morgen ist's Feiertag.

1828

Wilhelm Müller

1794 – 1827

Einkehr

Im Krug zum grünen Kranze,
Da kehrt' ich durstig ein:
Da saß ein Wandrer drinnen
Am Tisch bei kühlem Wein.

Ein Glas war eingegossen,
Das wurde nimmer leer,
Sein Haupt ruht' auf dem Bündel,
Als wär's ihm viel zu schwer.

Ich tät mich zu ihm setzen,
Ich sah ihm ins Gesicht,
Das schien mir gar befreundet,
Und dennoch kannt' ich's nicht.

Da sah auch mir ins Auge
Der fremde Wandersmann
Und füllte meinen Becher
Und sah mich wieder an.

Hei, was die Becher klangen,
Wie brannte Hand in Hand.
«Es lebe die Liebste deine,
Herzbruder, im Vaterland!»

1821

Wilhelm Müller

Der Lindenbaum

Am Brunnen vor dem Tore
Da steht ein Lindenbaum: –
Ich träumt' in seinem Schatten
So manchen süßen Traum.

Ich schnitt in seine Rinde
So manches liebe Wort;
Es zog in Freud und Leide
Zu ihm mich immer fort.

Ich mußt' auch heute wandern
Vorbei in tiefer Nacht,
Da hab' ich noch im Dunkel
Die Augen zugemacht.

Und seine Zweige rauschten,
Als riefen sie mir zu:
Komm her zu mir, Geselle,
Hier findst du deine Ruh!

Die kalten Winde bliesen
Mir grad ins Angesicht,
Der Hut flog mir vom Kopfe
Ich wendete mich nicht.

Nun bin ich manche Stunde
Entfernt von jenem Ort,
Und immer hör ich's rauschen:
Du fändest Ruhe dort!

1822
Aus dem Zyklus «Die Winterreise»

Der Wegweiser

Was vermeid ich denn die Wege,
Wo die andern Wandrer gehn,
Suche mir versteckte Stege
Durch verschneite Felsenhöhn?

Habe ja doch nichts begangen,
Daß ich Menschen sollte scheun –
Welch ein törichtes Verlangen
Treibt mich in die Wüstenein?

Weiser stehen auf den Straßen,
Weisen auf die Städte zu,
Und ich wandre sonder Maßen,
Ohne Ruh, und suche Ruh.

Einen Weiser seh ich stehen
Unverrückt vor meinem Blick;
Eine Straße muß ich gehen,
Die noch keiner ging zurück.

1822
Aus dem Zyklus «Die Winterreise»

Wilhelm Müller

Vineta

Aus des Meeres tiefem, tiefem Grunde
Klingen Abendglocken dumpf und matt,
Uns zu geben wunderbare Kunde
Von der schönen alten Wunderstadt.

In der Fluten Schoß hinabgesunken,
Blieben unten ihre Trümmer stehn.
Ihre Zinnen lassen goldne Funken
Widerscheinend auf dem Spiegel sehn.

Und der Schiffer, der den Zauberschimmer
Einmal sah im hellen Abendrot,
Nach derselben Stelle schifft er immer,
Ob auch ringsumher die Klippe droht.

Aus des Herzens tiefem, tiefem Grunde
Klingt es mir wie Glocken dumpf und matt;
Ach, sie geben wunderbare Kunde
Von der Liebe, die geliebt es hat.

Eine schöne Welt ist da versunken,
Ihre Trümmer blieben unten stehn,
Lassen sich als goldne Himmels-
funken
Oft im Spiegel meiner Träume
sehn.

Und dann möcht ich tauchen in die
Tiefen,
Mich versenken in den Wider-
schein,
Und mir ist, als ob mich Engel
riefen
In die alte Wunderstadt hinein.

1837
Aus dem Zyklus «Mönkgut auf Rügen»

August Graf von Platen

1796 – 1835

Wie rafft' ich mich auf in der
Nacht, in der Nacht
Und fühlte mich fürder gezogen,
Die Gassen verließ ich, vom
Wächter bewacht,
Durchwandelte sacht
In der Nacht, in der Nacht
Das Tor mit dem gotischen Bogen.

Der Mühlbach rauschte durch
felsigen Schacht,
Ich lehnte mich über die Brücke,

August Graf
von Platen

Tief unter mir nahm ich der Wogen in acht,
Die wallten so sacht
In der Nacht, in der Nacht,
Doch wallte nicht eine zurücke.

Es drehte sich oben, unzählig entfacht,
Melodischer Wandel der Sterne,
Mit ihnen der Mond in beruhigter Pracht,
Sie funkelten sacht
In der Nacht, in der Nacht,
Durch täuschend entlegene Ferne.

Ich blickte hinauf in der Nacht, in der Nacht,
Ich blickte hinunter aufs neue:
O wehe, wie hast du die Tage verbracht,
Nun stille du sacht
In der Nacht, in der Nacht
Im pochenden Herzen die Reue!

1820

Tristan

Wer die Schönheit angeschaut mit Augen,
Ist dem Tode schon anheimgegeben,
Wird für keinen Dienst auf Erden taugen,
Und doch wird er vor dem Tode beben,
Wer die Schönheit angeschaut mit Augen!

Ewig währt für ihn der Schmerz der Liebe,
Denn ein Tor nur kann auf Erden hoffen,
Zu genügen einem solchen Triebe:
Wen der Pfeil des Schönen je getroffen,
Ewig währt für ihn der Schmerz der Liebe!

Ach, er möchte wie ein Quell versiechen,
Jedem Hauch der Luft ein Gift entsaugen
Und den Tod aus jeder Blume riechen:
Wer die Schönheit angeschaut mit Augen,
Ach, er möchte wie ein Quell versiechen!

1828

August Graf von Platen

Des Glückes Gunst wird nur durch dich vergeben,
Schön ist die Rose nur, von dir gebrochen,
Und ein Gedicht nur schön, von dir gesprochen:
Tot ist die Welt, du bist allein am Leben.

In diesen Lauben, die sich hold verweben,
Wird ohne dich mir jeder Tag zu Wochen,
Und dieser Wein, den warme Sonnen kochen,
Kann nur aus deiner Hand mein Herz beleben.

Von dir geschieden, trenn' ich mich vom Glücke,
Das Schönste dient mir nur, mich zu zerstreuen,
Das Größte füllt mir kaum des Innern Lücke.

Doch drückst du mich an deine Brust, den Treuen,
Dann kehrt die Welt in meine Brust zurücke,
Und am Geringsten kann ich mich erfreuen.

Wer wußte je das Leben recht zu
fassen,
Wer hat die Hälfte nicht davon
verloren
Im Traum, im Fieber, im Gespräch
mit Toren,
In Liebesqual, im leeren
Zeitverprassen?

Ja, der sogar, der ruhig und
gelassen,
Mit dem Bewußtsein, was er soll,
geboren,
Frühzeitig einen Lebensgang
erkoren,
Muß vor des Lebens Widerspruch
erblassen.

Denn jeder hofft doch, daß das
Glück ihm lache,
Allein das Glück, wenn's wirklich
kommt, ertragen,
Ist keines Menschen, wäre Gottes
Sache.

Auch kommt es nie, wir wünschen
bloß und wagen:
Dem Schläfer fällt es nimmermehr
vom Dache,
Und auch der Läufer wird es nicht
erjagen.

August Graf von Platen

Hier, wo von Schnee der Alpen Gipfel glänzen,
Gedenk' ich still vergangener Mißgeschicke:
Zurück nach Deutschland wend' ich kaum die Blicke,
Ja, kaum noch vorwärts nach Italiens Grenzen.
Vergebens hasch' ich nach geträumten Kränzen,
Daß ich die Stirne, die mich brennt, erquicke,
Und Seufzer wehn, die selten ich ersticke,
Als könnten Seufzer das Gemüt ergänzen!

Wo ist ein Herz, das keine Schmerzen spalten?
Und wer an's Weltenende flüchten würde,
Stets folgten ihm des Lebens Truggestalten.

Ein Trost nur bleibt mir, daß ich jeder Bürde
Vielleicht ein Gleichgewicht vermag zu halten
Durch meiner Seele ganze Kraft und Würde.

Annette von Droste-Hülshoff

1797 – 1848

Mondesaufgang

An des Balkones Gitter lehnte ich
Und wartete, du mildes Licht, auf dich.
Hoch über mir, gleich trübem Eiskristalle
Zerschmolzen, schwamm des Firmamentes Halle;
Der See verschimmerte mit leisem Dehnen, –
Zerfloßne Perlen oder Wolkentränen?
Es rieselte, es dämmerte um mich,
Ich wartete, du mildes Licht, auf dich.

Hoch stand ich, neben mir der Linden Kamm,
Tief unter mir Gezweige, Ast und Stamm;
Im Laube summte der Phalänen Reigen,
Die Feuerfliege sah ich glimmend steigen,
Und Blüten taumelten wie halb entschlafen;
Mir war, als treibe hier ein Herz zum Hafen,

Annette von Droste-Hülshoff

Ein Herz, das übervoll von Glück und Leid
Und Bildern seliger Vergangenheit.
Das Dunkel stieg, die Schatten drangen ein, –
Wo weilst du, weilst du denn, mein milder Schein?
Sie drangen ein wie sündige Gedanken,
Des Firmamentes Woge schien zu schwanken,
Verzittert war der Feuerfliege Funken,
Längst die Phaläne an den Grund gesunken,
Nur Bergeshäupter standen hart und nah,
Ein düstrer Richterkreis, im Düster da.

Und Zweige zischelten an meinem Fuß,
Wie Warnungsflüstern oder Todesgruß;
Ein Summen stieg im weiten Wassertale,
Wie Volksgemurmel vor dem Tribunale;
Mir war, als müßte etwas Rechnung geben,

Als stehe zagend ein verlornes
Leben,
Als stehe ein verkümmert Herz
allein,
Einsam mit seiner Schuld und
seiner Pein.

Da, auf die Wellen sank ein
Silberflor,
Und langsam stiegst du, frommes
Licht, empor;
Der Alpen finstre Stirnen strichst
du leise,
Und aus den Richtern wurden
sanfte Greise;
Der Wellen Zucken ward ein
lächelnd Winken,
An jedem Zweige sah ich Tropfen
blinken,
Und jeder Tropfen schien ein
Kämmerlein,
Drin flimmerte der Heimatlampe
Schein.

O Mond, du bist mir wie ein später
Freund,
Der seine Jugend dem Verarmten
eint,
Um seine sterbenden Erinnerungen
Des Lebens zarten Widerschein
geschlungen,

Annette von Droste-Hülshoff

Bist keine Sonne, die entzückt und blendet,
In Feuerströmen lebt, in Blute endet, –
Bist, was dem kranken Sänger sein Gedicht,
Ein fremdes, aber o! – ein mildes Licht.

Im Moose

Als jüngst die Nacht dem sonnenmüden Land
Der Dämmrung leise Boten hat gesandt,
Da lag ich einsam noch in Waldes Moose.
Die dunklen Zweige nickten so vertraut,
An meiner Wange flüsterte das Kraut,
Unsichtbar duftete die Heiderose.

Und flimmern sah ich durch der Linde Raum
Ein mattes Licht, das im Gezweig der Baum
Gleich einem mächtgen Glühwurm schien zu tragen.

Es sah so dämmernd wie ein
Traumgesicht,
Doch wußte ich, es war der Heimat
Licht,
In meiner eignen Kammer
angeschlagen.

Ringsum so still, daß ich vernahm
im Laub
Der Raupe Nagen, und wie grüner
Staub
Mich leise wirbelnd
Blätterflöckchen trafen.
Ich lag und dachte, ach! so
manchem nach,
Ich hörte meines eignen Herzens
Schlag,
Fast war es mir, als sei ich schon
entschlafen.

Gedanken tauchten aus Gedanken
auf,
Das Kinderspiel, der frischen Jahre
Lauf,
Gesichter, die mir lange fremd
geworden;
Vergeßne Töne summten um mein
Ohr,
Und endlich trat die Gegenwart
hervor,

Annette von Droste-Hülshoff

Da stand die Welle, wie an Ufers Borden.

Dann, gleich dem Bronnen, der verrinnt im Schlund
Und drüben wieder sprudelt aus dem Grund,
So stand ich plötzlich in der Zukunft Lande;
Ich sah mich selber, gar gebückt und klein,
Geschwächten Auges, am ererbten Schrein
Sorgfaltig ordnen staubge Liebespfande.

Die Bilder meiner Lieben sah ich klar
In einer Tracht, die jetzt veraltet war,
Mich sorgsam lösen aus verblichnen Hüllen,
Löckchen, vermorscht, zu Staub zerfallen schier,
Sah über die gefurchte Wange mir
Langsam herab die karge Träne quillen.

Und wieder an des Friedhofs Monument,

Dran Namen standen, die mein
Lieben kennt,
Da lag ich betend, mit gebrochnen
Knien,
Und – horch, die Wachtel schlug!
Kühl strich der Hauch –
Und noch zuletzt sah ich, gleich
einem Rauch,
Mich leise in der Erde Poren
ziehen.

Ich fuhr empor und schüttelte mich
dann,
Wie einer, der dem Scheintod erst
entrann,
Und taumelte entlang die dunklen
Hage,
Noch immer zweifelnd, ob der
Stern am Rain
Sei wirklich meiner
Schlummerlampe Schein,
Oder das ewige Licht am
Sarkophage.

Das Spiegelbild

Schaust du mich an aus dem
Kristall
Mit deiner Augen Nebelball,

Kometen gleich, die im
Verbleichen,
Mit Zügen, worin, wunderlich
Zwei Seelen wie Spione sich
Umschleichen, ja, dann flüstre ich:
Phantom, du bist nicht
meinesgleichen!

Bist nur entschlüpft der Träume
Hut,
Zu eisen mir das warme Blut,
Die dunkle Locke mir zu blassen;
Und dennoch, dämmerndes
Gesicht,
Drin seltsam spielt ein Doppellicht,
Trätest du vor, ich weiß es nicht,
Würd ich dich lieben oder hassen?

Zu deiner Stirne Herrscherthron,
Wo die Gedanken leisten Fron
Wie Knechte, würd ich schüchtern
blicken;
Doch von des Auges kaltem Glast,
Voll toten Lichts, gebrochen fast,
Gespenstig, würd', ein scheuer
Gast,
Weit, weit ich meinen Schemel
rücken.

Und was den Mund umspielt so lind,
So weich und hilflos wie ein Kind,
Das möcht in treuer Hut ich bergen;
Und wieder, wenn er höhnend spielt,
Wie von gespanntem Bogen zielt,
Wenn leis es durch die Züge wühlt,
Dann möcht ich fliehen wie vor Schergen.

Es ist gewiß, du bist nicht Ich,
Ein fremdes Dasein, dem ich mich
Wie Moses nahe, unbeschuhet,
Voll Kräfte, die mir nicht bewußt,
Voll fremden Leides, fremder Lust;
Gnade mir Gott, wenn in der Brust
Mir schlummernd deine Seele ruhet!

Und dennoch fühl ich, wie verwandt,
Zu deinen Schauern mich gebannt,
Und Liebe muß der Furcht sich einen.
Ja, trätest aus Kristalles Rund,
Phantom, du lebend auf den Grund,
Nur leise zittern würd ich, und
Mich dünkt – ich würde um dich weinen!

Annette von Droste-Hülshoff

Die junge Mutter

Im grün verhangnen duftigen Gemach,
Auf weißen Kissen liegt die junge Mutter;
Wie brennt die Stirn! sie hebt das Auge schwach
Zum Bauer, wo die Nachtigall das Futter
Den nackten Jungen reicht: «Mein armes Tier»,
So flüstert sie, «und bist du auch gefangen,
Gleich mir, wenn draußen Lenz und Sonne prangen,
So hast du deine Kleinen doch bei dir.»

Den Vorhang hebt die graue Wärterin,
Und legt den Finger mahnend auf die Lippen;
Die Kranke dreht das schwere Auge hin,
Gefällig will sie von dem Tranke nippen;
Er mundet schon, und ihre bleiche Hand
Faßt fester den Kristall, – o milde Labe! –

«Elisabeth, was macht mein kleiner
Knabe?»
«Er schläft», versetzt die Alte
abgewandt.

Wie mag er zierlich liegen! –
Kleines Ding! –
Und selig lächelnd sinkt sie in die
Kissen;
Ob man den Schleier um die Wiege
hing,
Den Schleier, der am Erntefest
zerrissen?
Man sieht es kaum, sie flickte ihn
so nett,
Daß alle Frauen höchlich es
gepriesen,
Und eine Ranke ließ sie drüber
sprießen.
«Was läutet man im Dom,
Elisabeth?»

«Madame, wir haben heut Mariatag.»
So hoch im Mond? sie kann sich
nicht besinnen.
Wie war es nur? – Doch ihr Gehirn
ist schwach,
Und leise suchend zieht sie aus den
Linnen
Ein Häubchen, in dem Strahle
kümmerlich

Annette von Droste-Hülshoff

Läßt sie den Faden in die Nadel gleiten,
So ganz verborgen will sie es bereiten,
Und leise, leise zieht sie Stich um Stich.

Da öffnet knarrend sich die Kammertür,
Vorsicht'ge Schritte übern Teppich schleichen.
«Ich schlafe nicht, Rainer, komm her, komm hier!
Wann wird man endlich mir den Knaben reichen?»
Der Gatte blickt verstohlen himmelwärts,
Küßt wie ein Hauch die kleinen heißen Hände:
«Geduld, Geduld, mein Liebchen, bis zum Ende!
Du bist noch gar zu leidend, gutes Herz.»

«Du duftest Weihrauch, Mann.» – «Ich war im Dom;
Schlaf, Kind!» und wieder gleitet er von dannen.
Sie aber näht, und liebliches Phantom

Spielt um ihr Aug' von Auen,
Blumen, Tannen. –
Ach, wenn du wieder siehst die grüne Au,
Siehst über einem kleinen Hügel schwanken
Den Tannenzweig und Blumen drüber ranken,
Dann tröste Gott dich, arme junge Frau!

Abschied von der Jugend

Wie der zitternde Verbannte
Steht an seiner Heimat Grenzen,
Rückwärts er das Auge wendet,
Rückwärts seine Augen glänzen,
Winde, die hinüber streichen,
Vögel in der Luft beneidet,
Schaudernd vor der kleinen Scholle,
Die das Land vom Lande scheidet;

Wie die Gräber seiner Toten,
Seine Lebenden, die süßen,
Alle stehn am Horizonte,
Und er muß sie weinend grüßen;
Alle kleinen Liebesschätze,
Unerkannt und unempfunden,
Alle ihn wie Sünden brennen
Und wie ewig offne Wunden:

Annette von Droste-Hülshoff

So an seiner Jugend Scheide
Steht ein Herz voll stolzer Träume,
Blickt in ihre Paradiese
Und der Zukunft öde Räume;
Seine Neigungen, verkümmert,
Seine Hoffnungen, begraben,
Alle stehn am Horizonte,
Wollen ihre Träne haben.

Und die Jahre, die sich langsam,
Tückisch reihten aus Minuten,
Alle brechen auf im Herzen,
Alle nun wie Wunden bluten;
Mit der armen kargen Habe,
Aus dem reichen Schacht erbeutet,
Mutlos, ein gebrochner Wandrer,
In das fremde Land er schreitet.

Und doch ist des Sommers Garbe
Nicht geringer als die Blüten,
Und nur in der feuchten Scholle
Kann der frische Keim sich hüten;
Über Fels und öde Flächen
Muß der Strom, daß er sich breite,
Und es segnet Gottes Rechte
Übermorgen so wie heute.

Heinrich Heine

1797 – 1856

An meine Mutter

1

Ich bin's gewohnt, den Kopf recht hoch zu tragen,
Mein Sinn ist auch ein bißchen starr und zähe;
Wenn selbst der König mir ins Antlitz sähe,
Ich würde nicht die Augen niederschlagen.
Doch, liebe Mutter, offen will ich's sagen:
Wie mächtig auch mein stolzer Mut sich blähe,
In deiner selig süßen, trauten Nähe
Ergreift mich oft ein demutvolles Zagen.
Ist es dein Geist, der heimlich mich bezwinget,
Dein hoher Geist, der alles kann durchdringet
Und blitzend sich zum Himmelslichte schwinget?
Quält mich Erinnerung, daß ich verübet
So manche Tat, die dir das Herz betrübet?
Das schöne Herz, das mich so sehr geliebet?

Im tollen Wahn hatt' ich dich einst verlassen,
Ich wollte geh'n die ganze Welt zu Ende,
Und wollte seh'n, daß ich die Liebe fände,
Um liebevoll die Liebe zu umfassen.
Die Liebe suchte ich auf allen Gassen,
Vor jeder Türe streckt' ich aus die Hände,
Und bettelte um g'ringe Liebesspende –
Doch lachend gab man mir nur kaltes Hassen.
Und immer irrte ich nach Liebe, immer
Nach Liebe, doch die Liebe fand ich nimmer,
Und kehrte um nach Hause, krank und trübe.
Doch da bist du entgegen mir gekommen,
Und ach! was da in deinem Aug' geschwommen,
Das war die süße, langgesuchte Liebe.

um 1820

Auf Flügeln des Gesanges'
Herzliebchen, trag ich dich fort,
Fort nach den Fluren des Ganges,
Dort weiß ich den schönsten Ort.

Dort liegt ein rotblühender Garten
Im stillen Mondenschein,
Die Lotosblumen erwarten
Ihr trautes Schwesterlein.

Die Veilchen kichern und kosen,
Und schaun nach den Sternen
empor;
Heimlich erzählen die Rosen
Sich duftende Märchen ins Ohr.

Es hüpfen herbei und lauschen
Die frommen, klugen Gazell'n;
Und in der Ferne rauschen
Des heiligen Stromes Well'n.

Dort wollen wir niedersinken
Unter dem Palmenbaum,
Und Liebe und Ruhe trinken,
1822 Und träumen seligen Traum.

Heinrich Heine

Ein Jüngling liebt ein Mädchen,
Die hat einen andern erwählt;
Der andre liebt eine andre,
Und hat sich mit dieser vermählt.

Das Mädchen heiratet aus Ärger
Den ersten besten Mann,
Der ihr in dem Weg gelaufen;
Der Jüngling ist übel dran.

Es ist eine alte Geschichte,
Doch bleibt sie immer neu;
Und wem sie just passieret,
Dem bricht das Herz entzwei.

1822

Fragen

Am Meer, am wüsten, nächtlichen
 Meer
Steht ein Jüngling-Mann,
Die Brust voll Wehmut, das Haupt
 voll Zweifel,
Und mit düstern Lippen fragt er die
 Wogen:

«O löst mir das Rätsel des Lebens,
Das qualvoll uralte Rätsel,
Worüber schon manche Häupter
 gegrübelt,
Häupter in Hieroglyphenmützen,

Häupter im Turban und schwarzen
Barett,
Perückenhäupter und tausend
andre
Arme, schwitzende
Menschenhäupter –
Sagt mir, was bedeutet der
Mensch?
Woher ist er kommen? Wo geht er
hin?
Wer wohnt dort oben auf goldenen
Sternen?»

Es murmeln die Wogen ihr ewges
Gemurmel,
Es wehet der Wind, es fliehen die
Wolken,
Es blinken die Sterne gleichgültig
und kalt,
1825/26 Und ein Narr wartet auf Antwort.

Still ist die Nacht, es ruhen die
Gassen,
In diesem Hause wohnte mein
Schatz;
Sie hat schon längst die Stadt
verlassen,
Doch steht noch das Haus auf
demselben Platz.

Da steht auch ein Mensch und
starrt in die Höhe
Und ringt die Hände vor
Schmerzensgewalt;
Mir graust es, wenn ich sein Antlitz
sehe –
Der Mond zeigt mir meine eigne
Gestalt.

Du Doppelgänger, du bleicher
Geselle!
Was äffst du nach mein Liebesleid,
Das mich gequält auf dieser Stelle
So manche Nacht in alter Zeit?

Seegespenst

Ich aber lag am Rande des Schiffes,
Und schaute, träumenden Auges,
Hinab in das spiegelklare Wasser,
Und schaute tiefer und tiefer –
Bis tief, im Meeresgrunde,
Anfangs wie dämmernde Nebel,
Jedoch allmählich
farbenbestimmter,
Kirchenkuppel und Türme sich
zeigten,
Und endlich, sonnenklar, eine
ganze Stadt,

Altertümlich niederländisch,
Und menschenbelebt,
Bedächtige Männer,
schwarzbemäntelt,
Mit weißen Halskrausen und
Ehrenketten
Und langen Degen und langen
Gesichtern
Schreiten, über den wimmelnden
Marktplatz,
Nach dem treppenhohen Rathaus,
Wo steinerne Kaiserbilder
Wacht halten mit Zepter und
Schwert.
Unferne, vor langen Häuserreihn,
Wo spiegelblanke Fenster
Und pyramidisch beschnittene
Linden,
Wandeln seidenrauschende
Jungfern,
Schlanke Leibchen, die
Blumengesichter
Sittsam umschlossen von
schwarzen Mützchen
Und hervorquellendem Goldhaar.
Bunte Gesellen, in spanischer
Tracht,
Stolzieren vorüber und nicken.
Bejahrte Frauen,
In braunen, verschollnen
Gewändern,

Gesangbuch und Rosenkranz in der Hand,
Eilen, trippelnden Schritts,
Nach dem großen Dome,
Getrieben von Glockengeläute
Und rauschendem Orgelton.

Mich selbst ergreift des fernen Klangs
Geheimnisvoller Schauer!
Unendliches Sehnen, tiefe Wehmut
Beschleicht mein Herz,
Mein kaum geheiltes Herz; –
Mir ist, als würden seine Wunden
Von lieben Lippen aufgeküßt,
Und täten wieder bluten –
Heiße, rote Tropfen,
Die lang und langsam niederfalln
Auf ein altes Haus, dort unten
In der tiefen Meerstadt,
Auf ein altes, hochgegiebeltes Haus,
Das melancholisch menschenleer ist,
Nur daß am untern Fenster
Ein Mädchen sitzt,
Den Kopf auf den Arm gestützt,
Wie ein armes, vergessenes Kind –
Und ich kenne dich armes, vergessenes Kind!
So tief, meertief also

Versterktest du dich vor mir,
Aus kindischer Laune,
Und konntest nicht mehr herauf,
Und saßest fremd unter fremden Leuten,
Jahrhundertelang,
Derweilen ich, die Seele voll Gram,
Auf der ganzen Erde dich suchte,
Und immer dich suchte,
Du Immergeliebte,
Du Längstverlorene,
Du Endlichgefundene –
Ich hab dich gefunden und schaue wieder
Dein süßes Gesicht,
Die klugen, treuen Augen,
Das liebe Lächeln –
Und nimmer will ich dich wieder verlassen,
Und ich komme hinab zu dir,
Und mit ausgebreiteten Armen
Stürz ich hinab an dein Herz –

Aber zur rechten Zeit noch
Ergriff mich beim Fuß der Kapitän,
Und zog mich vom Schiffsrand,
Und rief, ärgerlich lachend:
1825 Doktor, sind Sie des Teufels?

Heinrich Heine

Frühlingsbotschaft

Leise zieht durch mein Gemüt
Liebliches Geläute,
Klinge, kleines Frühlingslied,
Kling hinaus ins Weite.

Kling hinaus bis an das Haus,
Wo die Blumen sprießen.
Wenn du eine Rose schaust,
Sag', ich laß' sie grüßen.

1830

Wo?

Wo wird einst des Wandermüden
Letzte Ruhestätte sein?
Unter Palmen in dem Süden?
Unter Linden an dem Rhein?

Werd ich wo in einer Wüste
Eingescharrt von fremder Hand?
Oder ruh ich an der Küste
Eines Meeres in dem Sand?

Immerhin! Mich wird umgeben
Gotteshimmel, dort wie hier,
Und als Totenlampen schweben
Nachts die Sterne über mir.

1835/36

Die schlesischen Weber

Im düstern Auge keine Träne,
Sie sitzen am Webstuhl und
fletschen die Zähne.
«Deutschland, wir weben dein
Leichentuch,
Wir weben hinein den dreifachen
Fluch –
Wir weben, wir weben!

Ein Fluch dem Götzen, zu dem wir
gebeten
In Winterskälte und Hungersnöten;
Wir haben vergebens gehofft und
geharrt,
Er hat uns geäfft und gefoppt und
genarrt –
Wir weben, wir weben!

Ein Fluch dem König, dem König
der Reichen,
Den unser Elend nicht konnte
erweichen,
Der den letzten Groschen von uns
erpreßt
Und uns wie Hunde erschießen
läßt –
Wir weben, wir weben!

Heinrich Heine

Ein Fluch dem falschen Vaterlande,
Wo nur gedeihen Schmach und Schande,
Wo jede Blume früh geknickt,
Wo Fäulnis und Moder den Wurm erquickt –
Wir weben, wir weben!

Das Schiffchen fliegt, der Webstuhl kracht,
Wir weben emsig Tag und Nacht –
Altdeutschland, wir weben dein Leichentuch,
Wir weben hinein den dreifachen Fluch.
Wir weben, wir weben!»

um 1845

Das goldne Kalb

Doppelflöten, Hörner, Geigen
Spielen auf zum Götzenreigen,
Und es tanzen Jakobs Töchter
Um das goldne Kalb herum –
Brum – brum – brum –
Paukenschläge und Gelächter!

Hochgeschürzt bis zu den Lenden
Und sich fassend an den Händen,
Jungfraun edelster Geschlechter

Kreisen wie ein Wirbelwind
Um das Rind –
Paukenschläge und Gelächter!

Aaron selbst wird fortgezogen
Von des Tanzes Wahnsinnswogen,
Und er selbst, der
    Glaubenswächter,
Tanzt im Hohenpriesterrock
Wie ein Bock –
Paukenschläge und Gelächter!

um 1850

Unbekannter Dichter

um 1800

Es fiel ein Reif in der
    Frühlingsnacht,
Er fiel auf die zarten
    Blaublümelein,
Sie sind verwelket, verdorret.

Ein Jüngling hatte ein Mädchen
    lieb,
Sie flohen heimlich von Hause fort,
Es wußt weder Vater noch Mutter.

Sie sind gewandert hin und her,
Sie haben gehabt weder Glück
    noch Stern,
Sie sind verdorben, gestorben.

Aufgezeichnet von Heinrich Heine

Heinrich Hoffmann von Fallersleben

1798 – 1874

Kinder-Weihnachtslied

Morgen kommt der Weihnachts-
mann,
Kommt mit seinen Gaben.
Trommel, Pfeifen und Gewehr,
Fahn' und Säbel und noch mehr,
Ja ein ganzes Kriegesheer
Möcht' ich gerne haben.

Bring uns, lieber Weihnachtsmann,
Bring auch morgen, bringe
Musketier und Grenadier,
Zottelbär und Panthertier,
Roß und Esel, Schaf und Stier,
Lauter schöne Dinge!

Doch du weißt ja unsern Wunsch,
Kennst ja unsre Herzen.
Kinder, Vater und Mama,
Auch sogar der Großpapa,
Alle, alle sind wir da,
Warten dein mit Schmerzen.

1835

Abendlied

Abend wird es wieder:
Über Wald und Feld
Säuselt Friede nieder,
Und es ruht die Welt.

Nur der Bach ergießet
Sich am Felsen dort,
Und er braust und fließet
Immer, immer fort.

Und kein Abend bringet
Frieden ihm und Ruh',
Keine Glocke klinget
Ihm ein Rastlied zu.

So in deinem Streben
Bist, mein Herz, auch du:
Gott nur kann dir geben
1837 Wahre Abendruh'.

Das Männlein im Walde

Ein Männlein steht im Walde
Ganz still und stumm,
Es hat von lauter Purpur
Ein Mäntlein um.
Sagt, wer mag das Männlein sein,
Das da steht im Wald allein
Mit dem purpurroten Mäntelein?

Das Männlein steht im Walde
Auf einem Bein
Und hat auf seinem Haupte
Schwarz Käpplein klein.

Heinrich Hoffmann von Fallersleben

Sagt, wer mag das Männlein sein,
Das da steht im Wald allein
Mit dem kleinen, schwarzen
Käppelein?

Das Lied der Deutschen

Deutschland, Deutschland über
alles,
Über alles in der Welt,
Wenn es stets zu Schutz und Trutze
Brüderlich zusammenhält;
Von der Maas bis an die Memel,
Von der Etsch bis an den Belt:
Deutschland, Deutschland über
alles,
Über alles in der Welt!

Deutsche Frauen, deutsche Treue,
Deutscher Wein und deutscher
Sang
Sollen in der Welt behalten
Ihren alten, schönen Klang,
Uns zu edler Tat begeistern
Unser ganzes Leben lang:
Deutsche Frauen, deutsche Treue,
Deutscher Wein und deutscher
Sang!

Einigkeit und Recht und Freiheit
Für das deutsche Vaterland!
Danach laßt uns alle streben
Brüderlich mit Herz und Hand!
Einigkeit und Recht und Freiheit
Sind des Glückes Unterpfand:
Blüh' im Glanze dieses Glückes,
Blühe, deutsches Vaterland!

Gustav Theodor Fechner

1801 – 1887

O Gott, ich möchte wohl zu dir beten

O Gott, ich möchte wohl zu dir
beten,
Es betet alles um mich:
Doch find' ich die Worte nicht, die
es tät,
Dich selber, wo find' ich dich?

Mein Antlitz doch möcht' ich zu dir
wenden,
Sonst muß ja die Andacht vergehn;
Es drängt sich an mich von allen
Enden, –
Das Irdische ist gar zu schön.

Gustav Theodor Fechner

Und hat seiner Schönheit auch
nirgends Hehle;
Entgegen kommt, was prangt;
Es freut sich und lacht meine
ganze Seele,
Wie's liebend nach ihr langt.

Du aber, Gott, willst mich nicht
fassen;
Doch sehnt's mich nach deiner
Hand,
Die all die Pracht hat wachsen
lassen,
Mich selber schlang ins Band. –

Wie fragend so mein Herz
erbanget,
Ging's heimlich durch die Flur:
Was in uns nach dir liebend langet,
Ist Gott ja selber nur.

In dir auch regt er seine Hände,
Die strecken nach uns sich aus.
Nicht such' ihn, wo die Welt zu
Ende,
Bei dir ist Gott im Haus.

Wilhelm Hauff

1802 – 1827

Soldatenliebe

Steh ich in finstrer Mitternacht
So einsam auf der stillen Wacht,
So denk ich an mein fernes Lieb,
Ob mir's auch treu und hold verblieb.

Als ich zur Fahne fort gemüßt,
Hat sie so herzlich mich geküßt,
Mit Bändern meinen Hut
geschmückt
Und weinend mich ans Herz
gedrückt!

Sie liebt mich noch, sie ist mir gut,
Drum bin ich froh und wohlgemut;
Mein Herz schlägt warm in kalter
Nacht,
Wenn es ans treue Lieb gedacht.

Jetzt bei der Lampe mildem Schein
Gehst du wohl in dein Kämmerlein
Und schickst dein Nachtgebet zum
Herrn
Auch für den Liebsten in der Fern!

Doch wenn du traurig bist und
weinst,
Mich von Gefahr umrungen meinst –
Sei ruhig! bin in Gottes Hut,
Er liebt ein treu Soldatenblut.

Die Glocke schlägt, bald naht die
Rund
Und löst mich ab zu dieser Stund;
Schlaf wohl im stillen Kämmerlein
Und denk in deinen Träumen
mein!

Reiters Morgengesang

Morgenrot,
Leuchtest mir zum frühen Tod?
Bald wird die Trompete blasen,
Dann muß ich mein Leben lassen,
Ich und mancher Kamerad.

Kaum gedacht,
Ward der Lust ein End gemacht!
Gestern noch auf stolzen Rossen,
Heute durch die Brust geschossen,
Morgen in das kühle Grab.

Ach, wie bald
Schwindet Schönheit und Gestalt!
Prahlst du gleich mit deinen
Wangen,
Die wie Milch und Purpur
prangen?
Ach, die Rosen welken all!

Darum still
Füg' ich mich, wie Gott es wil
Nun, so will ich wacker streiten
Und soll't ich den Tod erleiden,
Stirbt ein wackrer Reitersmann.

1827
Aus dem Roman «Lichtenstein»

Nikolaus Lenau

1802 – 1850

Der Unbeständige

Daß ich dies und das beginne,
Heute grad und morgen quer,
Gegen das, was heut' ich minne,
Morgen richte Spieß und Speer:

Sollte das so sehr dich wundern,
Du mein konsequenter Mann?
Keiner von den Erdenplundern
Lange mich behalten kann!

Heute bin ich zum Exempel
Ganz der Metaphysikus;
Morgen schallt in Themis Tempel
Mein unstäter Menschenfuß.

Heute steh' ich nachts am Giebel,
Suche Jungfrau, Stier und Bär;
Morgen les' ich in der Bibel,
Übermorgen im Homer.

Nikolaus Lenau

Blickt mein Geist im
Wissensdrange
Durch ein Fenster in die Welt,
O dann paßt er auch nicht lange,
Sieht er drinnen nichts erhellt;

Und er guckt zu einem andern
In die finstre Welt hinein!
Muß von hier auch weiter
wandern,
Nirgends auch nur Lampenschein!

Freilich, wenn du unabwendig
Starrest in dasselbe Loch,
Wird's vor deinem Blick lebendig,
Dein Ausharren lohnt sich doch;

Denn die Augen dir erlahmen,
Und Gespenster malen sich
In des Fensters leeren Rahmen:
1822 Und man nennt den Weisen dich.

Das Mondlicht

Dein gedenkend irr' ich einsam
Diesen Strom entlang;
Könnten lauschen wir gemeinsam
Seinem Wellenklang!

Könnten wir zusammen schauen
In den Mond empor,
Der da drüben aus den Auen
Leise taucht hervor.

Freundlich streut er meinem Blicke
Aus dem Silberschein
Stromhinüber eine Brücke
Bis zum stillen Hain. –

Wo des Stromes frohe Wellen
Durch den Schimmer ziehn,
Seh' ich, wie hinab die schnellen
Unaufhaltsam fliehn.

Aber wo im schimmerlosen
Dunkel geht die Flut,
Ist sie nur ein dumpfes Tosen,
Das dem Auge ruht. –

Daß doch mein Geschick mir
  brächte
Einen Blick von dir!
Süßes Mondlicht meiner Nächte,
Mädchen, bist du mir!

Wenn nach dir ich oft vergebens
In die Nacht gesehn,
Scheint der dunkle Strom des
  Lebens
Trauernd stillzustehn;

Nikolaus Lenau

Wenn du über seinen Wogen
Strahlest zauberhell,
Seh' ich sie dahingezogen,
Ach! nur allzuschnell!

1832

Auf dem Teich, dem regungslosen,
Weilt des Mondes holder Glanz,
Flechtend seine bleichen Rosen
In des Schilfes grünen Kranz.

Hirsche wandeln dort am Hügel,
Blicken in die Nacht empor;
Manchmal regt sich das Geflügel
Träumerisch im tiefen Rohr.

Weinend muß mein Blick sich
senken;
Durch die tiefste Seele geht
Mir ein süßes Deingedenken,
Wie ein stilles Nachtgebet!

1832
Aus «Schilf-Lieder»

Winternacht

Vor Kälte ist die Luft erstarrt,
Es kracht der Schnee von meinen
Tritten,
Es dampft mein Hauch, es klirrt
mein Bart;
Nur fort, nur immer fortgeschritten!

Wie feierlich die Gegend schweigt!
Der Mond bescheint die alten Fichten,
Die, sehnsuchtsvoll zum Tod geneigt,
Den Zweig zurück zur Erde richten.

Frost! Friere mir ins Herz hinein,
Tief in das heißbewegte, wilde!
Daß einmal Ruh mag drinnen sein,
1832 Wie hier im nächtlichen Gefilde!

Bitte

Weil, auf mir, du dunkles Auge,
Übe deine ganze Macht,
Ernste, milde, träumerische,
Unergründlich süße Nacht!

Nimm mit deinem Zauberdunkel
Diese Welt von hinnen mir,
Daß du über meinem Leben
1832 Einsam schwebest für und für!

Nikolaus Lenau

Liebesfeier

An ihren bunten Liedern klettert
Die Lerche selig in die Luft;
Ein Jubelchor von Sängern
schmettert
Im Walde, voller Blüt und Duft.

Da sind, so weit die Blicke gleiten,
Altäre festlich aufgebaut,
Und all die tausend Herzen läuten
Zur Liebesfeier dringend laut.

Der Lenz hat Rosen angezündet
An Leuchtern von Smaragd im
Dom,
Und jede Seele schwillt und
mündet
Hinüber in den Opferstrom.

1832

Der Postillion

Lieblich war die Maiennacht,
Silberwölklein flogen,
Ob der holden Frühlingspracht
Freudig hingezogen.

Schlummernd lagen Wies und
Hain,
Jeder Pfad verlassen;
Niemand als der Mondenschein
Wachte auf den Straßen.

Leise nur das Lüftchen sprach,
Und es zog gelinder
Durch das stille Schlafgemach
All der Frühlingskinder.

Heimlich nur das Bächlein schlich
Denn der Blüten Träume
Dufteten gar wonniglich
Durch die stillen Räume.

Rauher war mein Postillion,
Ließ die Geißel knallen,
Über Berg und Tal davon
Frisch sein Horn erschallen.

Und von flinken Rossen vier
Scholl der Hufe Schlagen,
Die durchs blühende Revier
Trabten mit Behagen.

Wald und Flur im schnellen Zug
Kaum gegrüßt – gemieden;
Und vorbei, wie Traumesflug,
Schwand der Dörfer Frieden

Nikolaus Lenau

Mitten in dem Maienglück
Lag ein Kirchhof innen,
Der den raschen Wanderblick
Hielt zu ernstem Sinnen.

Hingelehnt an Bergesrand
War die bleiche Mauer,
Und das Kreuzbild Gottes stand
Hoch, in stummer Trauer.

Schwager ritt auf seiner Bahn
Stiller jetzt und trüber;
Und die Rosse hielt er an,
Sah zum Kreuz hinüber:

«Halten muß hier Roß und Rad!
Mag's Euch nicht gefährden;
Drüben liegt mein Kamerad
In der kühlen Erden!

Ein gar herzlieber Gesell!
Herr, 's ist ewig schade!
Keiner blies das Horn so hell
Wie mein Kamerade!

Hier ich immer halten muß,
Dem dort unterm Rasen
Zum getreuen Brudergruß
Sein Leiblied zu blasen!»

Und dem Kirchhof sandt' er zu
Frohe Wandersänge,
Daß es in die Grabesruh'
Seinem Bruder dränge.

Und des Hornes heller Ton
Klang vom Berge wider,
Ob der tote Postillion
Stimmt' in seine Lieder. –

Weiter ging's durch Feld und Hag
Mit verhängtem Zügel;
Lang mir noch im Ohre lag
1832/33 Jener Klang vom Hügel.

Die drei Zigeuner

Drei Zigeuner fand ich einmal
Liegen an einer Weide,
Als mein Fuhrwerk mit müder Qual
Schlich durch sandige Heide.

Hielt der eine für sich allein
In den Händen die Fiedel,
Spielte, umglüht vom Abendschein,
Sich ein feuriges Liedel.

Nikolaus Lenau

Hielt der zweite die Pfeif im Mund,
Blickte nach seinem Rauche,
Froh, als ob er vom Erdenrund
Nichts zum Glücke mehr brauche.

Und der dritte behaglich schlief,
Und sein Zimbal am Baum hing,
Über die Saiten ein Windhauch lief,
Über sein Herz ein Traum ging.

An den Kleidern trugen die drei
Löcher und bunte Flicken;
Aber sie boten trotzig frei
Spott den Erdengeschicken.

Dreifach haben sie mir gezeigt,
Wenn das Leben uns nachtet,
Wie man's verraucht, verschläft,
vergeigt
Und es dreimal verachtet.

Nach den Zigeunern lang noch
schaun
Mußt' ich im Weiterfahren,
Nach den Gesichtern dunkelbraun,
Den schwarzlockigen Haaren.

1838

Frage

Bist du noch nie beim
Morgenschein erwacht
Mit schwerem Herzen, traurig und
beklommen,
Und wußtest nicht, wie du auch
nachgedacht,
Woher ins Herz der Gram dir war
gekommen?

Du fühltest nur: ein Traum war's in
der Nacht;
Des Traumes Bilder waren dir
verschwommen,
Doch hat nachwirkend ihre dunkle
Macht
Dich, daß du weinen mußtest,
übernommen.

Hast du dich einst der Erdennacht
entschwungen,
Und werden, wie du meinst, am
hellen Tage
Verloren sein des Traums
Erinnerungen:

Nikolaus Lenau

Wer weiß, ob nicht so deine Schuld
hienieden
Nachwirken wird als eine dunkle
Klage,
Und dort der Seele stören ihren
Frieden?

1838

An die Entfernte

Diese Rose pflück' ich hier
In der fremden Ferne;
Liebes Mädchen, dir, ach dir
Brächt' ich sie so gerne!

Doch bis ich zu dir mag ziehn
Viele weite Meilen,
Ist die Rose längst dahin,
Denn die Rosen eilen. –

Nie soll weiter sich ins Land
Lieb' von Liebe wagen,
Als sich blühend in der Hand
Läßt die Rose tragen;

Oder als die Nachtigall
Halme bringt zum Neste,
Oder als ihr süßer Schall
Wandert mit dem Weste.

1838

Stimme des Windes

In Schlummer ist der dunkle Wald gesunken,
Zu träge ist die Luft, ein Blatt zu neigen,
Den Blütenduft zu tragen, und es schweigen
Im Laub die Vögel und im Teich die Unken.

Leuchtkäfer nur, wie stille Traumesfunken
Den Schlaf durchgaukelnd, schimmern in den Zweigen,
Und süßer Träume ungestörtem Reigen
Ergibt sich meine Seele, schweigenstrunken.

Horch! Überraschend saust es in den Bäumen
Und ruft mich ab von meinen lieben Träumen,
Ich höre plötzlich ernste Stimme sprechen;

Nikolaus Lenau

Die aufgeschreckte Seele lauscht dem Winde
Wie Worten ihres Vaters, der dem Kinde
Zuruft, vom Spiele heimwärts aufzubrechen.

1838

Der Nachtwind hat in den Bäumen
Sein Rauschen eingestellt,
Die Vögel sitzen und träumen
Am Aste traut gesellt.

Die ferne schmächtige Quelle,
Weil alles andre ruht,
Läßt hörbar nun Welle auf Welle
Hinflüstern ihre Flut.

Und wenn die Nähe verklungen,
Dann kommen an die Reih'
Die leisen Erinnerungen
Und weinen fern vorbei.

Daß alles vorübersterbe,
Ist alt und allbekannt,
Doch diese Wehmut, die herbe,
Hat niemand noch gebannt.

1843
Aus «Waldlieder»

Abends ist's, die Wipfel wallen,
Zitternd schon im Purpurscheine,
Hier im lenzergriffnen Haine
Hör' ich noch die Liebe schallen.

Kosend schlüpfen durch die Äste
Muntre Vöglein, andre singen;
Rings des Frühlings Schwüre
klingen,
Daß die Liebe ist das Beste.

Wo die frischen Wellen fließen,
Trinken Vöglein aus der Quelle,
Keins will unerquickt zur Stelle
Seinen Tagesflug beschließen.

Wie ins dunkle Dickicht schweben
Vöglein nach dem Frühlingstage;
Süß befriedigt, ohne Klage
Möcht' ich scheiden aus dem
Leben:

Einmal nur, bevor mir's nachtet,
An den Quell der Liebe sinken,
Einmal nur die Wonne trinken,
Der die Seele zugeschmachtet –

Wie vor Nacht zur Flut sich neigen
Dort des Waldes durst'ge Sänger.
Gern dann schlief ich, tiefer, länger,
Als die Vöglein in den Zweigen.

1843
Aus «Waldlieder»

Nikolaus Lenau

Blick in den Strom

Sahst du ein Glück vorübergehn,
Das nie sich wiederfindet,
Ists gut in einen Strom zu sehn,
Wo alles wogt und schwindet.

Oh! starre nur hinein, hinein,
Du wirst es leichter missen,
Was dir, und solls dein Liebstes sein,
Vom Herzen ward gerissen.

Blick unverwandt hinab zum Fluß,
Bis deine Tränen fallen,
Und sieh durch ihren warmen Guß
Die Flut hinunterwallen.

Hinträumend wird Vergessenheit
Des Herzens Wunde schließen;
Die Seele sieht mit ihrem Leid
Sich selbst vorüberfließen.

1844

Mein Herz

Schlaflose Nacht, der Regen rauscht,
Sehr wach ist mir das Herz und lauscht
Zurück bald nach vergangnen Zeiten,
Bald horcht es, wie die künftgen schreiten.

O Herz, dein Lauschen ist nicht gut;
Sei ewig, Herz, und hochgemut!
Da hinten ruft so manche Klage,
Und vorwärts zittert manche Frage.

Wohlan! Was sterblich war, sei tot!
Naht Sturm! wohlan! – wie einst das Boot
Mit Christus Stürme nicht zerschellten,
1844 So ruht in dir der Herr der Welten.

Johann Nepomuk Vogel

1802 – 1866

Das Erkennen

Ein Wanderbursch, mit dem Stab in der Hand,
Kommt wieder heim aus dem fremden Land.

Sein Haar ist bestäubt, sein Antlitz verbrannt,
Von wem wird der Bursch wohl zuerst erkannt?

So tritt er ins Städtchen durchs alte Tor,
Am Schlagbaum lehnt just der Zöllner davor.

Der Zöllner der war ihm ein lieber Freund,
Oft hatte der Becher die beiden vereint.

Doch sieh – Freund Zollmann erkennt ihn nicht,
Zu sehr hat die Sonn' ihm verbrannt das Gesicht.

Und weiter wandert nach kurzem Gruß
Der Bursche und schüttelt den Staub vom Fuß.

Da schaut aus dem Fenster sein
Schätzel fromm:
«Du blühende Jungfrau, viel
schönen Willkomm!»

Doch sieh – auch das Mägdlein
erkennt ihn nicht,
Die Sonn' hat zu sehr ihm
verbrannt das Gesicht.

Und weiter geht er die Straß'
entlang,
Ein Tränlein hängt ihm an der
braunen Wang'.

Da wankt von dem Kirchsteig sein
Mütterchen her,
«Gott grüß' euch!» – so spricht er
und sonst nichts mehr.

Doch sieh, das Mütterchen
schluchzet voll Lust:
«Mein Sohn!» – und sinkt an des
Burschen Brust.

Wie sehr auch die Sonne sein
Antlitz verbrannt,
Das *Mutteraug'* hat ihn doch gleich
erkannt.

Julius Mosen **Andreas Hofer**

1803 – 1867

Zu Mantua in Banden
Der treue Hofer war.
In Mantua zum Tode
Führt' ihn der Feinde Schar.
Es blutete der Brüder Herz,
Ganz Deutschland, ach, in
 Schmach und Schmerz,
Mit ihm das Land Tirol.

Die Hände auf dem Rücken.
Andreas Hofer ging
Mit ruhig festen Schritten,
Ihm schien der Tod gering;
Der Tod, den er so manches Mal
Vom Iselberg geschickt ins Tal
Im heil'gen Land Tirol.

Doch als aus Kerkergittern
Im festen Mantua
Die treuen Waffenbrüder
Die Händ' er strecken sah,
Da rief er laut: «Gott sei mit euch,
Mit dem verratnen Deutschen
 Reich
Und mit dem Land Tirol!»

Dem Tambour will der Wirbel
Nicht unterm Schlägel vor,
Als nun Andreas Hofer
Schritt durch das finstre Tor;
Der Sandwirt, noch in Banden frei,
Dort stand er fest auf der Bastei,
Der Mann vom Land Tirol.

Dort soll er niederknien.
Er sprach: «Das tu' ich nit!
Will sterben, wie ich stehe,
Will sterben, wie ich stritt!
So wie ich steh' auf dieser Schanz.
Es leb' mein guter Kaiser Franz,
Mit ihm sein Land Tirol!»

Und von der Hand die Binde
Nimmt ihm der Korporal.
Andreas Hofer betet
Allhier zum letztenmal.
Dann ruft er: «Nun, so trefft mich recht!
Gebt Feuer! Ach, wie schießt ihr schlecht!
1832 Ade, mein Land Tirol!»

Anton Wilhelm von Zuccalmaglio

1803 – 1869

Schwesterlein, Schwesterlein, wann
gehn wir nach Haus?
«Morgen, wenn die Hahnen krähn,
Wolln wir nach Hause gehn,
Brüderlein, Brüderlein, dann gehn
wir nach Haus.»

Schwesterlein, Schwesterlein, wann
gehn wir nach Haus?
«Morgen, wenn der Tag anbricht,
Eh' endet die Freude nicht,
Brüderlein,
Brüderlein, der fröhliche Braus.»

Schwesterlein, Schwesterlein, wohl
ist es Zeit?
«Mein Liebster tanzt mit mir.
Geh' ich, tanzt er mit ihr.
Brüderlein, Brüderlein, laß du mich
heut.»

Schwesterlein, Schwesterlein, was
bist du blaß?
«Das macht der Morgenschein
Auf meinen Wängelein,
Brüderlein, Brüderlein, die vom
Taue naß.»

Schwesterlein, Schwesterlein, du
wankest so matt?
«Suche die Kammertür,

Suche mein Bettlein mir,
Brüderlein, es wird fein unterm
Rasen sein.»

Eduard Mörike — An einem Wintermorgen vor Sonnenaufgang

1804 – 1875

O flaumenleichte Zeit der dunkeln Frühe!
Welch neue Welt bewegest du in mir?
Was ist's, daß ich auf einmal nun in dir
Von sanfter Wollust meines Daseins glühe?

Einem Kristall gleicht meine Seele nun,
Den noch kein falscher Strahl des Lichts getroffen;
Zu fluten scheint mein Geist, er scheint zu ruhn,
Dem Eindruck naher Wunderkräfte offen,
Die aus dem klaren Gürtel blauer Luft
Zuletzt ein Zauberwort vor meine Sinne ruft.

Bei hellen Augen glaub ich doch zu
schwanken;
Ich schließe sie, daß nicht der
Traum entweiche.
Seh ich hinab in lichte Feenreiche?
Wer hat den bunten Schwarm von
Bildern und Gedanken
Zur Pforte meines Herzens
hergeladen,
Die glänzend sich in diesem Busen
baden,
Goldfarb'gen Fischlein gleich im
Gartenteiche?

Ich höre bald der Hirtenflöten
Klänge,
Wie um die Krippe jener
Wundernacht,
Bald weinbekränzter Jugend
Lustgesänge;
Wer hat das friedensselige Gedränge
In meine traurigen Wände
hergebracht?

Und welch Gefühl entzückter Stärke,
Indem mein Sinn sich frisch zur
Ferne lenkt!
Vom ersten Mark des heut'gen Tags
getränkt,
Fühl ich mir Mut zu jedem
frommen Werke.

Die Seele fliegt, so weit der Himmel reicht,
Der Genius jauchzt in mir! Doch sage,
Warum wird jetzt der Blick von Wehmut feucht?

Ist's ein verloren Glück, was mich erweicht?
Ist es ein werdendes, was ich im Herzen trage?
– Hinweg, mein Geist! Hier gilt kein Stillestehn:
Es ist ein Augenblick, und alles wird verwehn!

Dort, sieh, am Horizont lüpft sich der Vorhang schon!
Es träumt der Tag, nun sei die Nacht entflohn;
Die Purpurlippe, die geschlossen lag,
Haucht halbgeöffnet süße Atemzüge:
Auf einmal blickt das Aug', und, wie ein Gott, der Tag
Beginnt im Sprung die königlichen Flüge!

1825

Eduard Mörike

Um Mitternacht

Gelassen stieg die Nacht ans Land,
Lehnt träumend an der Berge Wand,
Ihr Auge sieht die goldne Waage nun
Der Zeit in gleichen Schalen stille ruhn;
Und kecker rauschen die Quellen hervor,
Sie singen der Mutter, der Nacht, ins Ohr
Vom Tage,
Vom heute gewesenen Tage.

Das uralt alte Schlummerlied,
Sie achtet's nicht, sie ist es müd;
Ihr klingt des Himmels Bläue süßer noch,
Der flüchtgen Stunden gleichgeschwungnes Joch.
Doch immer behalten die Quellen das Wort,
Es singen die Wasser im Schlafe noch fort
Vom Tage,
Vom heute gewesenen Tage.

1827

Nimmersatte Liebe

So ist die Lieb! So ist die Lieb!
Mit Küssen nicht zu stillen:
Wer ist der Tor und will ein Sieb
Mit eitel Wasser füllen?
Und schöpfst du an die tausend
  Jahr
Und küssest ewig, ewig gar,
Du tust ihr nie zu Willen.

Die Lieb, die Lieb hat alle Stund
Neu wunderlich Gelüsten;
Wir bissen uns die Lippen wund,
Da wir uns heute küßten.
Das Mädchen hielt in guter Ruh,
Wie's Lämmlein unterm Messer;
Ihr Auge bat: Nur immer zu!
Je weher, desto besser!

So ist die Lieb und war auch so,
Wie lang es Liebe gibt,
Und anders war Herr Salomo,
1828 Der Weise, nicht verliebt.

Eduard Mörike

Frage und Antwort

Fragst du mich, woher die bange
Liebe mir zum Herzen kam,
Und warum ich ihr nicht lange
Schon den bittern Stachel nahm?

Sprich, warum mit Geisterschnelle
Wohl der Wind die Flügel rührt,
Und woher die süße Quelle
Die verborgnen Wasser führt?
Banne du auf seiner Fährte
Mir den Wind in vollem Lauf!
Halte mit der Zaubergerte
Du die süßen Quellen auf!

1828

Er ist's

Frühling läßt sein blaues Band
Wieder flattern durch die Lüfte;
Süße, wohlbekannte Düfte
Streifen ahnungsvoll das Land.
Veilchen träumen schon,
Wollen balde kommen.
– Horch, von fern ein leiser
Harfenton!
Frühling, ja du bist's!
Dich hab' ich vernommen!

1829

An die Geliebte

Wenn ich, von deinem Anschaun
    tief gestillt,
Mich stumm an deinem heil'gen
    Wert vergnüge,
Dann hör' ich recht die leisen
    Atemzüge
Des Engels, welcher sich in dir
    verhüllt,

Und ein erstaunt, ein fragend
    Lächeln quillt
Auf meinem Mund, ob mich kein
    Traum betrüge,
Daß nun in dir, zu ewiger Genüge,
Mein kühnster Wunsch, mein
    einz'ger, sich erfüllt?

Von Tiefe dann zu Tiefen stürzt
    mein Sinn,
Ich höre aus der Gottheit nächt'ger
    Ferne
Die Quellen des Geschicks
    melodisch rauschen.

Betäubt kehr' ich den Blick nach
    oben hin,
Zum Himmel auf – da lächeln alle
    Sterne;
Ich knie, ihrem Lichtgesang zu
1830 lauschen.

Eduard Mörike

Verborgenheit

Laß, o Welt, o laß mich sein!
Locket nicht mit Liebesgaben,
Laßt dies Herz alleine haben
Seine Wonne, seine Pein!

Was ich traure, weiß ich nicht,
Es ist unbekanntes Wehe;
Immerdar durch Tränen sehe
Ich der Sonne liebes Licht.

Oft bin ich mir kaum bewußt,
Und die helle Freude zücket
Durch die Schwere, so mich drücket
Wonniglich in meine Brust.

Laß, o Welt, o laß mich sein!
Locket nicht mit Liebesgaben,
Laßt dies Herz alleine haben
Seine Wonne, seine Pein!

1832

Früh im Wagen

Es graut vom Morgenreif
In Dämmerung das Feld,
Da schon ein blasser Streif
Den fernen Ost erhellt.

Man sieht im Lichte bald
Den Morgenstern vergehn,
Und doch am Fichtenwald
Den vollen Mond noch stehn:

So ist mein scheuer Blick,
Den schon die Ferne drängt,
Noch in das Schmerzensglück
Der Abschiedsnacht versenkt.

Dein blaues Auge steht
Ein dunkler See vor mir,
Dein Kuß, Dein Hauch umweht,
Dein Flüstern mich noch hier.

An Deinem Hals begräbt
Sich weinend mein Gesicht,
Und Purpurschwärze webt
Mir vor dem Auge dicht.

Die Sonne kommt; – sie scheucht
Den Traum hinweg im Nu,
Und von den Bergen streicht
1843 Ein Schauer auf mich zu.

Eduard Mörike

Denk es, o Seele

Ein Tännlein grünet wo,
Wer weiß, im Walde;
Ein Rosenstrauch, wer sagt,
In welchem Garten?

Sie sind erlesen schon,
Denk es, o Seele,
Auf deinem Grab zu wurzeln
Und zu wachsen.

Zwei schwarze Rößlein weiden
Auf der Wiese,
Sie kehren heim zur Stadt
In muntern Sprüngen.
Sie werden schrittweis gehn

Mit deiner Leiche;
Vielleicht, vielleicht noch eh'
An ihren Hufen
Das Eisen los wird,
Das ich blitzen sehe!

um 1852

Johann Gabriel Seidl

1804 – 1875

Der tote Soldat

Auf ferner, fremder Aue,
Da liegt ein toter Soldat,
Ein ungezählter, vergess'ner,
Wie brav er gekämpft auch hat.

Es reiten viel Generale
Mit Kreuzen an ihm vorbei;
Denkt keiner, daß, der da lieget,
Auch wert eines Kreuzleins sei.

Es ist um manchen Gefallnen
Viel Frag und Jammer dort,
Doch für den armen Soldaten
Gibt's weder Träne noch Wort.

Doch ferne, wo er zu Hause,
Da sitzt, beim Abendrot,
Ein Vater voll banger Ahnung
Und sagt: «Gewiß, er ist tot!»

Da sitzt eine weinende Mutter
Und schluchzet laut: «Gott helf!
Er hat sich angemeldet:
Die Uhr blieb stehn um elf!»

Da starrt ein blasses Mädchen
Hinaus ins Dämmerlicht:
«Und ist er dahin und gestorben,
Meinem Herzen stirbt er nicht!»

Johann Gabriel Seidl

Drei Augenpaare schicken,
So heiß ein Herz nur kann,
Für den armen toten Soldaten
Ihre Tränen zum Himmel hinan.

Und der Himmel nimmt die Tränen
In einem Wölkchen auf
Und trägt sie zur fernen Aue
Hinüber in raschem Lauf

Und gießt aus der Wolke die Tränen
Aufs Haupt des Toten als Tau,
Naß er unbeweint nicht liege
Auf ferner, fremder Au.

1848

Robert Reinick

1805 – 1852

Dem Vaterland

Dem Vaterland!
Das ist ein hohes, helles Wort,
Das hallt durch unsre Herzen fort
Wie Waldesrauschen, Glockenklang,
Drommetenschmettern,
Lerchensang,
Das fällt, ein Blitz, in unsre Brust,
Zu heil'ger Flamme wird die Lust!
Dem Vaterland!

Dem Vaterland!
Das Wort gibt Flügel dir, o Herz.
Flieg auf, flieg auf, schau
niederwärts
Die Wälder, Ströme, Tal und Höhn;
O deutsches Land, wie bist du
schön!
Und überall klingt Liederschall
Und überall ein Widerhall:
Dem Vaterland!

Dem Vaterland!
Das seinen Töchtern hat beschert
Der keuschen Liebe stillen Herd,
Das seinen Söhnen gab als Hort
Die freie Tat, das treue Wort,
Das seiner Ehren blanken Schild
Zu wahren allzeit sei gewillt,
Dem Vaterland!

Robert Reinick

Dem Vaterland!
O hohes Wort, o helles Wort,
Du tön für alle Zeiten fort
Wie Waldesrauschen, Glocken-
klang,
Drommetenschmettern, Lerchen-
sang!
Zu heil'ger Flamme weih die Lust,
Solange schlägt die deutsche Brust
Dem Vaterland!
Heil dir, Heil dir, du deutsches
Land!

Kuriose Geschichte

Ich bin einmal etwas hinaus-
spaziert,
Da ist mir ein närrisch Ding
passiert.
Ich sah einen Jäger am Waldes-
hang,
Ritt auf und nieder den See entlang;
Viel Hirsche sprangen am Wege
dicht;
Was tat der Jäger? – Er schoß sie
nicht,
Er blies ein Lied in den Wald
hinein –
Nun sagt mir, ihr Leut', was soll
das sein?

Und als ich weiter bin fortspaziert,
Ist wieder ein närrisch Ding mir
passiert.
Im kleinen Kahn eine Fischerin
Fuhr stets am Waldeshange dahin;
Rings sprangen die Fischlein im
Abendlicht;
Was tat das Mädchen? – Sie fing sie
nicht,
Sie sang ein Lied in den Wald
hinein –
Nun sagt mir, ihr Leut', was soll
das sein?

Und als ich wieder zurückspaziert,
Da ist mir das närrischste Ding
passiert:
Ein leeres Pferd mir entgegenkam,
Im See ein leerer Nachen
schwamm;
Und als ich ging an den Erlen
vorbei,
Was hört' ich drinnen? – Da
flüsterten zwei,
Und's war schon spät und Monden-
schein –
Nun sagt mir, ihr Leut', was soll
das sein?

Friedrich Halm

1806 – 1871

Mein Herz, ich will dich fragen,
Was ist denn Liebe, sag? –
Zwei Seelen und ein Gedanke,
Zwei Herzen und ein Schlag!

Und sprich, woher kommt Liebe? –
Sie kommt, und sie ist da!
Und sprich, wie schwindet Liebe? –
Die war's nicht, der's geschah!

Und was ist reine Liebe?–
Die ihrer selbst vergißt!
Und wann ist Lieb am tiefsten? –
Wenn sie am stillsten ist!

Und wann ist Lieb am reichsten? –
Das ist sie, wenn sie gibt!
Und sprich, wie redet Liebe? –
Sie redet nicht, sie liebt!

Glück

Was jeder sucht und was so wen'ge
kennen,
Wonach wir alle jagen stets und
rennen,
Wofür selbst Greise glühen noch
und brennen,
Glück, was ist Glück? Wer weiß es
mir zu nennen?

Befriedigung? Das Herz kennt
keinen Frieden!
Und Ruhe? – Wem war jemals sie
beschieden?
Freiheit vielleicht? – Doch wer ist
frei hienieden?
Glück, was ist Glück? Wer hat es je
entschieden?

Dem ist es Reichtum, jener nennt
es Macht;
Dort grünt es einem in des
Lorbeers Pracht,
Der findet es in wüst
durchschwelgter Nacht,
Und dieser, wenn er sie beim Buch
durchwacht!
Glück ist, was jeder sich als Glück
gedacht!

Und träte einer nun zu mir heran
Und spräche fiebernd: Zeige mir
die Bahn
Zum Glück, zum Glück, nach dem
wir alle jagen,
Die Worte müßt ich ihm zur
Antwort sagen:

Erst liebe, was auch deine Neigung
wähle,

Friedrich Halm

Ein Weib, ein Kind, Kunst,
Wissenschaft, Natur,
Doch lieb es ganz aus voller
trunkner Seele,
Und leb und web in diesem einem
nur!

Laß ganz aus dir des Ichs
Bewußtsein schwinden,
Tauch unter wie ins Meer in dein
Empfinden,
Beglückend nur fühl selber dich
beglückt,
Gib ganz dich auf, und lerne froh
entzückt,
Je mehr du gabst, nur reicher stets
dich finden.

Dann schaffe, was es sei, nach
deinen Gaben,
Ein Lied, ein Bild; treib Handel,
führ den Pflug;
Doch mußt du hoch das Ziel
gesteckt dir haben,
Und was du leistest, sei dir nie
genug!

Laß nie die Kraft, den Willen dir
erschlaffen,
Vom Bessern dich zum Besten
aufzuraffen;

Nur wenn dein Geist nach
Fortschritt ewig geizt,
Wenn ewig ihn Vollendung lockt
und reizt,
Dann lebst du erst; es leben nur,
die schaffen!

Und dann – dann stirb, denn besser
nie erfahren
Der Liebe Glück, des Schaffens
Drang und Lust'
Als sie verglimmen fühlen in der
Brust.
Und traurig überleben, was wir
waren.

Ernst von Feuchtersleben

1806 – 1849

Nach altdeutscher Weise

Es ist bestimmt in Gottes Rat,
Daß man, was man am liebsten hat,
Muß meiden;
Wiewohl nichts in dem Lauf der
Welt
Dem Herzen, ach! so sauer fällt,
Als Scheiden! ja Scheiden!

So dir geschenkt ein Knösplein was,
So tu es in ein Wasserglas,–
Doch wisse:
Blüht morgen dir ein Röslein auf,
Es welkt wohl noch die Nacht
darauf;
Das wisse! ja wisse!

Und hat dir Gott ein Lieb beschert,
Und hältst du sie recht innig wert,
Die deine –
Es werden wohl acht Bretter sein,
Da legst du sie, wie bald! hinein;
Dann weine! ja weine!

Nur mußt du mich auch recht
verstehn,
Ja recht verstehn!
Wenn Menschen auseinandergehn,
So sagen sie: auf Wiedersehn!
Ja Wiedersehn!

Spruch

«Ist doch – rufen sie vermessen –
Nichts im Werke, nichts getan!»
Und das Große reift indessen
Still heran.

Es erscheint nun; niemand sieht es,
Niemand hört es im Geschrei:
Mit bescheidner Trauer zieht es
Still vorbei.

Lebensgewinn

Zwischen Schmerz und Freuden,
Leben, fließe hin!
Hab ich doch von beiden
Reichlichsten Gewinn!

Gottes Schönheit seh ich,
Wie ich froh bin, ein;
Holde Pflicht – versteh ich –
Soll mir Freude sein.

Kommen dann die Schmerzen –
Kommt nur immerhin!
Lehrt bereitem Herzen
Kraft und Menschensinn!

Ernst von Feuchtersleben

So, in dunkler Tage,
Wie in heller, Lauf,
Baut, aus Lust und Klage
Sich die Weisheit auf.

Rinne, Strom des Lebens,
Rinne nur so zu!
Rannst doch nicht vergebens,
Flüchtge Welle, du!

Liebe war am Quelle,
Liebe war im Hain –
Liebe wird, o Welle!
Wo du landest, sein.

Anastasius Grün (Anton Alexander Graf von Auersperg)

1806 – 1876

Unsere Zeit

Auf dem grünen Tische prangen
    Kruzifix und Kerzenlicht,
Schöff und Räte, schwarz gekleidet,
    sitzen ernst dort zu Gericht;
Denn sie luden vor die Schranken
    unsre Zeit, die Frevlerin,
Weil sie trüb und unheildrohend
    und von sturmbewegtem Sinn!

Doch es kommt nicht die Geruf'ne,
denn die Zeit, sie hat nicht Zeit,
Kann nicht stille stehn im Saale
weltlicher Gerechtigkeit,
Während sie zwei Stunden harren,
ist sie schon zwei Stunden fern,
Doch sie sendet ihren Anwalt, also
sprechend, zu den Herrn:

«Lästert nicht die Zeit, die reine!
Schmäht ihr sie, so schmäht sie
euch,
Denn es ist die Zeit dem weißen,
unbeschrieb'nen Blatte gleich;
Das Papier ist ohne Makel, doch die
Schrift darauf seid ihr!
Wenn die Schrift nicht just
erbaulich, nun, was kann das
Blatt dafür?

«Ein Pokal durchsicht'gen Glases
ist die Zeit, so hell, so rein!
Wollt des süßen Weins ihr
schlürfen, gießt nicht eure
Hefen drein!
Und es ist die Zeit ein Wohnhaus,
nahm ganz stattlich sonst sich
aus;
Freilich, seit ihr eingezogen,
scheint es oft ein Narrenhaus.

Anastasius Grün

«Seht, es ist die Zeit ein Saatfeld; –
da ihr Disteln ausgesät,
Ei, wie könnt ihr drob euch wundern,
daß es nicht voll Rosen steht!
Cäsar ficht auf solchem Felde
Schlachten der Unsterblichkeit;
Doch auch Memmen, zum Entlaufen,
ist es sattsam groß und weit.

«Zeit ist eine stumme Harfe; – prüft
ein Stümper ihre Kraft,
Heulen jammernd Hund und Kater
in der ganzen Nachbarschaft! –
Nun wohlan, so greift begeistert,
wie Amphion, fest darein,
Daß auch Strom und Wald euch
lausche, Leben fahre in den
Stein!»

Das Blatt im Buche

Ich hab eine alte Muhme,
Die ein altes Büchlein hat,
Es liegt in dem alten Buche
Ein altes, dürres Blatt.

So dürr sind wohl auch die Hände,
Die einst im Lenz ihr's gepflückt.
Was mag doch die Alte haben?
Sie weint, so oft sie's erblickt.

Friedrich Theodor Vischer

1807 – 1887

Das ersehnte Gewitter

Es glüht das Land, es lechzet
Die ausgebrannte Au,
Jedwedes Wesen ächzet
Nach einem Tropfen Tau.

O Himmel, brich! Entschließe
Dies Blau aus sprödem Stahl,
Nur Regen, Regen gieße
Herab ins schwüle Tal!

Er hört. Im Westen webet
Und spinnt ein grauer Flor;
Er ballt sich, schwillt und schwebet
Als Wolkenberg empor.

Jetzt mit den Feuerzügeln
Fährt auf der jähe Blitz;
Und auf den luft'gen Hügeln
Löst er sein Feldgeschütz.

Heut hat man baß geladen,
Es zuckt wie gestern nicht
In fahlem Schwefelfaden
Ein stumm verglühend Licht.

Wild schießt der Strahl, der grelle,
Aus dichter Wolkenwand,
Rings lodert Geisterhelle,
Der Himmel steht in Brand.

Friedrich Theodor Vischer

Es kracht. In Ketten wandern
Die dumpfen Donner fort,
Von einer Wacht zur andern
Rollt hin das Schlachtenwort.

Was atmet, rauscht und sauset?
Frischauf! Der Sturmwind naht,
Der Wald erbebt und brauset,
In Wogen geht die Saat.

Schon dampft ein Meer von
Würzen
Aus der behauchten Welt,
Und satte Wetter stürzen
Auf das geborst'ne Feld.

Frage

Einst wird die Weltposaune
dröhnen
Und mächtig aus des Engels Mund,
Ein lauter Donner, wird es tönen:
Du Erde, öffne deinen Schlund!

Sie schüttelt träumend ihre Glieder,
Und alle Gräber tun sich auf
Und geben ihre Toten wieder,
Die kommen staunend Hauf zu
Hauf.

Dann, wenn, den großen Spruch zu
sprechen,
Der Ew'ge sich vom Stuhl erhebt
Und stockend alle Herzen brechen
Und Todesangst die Welt durchbebt

Und laut erkracht des Himmels
Krone –
Dann ringsum Schweigen
fürchterlich –,
Dann will ich stehn vor seinem
Throne
Und fragen: Warum schufst du mich?

Mein Kätzlein

Man fand dich fern vom warmen
Hause,
Bedrängt von Schnee und eis'gem
Wind,
Trug dich zu meiner stillen Klause,
Verirrtes, armes Katzenkind.

Du schriest und klagtest in dem
neuen
Unheimlich bücherreichen Ort,
Doch bald verschwand dein wildes
Scheuen,
Du fühltest dich in sichrem Hort.

Friedrich Theodor Vischer

Das Spiel begann, ein lustig Jagen,
Ein Wettkampf in verwegnem
Sprung,
Ein Raufen, Purzeln, Überschlagen,
Mit welcher Grazie, welchem
Schwung!

Du dientest mir zu allen Stunden
Mit Arlecchino-Schelmerein,
Wie tief hast du die Pflicht
empfunden,
Mein dankbarer Hanswurst zu sein!

Nie war mir bang, die Witze gehen
Zum komischen Ballett dir aus,
Durch stete Fülle der Ideen
Belebtest du das ganze Haus.

Die Nase fein, die Augen helle,
Zart rosenfarb der kleine Mund,
Jedwede Linie eine Welle
Und jede Regung weich und rund.

Da kam, von Teufeln angestiftet,
Ein Mäuschen her in einer Nacht –
Du fraßest es, es war vergiftet,
Und ach, dein Schicksal war
vollbracht.

Es suchen dich die alten Freunde
In jedem Winkel aus und ein,

Du warst der liebenden Gemeinde,
Was einst der Max dem
Wallenstein.

Und leb' ich nach dem Lärm
hienieden
Noch fort auf einem stillen Stern,
Sei auch in Gnaden herbeschieden
Das Kätzlein zu dem alten Herrn.

Humor

Man spricht von Humor jetzt oft
und viel
Und denkt dabei nur an ein leeres
Spiel.
Mancher kursiert als Humorist,
Der nichts weiter als Spaßmacher
ist,
Nichts ahnt von dem inneren
Widerspruch,
Von dem Zickzack, dem tiefen
Bruch,
Der durch das ganze Weltall dringt,
Daß man immer fürchtet: es
zerspringt,
Während die also geborstne Welt
Doch immer noch steht und
zusammenhält ...
Hat aber einer die Geistesmacht,

Friedrich Theodor Vischer

Die scharf durchschaut und doch heiter lacht,
Bleibt er fest und verzweifelt nie,
Hat er mehr als Witz, hat er Phantasie,
Versteht er über sich selbst zu schweben,
Sich selber dem Lachen preiszugeben:
Dem sei es gegönnt von ganzem Herzen,
Auf einmal einfach närrisch zu scherzen,
Ohne versteckte Gedankentiefen
Seine Freude zu haben am Naiven.

Zu spät

Sie haben dich fortgetragen,
Ich kann es dir nicht mehr sagen,
Wie oft ich bei Tag und Nacht
Dein gedacht,
Dein und was ich dir angetan
Auf dunkler Jugendbahn.
Ich habe gezaudert, versäumet,
Hab' immer von Frist geträumet;
Über den Hügel der Wind nun weht:
Es ist zu spät.

Bald

Es währt noch eine kurze Weile,
Daß du durch diese Straße gehst
Hinauf, herab die lange Zeile,
Und manchmal grüßend
stillestehst.

Bald wird der ein' und andre sagen:
Den Alten sehen wir nicht mehr,
Er ging an kalt' und warmen Tagen
Doch hier sein Stündchen hin und
her.

Es sei! Des Lebens volle Schalen
Hab' ich geneigt an meinen Mund,
Und auch des Lebens ganze Qualen
Hab' ich geschmeckt bis auf den
Grund.

Getan ist manches, was ich sollte,
Nicht spurlos lass' ich meine Bahn;
Doch manches, was ich sollt' und
wollte,
Wie manches ist noch ungetan!

Wohl sinkt sie immer noch zu
frühe
Herab, die wohlbekannte Nacht,
Doch wer mit aller Sorg und Mühe
Hat je sein Tagewerk vollbracht!

Friedrich Theodor Vischer

Schau um dich! Sieh die hellen
Blicke,
Der Wangen jugendfrisches Blut,
Und sage dir: In jede Lücke
Ergießt sich junge Lebensglut.

Es ist gesorgt, brauchst nicht zu
sorgen;
Mach Platz, die Menschheit stirbt
nicht aus.
Sie feiert ewig neue Morgen,
Du steige fest ins dunkle Haus!

Wenn Gift und Galle die Welt dir
beut,
Und du möchtest das Herz dir
gesund bewahren:
Mach andern Freude! Du wirst
erfahren,
Daß Freude freut.

Greisenglück

Wie man das Alter auch mag
verklagen,
Wieviel Übles auch von ihm sagen,
Die Ehre muß man ihm dennoch
geben,

Daß es uns gönnt, noch das zu
erleben,
Wie es tut, sich fühlt und schmeckt,
Wenn sie, die uns so toll geschreckt,
Verbellt, gejagt, durch die Wälder
gehetzt,
Wenn sie nun endlich zu guter
Letzt,
Abläßt von ihrer keuchenden
Beute,
Die Jägerin mit der grimmigen
Meute,
Die wilde Jägerin Leidenschaft.
Es schmeckt wie ein kühlender
Labesaft,
Es schmeckt wie ein Schläfchen
nach Tische gut,
Wo man so sanft einnicken tut.
Also, ihr Leidenschaften, ade!
Euer Abschied tut mir nicht weh!
Doch eine will ich behalten, eine:
Den Zorn auf das Schlechte, das
Gemeine.

Wie hoch die Welt sich bäumet,
Wie laut auf breiter Spur
Das Leben schäumet,
Uns alle träumet
Der Weltgeist nur.

David Friedrich Strauss

1808 – 1874

Ermunterung

Fort mit deinem alten Laster!
Allen Mißmut ausgefegt!
Für die Wunden, die es schlägt,
Reicht das Leben auch das Pflaster.

Riß der Strom hinweg die Brücke,
Mutig in den Kahn hinein!
Nahm die Kugel dir ein Bein,
Greife rüstig nach der Krücke!

Abschied

Du nimmst als Strebenden
Den kranken Mann,
Siehst als noch Lebenden
Den Toten an.
O rufe nicht zur Wehr,
Mich nicht zum Tun;
Mir ziemt kein Kämpfen mehr,
Mir ziemt nur Ruhn.

Lieg ich im Bette hier
Wie in der Gruft,
Steigt der Gedanke mir
Hoch in die Luft;
Ich überschau als Schwan
Mit Vogelblick
Des Lebens wirre Bahn
Und mein Geschick.

Nicht war, was ich geschafft,
Allwege gut.
Ach, bald gebrach's an Kraft
Und bald an Mut.
Hier von des Glückes Huld
Ward ich begrüßt;
Dort hab' ich eigne Schuld
Wie schwer gebüßt.

Das, halb im Traume, geht
An mir vorbei,
Mein Leben ist verweht,
Und ich bin frei.
Was blieb dir, Seele, nun,
Als daß mit Ernst
Du in dir selber ruhn,
Du sterben lernst?

Letzter Hauch

Wem ich dieses klage,
Weiß, ich klage nicht;
Der ich dieses sage,
Fühlt, ich zage nicht.

Heute heißt's: verglimmen,
Wie ein Licht verglimmt,
In der Luft verschwimmen,
Wie ein Ton verschwimmt.

David Friedrich Strauss

Möge schwach wie immer,
Aber hell und rein
Dieser letzte Schimmer,
Dieser Ton nur sein.

Eduard Maria Oettinger

1808 – 1872

Champagner

Fünfmalhunderttausend Teufel
Kamen einstens in die Welt,
Aber ach! die armen Teufel
Hatten keinen Heller Geld.
Alle fingen an zu winseln,
Alle fingen an zu schrein.
Keiner von den armen Pinseln
Wußte weder aus noch ein.

Da sprach Pipifax der Kleine:
Ihr seid dumm wie Bohnenstroh;
Ich allein, ja, ich alleine
Bin ein Teufel comme il faut!
Ihr habt Durst und nichts zu
trinken,
Freilich ist das Teufelsqual.
Seht ihr dort nicht Fenster blinken?
Dorten winkt uns der Pokal.

Hurra! schrien alle Teufel
Und spazierten stracks hinein,
Leerten schnell zehntausend
  Flaschen
Von dem allerbesten Wein,
Sangen drauf im wilden Chore:
Nichts geht über Lieb' und Wein!
Und sie tranken con amore
In die späte Nacht hinein.

Als der Hahn fing an zu krähen
Und die Flaschen alle leer
Und die Teufel schon betrunken,
Da kam Satanas daher.
Sperrte in die leeren Flaschen
Die betrunknen Teufel ein
Und verpichte dann die Flaschen,
Zwängt' mit Draht die Pfropfen ein.

Fünfmalhunderttausend Teufel
Sind in Flaschen festgebannt,
Jede dieser Teufelsflaschen
Wird Champagnerwein genannt.
Wenn die Stöpsel munter knallen,
Öffnet sich der Freude Schoß,
Lieder ringsherum erschallen,
Ja, dann ist der Teufel los.

Franz Kugler **Rudelsburg**

1808 – 1858

An der Saale hellem Strande
Stehen Burgen stolz und kühn,
Ihre Dächer sind gefallen,
Und der Wind streicht durch die
   Hallen,
Wolken ziehen drüber hin.

Zwar die Ritter sind verschwunden,
Nimmer klingen Speer und Schild;
Doch dem Wandersmann
   erscheinen
In den altbemoosten Steinen
Oft Gestalten zart und mild.

Droben winken schöne Augen,
Freundlich lacht manch roter
   Mund,
Wandrer schaut wohl in die Ferne,
Schaut in holder Augen Sterne,
Herz ist heiter und gesund.

Und der Wandrer zieht von
   dannen,
Denn die Trennungsstunde ruft;
Und er singet Abschiedslieder,
Lebewohl tönt ihm hernieder,
Tücher wehen in der Luft.

August Schnezler

1809 – 1853

Gold und Silber

Gold und Silber lieb' ich sehr,
Kann's auch gut gebrauchen,
Hätt' ich nur ein ganzes Meer,
Mich hineinzutauchen;
's braucht nicht grad geprägt zu
sein,
Hab's auch so ganz gerne,
Sei's des Mondes Silberschein,
Sei's das Gold der Sterne.

Doch viel schöner ist das Gold,
Das vom Lockenköpfchen
Meines Liebchens niederrollt
In zwei blonden Zöpfchen.
Darum, du, mein liebes Kind,
Laß uns herzen, küssen,
Bis die Locken silbern sind,
Und wir scheiden müssen.

Seht, wie blinkt der goldne Wein
Hier in meinem Becher;
Horcht, wie klingt so silberrein
Froher Sang der Zecher;
Daß die Zeit einst golden war,
Will ich nicht bestreiten,
Denk' ich doch im Silberhaar
Gern vergangner Zeiten ...

1828

Julius Hammer

1810 – 1862

Spruch

Fester Grund sei deinem Ich:
Nie dein Wort zu brechen;
Drum vor allem hüte dich,
Großes zu versprechen.

Aber, auf dich selbst gestellt,
Handle groß im Leben,
Gleich als hättest du der Welt
Drauf dein Wort gegeben.

Stör' nicht den Traum der Kinder

Stör' nicht den Traum der Kinder,
Wenn eine Lust sie herzt;
Ihr Weh schmerzt sie nicht minder,
Als dich das deine schmerzt.

Es trägt wohl mancher Alte,
Des Herz längst nicht mehr flammt,
Im Antlitz eine Falte,
Die aus der Kindheit stammt.

Leicht welkt die Blum', eh's Abend,
Weil achtlos du verwischt
Den Tropfen Tau, der labend
Am Morgen sie erfrischt.

Spätes Erkennen

Siehst du den Stern am Himmel
stehn?
Dich freut's, wenn er dich anblickt
mild;
Doch mußt' er lang herniedersehn,
Eh' deinen Blick erreicht sein Bild.

So ging auch mancher Seele auf
Ein Stern des Glücks, sie wußt' es
nicht,
Und erst nach vieler Jahre Lauf
Empfindet sie sein Segenslicht.

Ferdinand Freiligrath

1810 – 1876

Die Auswanderer

Ich kann den Blick nicht von euch
wenden;
Ich muß euch anschaun immerdar;
Wie reicht ihr mit geschäft'gen
Händen
Dem Schiffer eure Habe dar!

Ihr Männer, die ihr von dem
Nacken
Die Körbe langt, mit Brot
beschwert,
Das ihr, aus deutschem Korn
gebacken,
Geröstet habt auf deutschem Herd;

Und ihr, im Schmuck der langen
Zöpfe,
Ihr Schwarzwaldmädchen, braun
und schlank,
Wie sorgsam stellt ihr Krüg' und
Töpfe
Auf der Schaluppe grüne Bank!

Das sind dieselben Töpf' und
Krüge,
Oft an der Heimat Born gefüllt;
Wenn am Missouri alles schwiege,
Sie malten euch der Heimat Bild;

Des Dorfes steingefaßte Quelle,
Zu der ihr schöpfend euch gebückt;
Des Herdes traute Feuerstelle,
Das Wandgesims, das sie
geschmückt;

Bald zieren sie im fernen Westen
Des leichten Bretterhauses Wand;
Bald reicht sie müden braunen
Gästen,
Voll frischen Trunkes, eure Hand.

Es trinkt daraus der Tscherokese,
Ermattet, von der Jagd bestaubt;
Nicht mehr von deutscher
Rebenlese
Tragt ihr sie heim, mit Grün belaubt.

O sprecht! warum zogt ihr von
dannen?
Das Neckartal hat Wein und Korn;
Der Schwarzwald steht voll finstrer
Tannen,
Im Spessart klingt des Älplers Horn.

Wie wird es in den fremden
Wäldern
Euch nach der Heimatberge Grün,
Nach Deutschlands gelben
Weizenfeldern,
Nach seinen Rebenhügeln ziehn!

Ferdinand Freiligrath

Wie wird das Bild der alten Tage
Durch eure Träume glänzend wehn!
Gleich einer stillen, frommen Sage
Wird es euch vor der Seele stehn.

Der Bootsmann winkt! – Zieht hin in Frieden!
Gott schütz euch, Mann und Weib und Greis!
Sei Freude eurer Brust beschieden,
Und euren Feldern Reis und Mais!

1832

Der Liebe Dauer

O lieb, solang du lieben kannst!
O lieb, solang du lieben magst!
Die Stunde kommt, die Stunde kommt,
Wo du an Gräbern stehst und klagst.

Und sorge, daß dein Herze glüht
Und Liebe hegt und Liebe trägt,
Solang ihm noch ein andres Herz
In Liebe warm entgegenschlägt.

Und wer dir seine Brust erschließt,
O tu ihm, was du kannst, zulieb,
Und mach ihm jede Stunde froh,
Und mach ihm keine Stunde trüb!

Und hüte deine Zunge wohl!
Bald ist ein böses Wort gesagt.
O Gott, es war nicht bös gemeint –
Der andre aber geht und klagt.

O lieb, solang du lieben kannst!
O lieb, solang du lieben magst!
Die Stunde kommt, die Stunde
kommt,
Wo du an Gräbern stehst und
klagst.

Dann kniest du nieder an der Gruft
Und birgst die Augen, trüb und
naß,
– Sie sehn den andern
nimmermehr –
Ins lange, feuchte Kirchhofgras

Und sprichst: «O schau auf mich
herab,
Der hier an deinem Grabe weint!
Vergib, daß ich gekränkt dich hab!
O Gott, es war nicht bös gemeint.»

Er aber sieht und hört dich nicht,
Kommt nicht, daß du ihn froh
umfängst;
Der Mund, der oft dich küßte,
spricht
Nie wieder: «Ich vergab dir längst.»

Ferdinand Freiligrath

Er tat's, vergab dir lange schon;
Doch manche heiße Träne fiel
Um dich und um dein herbes Wort.
Doch still – er ruht, er ist am Ziel.

O lieb, solang du lieben kannst!
O lieb, solang du lieben magst!
Die Stunde kommt, die Stunde kommt,
Wo du an Gräbern stehst und klagst.

um 1840

Arbeit

Wer den wucht'gen Hammer schwingt,
Wer im Felde mäht die Ähren,
Wer ins Mark der Erde dringt,
Weib und Kinder zu ernähren,
Wer stroman den Nachen zieht,
Wer bei Woll' und Werg und Flachse
Hinterm Webestuhl sich müht,
Daß sein blonder Junge wachse: –
Jedem Ehre, jedem Preis!
Ehre jeder Hand voll Schwielen!
Ehre jedem Tropfen Schweiß,
Der in Hütten fällt und Mühlen!
Ehre jeder nassen Stirn
Hinterm Pfluge! – Doch auch dessen,
Der mit Schädel und mit Stirn
Hungernd pflügt, sei nicht vergessen!

Aus «Requiescat»

Hermann von Gilm

1812 – 1864

Die Nacht

Aus dem Walde tritt die Nacht,
An den Bäumen schleicht sie leise,
Schaut sich um im weiten Kreise –
Nun gib acht!

Alle Lichter dieser Welt,
Alle Blumen, alle Farben
Löscht sie aus und stiehlt die
Garben
Weg vom Feld.

Alles nimmt sie, was nur hold;
Nimmt das Silber weg des Stromes,
Nimmt vom Kupferdach des Domes
Weg das Gold.

Ausgeplündert steht der Strauch –
Rücke näher, Seel' an Seele,
O die Nacht, mir bangt, sie stehle
Dich mir auch.

Hermann von Gilm

Die Georgine

Warum so spät erst, Georgine?
Das Rosenmärchen ist erzählt,
Und honigsatt hat sich die Biene
Das Bett zum Schlummer schon
gewählt.

Sind nicht zu lang dir diese Nächte,
Die Tage nicht zu schnell dahin?
Wenn ich dir jetzt den Frühling
brächte,
Du feuergelbe Träumerin!

Wenn ich mit Maitau dich benetzte,
Begrösse dich mit Juni-Licht!
Doch ach, dann wärst du nicht die
Letzte,
Die stolze Einzige auch nicht.

Du spät gebornes Kind der Sonne,
Ich reich dir brüderlich die Hand,
Ich hab des Lebens Frühlings-
Wonne
Wie du den Maitag nie gekannt.

Und spät wie dir, du feuergelbe,
Stahl sich die Liebe mir ins Herz,
Ob spät, ob früh, es ist dasselbe
Entzücken und derselbe Schmerz.

Allerseelen

Stell auf den Tisch die duftenden
Reseden,
Die letzten roten Astern trag herbei
Und laß uns wieder von der Liebe
reden
Wie einst im Mai.

Gib mir die Hand, daß ich sie
heimlich drücke,
Und wenn man's sieht, mir ist es
einerlei,
Gib mir nur einen deiner süßen
Blicke
Wie einst im Mai.

Es blüht und funkelt heut auf
jedem Grabe,
Ein Tag im Jahre ist den Toten frei;
Komm an mein Herz, daß ich dich
wieder habe,
Wie einst im Mai.

Heinrich von Mühler

1813 – 1874

Bedenklichkeiten

Grad aus dem Wirtshaus nun
komm' ich heraus;
Straße, wie wunderlich siehst du
mir aus!
Rechter Hand, linker Hand, beides
vertauscht;
Straße, ich merke wohl, du bist
berauscht.

Was für ein schief Gesicht, Mond,
machst denn du?
Ein Auge hat er auf, eins hat er zu;
Du wirst betrunken sein, das seh'
ich hell;
Schäme dich, schäme dich, alter
Gesell!

Und die Laternen erst – was muß
ich sehn! –
Die können alle nicht grade mehr
stehn;
Wackeln und fackeln die Kreuz und
die Quer,
Scheinen betrunken mir allesamt
schwer.

Alles im Sturme rings, großes und
klein;
Wag' ich darunter mich nüchtern
allein?
Das scheint bedenklich mir, eine
Wagestück;
Da geh' ich lieber ins Wirtshaus
zurück.

um 1840

Richard Wagner

1813 – 1883

Gralslied

Im fernen Land, unnahbar euren
Schritten,
Liegt eine Burg, die Monsalvat
genannt.
Ein lichter Tempel stehet dort
inmitten,
So kostbar, wie auf Erden nichts
bekannt:
Drin ein Gefäß von wundertät'gem
Segen
Wird dort als höchstes Heiligtum
bewacht;
Es ward, daß sein der Menschen
reinste pflegen,
Herab von einer Engelschar
gebracht.

Richard Wagner

Alljährlich naht vom Himmel eine Taube,
Um neu zu stärken seine Wunderkraft:
Es heißt der Gral, und selig reinster Glaube
Erteilt durch ihn sich seiner Ritterschaft.
Wer nun dem Gral zu dienen ist erkoren,
Den rüstet er mit überird'scher Macht;
An ihm ist jedes Bösen Trug verloren,
Wenn er ihn sieht, weicht dem des Todes Nacht.
Selbst wer von ihm in ferne Land' entsendet,
Zum Streiter für der Tugend Recht ernannt,
Dem wird nicht seine heil'ge Kraft entwendet,
Bleibt als sein Ritter dort er unerkannt.

Aus «Lohengrin»

Friedrich Hebbel

1813 – 1863

Höchstes Gebot

Hab Achtung vor dem
Menschenbild
Und denke, daß, wie auch
verborgen,
Darin für irgendeinen Morgen
Der Keim zu allem Höchsten
schwillt!

Hab Achtung vor dem
Menschenbild
Und denke, daß, wie tief er stecke,
Ein Hauch des Lebens, der ihn
wecke,
Vielleicht aus deiner Seele quillt!

Hab Achtung vor dem
Menschenbild!
Die Ewigkeit hat eine Stunde,
Wo jegliches dir eine Wunde
Und, wenn nicht die, ein Sehnen
stillt!

Nachtlied

Quellende, schwellende Nacht,
Voll von Lichtern und Sternen:
In den ewigen Fernen,
Sage, was ist da erwacht?

Herz in der Brust wird beengt,
Steigendes, neigendes Leben,
Riesenhaft fühle ich's weben,
Welches das meine verdrängt.

Schlaf, da nahst du dich leis,
Wie dem Kinde die Amme,
Und um die dürftige Flamme
Ziehst du den schützenden Kreis.

Erleuchtung

In unermeßlich tiefen Stunden
Hast du, in ahnungsvollem
Schmerz,
Den Geist des Weltalls nie
empfunden,
Der niederflammte in dein Herz?

Jedwedes Dasein zu ergänzen
Durch ein Gefühl, das ihn umfaßt,
Schließt er sich in die engen
Grenzen
Der Sterblichkeit als reichster Gast.

Da tust du in die dunkeln Risse
Des Unerforschten einen Blick
Und nimmst in deine Finsternisse
Ein leuchtend Bild der Welt zurück;

Du trinkst das allgemeinste Leben,
Nicht mehr den Tropfen, der dir
floß,
Und ins Unendliche verschweben
Kann leicht, wer es im Ich genoß.

Abendgefühl

Friedlich bekämpfen
Nacht sich und Tag.
Wie das zu dämpfen,
Wie das zu lösen vermag!

Der mich bedrückte,
Schläfst du schon, Schmerz?
Was mich beglückte,
Sage, was war's doch, mein Herz?

Freude wie Kummer,
Fühl ich, zerrann,
Aber den Schlummer
Führten sie leise heran.

Und im Entschweben
Immer empor,
Kommt mir das Leben
Ganz wie ein Schlummerlied vor.

Friedrich Hebbel

Requiem

Seele, vergiß sie nicht,
Seele, vergiß nicht die Toten!

Sieh, sie umschweben dich,
Schauernd, verlassen,
Und in den heiligen Gluten,
Die den Armen die Liebe schürt,
Atmen sie auf und Erwarmen
Und genießen zum letztenmal
Ihr verglimmendes Leben.

Seele, vergiß sie nicht,
Seele, vergiß nicht die Toten!

Sieh, sie umschweben dich,
Schauernd, verlassen,
Und wenn du dich erkaltend
Ihnen verschließest, erstarren sie
Bis hinein in das Tiefste.
Dann ergreift sie der Sturm der Nacht,
Dem sie, zusammengekrampft in sich,
Trotzten im Schoß der Liebe,
Und er jagt sie mit Ungestüm
Durch die unendliche Wüste hin,
Wo nicht Leben mehr ist, nur Kampf
Losgelassener Kräfte
Um erneuertes Sein!

Seele, vergiß sie nicht,
Seele, vergiß nicht die Toten!

Ich und du

Wir träumten voneinander
Und sind davon erwacht,
Wir leben, um uns zu lieben,
Und sinken zurück in die Nacht.

Du tratst aus meinem Traume,
Aus deinem trat ich hervor,
Wir sterben, wenn sich eines
Im andern ganz verlor.

Auf einer Lilie zittern
Zwei Tropfen, rein und rund,
Zerfließen in eins und rollen
Hinab in des Kelches Grund.

Sommerbild

Ich sah des Sommers letzte Rose
stehn,
Sie war, als ob sie bluten könne,
rot;
Da sprach ich schauernd im
Vorübergehn:
So weit im Leben ist zu nah am Tod!

Friedrich Hebbel

Es regte sich kein Hauch am heißen Tag,
Nur leise strich ein weißer Schmetterling;
Doch ob auch kaum die Luft sein Flügelschlag
Bewegte, sie empfand es und verging!

Herbstbild

Dies ist ein Herbsttag, wie ich keinen sah!
Die Luft ist still, als atmete man kaum,
Und dennoch fallen raschelnd, fern und nah,
Die schönsten Früchte ab von jedem Baum.

O stört sie nicht, die Feier der Natur!
Dies ist die Lese, die sie selber hält;
Denn heute löst sich von den Zweigen nur,
Was von dem milden Strahl der Sonne fällt.

Das Geheimnis der Schönheit

Das ist es, das an alle deine
 Schritte
Uns fesselt und das Herz uns
 schwellt,
Und uns zugleich in diese reine
 Mitte
Von heil'ger Scheu und süßer
 Neigung stellt.

Zwar scheinst du wie aus einer
 lichtern Sphäre
In unsre Nacht hinabgetaucht,
Als ob der Duft in dir verleiblicht
 wäre,
Den still der Lotos in die Lüfte
 haucht.

Doch ist's nicht dieser Zauber, der
 uns bindet,
Uns trifft ein höherer durch ihn,
Bei dem die Seele schauernd
 vorempfindet,
Wie alle Welten ihre Bahnen
 zieh'n.

Du magst dein Auge senken oder
 heben,
Den Reigen führen oder ruh'n,

Friedrich Hebbel

So spiegelt sich das allgemeine Leben,
Dir selbst Geheimnis, ab in deinem Tun.

Du bist der Schmetterling, der auf den Flügeln
Den Schlüssel zu der Schöpfung trägt
Und sie im Gaukeln über Au'n und Hügeln
Vorm Strahl der Sonne auseinander schlägt.

Du folgst nur einem flüchtigen Verlangen,
Nur einer Wallung der Natur,
Wenn wir mit trunk'nen Blicken an dir hangen,
Als zög' ein neuer Stern die erste Spur.

Du pflückst in einer kindlich-leichten Regung
Dir Blüte oder Frucht vom Baum
Und weckst durch eine liebliche Bewegung
In uns den früh'sten Paradieses-Traum.

Heil uns, daß du in unbewußtem
Walten,
Wenn du auch selbst nur spielen
willst,
Durch deiner Schönheit
leuchtendes Entfalten
In uns das ewige Bedürfnis stillst.

Das Heiligste

Wenn zwei sich in einander still
versenken,
Nicht durch ein schnödes Feuer
aufgewiegelt,
Nein, keusch in Liebe, die die
Unschuld spiegelt,
Und schamhaft zitternd, während
sie sich tränken,

Dann müssen beide Welten sich
verschränken,
Dann wird die Tiefe der Natur
entriegelt,
Und aus dem Schöpfungsborn, im
Ich entsiegelt,
Springt eine Welle, die die Sterne
lenken.

Friedrich Hebbel

Was in dem Geist des Mannes, ungestaltet,
Und in der Brust des Weibes, kaum empfunden,
Als Schönstes dämmerte, das muß sich mischen;

Gott aber tut, die eben sich entfaltet,
Die lichten Bilder seiner jüngsten Stunden
Hinzu, die unverkörperten und frischen.

Welt und Ich

Im großen ungeheuren Ozeane
Willst du, der Tropfe, dich in dich verschließen?
So wirst du nie zur Perl zusammenschießen,
Wie dich auch Fluten schütteln und Orkane!

Nein! öffne deine innersten Organe
Und mische dich im Leiden und Genießen
Mit allen Strömen, die vorüberfließen;
Dann dienst du dir und dienst dem höchsten Plane.

Und fürchte nicht, so in die Welt
versunken,
Dich selbst und dein Ureignes zu
verlieren:
Der Weg zu dir führt eben durch
das Ganze!

Erst wenn du kühn von jedem
Wein getrunken,
Wirst du die Kraft im tiefsten
Innern spüren,
Die jedem Sturm zu stehn vermag
im Tanze!

Emanuel Geibel

1815 – 1884

Wanderlied

Der Mai ist gekommen, die Bäume
schlagen aus,
Da bleibe, wer Lust hat, mit Sorgen
zu Haus!
Wie die Wolken dort wandern am
himmlischen Zelt,
So steht auch mir der Sinn in die
weite, weite Welt.

Emanuel Geibel

Herr Vater, Frau Mutter, daß Gott
euch behut!
Wer weiß, wo in der Ferne mein
Glück mir noch blüht!
Es gibt so manche Straße, die
nimmer ich marschiert,
Es gibt so manchen Wein, den ich
nimmer noch probiert.

Frisch auf drum, frisch auf im
hellen Sonnenstrahl
Wohl über die Berge, wohl durch
das tiefe Tal!
Die Quellen erklingen, die Bäume
rauschen all,
Mein Herz ist wie ’ne Lerche und
stimmet ein mit Schall.

Und abends im Städtlein, da kehr’
ich durstig ein:
«Herr Wirt, Herr Wirt, eine Kanne
blanken Wein!
Ergreife die Fiedel, du lustger
Spielmann du!
Von meinem Schatz das Liedel, das
sing’ ich dazu!»

Und find’ ich keine Herberg’, so
lieg’ ich zur Nacht
Wohl unter blauem Himmel, die
Sterne halten Wacht.

Im Winde die Linde, die rauscht
mich ein gemach,
Es küsset in der Frühe das
Morgenrot mich wach.

O Wandern, o Wandern, du freie
Burschenlust!
Dir weht Gottes Odem so frisch in
die Brust;
Da singet und jauchzet das Herz
zum Himmelszelt:
Wie bist du doch so schön, o du
weite, weite Welt!

Hoffnung

Und dräut der Winter noch so sehr
Mit trotzigen Gebärden,
Und streut er Eis und Schnee
umher,
Es muß doch Frühling werden.

Blast nur, ihr Stürme, blast mit
Macht,
Mir soll darob nicht bangen,
Auf leisen Sohlen über Nacht
Kommt doch der Lenz gegangen.

Emanuel Geibel

Drum still! Und wie es frieren mag,
O Herz, gib dich zufrieden,
Es ist ein großer Maientag
Der ganzen Welt beschieden.

Und wenn dir oft auch bangt und graut,
Als sei die Höll' auf Erden,
Nur unverzagt auf Gott vertraut!
Es muß doch Frühling werden.

Mittagszauber

Im Garten wandelt hohe Mittagszeit,
Der Rasen glänzt, die Wipfel schatten breit;
Von oben sieht, getaucht in Sonnenschein
Und leuchtend Blau, der alte Dom herein.

Am Birnbaum sitzt mein Töchterchen im Gras;
Die Märchen liest sie, die als Kind ich las;
Ihr Antlitz glüht, es ziehn durch ihren Sinn
Schneewittchen, Däumling, Schlangenkönigin.

Kein Laut von außen stört; 's ist
Feiertag –
Nur dann und wann vom Turm ein
Glockenschlag!
Nur dann und wann der
mattgedämpfte Schall
Im hohen Gras von eines Apfels
Fall!

Da kommt auf mich ein Dämmern
wunderbar,
Gleichwie im Traum verschmilzt,
was ist und war:
Die Seele löst sich und verliert sich
weit
Ins Märchenreich der eignen
Kinderzeit.

Herbstlich sonnige Tage

Herbstlich sonnige Tage,
Mir beschieden zur Lust,
Euch mit leiserem Schlage
Grüßt die atmende Brust.

O wie waltet die Stunde
Nun in seliger Ruh'!
Jede schmerzende Wunde
Schließet leise sich zu.

Emanuel Geibel

Nur zu rasten, zu lieben,
Still an sich selber zu baun,
Fühlt sich die Seele getrieben
Und mit Liebe zu schaun.

Jedem leisen Verfärben
Lausch' ich mit stillem Bemühn,
Jedem Wachsen und Sterben,
Jedem Welken und Blühn.

Was da webet im Ringe,
Was da blüht auf der Flur,
Sinnbild ewiger Dinge
Ist's dem Schauenden nur.

Jede sprossende Pflanze,
Die mit Düften sich füllt,
Trägt im Kelche das ganze
Weltgeheimnis verhüllt.

Nun die Schatten dunkeln

Nun die Schatten dunkeln,
Stern an Stern erwacht;
Welch ein Hauch der Sehnsucht
Flutet in der Nacht.

Durch das Meer der Träume
Steuert ohne Ruh,
Steuert meine Seele
Deiner Seele zu.

Nach langen Jahren

Ach, noch einmal diese Töne,
Die mir Flügel in das schöne
Zauberland der Jugend sind!
Laß sie schwellen voll und leise!
Diese Weise
Sang einst deine Mutter, Kind.

Am Klavier, dort in der Nische
Saß sie, wenn des Abends Frische
Klar ins offne Fenster drang;
Golden wobs um ihre Locken,
Und wie Glocken
Schwebte wogend ihr Gesang.

Ach, das war vor langen Jahren,
Eh ich in die Welt gefahren;
Hoch im Sturm noch trieb mein
 Herz;
Aber stets bei ihrem Liede
Kam ein Friede
In des Jünglings Lust und Schmerz.

Grau jetzt mit gedämpftem Feuer
Kehr ich wieder; die mir teuer
Gingen alle fast zur Ruh;
Sie auch schläft, die süße Rose,
Unterm Moose,
Doch ihr Ebenbild bist du.

Emanuel Geibel

Singe, Kind, und in die blauen
Augen laß mich tief dir schauen!
Jugendheimwärts träumt mein Sinn,
Und von längst entschwundnen Lenzen
Zieht ein Glänzen
Durch die müde Brust dahin.

Georg Herwegh

1817 – 1875

Auf!

Liebesketten kannst du brechen,
Doch die andem brichst du nicht?
Kannst zum Haß in Liebe sprechen?
Rufst die Liebe zum Gericht?
Muß das Herz zugrunde gehen,
Wenn der Geist soll auferstehen?
Himmel, Himmel, uns zu retten,
Brich zuerst die alten Ketten!
Auf! Auf!

Herz und Liebe sind zersprungen,
Haß und Hände sind noch ganz!
Schwing das Schwert, wenn du gesungen,
Führ dein Liebchen auch zum Tanz!

Laß sie doch am Fels zerschellen –
Stolzer rauschen fort die Wellen,
Brich nur, Herz, und ziehe weiter!
Freiheit braucht noch manchen
Streiter!
Auf! Auf!

Strophen aus der Fremde

Ich möchte hingehn wie das
Abendrot
Und wie der Tag mit seinen letzten
Gluten –
O leichter, sanfter, ungefühlter
Tod! –
Mich in den Schoß des Ewigen
verbluten.

Ich möchte hingehn wie der heitre
Stern,
Im vollsten Glanz, in
ungeschwächtem Blinken;
So stille und so schmerzlos möchte
gern
Ich in des Himmels blaue Tiefe
sinken.

Georg Herwegh

Ich möchte hingehn wie der Blume
Duft,
Der freudig sich dem schönen
Kelch entringet
Und auf dem Fittich
blütenschwangrer Luft
Als Weihrauch auf des Herren Altar
schwinget.

Ich möchte hingehn wie der Tau im
Tal,
Wenn durstig ihm des Morgens
Feuer winken;
O wollte Gott, wie ihn der
Sonnenstrahl,
Auch meine lebensmüde Seele
trinken!

Ich möchte hingehn wie der bange
Ton,
Der aus den Saiten einer Harfe
dringet,
Und, kaum dem irdischen Metall
entflohn,
Ein Wohllaut in des Schöpfers
Brust verklinget.

Du wirst nicht hingehn wie das
Abendrot,
Du wirst nicht stille wie der Stern
versinken,

Du stirbst nicht einer Blume
leichten Tod,
Kein Morgenstrahl wird deine
Seele trinken.

Wohl wirst du hingehn, hingehn
ohne Spur,
Doch wird das Elend deine Kraft
erst schwächen,
Sanft stirbt es einzig sich in der
Natur,
Das arme Menschenherz muß
stückweis brechen.

Reiterlied

Die bange Nacht ist nun herum,
Wir reiten still, wir reiten stumm
Und reiten ins Verderben.
Wie weht so scharf der
Morgenwind!
Frau Wirtin, noch ein Glas
geschwind
Vorm Sterben, vorm Sterben!

Du junges Gras, was stehst so
grün?
Mußt bald wie lauter Röslein blühn,
Mein Blut soll ja dich färben.

Georg Herwegh

Den ersten Schluck, ans Schwert die Hand!
Den trink ich für das Vaterland
Zu sterben, zu sterben!

Und schnell den zweiten hinterdrein,
Und der soll für die Freiheit sein,
Der zweite Schluck vom Herben!
Dies Restchen – nun, wem bring ichs gleich!
Dies Restchen dir, o Römisch Reich,
Zum Sterben, zum Sterben!

Dem Liebchen – doch das Glas ist leer:
Die Kugel saust, es blitzt der Speer;
Bringt meinem Kind die Scherben!
Auf, in den Feind wie Wetterschlag!
O Reiterlust, am frühen Tag
Zu sterben, zu sterben!

Lebrecht Dreves

1816 – 1870

Waldandacht

Frühmorgens wenn die Hähne
krähn,
Eh' noch der Wachtel Ruf erschallt,
Eh' wärmer all die Lüfte wehn,
Vom Jagdhornruf das Echo hallt,
Dann gehet leise, nach seiner
Weise,
Der liebe Herrgott durch den Wald.

Die Quelle, die ihn kommen hört,
Hält ihr Gemurmel auf sogleich,
Auf daß sie nicht in Andacht stört
So Groß als Klein im Waldbereich;
Die Bäume denken: nun laßt uns
senken
Vorm lieben Herrgott das Gezweig.

Die Blümlein, wenn sie
aufgewacht,
Sie ahnen auch den Herrn alsbald,
Und schütteln rasch den Schlaf der
Nacht
Sich aus den Augen mit Gewalt,
Und flüstern leise, ringsum im
Kreise:
Der liebe Gott geht durch den
Wald.

Theodor Storm

1817 – 1888

Oktoberlied

Der Nebel steigt, es fällt das Laub;
Schenk ein den Wein, den holden!
Wir wollen uns den grauen Tag
Vergolden, ja vergolden!

Und geht es draußen noch so toll,
Unchristlich oder christlich,
Ist doch die Welt, die schöne Welt,
So gänzlich unverwüstlich!

Und wimmert auch einmal das Herz –
Stoß an und laß es klingen!
Wir wissen's doch, ein rechtes Herz
Ist gar nicht umzubringen.

Der Nebel steigt, es fällt das Laub;
Schenk ein den Wein, den holden!
Wir wollen uns den grauen Tag
Vergolden, ja vergolden!

Wohl ist es Herbst; doch warte nur,
Doch warte nur ein Weilchen!
Der Frühling kommt, der Himmel lacht,
Es steht die Welt in Veilchen.

Die blauen Tage brechen an
Und ehe sie verfließen,
Wir wollen sie, mein wackrer
Freund,
Genießen, ja genießen!

Die Nachtigall

Das macht, es hat die Nachtigall
Die ganze Nacht gesungen;
Da sind von ihrem süßen Schall,
Da sind in Hall und Widerhall
Die Rosen aufgesprungen.

Sie war doch sonst ein wildes Blut;
Nun geht sie tief in Sinnen,
Trägt in der Hand den Sommerhut
Und duldet still der Sonne Glut
Und weiß nicht, was beginnen.

Das macht, es hat die Nachtigall
Die ganze Nacht gesungen;
Da sind von ihrem süßen Schall,
Da sind in Hall und Widerhall
Die Rosen aufgesprungen.

Theodor Storm

Die Zeit ist hin

Die Zeit ist hin, du löst dich unbewußt
Und leise mehr und mehr von meiner Brust;
Ich suche dich mit sanftem Druck zu fassen,
Doch fühl' ich wohl, ich hab dich gehen lassen.

So laß mich denn, bevor du weit von mir
Im Leben gehst, noch einmal danken dir;
Und magst du nie, was rettungslos vergangen,
In schlummerlosen Nächten heimverlangen.

Hier steh' ich nun und schaue bang zurück;
Vorüber rinnt auch dieser Augenblick,
Und wieviel Stunden dir und mir gegeben,
Wir werden keine mehr zusammen leben.

Sommermittag

Nun ist es still um Hof und
Scheuer,
Und in der Mühle ruht der Stein;
Der Birnenbaum mit blanken
Blättern
Steht regungslos im Sonnenschein.

Die Bienen summen so
verschlafen;
Und in der offnen Bodenluck',
Benebelt von dem Duft des Heues,
Im grauen Röcklein nickt der Puck.

Der Müller schnarcht und das
Gesinde
Und nur die Tochter wacht im
Haus;
Die lachet still und zieht sich
heimlich
Fürsichtig die Pantoffeln aus.

Sie geht und weckt den
Müllerburschen,
Der kaum den schweren Augen
traut:
«Nun küsse mich, verliebter Junge;
Doch sauber, sauber! nicht zu laut.»

Theodor Storm

Du willst es nicht in Worten sagen

Du willst es nicht in Worten sagen;
Doch legst du's brennend Mund auf Mund,
Und deiner Pulse tiefes Schlagen
Tut liebliches Geheimnis kund.

Du fliehst vor mir, du scheue Taube,
Und drückst dich fest an meine Brust;
Du bist der Liebe schon zum Raube
Und bist dir kaum des Worts bewußt.

Du biegst den schlanken Leib mir ferne,
Indes dein roter Mund mich küßt;
Behalten möchtest du dich gerne,
Da du doch ganz verloren bist.

Du fühlst, wir können nicht verzichten;
Warum zu geben scheust du noch?
Du mußt die ganze Schuld entrichten,
Du mußt, gewiß, du mußt es doch.

In Sehnen halb und halb in
Bangen,
Am Ende rinnt die Schale voll;
Die holde Scham ist nur
empfangen,
Daß sie in Liebe sterben soll.

Über die Heide

Über die Heide hallet mein Schritt,
Dumpf aus der Erde wandert es
mit.

Herbst ist gekommen, Frühling ist
weit –
Gab es denn einmal selige Zeit?

Brauende Nebel geisten umher,
Schwarz ist das Kraut und der
Himmel so leer.

Wär ich hier nur nicht gegangen
im Mai!
Leben und Liebe – wie flog es
vorbei!

Theodor Storm

Für meine Söhne

Hehle nimmer mit der Wahrheit!
Bringt sie Leid, nicht bringt sie Reue;
Doch, weil Wahrheit eine Perle,
Wirf sie auch nicht vor die Säue.

Blüte edelsten Gemütes
Ist die Rücksicht; doch zu Zeiten
Sind erfrischend wie Gewitter
Goldne Rücksichtslosigkeiten.

Wackrer heimatlicher Grobheit
Setze deine Stirn entgegen;
Artigen Leutseligkeiten
Gehe schweigend aus den Wegen.

Wo zum Weib du nicht die Tochter
Wagen würdest zu begehren,
Halte dich zu wert, um gastlich
In dem Hause zu verkehren.

Was du immer kannst, zu werden,
Arbeit scheue nicht und Wachen;
Aber hüte deine Seele
Vor dem Karrieremachen.

Wenn der Pöbel aller Sorte
Tanzet um die goldnen Kälber,
Halte fest: du hast vom Leben
Doch am Ende nur dich selber.

1853

Wohl fühl ich, wie das Leben rinnt,
Und daß ich endlich scheiden muß,
Daß endlich doch das letzte Lied
Und endlich kommt der letzte Kuß.

Noch häng ich fest an deinem
  Mund
In schmerzlich bangender Begier;
Du gibst der Jugend letzten Kuß,
Die letzte Rose gibst du mir.

Du schenkst aus jenem
  Zauberkelch
Den letzten goldnen Trunk mir ein;
Du bist aus jener Märchenwelt
Mein allerletzter Abendschein.

Am Himmel steht der letzte Stern,
O halte nicht dein Herz zurück;
Zu deinen Füßen sink ich hin,
O fühl's, du bist mein letztes Glück!

Laß einmal noch durch meine
  Brust
Des vollsten Lebens Schauer wehn,
Eh seufzend in die große Nacht
Auch meine Sterne untergehn.

Theodor Storm

Größer werden die Menschen nicht

Größer werden die Menschen
nicht;
Doch unter den Menschen
Größer und größer wächst
Die Welt des Gedankens.
Strengeres fordert jeglicher Tag
Von den Lebenden.
Und so sehen es alle,
Die zu sehen verstehn,
Aus dem seligen Glauben des
Kreuzes
Bricht ein andrer hervor,
Selbstloser und größer.
Dessen Gebot wird sein:
Edel lebe und schön,
Ohne Hoffnung künftigen Seins
Und ohne Vergeltung,
Nur um der Schönheit des Lebens
willen.

Sprüche

Der eine fragt: Was kommt danach?
Der andre fragt nur: Ist es recht?
Und also unterscheidet sich
Der Freie von dem Knecht.

Vom Unglück erst
Zieh ab die Schuld,
Was übrig ist,
Trag in Geduld!

Theodor Fontane

1819 – 1898

Guter Rat

An einem Sommermorgen
Da nimm den Wanderstab,
Es fallen deine Sorgen
Wie Nebel von dir ab.

Des Himmels heitere Bläue
Lacht dir ins Herz hinein
Und schließt, wie Gottes Treue,
Mit seinem Dach dich ein.

Rings Blüten nur und Triebe
Und Halme von Segen schwer,
Dir ist, als zöge die Liebe
Des Weges nebenher.

So heimisch alles klingt
Als wie im Vaterhaus,
Und über die Lerchen schwingt
Die Seele sich hinaus.

Theodor Fontane

Frühling

Nun ist er endlich kommen doch
In grünem Knospenschuh;
«Er kam, er kam ja immer noch»
Die Bäume nicken sich's zu.

Sie konnten ihn all erwarten kaum,
Nun treiben sie Schuß auf Schuß;
Im Garten der alte Apfelbaum,
Er sträubt sich, aber er muß.

Wohl zögert auch das alte Herz
Und atmet noch nicht frei,
Es bangt und sorgt; «Es ist erst
März,
Und März ist noch nicht Mai.»

O schüttle ab den schweren Traum
Und die lange Winterruh:
Es wagt es der alte Apfelbaum,
Herze, wag's auch du.

Mittag

Am Waldessaume träumt die Föhre,
Am Himmel weiße Wölkchen nur;
Es ist so still, daß ich sie höre,
Die tiefe Stille der Natur.

Rings Sonnenschein auf Wies und
Wegen,
Die Wipfel stumm, kein Lüftchen
wach,
Und doch, es klingt, als ström' ein
Regen,
Leis tönend auf das Blätterdach.

Geliebte, willst du doppelt leben,
So sei des Todes gern gedenk
Und nimm, was dir die Götter
geben,
Tagtäglich hin wie ein Geschenk.

Mach dich vertraut mit dem
Gedanken,
Daß doch das Letzte kommen muß,
Und statt in Trübsinn hinzukranken,
Wird dir das Dasein zum Genuß.

Du magst nicht länger mehr
vergeuden
Die Spanne Zeit in eitlem Haß,
Du freust dich reiner deiner Freuden
Und sorgst nicht mehr um dies und
das.

Du setzest an die rechte Stelle
Das Hohe, Göttliche der Zeit,

Theodor Fontane

Und jede Stunde wird die Quelle
Gesteigert neuer Dankbarkeit.

Ein Chinese ('s sind nun schon an zweihundert Jahr)
In Frankreich auf einem Hofball war,
Und die einen frugen ihn: ob er das kenne?
Und die andern frugen ihn: wie man es nenne?
«Wir nennen es tanzen», sprach er mit Lachen,
«Aber wir lassen es andere machen.»
Und dieses Wort, seit langer Frist,
Mir immer in Erinnerung ist
Ich seh' das Rennen, ich seh' das Jagen,
Und wenn mich die Menschen umdrängen und fragen:
«Was tust du nicht mit? Warum stehst du beiseit?»
So sag ich: «Alles hat seine Zeit
Auch die Jagd nach dem Glück. All derlei Sachen,
Ich lasse sie längst durch andere machen.»

Laß ab von diesem Zweifeln,
Klauben,
Vor dem das Beste selbst zerfällt,
Und wahre dir den vollen Glauben
An diese Welt trotz dieser Welt.

Schau hin auf eines Weibes Züge,
Das lächelnd auf den Säugling
blickt,
Und fühl's: es ist nicht alles Lüge,
Was uns das Leben bringt und
schickt.

Und, Herze, willst du ganz genesen,
Sei selber wahr, sei selber rein!
Was wir in Welt und Menschen
lesen,
Ist nur der eigene Widerschein.

Die Alten und die Jungen

«Unverständlich sind uns die
Jungen»,
Wird von den Alten beständig
gesungen;
Meinerseits möcht' ichs damit
halten:
«Unverständlich sind mir die
Alten.»
Dieses Am-Ruder-bleiben-Wollen

Theodor Fontane

In allen Stücken und allen Rollen,
Dieses Sich-unentbehrlich-
Vermeinen
Samt ihrer «Augen stillem Weinen»,
Als wäre der Welt ein Weh getan –
Ach, ich kann es nicht verstahn,
Ob unsre Jungen, in ihrem
Erdreisten,
Wirklich was Besseres schaffen und
leisten,
Ob dem Parnasse sie näher
gekommen
Oder bloß einen Maulwurfshügel
erklommen,
Ob sie, mit andern Neusitten-
verfechtern,
Die Menschheit bessern oder
verschlechtern,
Ob sie Frieden sä'n oder Sturm
entfachen,
Ob sie Himmel oder Hölle
machen –
Eins läßt sie stehn auf siegreichem
Grunde:
Sie haben den Tag, sie haben die
Stunde;
Der Mohr kann gehn, neu Spiel
hebt an,
Sie beherrschen die Szene, sie sind
dran.

So und nicht anders

Die Menschen kümmerten mich
nicht viel,
Eigen war mein Weg und Ziel

Ich mied den Markt, ich mied den
Schwarm,
Andre sind reich, ich bin arm.

Andre regierten (regieren noch),
Ich stand unten und ging durchs
Joch.

Entsagen und lächeln bei
Demütigungen,
Das ist die Kunst, die mir gelungen.

Und doch, wär's in die Wahl mir
gegeben,
Ich führte noch einmal dasselbe
Leben.

Und sollt' ich noch einmal die Tage
beginnen,
Ich würde denselben Faden
spinnen.

Theodor Fontane

Sprüche

Es kann die Ehre dieser Welt
Dir keine Ehre geben,
Was dich in Wahrheit hebt und
hält,
Muß in dir selber leben.

Wenn's deinem Innersten gebricht
An echten Stolzes Stütze,
Ob dann die Welt dir Beifall spricht,
Ist all dir wenig nütze.

Das flüchtge Lob, des Tages Ruhm
Magst du dem Eitlen gönnen;
Das aber sei dein Heiligtum:
Vor dir bestehen können.

Beutst du dem Geiste seine
Nahrung,
So laß nicht darben dein Gemüt,
Des Lebens höchste Offenbarung
Doch immer aus dem Herzen
blüht.

Ein Gruß aus frischer
Knabenkehle,
Ja mehr noch, eines Kindes Lalln
Kann leuchtender in deine Seele
Wie Weisheit aller Weisen falln.

Erst unter Kuß und Spiel und
Scherzen
Erkennst du ganz, was Leben heißt;
O lerne denken mit dem Herzen
Und lerne fühlen mit dem Geist.

Es äfft dich nur dies Rennen,
Traben
Nach golden mußevoller Zeit,
Wenn du die Ruhe glaubst zu
haben,
Dann eben ist sie doppelt weit.

Auf weichem Pfühl, auf samtnen
Kissen
Wirst du die Holde mehr
vermissen,
Wenn du sie hältst, wenn du sie
hast,
Als in des Tages Druck und Last.

All Labsal, was uns hier
beschieden,
Fällt nur in Kampf und Streit uns
zu,
Nur in der Arbeit wohnt der
Frieden,
Und in der Mühe wohnt die Ruh.

Theodor Fontane

Du darfst mißmutig nicht verzagen,
In Liebe nicht noch im Gesang,
Wenn mal ein allzu kühnes Wagen,
Ein Wurf beim Wettspiel dir mißlang.

Wes Fuß wär niemals fehlgesprungen?
Wer lief nicht irr auf seinem Lauf?
Blick hin auf das, was dir gelungen,
Und richte so dich wieder auf.

Vorüber ziehn die trüben Wetter,
Es lacht aufs neu der Sonne Glanz,
Und ob verwehn die welken Blätter,
Die frischen schlingen sich zum Kranz.

An meine pompejanische Lampe

Werd' ich von dir mich müssen scheiden,
Trauliche Leuchte, holdes Licht?
Wie mild dein Glanz in meine Leiden
Versöhnung bringt und ruhig spricht:
Verzage nicht!

Ich will mit frischem Öl dich
netzen:
Es quillt ein Schlummer aus dem
Mohn;
Wer könnte mir dein Licht
ersetzen?
Es leuchtet mir zum Helikon
Aus dunklem Ton.
Wenn heim der Wandrer vom
Vesuve
Die Totenlampe mitgebracht,
So war's zum freundlichen Berufe,
Daß du ihm leuchtest, neuentfacht,
In stiller Nacht.
Gedenkst du auch noch deines
Hauses?
Aus einer Marmorlarve sprang
Ein Brunnen fröhlichen Gebrauses,
Und rauschte schöne Nächte lang
Im Säulengang.
Erinnerst du dich noch des Alten
Vor Rollen in dem Schlafgemach,
Der sorglich dich emporgehalten,
Die Siegel auf dem Brief erbrach
Und griechisch sprach?
Bei Schatten, Freundin meiner
Muße,
Verschliefst du ein Jahrtausend
taub
Dem Licht und seinem holden
Gruße,

Theodor Fontane

Im Grabmal bei der Flammen
Raub,
In Schutt und Staub?
Nun horchst du wieder
Menschenträumen.
Der Nachtluft stillem Atemzug,
Es kommt zu dir aus
Blütenbäumen
Die Motte, die zu dir im Flug
Begierde trug.
Doch ach, anstatt zu fernen
Liedern,
Scheinst du vielleicht bald meiner
Gruft,
Den kalten Gruß mußt du erwidern
Der Leichenkerze, statt dem Duft
Der Frühlingsluft.
Die Seele, der dein Licht jetzt
funkelt,
Tauscht, kleine Leuchte, dann mit
dir,
Und wandelt unten, tief umdunkelt,
Indes du oben leuchtest hier
Und zeugst von ihr.
Kommt dann ein Schmetterling
geflogen,
Fragst du: wo ist der Freund denn
jetzt,
Mit dem ich oft Gespräch
gepflogen,
Der spät sich noch zu mir gesetzt

Und mich genetzt?
Nein, wache nur ob einem
Schlummer,
Der Tagesmühen unterbricht,
In Traum versinke Gram und
Kummer,
Du traute Leuchte, holdes Licht,
Erlisch noch nicht!

Umsonst

Immer rascher fliegt der Funke
Jede Dschunke und Spelunke
Wird auf Wissenschaft bereist,
Jede Sonne wird gewogen
Und in Rechnung selbst gezogen,
Was noch sonnenjenseits kreist.

Immer höh're Wissenstempel,
Immer richt'ger die Exempel.
Wie Natur es draußen treibt,
Immer klüger und gescheiter,
Und wir kommen doch nicht
weiter,
Und das Lebensrätsel bleibt.

Theodor Fontane

Ausgang

Immer enger, leise, leise,
Ziehen sich die Lebenskreise,
Schwindet hin, was prahlt und
prunkt,
Schwindet Hoffen, Hassen, Lieben,
Und ist nichts in Sicht geblieben,
Als der letzte dunkle Punkt.

Gottfried Keller

1819 – 1890

Spielmannslied

Im Frührot stand der Morgenstern
Vor einem hellen Frühlingstag,
Als ich, ein flüchtig Schülerkind,
Im silbergrauen Felde lag;
Die Wimper schwankte falterhaft,
Und ich entschlief an Ackers Rand,
Der Sämann kam gemach daher
Und streute Körner aus der Hand.

Gleich einem Fächer warf er weit
Den Samen hin im halben Rund,
Ein kleines Trüppchen fiel auf
mich
Und traf mir Augen, Stirn und
Mund;

Erwachend rafft' ich mich empor
Und stand wie ein verblüffter Held.
Vorschreitend sprach der
Bauersmann:
«Was bist du für ein Ackerfeld?

Bist du der steinig harte Grund,
Darauf kein Sämlein wurzeln
kann?
Bist du ein schlechtes
Dorngebüsch,
Das keine Halme läßt hinan?
Du bist wohl der gemeine Weg,
Der wilden Vögel offner Tisch!
Bist du nicht dies und bist nicht
das,
Am End' nicht Vogel und nicht
Fisch?»

Unfreundlich schien mir der Gesell
Und drohend seiner Worte Sinn;
Ich ging ihm aus den Augen sacht,
Und floh behend zur Schule hin.
Dort gab der Pfarr den Unterricht
Im Bibelbuch zur frühen Stund';
Von Jesu Gleichnis eben sprach
Erklärend sein beredter Mund. –
Die Jahre schwanden, und ich zog
Als Zitherspieler durch das Land,
Als ich in einer stillen Nacht
Die alte Fabel wieder fand

Gottfried Keller

Vom Sämann, der den Samen warf;
Da ward mir ein Erinnern licht,
Ich spürte jenen Körnerwurf
Wie Geisterhand im Angesicht.

«Was bist du für ein Ackerfeld?»
Hört' wieder ich, als wär's ein Traum;
Ich seufzte, sann und sagte dann:
O Mann, ich weiß es selber kaum!
Ich bin kein Dornbusch und kein Stein
Und auch kein fetter Weizengrund;
Ich glaub', ich bin der offne Weg,
Wo's rauscht und fliegt zu jeder Stund'.

Da wächst kein Gras, gedeiht kein Korn,
Statt Furchen zieh'n Geleise hin
Von harten Rädern ausgehöhlt,
Und nackte Füße wandern drin;
Das kommt und geht, doch fällt einmal
Ein irrend Samenkörnlein drauf,
So fliegt ein hungrig Vöglein her
Und schwingt sich mit zum Himmel auf.

Stille der Nacht

Willkommen, klare Sommernacht,
Die auf betauten Fluren liegt!
Gegrüßt mir, goldne Sternenpracht,
Die spielend sich im Weltraum
wiegt!

Das Urgebirge um mich her
Ist schweigend wie mein
Nachtgebet;
Weit hinter ihm hör ich das Meer
Im Geist und wie die Brandung
geht.

Ich höre einen Flötenton,
Den mir die Luft von Westen
bringt,
Indes herauf im Osten schon
Des Tages leise Ahnung dringt.

Ich sinne, wo in weiter Welt
Jetzt sterben mag ein
Menschenkind –
Und ob vielleicht den Einzug hält
Das viel ersehnte Heldenkind.

Doch wie im dunklen Erdental
Ein unergründlich Schweigen ruht,
Ich fühle mich so leicht zumal
Und wie die Welt so still und gut.

Gottfried Keller

Der letzte leise Schmerz und Spott
Verschwindet aus des Herzens
Grund;
Es ist, als tät der alte Gott
Mir endlich seinen Namen kund.

Unter Sternen

Wende dich, du kleiner Stern,
Erde! wo ich lebe,
Daß mein Aug', der Sonne fern,
Sternenwärts sich hebe!

Heilig ist die Sternenzeit,
Öffnet alle Grüfte;
Strahlende Unsterblichkeit
Wandelt durch die Lüfte.

Mag die Sonne nun bislang
Andern Zonen scheinen,
Hier fühl ich Zusammenhang
Mit dem All und Einen!

Hohe Lust, im dunklen Tal,
Selber ungesehen,
Durch den majestät'schen Saal
Atmend mitzugehen!

Schwinge dich, o grünes Rund,
In die Morgenröte!
Scheidend rückwärts singt mein
  Mund
Jubelnde Gebete!

Abendlied

Augen, meine lieben Fensterlein,
Gebt mir schon so lange holden
  Schein,
Lasset freundlich Bild um Bild
  herein:
Einmal werdet ihr verdunkelt sein!

Fallen einst die müden Lider zu,
Löscht ihr aus, dann hat die Seele
  Ruh;
Tastend streift sie ab die
  Wanderschuh',
Legt sich auch in ihre finstre Truh'.

Noch zwei Fünklein sieht sie
  glimmend stehn,
Wie zwei Sternlein, innerlich zu
  sehn,
Bis sie schwanken, und dann auch
  vergehn,
Wie von eines Falters Flügelwehn.

Doch noch wandl' ich auf dem Abendfeld,
Nur dem sinkenden Gestirn gesellt;
Trinkt, o Augen, was die Wimper hält,
Von dem goldnen Überfluß der Welt.

Sommernacht

Es wallt das Korn weit in die Runde,
Und wie ein Meer dehnt es sich aus;
Doch liegt auf seinem stillen Grunde
Nicht Seegewürm noch andrer Graus;
Da träumen Blumen nur von Kränzen
Und trinken der Gestirne Schein.
O goldnes Meer, dein friedlich Glänzen
Saugt meine Seele gierig ein!

In meiner Heimat grünen Talen,
Da herrscht ein alter schöner Brauch:
Wann hell die Sommersterne strahlen,

Der Glühwurm schimmert durch
den Strauch,
Dann geht ein Flüstern und ein
Winken,
Das sich dem Ährenfelde naht,
Da geht ein nächtlich Silberblinken
Von Sicheln durch die goldne Saat.

Das sind die Bursche jung und
wacker,
Die sammeln sich im Feld zuhauf
Und suchen den gereiften Acker
Der Witwe oder Waise auf,
Die keines Vaters, keiner Brüder
Und keines Knechtes Hilfe weiß –
Ihr schneiden sie den Segen nieder,
Die reinste Lust ziert ihren Fleiß.

Schon sind die Garben fest
gebunden
Und rasch in einen Ring gebracht;
Wie lieblich flohn die kurzen
Stunden,
Es war ein Spiel in kühler Nacht!
Nun wird geschwärmt und hell
gesungen
Im Garbenkreis, bis Morgenluft
Die nimmermüden braunen
Jungen
Zur eignen schweren Arbeit ruft.

Gottfried Keller

Frühlingsglaube

Es wandert eine schöne Sage
Wie Veilchenduft auf Erden um,
Wie sehnend eine Liebesklage
Geht sie bei Tag und Nacht herum.

Das ist das Lied vom Völkerfrieden
Und von der Menschheit letztem Glück,
Von goldner Zeit, die einst hienieden,
Der Traum als Wahrheit, kehrt zurück.

Wo einig alle Völker beten
Zum *einen* König, Gott und Hirt:
Von jenem Tag, wo den Propheten
Ihr leuchtend Recht gesprochen wird.

Dann wirds nur *eine* Schmach noch geben,
Nur *eine* Sünde in der Welt:
Des Eigen-Neides Widerstreben,
Der es für Traum und Wahnsinn hält.

Wer jene Hoffnung gab verloren
Und böslich sie verloren gab,
Der wäre besser ungeboren;
Denn lebend wohnt er schon im Grab.

Arm in Arm und Kron' an Krone
steht der Eichenwald
verschlungen,
Heut hat er bei guter Laune mir
sein altes Lied gesungen.

Fern am Rande fing ein junges
Bäumchen an sich sacht zu
wiegen,
Und dann ging es immer weiter an
ein Sausen, an ein Biegen;

Kam es her in mächt'gem Zuge,
schwoll es an zu breiten Wogen,
Hoch sich durch die Wipfel
wälzend kam die Sturmesflut
gezogen.

Und nun sang und pfiff es graulich
in den Kronen, in den Lüften,
Und dazwischen knarrt' und
dröhnt' es unten in den
Wurzelgrüften.

Manchmal schwang die höchste
Eiche gellend ihren Schaft
alleine,
Donnernder erscholl nur immer
drauf der Chor vom ganzen
Haine!

Gottfried Keller

Einer wilden Meeresbrandung hat
das schöne Spiel geglichen;
Alles Laub war, weißlich schim-
mernd, nach Nordosten
hingestrichen.

Also streicht die alte Geige Pan der
Alte laut und leise,
Unterrichtend seine Wälder in der
alten Weltenweise.

In den sieben Tönen schweift er
unerschöpflich auf und nieder,
In den sieben alten Tönen, die
umfassen alle Lieder.

Und es lauschen still die jungen
Dichter und die jungen Finken,
Kauernd in den dunklen Büschen,
sie die Melodien trinken.

Aus «Waldlieder»

Winternacht

Nicht ein Flügelschlag ging durch
die Welt,
Still und blendend lag der weiße
Schnee.
Nicht ein Wölkchen hing am
Sternenzelt,
Keine Welle schlug im starren See.

Aus der Tiefe stieg der Seebaum
auf,
Bis sein Wipfel in dem Eis gefror;
An den Ästen klomm die Nix
herauf,
Schaute durch das grüne Eis
empor.

Auf dem dünnen Glase stand ich
da,
Das die schwarze Tiefe von mir
schied;
Dicht ich unter meinen Füßen sah
Ihre weiße Schönheit Glied um
Glied.

Mit ersticktem Jammer tastet' sie
An der harten Decke her und hin,
Ich vergess' das dunkle Antlitz nie,
Immer, immer liegt es mir im Sinn!

Gottfried Keller

Dynamit

Seit ihr die Berge versetzet mit
archimedischen Kräften,
Fürcht' ich, den Hebel entführt
euch ein dämonisch Geschlecht!
Gleich dem bösen Gewissen geht
um die verwünschte Patrone,
Jegliches Bübchen verbirgt
schielend den Greuel im Sack.
Wahrlich, die Weltvernichtung, sie
nahet mit länglichen Schritten,
Und aus dem Nichts wird nichts:
herrlich erfüllt sich das Wort!

Erkenntnis

Willst du, o Herz! ein gutes Ziel
erreichen,
Mußt du in eigner Angel
schwebend ruh'n;
Ein Tor versucht zu geh'n in
fremden Schuh'n,
Nur mit sich selbst kann sich der
Mann vergleichen.

Ein Tor, der aus des Nachbars
Kinderstreichen

Sich Trost nimmt für das eigne
schwache Tun,
Der immer um sich späht und
lauscht und nun
Sich seinen Wert bestimmt nach
falschen Zeichen!

Tu frei und offen, was du nicht
willst lassen,
Doch wandle streng auf
selbstbeschränkten Wegen
Und lerne früh, nur *deine* Fehler
hassen!

Und ruhig geh den anderen
entgegen;
Kannst du dein Ich nur fest
zusammenfassen,
Wird deine Kraft die fremde Kraft
erregen.

Klaus Groth

1819 – 1899

Heidenröslein

Wir wohnen auf der Heide,
Das Haus steht ganz allein,
Vater und Mutter beide
Ruhn im schwarzen Schrein.

An einem Wintermorgen
Trugen sie ihn hinaus,
Er schläft von schweren Sorgen
Und vielen Mühen aus.

Und als der Schnee zergangen,
Ging ihm die Mutter nach,
Die Kirchenglocken klangen
Am hellen Frühlingstag.

Das Grab war tief gegraben,
Da senkten sie sie ein,
Dann sangen noch die Knaben,
Dann waren wir allein.

Wir standen da und sannen,
Der Bruder still und blaß,
Und als sie all von dannen,
Da warf ich mich aufs Gras.

Da hat er mich umfangen
Und zog mich langsam fort,
Dann sind wir heimgegangen
Und wohnen einsam dort.

Der Bruder geht zu graben
An jedem Morgen aus,
Ich muß die Weiden schaben
Und flechte Körbe draus.

Ich habe gar kein Grauen,
Wenn ich so einsam bin,
Denn nach dem Kirchlein schauen
Die Augen immer hin.

Das schimmert durch die Heide,
Das blitzet durch den Schnee,
Da sind die Eltern beide.
Wenn ich hinüberseh.

Regenlied

Walle, Regen, walle nieder,
Wecke mir die Träume wieder,
Die ich in der Kindheit träumte,
Wenn das Naß im Sande schäumte!

Wenn die matte Sommerschwüle
Lässig stritt mit frischer Kühle
Und die blanken Blätter tauten
Und die Saaten dunkler blauten.

Klaus Groth

Welche Wonne, in dem Fließen
Dann zu stehn mit nackten Füßen,
An dem Grase hinzustreifen
Und den Schaum mit Händen
greifen!

Oder mit den heißen Wangen
Kalte Tropfen aufzufangen
Und den neuerwachten Düften
Seine Kinderbrust zu lüften!

Wie die Kelche, die da troffen,
Stand die Seele atmend offen,
Wie die Blumen düftetrunken
In den Himmelstau versunken.

Schauernd kühlte jeder Tropfen
Tief bis an des Herzens Klopfen,
Und der Schöpfung heilig Weben
Drang bis ins verborgne Leben. –

Walle, Regen, walle nieder,
Wecke meine alten Lieder,
Die wir in der Türe sangen,
Wenn die tropfen draußen klangen!

Möchte ihnen wieder lauschen,
Ihrem süßen feuchten Rauschen,
Meine Seele sanft betauen
Mit dem frommen Kindergrauen.

Hermann Lingg

1820 – 1905

Die Wasser brausen fort ins Bodenlose

Die Wasser brausen fort ins Bodenlose,
Die Sterne fort zum fernsten Ätherreich;
Doch Sturz und Sturm ist Ruh' in deinem Schoße,
Dein Antlitz sieht den Tag und Nacht zugleich;

Aus tiefsten Tiefen des Gebirges schiebt,
Jahrtausend alt, sich Urgestein empor,
Und strebt zum freien Äther und zerstiebt
Verwirrend in Atome wie zuvor.

Es graben, irrend zwischen Krieg und Frieden,
Die Völker ihres Ruhmes Testament
In Todesangst auf stolze Pyramiden,
Daß eine Nachwelt ihre Namen kennt;

Die Früchte reifen ab und werden Staub,
Heroen schreiten durch der Zeiten Furt,

Hermann Lingg

Doch Blüte, Wachstum, Frucht und fallend Laub
Ist Eines dir, Geschichte, Grab, Geburt.

Heimkehr

In meine Heimat kam ich wieder,
Es war die alte Heimat noch,
Dieselbe Luft, dieselben Lieder,
Und alles war ein andres doch.

Die Welle rauschte wie vorzeiten,
Am Waldweg sprang wie sonst das Reh,
Von fern erklang ein Abendläuten,
Die Berge glänzten aus dem See.

Doch vor dem Haus, wo uns vor Jahren
Die Mutter stets empfing, dort sah
Ich fremde Menschen fremd gebaren;
Wie weh, wie weh mir da geschah!

Mir war, als rief es aus den Wogen:
«Flieh, flieh, und ohne Wiederkehr!
Die du geliebt, sind fortgezogen
Und kehren nimmer, nimmermehr.»

Ludwig Pfau **Unwandelbar**

1821 – 1894

O fürchte nicht, wenn dir das Alter
Vom Haupte Blüt' um Blüte bricht,
Daß dann ein Blick, ein trüber, kalter,
Fall' auf dein bleiches Angesicht.

Wohl blässer wird der äußre Schimmer,
Doch heller wird der innre Schein;
Drum lieber nur und tiefer immer
Schau ich ins Auge dir hinein.

Da seh ich all die Liebesfülle,
Die reicher wird von Jahr zu Jahr;
Es dringet durch des Alters Hülle
Der Seele Schönheit hell und klar.

Da seh ich nicht die müden Wangen,
Der Jahre Furchen seh ich nicht! –
Es ist mir strahlend aufgegangen
Dein innres Engelsangesicht.

Ludwig Pfau **Begrabene Liebe**

Eine Locke hab ich noch von dir,
Die du mir in schöner Nacht
gegeben;
Ist mir doch, als könnte ich an ihr
Alte Zeiten aus dem Grabe heben.

Wie ich gleich die alte Lust und
Qual
In des Herzens tiefstem Grunde
spüre,
Wenn ich diese Locke nur einmal
Mit den Fingerspitzen leis berühre!

Kind! dein Haar ist doch so reich
und licht,
Aber wenn ich das lebend'ge fasse,
Weckt es die begrabne Liebe nicht
Wie die Locke, die erstorbne,
blasse.

Hermann Ludwig Allmers

1821 – 1902

Mittag

Rings alles still – wohin man horcht und späht,
Im schatt'gen Walde, wie auf lichter Flur;
Nicht einmal eines einz'gen Vogels Laut,
Kein Blattgesäusel, keines Hauches Wehn,
Denn die Natur hält ihren Odem an.

Weißglühend senkt die Sonne scheitelrecht
Ihr Strahlenmeer herab aufs stille All,
Und kein Gewölk am ganzen Horizont
Erspäht der Blick, nur eine weiße Flocke
Hängt leuchtend dort, ganz einsam, wie verloren,
Ganz regungslos im glühenden Azur.

«Es schlummert Pan», so redeten sie einst,
«Seid stille, stört den Geist des Waldes nicht.»
Nun aber ist er tot, der alte Pan.

Hermann Ludwig Allmers

Und mit ihm sind gestorben der Dryaden
Wie der Najaden gütige Gestalten,
Die schützend tief im Walde Wohnenden,
In grüner, quelldurchrauschter Einsamkeit, –
Dahin die ganze alte schöne Welt.

Du aber, Mensch, befolge noch das Wort;
Sei still in wunderbarer Mittagszeit,
Daß du den Traum des Waldes nimmer störst
Durch wüsten Lärm, und laß die Arbeit ruhen
Und ruhe selbst und träume. Es ist süß,
Ganz aufzugehen in das große Schweigen
Und eins zu werden ganz mit der Natur.

Feldeinsamkeit

Ich ruhe still im hohen, grünen
Gras
Und sende lange meinen Blick
nach oben,
Von Grillen rings umschwirrt ohn'
Unterlaß,
Von Himmelsbläue wundersam
umwoben.

Und schöne weiße Wolken ziehn
dahin
Durchs tiefe Blau, wie schöne stille
Träume; –
Mir ist, als ob ich längst gestorben
bin
Und ziehe selig mit durch ew'ge
Räume.

Bin ich in später Nacht allein

Bin ich in später Nacht allein,
Wenn alles ruht, wenn alles
schweigt,
O wie sich dann mein ganzes Sein
Zu dir mit Macht hinüber neigt!
Und wieder kommt dein liebes Bild
Hold lächelnd wie an jenen Tagen,

Und nickt mir zu, als spräch es
mild:
«Mein armer Junge, laß dein
Klagen!
Noch bist du mein, noch bin ich
dein,
Schütt aus dein Herz an meinem
Herzen,
Vergessen wirst du alle Pein
Und alle noch so herben
Schmerzen.» –

Einst hast du oft dies Wort gesagt,
Mich dann gestreichelt und
umschlungen,
Wenn ich in trüber Zeit geklagt,
Wenn ich mit Sorgen bang
gerungen.
Nun bist du fort, nun bist du fern,
Wie hat sich alles nun gewendet,
Doch immer bist du noch ein Stern,
Der seine schönen Strahlen sendet,
Denn immer kommt dein liebes
Bild,
Hold lächelnd wie in jenen Tagen,
Und nickt mir zu, als spräch es
mild:
«Mein armer Junge, laß dein
Klagen!»

Moritz Graf von Strachwitz

1822 – 1847

Mein altes Roß

Mein altes Roß,
Mein Spielgenoß,
Was siehst du mich wiehernd an?
Deine Sehne, wie lahm,
Meine Seele, wie zahm,
Wir reiten nicht mehr hindann!

Du schüttelst dein Haupt,
Deine Nüster schnaubt!
Ich glaube, du träumst, Kamerad:
Wir fliegen zusamm'
Übern Bergeskamm,
Den alten geliebten Pfad!

Ein knarrendes Tor.
Du scharrst davor,
Deine schäumende Stange tropft!
Ein rauschend Gewand,
Eine weiße Hand,
Die den funkelnden Hals dir klopft!

Es stäubt der Kies,
Schlaf süß, schlaf süß,
Und hinaus in die blauende Nacht!
Auf tauigem Rain
Im Mondenschein,
Dahin mit Macht, mit Macht!

Moritz Graf von Strachwitz

Verhängt den Zaum,
Im Herzen ein Traum,
Auf der Lippe den letzten Kuß;
Dumpfhallender Huf
Und Wachtelruf,
Und fern ein rauschender Fluß!

Der Nachtwind haucht,
Das Mondlicht taucht
In das silberwogende Korn.
Voll blüht der Mohn,
Und mit schläfrigem Ton
Flüstert der Hagedorn.

Einen letzten Blick
Zurück, zurück
Auf der Liebsten schlafendes Haus!
Mein Kamerad,
Wie schad, wie schad:
Das alles, alles ist aus!

Mein Kamerad,
Den geliebten Pfad,
Den hat verweht der Schnee!
Und das Tor verbaut
Und verloren die Braut,
Und mein Herz so weh, so weh!

Otto Roqueette 1824 – 1896

Die Tage der Rosen

Noch ist die blühende goldene Zeit,
O du schöne Welt, wie bist du so
weit!
Und so weit ist mein Herz, und so
blau wie der Tag,
Wie die Lüfte, durchjubelt von
Lerchenschlag.
Ihr Fröhlichen, singt, weil das
Leben noch mait:
Noch ist die schöne, die blühende
Zeit,
Noch sind die Tage der Rosen!

Frei ist das Herz, und frei ist das
Lied,
Und frei ist der Bursch, der die
Welt durchzieht,
Und ein rosiger Kuß ist nicht
minder frei,
So spröd und verschämt auch die
Lippe sei.
Wo ein Lied erklingt, wo ein Kuß
sich beut,
Da heißt's: Noch ist blühende
goldene Zeit,
Noch sind die Tage der Rosen!

Otto Roquette

Ja im Herzen tief innen ist alles daheim,
Der Freude Saaten, der Schmerzen Keim.
Drum frisch sei das Herz und lebendig der Sinn,
Drum brauset, ihr Stürme, daher und dahin!
Wir aber sind allzeit zu singen bereit
Noch ist die blühende goldene Zeit,
Noch sind die Tage der Rosen!

Conrad Ferdinand Meyer

1825 – 1898

Fülle

Genug ist nicht genug! Gepriesen werde
Der Herbst! Kein Ast, der seiner Frucht entbehrte!
Tief beugt sich mancher allzu reich beschwerte,
Der Apfel fällt mit dumpfem Laut zur Erde.

Genug ist nicht genug! Es lacht im Laube!
Die saft'ge Pfirsche winkt dem durst'gen Munde.

Die trunknen Wespen summen in die Runde:
«Genug ist nicht genug!» um eine Traube.

Genug ist nicht genug. Mit vollen Zügen
Schlürft Dichtergeist am Borne des Genusses,
Das Herz, auch es bedarf des Überflusses,
Genug kann nie und nimmermehr genügen!

Das heilige Feuer

Auf das Feuer mit dem goldnen Strahle
Heftet sich in tiefer Mitternacht
Schlummerlos das Auge der Vestale,
Die der Göttin ewig Licht bewacht.

Wenn sie schlummerte, wenn sie entschliefe,
Wenn erstürbe die versäumte Glut,
Eingesargt in Gruft und Grabestiefe
Würde sie, wo Staub und Moder ruht.

Conrad Ferdinand Meyer

Eine Flamme zittert mir im Busen,
Lodert warm zu jeder Zeit und Frist,
Die, entzündet durch den Hauch der Musen,
Ihnen ein beständig Opfer ist.

Und ich hüte sie mit heil'ger Scheue,
Daß sie brenne rein und ungekränkt;
Denn ich weiß, es wird der ungetreue
Wächter lebend in die Gruft versenkt.

Eingelegte Ruder

Meine eingelegten Ruder triefen,
Tropfen fallen langsam in die Tiefen.

Nichts, das mich verdroß! Nichts, das mich freute!
Niederrinnt ein schmerzenloses Heute!

Unter mir – ach, aus dem Licht verschwunden –
Träumen schon die schönern meiner Stunden.
Aus der blauen Tiefe ruft das Gestern:

Sind im Licht noch manche meiner
Schwestern?

Schnitterlied

Wir schnitten die Saaten, wir
Buben und Dirnen,
Mit nackenden Armen und
triefenden Stirnen,
Von donnernden dunklen
Gewittern bedroht –
Gerettet das Korn! Und nicht einer,
der darbe!
Von Garbe zu Garbe
Ist Raum für den Tod –
Wie schwellen die Lippen des
Lebens so rot!

Hoch thronet ihr Schönen auf
güldenen Sitzen,
In strotzenden Garben umflimmert
von Blitzen –
Nicht eine, die darbe! Wir bringen
das Brot!
Zum Reigen! Zum Tanze! Zur
tosenden Runde!
Von Munde zu Munde
Ist Raum für den Tod –
Wie schwellen die Lippen des
Lebens so rot!

Conrad Ferdinand Meyer

Jetzt rede du

Du warest mir ein täglich Wanderziel,
Viellieber Wald, in dumpfen Jugendtagen,
Ich hatte dir geträumten Glücks so viel
Anzuvertraun, so wahren Schmerz zu klagen.

Und wieder such ich dich, du dunkler Hort,
Und deines Wipfelmeers gewaltig Rauschen –
Jetzt rede du! Ich lasse dir das Wort!
Verstummt ist Klag' und Jubel. Ich will lauschen.

Säerspruch

Bemeßt den Schritt! Bemeßt den Schwung!
Die Erde bleibt noch lange jung!
Dort fällt ein Korn, das stirbt und ruht.
Die Ruh ist süß. Es hat es gut.

Hier eins, das durch die Scholle
bricht.
Es hat es gut. Süß ist das Licht.
Und keines fällt aus dieser Welt
Und jedes fällt, wie's Gott gefällt.

Auf Goldgrund

Ins Museum bin zu später
Stunde heut ich noch gegangen,
Wo die Heilgen, wo die Beter
Auf den goldnen Gründen prangen.

Dann durchs Feld bin ich
geschritten
Heißer Abendglut entgegen,
Sah, die heut das Korn geschnitten,
Garben auf die Wagen legen.

Um die Lasten in den Armen,
Um den Schnitter und die Garbe
Floß der Abendglut, der warmen,
Wunderbare Goldesfarbe.

Auch des Tages letzte Bürde,
Auch der Fleiß der Feierstunde
War umflammt von heilger Würde,
Stand auf schimmernd goldnem
Grunde.

Conrad Ferdinand Meyer

Einem Tagelöhner

Lange Jahre sah ich dich
Führen deinen Spaten,
Und ein jeder Schaufelstich
Ist dir wohlgeraten.

Nie hat dir des Lebens Flucht
Bang' gemacht, ich glaube –
Sorgtest für die fremde Frucht,
Für die fremde Traube.

Nie gelodert hat die Glut
Dir im eignen Herde;
Doch du fußtest fest und gut
Auf der Mutter Erde.

Nun hast du das Land erreicht,
Das du fleißig grubest;
Laste dir die Scholle leicht,
Die du täglich hubest!

Der römische Brunnen

Aufsteigt der Strahl, und fallend
gießt
Er voll der Marmorschale Rund,
Die, sich verschleiernd, überfließt
In einer zweiten Schale Grund;

Die zweite gibt, sie wird zu reich,
Der dritten wallend ihre Flut,
Und jede nimmt und gibt zugleich
Und strömt und ruht.

Unter den Sternen

Wer in der Sonne kämpft, ein Sohn
der Erde,
Und feurig geißelt das Gespann der
Pferde,
Wer brünstig ringt nach eines
Zieles Ferne,
Von Staub umwölkt – wie glaubte
der die Sterne?

Doch das Gespann erlahmt, die
Pfade dunkeln,
Die ew'gen Lichter fangen an zu
funkeln,
Die heiligen Gesetze werden
sichtbar.
Das Kampfgeschrei verstummt. Der
Tag ist richtbar.

Conrad Ferdinand Meyer

Dämmergang

Du lebst meerüber
In blauer Ferne
Und du besuchst mich
Beim ersten Sterne.

Ich mach im Felde
Die Dämmerrunde,
Umbellt, umsprungen
Von meinem Hunde.

Es rauscht im Dickicht,
Es webt im Düster,
Auf meine Wange
Haucht warm Geflüster.

Das Weggeleite
Wird trauter, trauter,
Du schmiegst dich näher,
Du plauderst lauter.

Da gibt's zu schelten,
Da gibt's zu fragen,
Und hell zu lachen
Und leis zu klagen.

Was wedelt Barry?
So glückverloren?
Du kraust dem Liebling
Die weichen Ohren …

Joseph Victor von Scheffel

1826 – 1886

Aus dem Trompeter von Säckingen

Alt Heidelberg, du feine
Du Stadt an Ehren reich,
Am Neckar und am Rheine
Kein' and're kommt dir gleich.

Stadt fröhlicher Gesellen,
An Weisheit schwer und Wein,
Klar ziehn des Stromes Wellen
Blauäuglein blitzen drein.

Und kommt aus linden Süden
Der Frühling übers Land,
So webt er dir aus Blüten
Ein schimmernd Brautgewand.

Auch mir stehst du geschrieben
Ins Herz gleich einer Braut,
Es klingt wie junges Lieben
Dein Name mir so traut.

Und stechen mich die Dornen,
Und wird mir's drauß zu kahl,
Geb' ich dem Roß die Spornen
Und reit' ins Neckartal.

Joseph Victor
von Scheffel

Das ist im Leben häßlich
eingerichtet,
Daß bei den Rosen gleich die
Dornen stehn,
Und was das arme Herz auch sehnt
und dichtet,
Zum Schlusse kommt das
Voneinandergehn.
In deinen Augen hab' ich einst
gelesen,
Es blitzte drin von Lieb und Glück
ein Schein
Behüt dich Gott! es wär' zu schön
gewesen,
Behüt dich Gott, es hat nicht sollen
sein! –

Leid, Neid und Haß, auch ich hab'
sie empfunden,
Ein sturmgeprüfter müder
Wandersmann.
Ich träumt' von Frieden dann und
stillen Stunden,
Da führte mich der Weg zu dir
hinan.
In deinen Armen wollt' ich ganz
genesen,
Zum Danke dir mein junges Leben
weihn:

Behüt dich Gott! es wär' zu schön
gewesen,
Behüt dich Gott, es hat nicht sollen
sein! –

Die Wolken fliehn, der Wind saust
durch die Blätter,
Ein Regenschauer zieht durch Wald
und Feld,
Zum Abschiednehmen just das
rechte Wetter,
Grau wie der Himmel steht vor mir
die Welt.
Doch wend' es sich zum Guten
oder Bösen,
Du schlanke Maid, in Treuen denk'
ich dein!
Behüt dich Gott! es wär' zu schön
gewesen,
Behüt dich Gott, es hat nicht sollen
1853 sein! –

Heinrich Leuthold

1837 – 1879

Der Waldsee

Wie bist du schön, du tiefer blauer See!
Es zagt der laue West, dich anzuhauchen,
Und nur der Wasserlilie reiner Schnee
Wagt schüchtern aus der stillen Flut zu tauchen.

Hier wirft kein Fischer seine Angelschnur,
Kein Nachen wird auf deinem Spiegel gleiten;
Wie Chorgesang der feiernden Natur
Rauscht nur der Wald in diesen Einsamkeiten!

Wildrosen streun dir ihren Weihrauch aus
Und würz'ge Tannen, die mich rings umragen,
Und die wie Säulen eines Tempelbaus
Das wolkenlose Blau des Himmels tragen.

Einst kannt' ich eine Seele, ernst, voll Ruh',

Die sich der Welt verschloß mit
sieben Siegeln,
Die, rein und tief, geschaffen
schien wie du,
Nur um den Himmel in sich
abzuspiegeln.

Paul Heyse

1830 – 1914

Wenn aller Raketenspuk verweht,
Der noch ergötzt die lieben
Kleinen,
Dann werden in stiller Majestät
Die alten ewigen Sterne scheinen.

Auf der Heimfahrt

Es steht ein Haus im Garten,
Kühl an ein Wäldchen angelehnt,
Auf allen meinen Fahrten
Hab' ich nach ihm mich
heimgesehnt.
Wie süß erklang
Dort Vogelsang,
Wie lachten Blumen ringsumher!
Wie ging's im Lauf
Die Stieg' hinauf –
Nun graut mir vor der Wiederkehr.

Paul Heyse

Im Haus, da ist ein Zimmer,
So luftig hoch, so blank und rein
Was nur an Sonnenschimmer
Ums Häuschen streifte, drang hinein.
Wie lustig klang
Dort Kindersang,
Kein Winkel war von Spielen leer;
Dort fand ich Rast
Nach Tageslast –
Nun öffn' ich seine Tür nicht mehr.

Im Haus erklang ein Name
Von allen Lippen fort und fort,
Der hatte wundersame
Gewalt, schier wie ein Zauberwort.
Auf jedem Mund
Ein Lächeln stund,
Als ob's des Frühlings Name wär' –
Jetzt geht er stumm
Gespenstig um,
Und wer ihn ausspricht, lacht nicht mehr.

Marie von Ebner-Eschenbach

1830 – 1916

Sommermorgen

Auf Bergeshöhen, schneebedeckt,
Auf grünen Hügeln, weitgestreckt
Erglänzt die Morgensonne;
Die tauerfrischten Zweige hebt
Der junge Buchenwald und bebt,
Und bebt in Daseinswonne.

Es stürzt in ungestümer Lust
Herab aus dunkler Felsenbrust
Der Gießbach mit Getose,
Und blühend Leben weckt sein
Hauch
Im stolzen Baum, im niedern
Strauch,
In jedem zarten Moose.

Und drüben, wo die Wiese liegt,
Im Blütenschmuck, da schwirrt und
fliegt
Der Mücken Schwarm und Immen.
Wie sich's im hohen Grase regt
Und froh geschäftig sich bewegt,
Und summt mit feinen Stimmen!

Es steigt die junge Lerche frei
Empor gleich einem Jubelschrei
Im Wirbel ihrer Lieder.
Im nahen Holz der Kuckuck ruft,

Marie von Ebner-Eschenbach

Die Amsel segelt durch die Luft
Auf goldenem Gefieder,

O Welt voll Glanz und
  Sonnenschein,
O rastlos Werden, holdes Sein,
O höchsten Reichtums Fülle!
Und dennoch, ach – vergänglich nur
Und todgeweiht, und die Natur
Ist Schmerz in Schönheitsfülle.

Ein kleines Lied

Ein kleines Lied, wie geht's nur an,
Daß man so lieb es haben kann,
Was liegt darin? Erzähle!

Es liegt darin ein wenig Klang,
Ein wenig Wohllaut und Gesang
Und eine ganze Seele.

Das Schiff

Das eilende Schiff, es kommt durch
die Wogen
Wie Sturmwind geflogen;
Voll Jubel ertönt's vom Mast und
vom Kiele:
«Wir nahen dem Ziele!»
Der Fährmann am Steuer spricht
traurig und leise:
«Wir segeln im Kreise.»

Mitgefühl

Verständnis für jedwedes Leid,
Erbarmen mild mit jedem Fehle –
Daran in dieser Zeitlichkeit
Erkennst du die erwählte Seele.

Nur der das Leiden kennt,
Kennt auch ein heiß Erbarmen.
Der selber darbt, der gibt.
Großmütig sind die Armen.

Wilhelm Raabe

1831 – 1910

Wenn über stiller Heide

Wenn über stiller Heide
Des Mondes Sichel schwebt,
Mag lösen sich vom Leide
Herz, das in Leiden bebt.

Das Ewige ist stille,
Laut die Vergänglichkeit;
Schweigend geht Gottes Wille
Über den Erdenstreit.

In deinen Schmerzen schweige!
Tritt in die stille Nacht!
Das Haupt in Demut neige;
Bald ist der Kampf vollbracht.

Wenn hinter dir versunken,
Was Ohr und Auge bannt,
Dann hält die Seele trunken
Das Firmament umspannt.

Legt in die Hand das Schicksal dir
ein Glück,
Mußt du ein andres wieder fallen
lassen;
Schmerz und Gewinn erhältst du
Stück um Stück,

Und Tiefersehntes wirst du bitter
hassen.

Des Menschen Hand ist eine
Kinderhand,
Sie greift nur zu, um achtlos zu
zerstören;
Mit Trümmern überstreuet sie das
Land,
Und was sie hält, wird ihr doch nie
gehören.

Des Menschen Hand ist eine
Kinderhand,
Sein Herz ein Kinderherz im
heft'gen Trachten,
Greif zu und halt! ... da liegt der
bunte Tand;
Und klagen müssen nun, die eben
lachten.

Legt in die Hand das Schicksal dir
den Kranz,
So mußt die schönste Pracht du
selbst zerpflücken;
Zerstören wirst du selbst des
Lebens Glanz
Und weinen über den zerstreuten
Stücken.

Wilhelm Busch

1832 – 1908

Es sitzt ein Vogel auf dem Leim,
Er flattert sehr und kann nicht
heim.
Ein schwarzer Kater schleicht
herzu,
Die Krallen scharf, die Augen gluh.
Am Baum hinauf und immer höher
Kommt er dem armen Vogel näher.

Der Vogel denkt: Weil das so ist
Und weil mich doch der Kater frißt,
So will ich keine Zeit verlieren,
Will noch ein wenig quinquillieren
Und lustig pfeifen wie zuvor.
Der Vogel, scheint mir, hat Humor.

Der Einsame

Wer einsam ist, der hat es gut,
Weil keiner da, der ihm was tut.
Ihn stört in seinem Lustrevier
Kein Tier, kein Mensch und kein
Klavier,
Und niemand gibt ihm weise
Lehren,
Die gut gemeint und bös zu hören.
Der Welt entronnen, geht er still
In Filzpantoffeln, wann er will.
Sogar im Schlafrock wandelt er

Bequem den ganzen Tag umher.
Er kennt kein weibliches Verbot,
Drum raucht und dampft er wie ein
  Schlot.
Geschützt vor fremden
  Späherblicken,
Kann er sich selbst die Hose
  flicken.
Liebt er Musik, so darf er flöten,
Um angenehm die Zeit zu töten,
Und laut und kräftig darf er
  prusten,
Und ohne Rücksicht darf er husten,
Und allgemach vergißt man seiner.
Nur allerhöchstens fragt mal einer:
Was, lebt er noch? Ei schwerenot,
Ich dachte längst, er wäre tot.

Kurz, abgesehn vom Steuerzahlen,
Läßt sich das Glück nicht schöner
  malen.
Worauf denn auch der Satz beruht:
Wer einsam ist, der hat es gut.

Wilhelm Busch

Es wird mit Recht ein guter Braten
Gerechnet zu den guten Taten,
Und daß man ihn gehörig mache,
Ist weibliche Charaktersache.
Ein braves Mädchen braucht dazu
Mal erstens reine Seelenruh,
Daß bei Verwendung der Gewürze
Sie sich nicht hastig überstürze.
Dann zweitens braucht sie
Sinnigkeit,
Ja, sozusagen, Innigkeit,
Damit sie alles appetitlich,
Bald so, bald so und recht
gemütlich
Begießen, drehn und wenden
könne,
Daß an der Sache nichts verbrenne.

In Summa braucht sie Herzensgüte,
Ein sanftes Sorgen im Gemüte,
Fast etwas Liebe, insofern,
Für all die hübschen, edlen Herrn,
Die diesen Braten essen sollen
Und immer gern was Gutes wollen.
Ich weiß, daß hier ein jeder spricht:
Ein böses Mädchen kann es nicht.
Drum hab' ich mir auch stets
gedacht
Zu Haus und anderwärts:
Wer einen guten Braten macht,
Hat auch ein gutes Herz.

Dilemma

Das glaube mir – so sagte er –
Die Welt ist mir zuwider,
Und wenn die Grübelei nicht wär',
So schöß ich mich darnieder.

Was aber wird nach diesem Knall
Sich späterhin begeben?
Warum ist mir mein Todesfall
So eklig wie mein Leben?

Mir wäre doch, potzsapperlot,
Der ganze Spaß verdorben,
Wenn man am Ende gar nicht tot,
Nachdem, daß man gestorben.

Fuchs und Igel

Ganz unverhofft an einem Hügel
Sind sich begegnet Fuchs und Igel.
Halt, rief der Fuchs, der Bösewicht,
Kennst du des Königs Order nicht?
Ist nicht der Friede längst
verkündigt,
Und weißt du nicht, daß jeder
sündigt,
Der immer noch gerüstet geht?
Im Namen Seiner Majestät –

Geh her und übergib dein Fell!
Der Igel sprach: Nur nicht so
schnell!
Laß dir erst deine Zähne brechen,
Dann wollen wir uns weiter
sprechen.
Und alsogleich macht er sich rund,
Schließt seinen dichten
Stachelbund
Und trotzt getrost der ganzen Welt,
Bewaffnet, doch als Friedensheld.

Summa summarum

Sag, wie wär es, alter Schragen,
Wenn du mal die Brille putztest,
Um ein wenig nachzuschlagen,
Wie du deine Zeit benutztest.

Oft wohl hätten dich so gerne
Weiche Arme warm gebettet;
Doch du standest kühl von ferne,
Unbewegt, wie angekettet.

Oft wohl kam's, daß du die schöne
Zeit vergrimmtest und vergrolltest,
Nur weil diese oder jene
Nicht gewollt, so wie du wolltest.

Demnach hast du dich vergebens
Meistenteils herumgetrieben;
Denn die Summe unsres Lebens
Sind die Stunden, wo wir lieben.

Schein und Sein

Mein Kind, es sind allhier die Dinge,
Gleichviel, ob große, ob geringe,
Im wesentlichen so verpackt,
Daß man sie nicht wie Nüsse
knackt.

Wie wolltest du dich unterwinden,
Kurzweg die Menschen zu
ergründen.
Du kennst sie nur von außenwärts,
Du siehst die Weste, nicht das Herz.

Buch des Lebens

Haß, als minus und vergebens,
Wird vom Leben abgeschrieben.
Positiv im Buch des Lebens
Steht verzeichnet nur das Lieben.
Ob ein Minus oder Plus
Uns verblieben, zeigt der Schluß.

Ferdinand von Saar

1833 – 1906

Alter

Das aber ist des Alters Schöne,
Daß es die Saiten reiner stimmt,
Daß es der Lust die grellen Töne,
Dem Schmerz den herbsten Stachel nimmt.

Ermessen läßt sich und verstehen
Die eigne mit der fremden Schuld,
Und wie auch rings die Dinge gehen,
Du lernst dich fassen in Geduld.

Die Ruhe kommt erfüllten Strebens,
Es schwindet des verfehlten Pein –
Und also wird der Rest des Lebens
Ein sanftes Rückerinnem sein.

Felix Dahn **Hagens Sterbelied**

1834 – 1912

Nun werd' ich sehr alleine!
Die Fürsten liegen tot –
Wie glänzt im Mondenscheine
Der Estrich blutig rot!

Die fröhlichen Burgunden,
Wie sie nun stille sind!
Ich höre, wie aus Wunden
Das Blut in Tropfen rinnt.

Es steiget aus dem Hause
Ein Dunst von Blute schwer,
Schon kreischen nach dem Schmause
Die Geier rings umher.

Es schläft der König Gunter
In fieberwirrem Schlaf,
Seit ihn vom Turm herunter
Ein spitzer Bolzen traf.

Und Volker liegt erschlagen,
Er lachte, wie er fiel:
«Nimm all mein Erbe, Hagen,
Nimm du mein Saitenspiel.»

Er trug, vor Heunentücken
Geschirmt, die Fiedel traut
Auf seinem sichern Rücken,
Den nie ein Feind geschaut.

Sie scholl wie Nachtigallen,
Wenn Volker sie gespannt:
Wohl anders wird sie schallen
In meiner harten Hand.

Vier Saiten sind zersprungen –
Drei haften noch daran! –
Ich habe nie gesungen,
Ich bin kein Fiedelmann.

Doch treibt mich's zu versuchen,
Wie Hagens Weise geht;
Ich denk', ein gutes Fluchen
Ist auch kein schlecht Gebet!

So sei'n verflucht die Weiber,
Weib ist, was feig und schlecht:
Hier um zwei weiße Leiber
Verdirbt Burgunds Geschlecht!

Und Fluch dem Wahngetriebe
Von Sitte, Liebe, Recht:
Erlogen ist die Liebe,
Und nur der Haß ist echt.

Die Reue ist der Narren!
Nur das ist Atmens wert,
Im Tod noch auszuharren
Beim Groll, beim Stolz, beim
Schwert.

Und hätt' ich zu beraten
Neu meine ganze Bahn,
Ich ließe meiner Taten
Nicht eine ungetan.

Und käm', der Welt Entzücken,
Ein zweiter Siegfried her,
Ich stieß' ihm in den Rücken
Zum zweitenmal den Speer!

Was reißt ihr, feige Saiten?
Versagt ihr solchem Sang? – –
Ha, wer mit mächt'gem Schreiten
Kommt dort den Hof entlang?

Das ist kein Heunenspäher,
Das dröhnt wie Schicksalsgang,
Und näher, immer näher – –
Ein Schatte riesenlang. –

Auf, Gunter, jetzt erwache,
Den Schritt kenn ich von fern;
Auf, auf! der Tod, die Rache
Und Dietrich kommt von Bern!

Emil Ritterhaus

1804 – 1897

Die Sonntagspuppe

Es war an einem Sonntagmorgen –
Ob hell, ob düster, weiß ich nicht,
Ich weiß nur das – ich war in
Sorgen,
Und finster war mein Angesicht.
Mir war die Welt voll Gram und
Grauen,
Die Lust der Jugend schuf mir
Pein,
Nur helle Menschenaugen schauen
In Gottes Welt den Sonnenschein!

Ich hatte einen Freund gefunden,
Der heil'ge Treu' mir einst gelobt.
Nun kamen ernste, schwere
Stunden,
Nun war des Mannes Wort erprobt!
Jetzt hing mein Schiff an
schlimmen Riffen!
War nicht der Freund als Retter
nah?
Ich hätte gern die Hand ergriffen, –
Die Freundeshand, sie war nicht
da!

Mein Aug' ist schlecht geschickt
zur Träne;
Nicht stand ich mutlos und
erschlafft,

Doch brummt' ich knirschend in
die Zähne:
«Nun wohl! Mit Gott und eigner
Kraft!»
Und in den Zügen stand
geschrieben,
Wie mich geschmerzt der eitle
Trug,
Daß einen Namen, einen lieben,
Ich ausstrich aus des Herzens
Buch. –

Mit seiner Sonntagspuppe spielend
Mein Töchterlein im Zimmer saß;
Oft sah das Kind, zur Seite
schielend
Wie ich nur fast zum Scheine las,
Wie achtlos durch die Blätter
schweifend
Ich doch in schwarzen Träumen
blieb,
Und wie ich sinnend, leise pfeifend,
Gedankenvoll die Stirne rieb.
Ein närrisch Ding, mein kleines
Ännchen!
Wie ist das Fräulein sonst empört,
Wenn's in dem Spiel mit
Kaffeekännchen
Und Puppen je der Vater stört!
«Gib einen Kuß mir!» – «Nein, ich
danke,

Emil Ritterhaus

So laß mich doch in Ruh, Papa!»
Doch heute von dem
Puppenschranke
So oft zu mir die Kleine sah.

Und plötzlich kam mein Kind
gegangen,
Und leise sprach es drauf zu mir:
«Die Sonntagspupp' mit roten
Wangen,
Papa, ich leih' die Puppe dir!
Mit ihren allerschönsten Sachen
Hab' ich für dich sie angetan.
Papa, nun mußt du wieder lachen,
Nun sieh auch Anna freundlich an!»

Und als mir in das Auge schaute
Mein Kind wie sonn'ger Maientag,
Da fühlt' ich, wie im Herzen taute
Das Eis, das auf der Seele lag;
Da ward mir wieder froh zu Sinne,
Da wurde meine Stirne klar,
Und tiefbeschämet ward ich inne,
Wie unaussprechlich reich ich war.

Albert Möser

1835 – 1900

Liebe

Ich wußt' es längst: was immer sich liebt, nicht heut,
Nicht gestern fand sich's, Ewig-Verwandtes nur
Grüßt sich aufs neu im Liebesbund und
Feiert beseligtes Wiederfinden.

Vereint von Anfang spielten die Seelen einst
An weltentrückten seligen Küsten, bis
Ein grimmer Zwang die eng-verschlungnen
Scheidend verwob in der Dinge Hader.

Wenn nun sie neu sich finden, o Götterlust
Es sagt der Blick: «Wo säumtest du gar so lang,
Indes ich, ach! jahrtausendlang dich
Ewig vergebens im Weltall suchte?»

Und glückberauscht erneun sie den alten Bund:
«Mein andres Ich!» so flüstert es innig-traut,

«Du liebe Hälfte mein!» und sehnend
Streben sie wieder zur alten Einheit.

Mit Inbrunst drängt sich eins an des andern Brust,
Es geht von Aug' zu Auge der Liebe Strom,
Zum Lippenrand aufsteigend fließet
Seele mit Seele im Kuß zusammen.

Nachtlied

Auf Berg und Tal liegt stumm die Nacht,
Und lautlos schweigt die Runde,
Tief unten im Dorf nur sacht, ganz sacht
Bellen verschlafen die Hunde.

Es ziehen die Wolken, es rauscht der Wald,
Und murmelnd leise, leise
Singt tief der Bach im Felsenspalt
Die traumhaft alte Weise.

In Lüften hallt es wie
Sphärengesang,
Es leuchtet im Waldesgrunde,
Die Kirchturmuhr mit dröhnendem
Klang
Kündet die Geisterstunde.

Ein Hauchen und Flüstern
allüberall,
Mich treibt es, zu lauschen, zu
lauschen,
Mir ist's, als hört' ich vernehmbar
im All
Die Ströme des Lebens rauschen.

Das Schöne

Erst blüht es still und unbekannt
der Menge,
Sie gehn vorbei dem süßen
Himmelsbrote,
Der Schwarm ehrt nur die tönerne
Pagode,
Doch ist sein Geist für Göttliches zu
enge.

Albert Möser

Spät erst entdeckt's der Kenner im Gedränge,
Und sieh! gleich dräut ihm Neid als Antipode;
Doch endlich siegt's; o Glück, dann wird es Mode,
Und tausend Schwätzer weihn ihm Lobgesänge.

Nun stirbt, der's schuf, nach dunklem Erdenlose: –
Gleich schart das Volk sich zum Erinnrungsfeste,
Und hehr in Erz sieht ihn die Nachwelt ragen;

•

Und die ihn flohn in seines Lebens Tagen,
Sie sammeln sorgsam seines Daseins Reste
Und stehn gerührt vor seiner Tabaksdose.

Wilhelm Jensen

1837 – 1911

Eines

Du verlachst die Tagesmode?
Du verachtest ihren Sold?
Narr! Es geht die Kunst nach Brote,
Und die Schönheit geht nach Gold.

Tanze vor der Bundeslade,
Knixe vor dem Weltidol,
Räuchre gut und zeig die Wade,
Sei servil und sei frivol!

Und es wird die Welt dich krönen,
Wird dir Rang und Ruhm verleihn,
Und du wirst dich rasch gewöhnen,
Vor dir selbst ein Lump zu sein.

Ganz still; es liegt der Mittagsschein
Wie Flammen auf den fernen
    Bergesmatten;
Ein Hauch wacht auf und
    schlummert ein,
Und lautlos kürzen sich die
    Giebelschatten.

Vom Garten leisen Atems weht
Ein heißer Duft von Thymian und
    Lavendel,
Und leise hin und wieder geht
Der alten Wanduhr
    Amourettenpendel.

So ging in meiner Kindheit schon
Er tickend auf und ab die gleichen
Wege,
Und durch die Stille klingt sein Ton
Gleichwie verschollner Zeiten
Herzensschläge.

Was will ihr Raunen heut – was
rinnt
Durchs eigne Herz mir heut aus
ihrem Klange,
Daß es zu pochen auch beginnt
So lebenssüß und doch so
todesbange?

Umfängt in dieser Stille mich
Ein schauernd unsichtbares
Geisterweben,
Und ringt begrabene Liebe sich
In meinem Herzen auf nach neuem
Leben?

Abschied

Sie kam zu mir in roter
Dämmerstunde;
Der Garten lag von Veilchen
überblaut,

Und plötzlich stand sie vor mir,
ohne Laut,
Und sah mich an aus blauem
Augengrunde.

Vom ersten Grün der stillen
Blätterrunde
Hob sich ihr Antlitz wunder-
fremdvertraut,
Und leis nun bog sie sich gleich
einer Braut
Und küßte mich mit warmem,
weichem Munde.

Wer bist du? frug ich. Und sie
schlug die Lider
Fast schelmisch auf des süßen
Augenpaars,
Durch Tränen lächelnd: «Sieh, nun
kommt der Flieder!»

«Noch schau ich unter ihm dich
braunen Haars,
Und grüßen wollt' ich einmal noch
dich wieder
Mit letztem Kuß.» – Ach, meine
Jugend war's.

Martin Greif

1839 – 1911

Vor der Ernte

Nun rühret die Ähren im Felde
Ein leiser Hauch,
Wenn eine sich beugt, so bebet
Die andre auch.

Es ist, als ahnten sie alle
Der Sichel Schnitt –
Die Blumen und fremden Halme
Erzittern mit.

Zur Heimat

Meine Heimat liegt im Blauen,
Fern und doch nicht allzuweit,
Und ich hoffe sie zu schauen
Nach dem Traum der Endlichkeit.

Wann der Tag schon im Versinken
Und sein letztes Rot verbleicht,
Will es manchmal mich bedünken,
Daß mein Blick sie schon erreicht.

Max Haushofer

1840 – 1907

An Alrune

Wenn du die letzten Gedanken
denkst,
Sollst du darein mich schließen,
Wenn du die Seele von hinnen
lenkst,
Will ich dich sterbend grüßen.

Und schliefst du ein Jahrtausend
lang
Wohl unter Staub und Steine,
Mein süßes Lieb, sei mir nicht
bang,
Du schlummerst nicht alleine.

Und flögst du durch die Himmel
weit
Mit leichtbeschwingten Füßen,
Ich komme, um in seliger Zeit
Dich immer wieder zu grüßen.

Ich vergesse dich nicht,
Ich lasse dich nicht,
Mein bist du im Engen und Weiten!
Dein Auge grüßt mich noch im
Licht
Der fernsten Ewigkeiten.

Max Haushofer

An der Mühle

Der Wanderer steht am Wehr und
lauscht –
Was ist das für ein Klingen?
Der Waldbach tost; das Mühlrad
rauscht;
Dazwischen schallt's wie Singen.

Die Müllerin sitzt auf dem Stein
Und legt in den Schoß die Hände;
Sie singt ein Lied in die Wellen
hinein,
Das hat nicht Anfang und Ende.

Sie singt: Verloren, verloren ist
Ein armes Herz gegangen;
Und wenn ihr mir das Herz nicht
wißt,
Ihr werdet's nimmer erlangen!

Es ist als wie ein Lindenblatt
Den Bach hinuntergeschwommen;
Und drunten am großen Weltmeer
hat
Ein Schiffer es mitgenommen.

Er steckt es wohl auf seinen Hut,
Das Blättlein von der Linde;
Er denkt nur an sein Geld und Gut;
Das Blättlein geht mit dem Winde.

O Schiffer, laß die Kaufmannslast!
Laß sie im Land der Mohren!
Das Beste, was du bei dir hast,
Geht unterwegs verloren!

So klingt das Lied der Müllerin her,
Und die Räder schwingen sich
rauschend;
Demantne Tropfen sprühen am
Wehr;
Waldblumen nicken wie lauschend.

Der Wanderer wendet den Schritt
in Hast;
Lang klingt's in seinen Ohren:
Das Beste, was du bei dir hast,
Geht unterwegs verloren!

Simon Samuel Frug

1860 – 1916

Aber die Sterne

Es glänzt der Mond. Es glänzen die
Sterne
In wallender Nacht über Berg und
Tal ...
Und wieder les' ich die uralten
Blätter;
Ich las sie tausend und tausend
Mal.

Und wie ich lese die heiligen Worte,
Hält eine Stimme mich gebannt:
«Mein Volk, Du wirst sein wie die Sterne am Himmel,
Wie am Meeresgestade der Sand.»

Ich weiß es, mein Gott: Von deiner Verheißung
Wird sich erfüllen das leiseste Wort.
Ich weiß es, mein Gott: Es sucht nur Dein Wille
Die richtige Zeit, den richtigen Ort.

Und eines hat schon die Erfüllung gesehen,
Ich hab' es mit allen Sinnen gefühlt:
Wir sind zu treibendem Sande geworden,
Von jeglichem Fuße durchwühlt ...

Es hat sich erfüllt! ... Wie Sand und wie Steine
Zerstreut und zerstoben zu Schande und Spott!
... Nun aber die Sterne mit leuchtendem Scheine,
Die Sterne, die Sterne, wo sind sie, mein Gott? ...

Rudolf Baumbach

1840 – 1905

Aus der guten alten Zeit

Es melden Bücher und Sagen
So manches Wunderding
Von einem gelben Wagen,
Der durch die Länder ging.
Die Kutsche fuhr, man denke,
Des Tags drei Meilen weit
Und hielt vor jeder Schenke.
O gute, alte Zeit!

Es ward von den Passagieren
Zuvor das Haus bestellt,
Sie schieden von den Ihren,
Als ging's ans End der Welt.
Sie trugen die Louisdore
Vernäht in Stiefel und Kleid,
Im Sack zwei Feuerrohre. –
O gute, alte Zeit!

Oft, wenn die Reisegenossen
Sich sehnten nach Bett und Wirt,
Da brummte der Schwager
verdrossen:
«Potz Blitz! Ich hab mich verirrt.»
Von fern her Wolfsgeheule,
Kein Obdach weit und breit;
Es schnaubten zitternd die Gäule, –
O gute, alte Zeit!

Rudolf Baumbach

Auch war es sehr ergötzlich,
Wenn mit gewaltigem Krach
In einem Hohlweg plötzlich
Der Wagen zusammenbrach.
War nur ein Rad gebrochen,
So herrschte Fröhlichkeit.
Mitunter brachen auch Knochen.
O gute, alte Zeit!

Der Abenteuer Perle
War doch das Waldwirtshaus,
Es spannten verdächtige Kerle
Die müden Schimmel aus.
Ein Bett mit Federdecken
Stand für den Gast bereit,
Das zeigte blutige Flecken. –
O gute, alte Zeit!

Und waren der Gäste hundert
Verschwunden im Waldwirtshaus,
Dann schickte der Rat verwundert
Berittene Häscher aus.
Die Leichen wurden gefunden,
Bestattet und geweiht,
Der Wirt, gerädert, geschunden. –
O gute, alte Zeit!

Die Lindenwirtin

Keinen Tropfen im Becher mehr,
Und der Beutel schlaff und leer,
Lechzend Herz und Zunge, –
«Angetan hat mir's der Wein,
Deiner Äuglein heller Schein,
Lindenwirtin, du junge!»

«Angekreidet wird hier nicht,
Weil's an Kreide uns gebricht»,
Lacht die Wirtin heiter.
«Hast du keinen Heller mehr,
Gib zum Pfand dein Ränzel her,
Aber trinke weiter!»

Tauscht der Bursch sein Ränzel ein
Gegen einen Krug voll Wein,
Tät zum Gehn sich wenden.
Spricht die Wirtin: «Junges Blut,
Hast ja Mantel, Stab und Hut;
Trink und laß dich pfänden!

Da vertrank der Wanderknab
Mantel, Hut und Wanderstab,
Sprach betrübt: «Ich scheide.
Fahre wohl, du kühler Trank,
Lindenwirtin jung und schlank,
Liebliche Augenweide!»

Rudolf Baumbach

Spricht zu ihm das schöne Weib:
«Hast ja noch ein Herz im Leib:
Laß mir's, trauter Wandrer!»
Was geschah? – Ich tu's euch kund:
Auf der Wirtin rotem Mund
Brannte heiß ein andrer.

Der dies neue Lied erdacht,
Sang's in einer Sommernacht
Lustig in die Winde.
Vor ihm stand ein volles Glas,
Neben ihm Frau Wirtin saß
Unter der blühenden Linde.

Heinrich Seidel

1842 – 1906

Was bleibt?

Ach, was bleibt? – Ein kleiner
Hügel,
Drüber mit dem leichten Flügel
Froh ein Sommerfalter fliegt
Und das Gras im Wind sich wiegt.
Eine Weile Angedenken
Mag man wohl dem Schläfer
schenken;
Bald weiß niemand, wer da liegt.

Manche, die der Ruhm erhoben,
Hört man ein Jahrhundert loben
Oder ein Jahrtausend lang,
Bis auch sie die Zeit verschlang.
Die zum Höchsten einst erkoren –
Ihr Gedächtnis ging verloren,
Wie ein Lied im Wind verklang.

Fern noch ragen mächt'ge Gipfel
Als der Menschheit stolze Wipfel
Leuchtend aus dem Nebelmeer:
Alexander und Homer.
Aber jene Zeit wird kommen,
Da auch sie im Duft
verschwommen,
Und es nennt sie keiner mehr.

Unterdes in ew'gen Kreisen
Und in altgewohnten Gleisen
Ihre Bahn die Erde geht,
Achtlos, was auf ihr besteht.
Achtlos auf der Menschheit
Träume,
Wandelt sie durch Weltenräume,
Bis auch sie in Staub verweht.

Peter Rosegger

1843 – 1918

Die Gottsucher

Unendlich der Raum,
Unendlich die Zeit,
Kein Ziel und Halt
In Ewigkeit.
Die Kinder des Leides – sie sehen
und rufen,
Sie irren und zweifeln in Nacht und
Not
Und suchen nach Gott.

Sie suchen im Buchstaben,
Sie suchen im Bild,
Sie beten und bluten,
Sie streiten wild,
Entzünden die Scheiter zur
lodernden Fackel,
Sie suchen im Kelch und suchen im
Brot.
«Wo bist du, Gott?»

Sie suchen im Leben,
Sie suchen in Kunst,
Sie suchen in Grübeln
Und Liebesbrunst,
Sie suchen im düsteren Schaffen
der Tempel,
Sie rufen in der Freiheit Morgenrot:
«Wo bist du, Gott?»

Die Armen, sie wandern
Am Pilgerstab;
Die Weisen, sie suchen
Die Himmel ab;
Sie suchen im schuldlosen
Kinderherzen
Und fragen mit Grauen den starren
Tod:
«Wo bist du, Gott?»

Und sieh! im Suchen
Und heißen Streit
Steht immer der Herr
An ihrer Seit'
Und klopft ihnen lächelnd wohl auf
die Achsel:
«Ihr Kinder, schaut euch doch
einmal um!
Seid nicht so dumm!»

Detlev von Liliencron

1844 – 1909

Wiegenlied

Vor der Türe schläft der Baum,
Durch den Garten zieht ein Traum.
Langsam schwimmt der
Mondeskahn,
Und im Schlafe kräht der Hahn.
Schlaf, mein Wölfchen, schlaf.

Schlaf, mein Wulf. In später Stund
Küß ich deinen roten Mund.
Streck dein kleines dickes Bein,
Steht noch nicht auf Weg und Stein
Schlaf, mein Wölfchen, schlaf.

Schlaf, mein Wulf. Es kommt die
Zeit,
Regen rauscht, es stürmt und
schneit.
Lebst in atemloser Hast,
Hättest gerne Schlaf und Rast.
Schlaf, mein Wölfchen, schlaf.

Vor der Türe schläft der Baum,
Durch den Garten zieht ein Traum.
Langsam schwimmt der
Mondeskahn,
Und im Schlafe kräht der Hahn.
Schlaf, mein Wölfchen, schlaf.

Wer weiß wo

Auf Blut und Leichen, Schutt und
Qualm,
Auf roßzerstampften Sommerhalm
Die Sonne schien.
Es sank die Nacht. Die Schlacht ist
aus,
Und mancher kehrte nicht nach
Haus
Einst von Kolin.

Ein Junker auch, ein Knabe noch,
Der heut das erste Pulver roch,
Er mußte dahin.
Wie hoch er auch die Fahne
schwang,
Der Tod in seinen Arm ihn zwang,
Er mußte dahin.

Ihm nahe lag ein frommes Buch,
Das stets der Junker bei sich trug,
Am Degenknauf.
Ein Grenadier von Bevern fand
Den kleinen erdbeschmutzten Band
Und hob ihn auf.

Und brachte heim mit schnellem
Fuß
Dem Vater diesen letzten Gruß,
Der klang nicht froh.

Detlev von Liliencron

Dann schrieb hinein die Zitterhand:
«Kolin. Mein Sohn verscharrt im
Sand.
Wer weiß wo.»

Und der gesungen dieses Lied,
Und der es liest, im Leben zieht
Noch frisch und froh.
Doch einst bin ich, und bist auch
du,
Verscharrt im Sand, zur ewigen
Ruh,
Wer weiß wo.

Einen Sommer lang

Zwischen Roggenfeld und Hecken
Führt ein schmaler Gang;
Süßes, seliges Verstecken
Einen Sommer lang.

Wenn wir uns von ferne sehen,
Zögert sie den Schritt,
Rupft ein Hälmchen sich im Gehen,
Nimmt ein Blättchen mit.

Hat mit Ähren sich das Mieder
Unschuldig geschmückt,
Sich den Hut verlegen nieder
In die Stirn gerückt.

Finster kommt sie langsam näher,
Färbt sich rot wie Mohn;
Doch ich bin ein feiner Späher,
Kenn die Schelmin schon.

Noch ein Blick in Weg und Weite,
Ruhig liegt die Welt,
Und es hat an ihre Seite
Mich der Sturm gesellt.

Zwischen Roggenfeld und Hecken
Führt ein schmaler Gang;
Süßes, seliges Verstecken
Einen Sommer lang.

Auf dem Kirchhof

Der Tag ging regenschwer und
sturmbewegt,
Ich war an manch vergessenem
Grab gewesen.
Verwittert Stein und Kreuz, die
Kränze alt,
Die Namen überwachsen, kaum zu
lesen.
Der Tag ging sturmbewegt und
regenschwer,
Auf allen Gräbern fror das Wort:
Gewesen.

Detlev von Liliencron

Wie sturmestot die Särge
schlummerten,
Auf allen Gräbern taute still:
Genesen!

Friedrich Nietzsche

1844 – 1900

Nach neuen Meeren

Dorthin – will ich; und ich traue
Mir fortan und meinem Griff.
Offen liegt das Meer, ins Blaue
Treibt mein Genueser Schiff.

Alles glänzt mir neu und neuer,
Mittag schläft auf Raum und Zeit: –
Nur dein Auge – ungeheuer
Blickt mich's an, Unendlichkeit!

Das Wort

Lebend'gem Worte bin ich gut.
Das springt heran so wohlgemut,
Das grüßt mit artigem Genick,
Ist lieblich selbst im Ungeschick,

Hat Blut in sich, kann herzhaft
schnauben,
Kriecht dann zum Ohre selbst dem
rauben,
Und ringelt sich und flattert jetzt,
Und was es tut – das Wort ergötzt.

Doch bleibt das Wort ein zartes
Wesen,
Bald krank und aber bald genesen.
Willst ihm sein kleines Leben
lassen,
Mußt du es leicht und zierlich
fassen,
Nicht plump betasten und
bedrücken,
Es stirbt oft schon an bösen
Blicken –

Und liegt dann da, so ungestalt,
So seelenlos, so arm und kalt,
Sein kleiner Leichnam arg
verwandelt,
Von Tod und Sterben mißgehandelt.

Ein totes Wort – ein häßlich Ding,
Ein klapperdürres Kling-Kling-
Kling.
Pfui allen häßlichen Gewerben,
An denen Wort und Wörtchen
sterben!

Friedrich Nietzsche

Vereinsamt

Die Krähen schrein
Und ziehen schwirren Flugs zur
Stadt:
Bald wird es schnein –
Wohl dem, der jetzt noch Heimat
hat!

Nun stehst du starr,
Schaust rückwärts, ach, wie lange
schon!
Was bist du, Narr,
Vor winters in die Welt entflohn?

Die Welt – ein Tor
Zu tausend Wüsten stumm und kalt!
Wer das verlor,
Was du verlorst, macht nirgends
Halt.

Nun stehst du bleich,
Zur Winterwanderschaft verflucht,
Dem Rauche gleich,
Der stets nach kältern Himmeln
sucht.

Flieg, Vogel, schnarr
Dein Lied im Wüstenvogelton! –
Versteck, du Narr,
Dein blutend Herz in Eis und Hohn!

Die Krähen schrein
Und ziehen schwirren Flugs zur
Stadt:
– Bald wird es schnein,
Weh dem, der keine Heimat hat!

Dem unbekannten Gott

Noch einmal, eh' ich weiterziehe
Und meine Blicke vorwärts sende,
Heb' ich vereinsamt meine Hände
Zu Dir empor, zu dem ich fliehe,
Dem ich in tiefster Herzenstiefe
Altäre feierlich geweiht,
Daß allezeit
Mich deine Stimme wieder riefe.

Darauf erglüht tief eingeschrieben
Das Wort: Dem unbekannten Gotte.
Sein bin ich, ob ich in der Frevler
Rotte
Auch bis zur Stunde bin geblieben:
Sein bin ich – und ich fühl' die
Schlingen,
Die mich im Kampf darniederziehn
Und, mag ich fliehn,
Mich doch zu seinem Dienste
zwingen.

Friedrich Nietzsche

Ich will Dich kennen, Unbekannter,
Du tief in meine Seele Greifender,
Mein Leben wie ein Sturm
    Durchschweifender,
Du Unfaßbarer, mir Verwandter!
Ich will Dich kennen, selbst Dir
    dienen.

Das trunkene Lied

O Mensch! Gib acht!
Was spricht die tiefe Mitternacht?
«Ich schlief, ich schlief –,
Aus tiefem Traum bin ich
    erwacht: –
Die Welt ist tief,

Und tiefer als der Tag gedacht.
Tief ist ihr Weh – ,
Lust – tiefer noch als Herzeleid:
Weh spricht: Vergeh!
Doch alle Lust will Ewigkeit – ,
Will tiefe, tiefe Ewigkeit!»

Pinie und Blitz

Hoch wuchs ich über Mensch und
Tier;
Und sprech ich – niemand spricht
mit mir.

Zu einsam wuchs ich und zu
hoch –
Ich warte: worauf wart ich doch?

Zu nah ist mir der Wolken Sitz –
Ich warte auf den ersten Blitz.

Ecce Homo

Ja! Ich weiß, woher ich stamme!
Ungesättigt gleich der Flamme
Glühe und verzehr ich mich.
Licht wird alles, was ich fasse,
Kohle alles, was ich lasse:
Flamme bin ich sicherlich!

Carl Spitteler **Die Glockenjungfern**

1845 – 1924

Die Glockenjungfern schwingen
Sich hoch vom Turm und singen
Ein Morgenjubellied im Chor.
Kein Engelmund tönt reiner,
Je ferner, desto feiner,
Und niemals fehlt ihr kluges Ohr.

Verknüpft die Schwesternhände
Zur Kette ohne Ende,
Blüht durch das Blau der farbige
Kranz.
Auf Schlüsselblumenmatten
Segelt ihr Wolkenschatten
Rainauf, rainab im flüchtigen Tanz.

Frühling und Lerchenlieder –
Sie jauchzen alles nieder,
Siegreich behauptend ihren Ton.
Die Sonne horcht von oben,
Das Echo möcht's erproben,
Versucht's und wiederholt es schon.

Der Wanderer im Staube
Erhebt das heiße Auge,
Lächelt und hemmt den müden
Schritt.
Doch längs dem Weg die Wellen,
Die durch das Bächlein schnellen,
Laufen in flinken Sprüngen mit,

Da mahnt vom Turm ein Zeichen –
Ein plötzliches Erbleichen,
Und alles heimwärts stürzt und
drängt.
O weh! der Jungfern kleinste,
Die Lieblichste, die Feinste
Ist von dem Reigen abgesprengt.

Sie huscht auf leisen Sohlen
Die Schwestem einzuholen,
Den Finger ängstlich an dem
Mund,
Jetzt langt sie an mit Zagen –
Ein Taubenflügelschlagen –
Schlüpft ein – und stille wird's im
Rund.

Horch! welch Posaunenschweigen!
Die Lüfte kreisen, steigen
Und lauschen nach dem Turm
vereint,
Ob irgendwo ein Röckchen,
Ein Zipfel oder Söckchen
Der Glockenjungfern noch
erscheint.

Ernst von Wildenbruch

1845 – 1909

Weihnacht

Die Welt wird kalt, die Welt wird
stumm,
Der Winter-Tod geht schweigend
um;
Er zieht das Leilach weiß und dicht
Der Erde übers Angesicht –
Schlafe – schlafe.

Du breitgewölbte Erdenbrust,
Du Stätte aller Lebenslust,
Hast Duft genug im Lenz gesprüht,
Im Sommer heiß genug geglüht,
Nun komme ich, nun bist du mein,
Gefesselt nun im engen Schrein –
Schlafe – schlafe.

Die Winternacht hängt schwarz
und schwer,
Ihr Mantel fegt die Erde leer,
Die Erde wird ein schweigend
Grab,
Ein Ton geht zitternd auf und ab:
Sterben – sterben.

Da horch – im totenstillen Wald
Was für ein süßer Ton erschallt?
Da sieh – in tiefer dunkler Nacht
Was für ein süßes Licht erwacht?
Als wie von Kinderlippen klingt's,

Von Ast zu Ast wie Flammen
springt's,
Vom Himmel kommt's wie
Engelsang,
Ein Flöten- und Schalmeienklang:
Weihnacht! Weihnacht!

Und siehe – welch ein
Wundertraum:
Es wird lebendig Baum an Baum,
Der Wald steht auf, der ganze Hain
Zieht wandelnd in die Stadt hinein.
Mit grünen Zweigen pocht es an:
«Tut auf, die sel'ge Zeit begann,
Weihnacht! Weihnacht!»

Da gehen Tür und Tore auf,
Da kommt der Kinder Jubelhauf,
Aus Türen und aus Fenstern bricht
Der Kerzen warmes Lebenslicht.
Bezwungen ist die tote Nacht,
Zum Leben ist die Lieb' erwacht,
Der alte Gott blickt lächelnd drein,
Des laßt uns froh und fröhlich sein!
Weihnacht! Weihnacht!

Karl Weitbrecht

1847 – 1903

Am Lebensmahl

Reichlich hast du mir, Geschick,
Auf die große Reise
Meines Lebens Tisch gedeckt
Und mit mancher Speise.

Volle Schüsseln Sorg und Not,
Ganze Trachten Mühe,
Und von Torheit, Leidenschaft
Manche trübe Brühe!

Guter Arbeit manches Stück,
Auch ein Schnittchen Ruhe,
Hie und da ein Leibgericht
Aus der Schönheit Truhe!

Saure Schicksalsäpfel oft
Hab' ich angebissen,
An des Denkens harter Nuß
Manchen Zahn zersplissen.

Daß nicht völlig ohne Schmuck
Meine Tafel bliebe,
Hast du in ein Glas gestellt
Auch ein Sträußchen Liebe.

Und des Leides herben Wein
Hast du nicht vergessen –
Nur der Freude schlichtes Brot
Hast du karg bemessen.

Emil Prinz von Schönaich-Carolath

1852 – 1908

Es rollt so träge das graue Meer,
Der Mond wird trüber und trüber,
Die Sterne sanken; von Capri her
Zieht ein Gewitter herüber.

Nachtfalter flattern mit leisem
Geschwirr
Um unsre bunte Laterne;
Durch der Veranda Rankengewirr
Stößt Südwind aus schwüler Ferne.

Vergebt, daß der Falernerwein
Verperlt in den Kristallen,
Vergebt, daß Jugendträumerein
Beim Festmahl mich befallen.

Ihr sangt in heimatlichem Chor
Vom Mühlrad im kühlen Grunde;
Nun klingt das alte Lied im Ohr,
Das Scherzwort stirbt im Munde.

Spät ist's, der rechte Frohsinn
schied,
Wie konnte das geschehen?
Im fremden Lande das deutsche
Lied –
Kommt, laßt uns schlafen gehen.

Emil Prinz von Schönaich-Carolath

Spielmannslied

Drei Rosen gab sie mir, drei
    Küsse –
Sie sprach von Lieb' und ew'ger
    Treu,
Es blühten Flieder und Narzisse,
Die Grillen sangen fern im Heu.

Und eh die Rosen welk im Glase,
Und eh zu End die Junizeit,
Da hatten Eltern und Frau Base
Sie einem reichen Mann gefreit.

Und Tags darauf lag mir zu Füßen
Die Heimatstadt im Abendstrahl,
Die Rosen warf als letztes Grüßen
Hinunter ich ins tiefe Tal,

Doch die drei Küsse gab ich
    weiter –
Und ward ein Spielmann
    wohlbekannt,
Der fiedeln geht, bald ernst, bald
    heiter,
Von Tür zu Tür, von Land zu Land.

Gustav Falke

1853 – 1916

Gebet

Herr, laß mich hungern dann und
wann,
Satt sein macht stumpf und träge,
Und schick mir Feinde, Mann um
Mann,
Kampf hält die Kräfte rege.

Gib leichten Fuß zu Spiel und Tanz,
Flugkraft in goldne Ferne,
Und häng den Kranz, den vollen
Kranz,
Mir höher in die Sterne.

Die Morgenpredigt

Die Felder lagen still und schwer,
Der Sommer brachte Segen.
Wir gingen kreuz und gingen quer
Und kamen von den Wegen.

Es stand ein roter Mohn im Korn
Und eine weiße Winde,
Es hing ein kleines Nest im Dorn,
Aus Halmen und aus Rinde.

Gustav Falke

Ein Sonntag war's, das Dorf
versteckt
In Andacht und in Frieden,
Und wir, von Wall und Busch
umheckt,
Von allen abgeschieden.

Dort fiel nun wohl vom Kanzelbord
In die erbaute Menge
Gar manches gute Liebeswort
Und manches Wort der Strenge.

Hier ward uns eine Predigt rings
Aus Sonne und aus Stille,
Das Leuchten eines Schmetterlings,
Das Zirpen einer Grille.

Und hier und da ein Liebeswort
So abseits von den Wegen.
Die Ähren wogten leise fort,
Der Sommer brachte Segen.

Wenn ich sterbe

Legt rote Rosen mir um meine
Stirne,
Im Festgewande will ich von euch
gehn,

Und stoßt die Fenster auf, daß die
Gestirne
Mit heiterm Lächeln auf mein
Lager sehn.

Und dann Musik! Und während
Lieder schallen,
Von Hand zu Hand der
Abschiedsbecher blinkt,
Mag mählich über mich der
Vorhang fallen,
Wie Sommernacht auf reife Felder
sinkt.

Isolde Kurz **Wegwarte**

1853 – 1944

Mit nackten Füßchen am
Wegesrand,
Die Augen still ins Weite gewandt,
Saht ihr bei Ginster und Heide
Das Mädchen im blauen Kleide?

«Das Glück kommt nicht in mein
armes Haus,
Drum stell ich mich hier an den
Weg heraus,
Und kommt es zu Pferde, zu Fuße,
Ich tret ihm entgegen mit Gruße.»

Isolde Kurz

Es ziehen der Wanderer mancherlei
Zu Pferd, zu Fuß, zu Wagen vorbei.
«Habt ihr das Glück nicht gesehen?»
Die lassen sie lachend stehen.

Der Weg wird stille, der Weg wird leer.
«So kommt denn heute das Glück nicht mehr?»
Die Sonne geht rötlich nieder,
Ihr starren im Winde die Glieder.

Der Regen klatscht ihr ins Angesicht,
Sie steht noch immer, sie merkt es nicht:
«Vielleicht ist es schon gekommen,
Hat die andere Straße genommen.»

Die Füßchen wurzeln am Boden ein,
Zu Blumen werden der Augen Schein.
Sie fühlt's und fühlt's wie im Traume,
Sie wartet am Wegessaume.

Die gute Wäscherin

So weiß kann keine Wäscherin
Als wie die Liebe waschen,
Da bringt Verschwärzen nicht
Gewinn,
Sie haucht nur auf die Flecken hin,
Und weg sind Staub und Aschen.

Die Trän' aus ihrem Aug' so treu
Ist wundertät'ge Lauge,
Nicht Jordans Wasser schafft so
neu,
So rein macht Buße nicht und Reu'
Wie Trän' aus Liebesauge.

Und wär' die Schuld so riesengroß,
Und könnt' sie Engel fällen,
Und reicht' bis in der Hölle Schoß,
Die Liebe wäscht sie fleckenlos
Mit ihres Herzbluts Wellen.

O schilt mir nicht um ihren Fleiß
Die Wäscherin, die gute!
Und wäscht sie auch die Mohren
weiß,
Sie tut's mit Tränen rein und heiß,
Sie tut's mit ihrem Blute.

Isolde Kurz **Amors Schmiede**

SIE:
Ist's denn wahr und ward dies alte,
Trübe Herz an meinem jung?
Ach, in deiner Brauen Falte
Wacht und webt Erinnerung.

Als du mir, der Spätverlornen,
Sankst ans Herz zum erstenmal,
Neuer lacht dem Blindgebornen
Nicht des Lichtes erster Strahl.

Doch ich weiß, an deinem Munde
Haben andre sich berauscht,
Haben in verschwiegner Stunde
Seel' um Seele dir getauscht.

All die goldnen Liebesscherze
Sind ein Spiel, das dir vertraut.
Liebster, sag, auf solches Herze
Ist mein Glück denn fest gebaut?

Er:
Weiß ja, was in Herzensgrunde
Dir geheime Sorgen schafft.
Höre drum aus meinem Munde
Lehre tiefster Wissenschaft:

Amor ist ein Schmied geheißen,
Steht am Feuer Nacht und Tag,
Auf sein alt' und neues Eisen
Führt er singend manchen Schlag.

Herzen schartig rostzerfressen
Nimmt er gern und schmilzt sie
ein,
Aus dem Feuer seiner Essen
Gehn sie ganz und spiegelrein.

Sieh, das meine sonst so trübe,
Hell entstrahlt ihm jetzt dein Bild,
Nimm's und glaub, daß jede Liebe
Gleich der ersten Liebe gilt.

Isolde Kurz **Mädchenliebe**

Nächtlich war's am stillen Weiher,
Wo ich ihm zur Seite stand,
Als im Wind mein langer Schleier
Sich um seinen Nacken wand.

Ach, was ließ ich's nur geschehen,
Daß er fest den Knoten schlang,
Mich an seiner Hand zu gehen,
Ein gefangnes Füllen, zwang!

Denn seitdem auf allen Wegen
Fühlt' ich unzerreißlich stets
Über mich und ihn sich legen
Magisch jenes Schleiers Netz.

Seit mich gar sein Arm umwindet,
Schwand der Freiheit letzter Rest.
Fessel, die uns beide bindet,
Liebe Fessel, halte fest!

Peter Hille

1854 – 1904

Waldesstimme

Wie deine grüngold’nen Augen funkeln,
Wald, du moosiger Träumer!
Wie deine Gedanken dunkeln,
Einsiedel, schwer von Leben,
Saftseufzender Tagesversäumer!

Über der Wipfel Hin- und Widerschweben,
Wie’s Atem holt und voller wogt und braust
Und weiter zieht –
und stille wird –
und saust.

Über der Wipfel Hin- und Widerschweben,
Hoch droben steht ein ernster Ton,
Dem lauschten tausend lahre schon
Und werden tausend Jahre lauschen …
Und immer dieses starke, donnerdunkle Rauschen.

Peter Hille

Kind

Süßer Schwindel schlägt hinüber,
Heiße Blicke gehen über,
Und ein neues Leben rinnt,
Unserer Liebe starke Wonnen
Sammelt ein als starke Sonnen
In die Himmel seiner Augen
Unser Kind.

Abbild

Seele meines Weibes, wie zartes
  Silber bist du.
Zwei flinke Fittiche weißer Möwen
Deine beiden Füße.
Und dir im lieben Blute auf
Steigt ein blauer Hauch,
Und sind die Dinge darin
Alle ein Wunder.

Heinrich Hart **Gott**

1855 – 1906

Der du nicht Stein bist, doch des Steines Kraft,
Die Kern und Schale hält in enger Haft.

Der du nicht Rose bist, doch ihre Pracht,
Ihr Duft, ihr Auge, das zur Sonne lacht.

Der du nicht Eiche bist, doch wohl ihr Mark,
Der Stolz, der aus ihr atmet, lebensstark.

Die Welt ist nichts als Form, in der du prägst,
Ist nichts als die Gewandung, die du trägst.

Ist nichts als Spiegelbild von deinem Sein,
Nur du bist Wahrheit, doch das Bild ist Schein.

Ich bin ein Mensch, mein Geist umspannt das All,
Durch meine Seele rauscht der Sphären Hall.

Heinrich Hart

Ich höre was der Lerche Jubel sagt,
Ich höre was des Meeres Brandung
klagt.

Ich sehe was des Feuers Auge
glüht,
Ich sehe was im Schoß der Lilie
blüht.

Ich fühle was im Blut der Erde
ringt,
Den Hauch, der von den Sternen
niederdringt.

Nein, nein, nicht ich; was gilt dem
Fleische Duft,
Was gilt dem Leibe reine
Himmelsluft!

Was gilt dem Staubkorn
unermeßner Raum,
Was gilt der Fäulnis ewigen Lebens
Traum!

Nicht ich, nicht ich; mein Ich, dem
Tod geweiht,
Ist lauter Elend, lauter Niedrigkeit.

Mein Ich hört nur den Schrei der
eignen Not,
Du hörst in mir der Liebe Allgebot.

Mein Ich sieht nur den Glimmer,
nur den Schein,
Du siebst in mir ins Herz der Welt
hinein.

Mein Ich fühlt nur, was
schmeichelnd ihm behagt,
Du fühlst in mir, was sich zu opfern
wagt.

Du zehrst an mir, wie Glut an
Eisen zehrt,
Du ruhst nicht, bis ich schlackenlos
verklärt.

Läßt du von mir, bin ich ein Spiel,
ein Spott;
Mein Ich, erfüllt mit Dir, ist selber
Gott.

Weltfeier

Alle Zweifel, alle Ängste, alle
Schmerzen, alle Sorgen –
Werft von euch des Alltags Lasten,
denn es kommt der große
Morgen.

Heinrich Hart

Schon im Osten steigt die Sonne,
rosengoldne Ströme fließen,
Alle Wälder sind wie Tempel,
Wunderblumen seh' ich
sprießen.

Und nun naht der Freudenbringer
mit dem leuchtenden Pokale.
Trinkt den Wein der Ewigkeiten
aus der gottgeweihten Schale.

Sättigt euch, doch ohne Speise;
horchet auf, doch ohne Ohren;
Sprecht, doch ohne Schall und
Worte; schweigt, als wär't ihr
stumm geboren.

Seid stets fröhlich, o Verliebte,
trinkt und zecht nach
Wohlgefallen,
Kränzt das Haupt mit
Rosenkränzen, tretet in die
Marmorhallen.

Horcht, des Herolds Stimme ruft
uns; Starken nur gilt sein
Verlangen,
Nur die Starken sind geladen, die
nicht zweifeln und nicht bangen;

Nur die Reinen, Unbestaubten, die
in Liebesflammen brennen,
Nur die glaubenskühn Verweg'nen,
die den Weg zum Gipfel kennen;

Die den Weg zur Hölle schreiten,
wie von Fittichen getragen,
Die in Ichsucht nie befangen,
göttlich fühlen, göttlich wagen.

Kommt, ihr Starken, ihr
Verweg'nen, – eure Fasten sind
zu Ende,
Alle Welten, alle Sterne biet' ich
euch als Liebesspende.

Trinkt den Becher, der nicht leer
wird, unser Festtag ist
gekommen,
Und mit tausend Sonnenflammen
ist der Freudentag entglommen.

Und in sel'gen Liebesgluten halten
wir das All umschlossen,
Ew'ger Frühling, ew'ges Leben ist
in unserm Sein entsprossen.

Ludwig Ganghofer

1855 – 1920

Es war einmal ...

Es war einmal ... wie Märchen
klingt es,
Aus alter, hingestorbner Zeit,
Es war einmal ... wie Schwalben
singt es,
Ein Lied voll süßer Zärtlichkeit.

Es war einmal ... der Kindheit
Freuden
Erwachen neu mit diesem Wort,
Und aus dem Dornkranz kleiner
Leiden
Strahlt meiner Jugend goldner
Hort.

Das stille Forsthaus seh' ich
winken
Aus junger Bäume grünem Kranz,
Und seine Fenster seh' ich blinken
Im hellen Morgensonnenglanz.

Der weiße Hof mit seinem Leben,
Des weiten Gartens Duft und Flor,
Und überall Gespinst von Reben ...
Das alles steigt vor mir empor.

Ich seh' das liebe, traute Stübchen'
– Tisch, Estrich, Wände ... alles
weiß –
Zwei Hände, weich und voller
Grübchen,
Sie walten hier mit stillem Fleiß.

Ich hör' das Spinnerädchen
schnurren ...
Hei, wie der Silberfaden fliegt!
Den braunen Teckel hör' ich
knurren,
Der träumend unterm Ofen liegt.

Des Nachmittages goldner
Schimmer
Quillt durch die Fenster, dicht
umlaubt ...
Es stiehlt ein Strahl sich tief ins
Zimmer
Und webt sich um der Mutter
Haupt.

Es tickt die Uhr, die Stunden
rinnen,
Der Kuckuck ruft sein flüchtig
Lied ...
Mutter? Was hörst du auf zu
spinnen?
Sind deine lieben Hände müd?

Ludwig Ganghofer

Ach ja ... es will der Tag sich wenden,
Die Schatten werden schwarz und lang,
Das Lied der Schwalben hör' ich enden,
Der erste Unkenruf erklang.

Horch! Wie es raschelt um den Weiher!
Es dunkelt schon der nahe Forst,
Und hoch im Dämmer zieht ein Reiher
Mit schwerem Flug nach seinem Horst.

Die Sonne sank ... aus goldnen Weiten
Warf einen Schein sie noch ins Tal ...
Vom Türmlein schwebt das letzte Läuten
Sanft in die Luft ... es war einmal!

Ferdinand Avenarius

1856 – 1923

Kornrauschen

Bist du wohl im Kornfeld schon gegangen,
Wenn die vollen Ähren überhangen,
Durch die schmale Gasse dann inmitten
Schlanker Flüsterhalme hingeschritten?
Zwang dich nicht das heimelige Rauschen,
Stehn zu bleiben und darein zu lauschen?
Hörtest du nicht aus den Ähren allen
Wie aus weiten Fernen Stimmen hallen?
Klang es drinnen nicht wie Sichelklang?
Sang es drinnen nicht wie Schnittersang?
Hörtest nicht den Wind du aus den Höhn
Lustig sausend da die Flügel drehn?
Hörtest nicht die Wasser aus den kühlen
Tälern singen du von Rädermühlen?

Ferdinand Avenarius

Leis, ganz leis nur hallt das und verschwebt,
Wie im Korn sich Traum mit Traum verwebt
In ein Summen wie von Orgelklingen,
Drein ihr Danklied die Gemeinden singen.
Rückt die Sonne dann der Erde zu,
Wird im Korne immer tiefre Ruh',
Und der liebe Wind hat's eingewiegt,
Wenn die Mondnacht schimmernd drüber liegt.
Wie von warmem Brot ein lauer Duft
Zieht mit würz'gen Wellen durch die Luft.

Freud' an der Welt

Wie auch der Jahre
Würfel mir fällt;
Vater, bewahre
Mir Freud' an der Welt.

Daß nicht der klügelnde
Sinn bewegt,
Daß mich beflügelnde
Liebe trägt.

Laß mich im Lebenden
Nicht einsam stehn,
Laß im Umgebenden
Mich Heimat sehn.

Gib mir zu allen
Klängen der Lust
Ein Widerhallen
Aus eigner Brust.

Zu aller Schmerzen
Trauergesang
Aus eignem Herzen
Den Gegenklang!

Jubel und Klagen
Mit allem umher
Gemeinsam tragen –
Was will ich mehr?

Glied unter Gliedern
Im Ganzen allein –
Ach, unter Brüdern
Bruder zu sein!

Jakob Löwenberg

1856 – 1929

Laterne! Laterne!

Noch einmal glänzt wie
Goldgeschmeide
Die Flut des Stromes leuchtend auf,
Da steigt in leichtem Nebelkleide
Der Sommerabend still herauf.
Und wie er durch die Gassen
schreitet,
Aufatmend jede Brust sich weitet.
Es ist, als kläng' ein Friedenswort,
Und Lärm und Unrast fliehen fort.

Da kommt's aus Tür und Tor
gesprungen
Und ordnet sich in langer Reih,
Ein Zug von Mädchen und von
Jungen,
Ein Käsehoch ist auch dabei.
Wie sie die Köpfchen drehn und
wenden,
Die Stocklaterne hoch in Händen!
Dann zieht's mit feierlichem Sang
Die Straße langsam stolz entlang:
«Laterne! Laterne!
Sonne, Mond und Sterne!
Meine Laterne brennt so schön!
Morgen wollen wir wieder gehn.»

Die Sonne, tief schon in den Fluten,
Hört lächelnd noch der Kinder
Reih'n:

«Sie kommen schon, ich muß mich
sputen»,
Und zieht die letzten Strahlen ein.
Der Mond springt hinter
Wolkenhaufen:
«Ich will doch heimlich mit euch
laufen.»
Ein Stern nur blinzelt ohne Ruh,
Dann hält er sich die Augen zu.
«Laterne! Laterne!
Sonne, Mond und Sterne!
Meine Laterne brennt so schön!
Morgen wollen wir wieder gehn.»

Ich schau vom Straßentor alleine
Dem Zuge nach mit trübem Sinn,
Mir ist's, als zög in hellem Scheine
Dort meine eigne Kindheit hin.
Und mit ihr Traum und Frieden
gehen. –
Des Lebens goldne Fäden wehen
Leuchtend weiter in schnellem
Flug:
Mein Kind, mein Kind singt mit im
Zug:
«Laterne! Laterne!
Sonne, Mond und Sterne!
Meine Laterne brennt so schön!
Morgen wollen wir wieder gehn.»

Julius Hart

1859 – 1930

Nachtwache

Um Haupt und Leib mir wallen
Dunkle Nebel der Nacht,
Auf Herz und Sinne fallen
Finsternisse mit Macht.

Die düstern Wolken schreiten
Drohend über das Land,
Schatten vorübergleiten
Und fassen mein Gewand.

Sie fassen an meine Seele
Und greifen in mein Hirn,
O lisch in Nacht und Schwele –
Verlisch nicht, mein Gestirn!

Und wasche mit Feuerwellen
Von meinem Busen die Schuld,
Ström' über mich den hellen
Glanz deiner ewigen Huld!

Ich bin eine flackernde Leuchte,
Ich bin ein schwankes Rohr –
Du, schau' meiner Augen Feuchte!
Gnade, führ' mich empor!

Gerhart Hauptmann

1862 – 1946

Ich kam vom Pflug der Erde
Zum Flug ins weite All –
Und vom Gebrüll der Herde
Zum Sang der Nachtigall.

Die Welt hat manche Straße
Und jede gilt mir gleich;
Ob ich ins Erdreich fasse,
Ob ins Gedankenreich.

Es wiegt mit gleicher Schwere
Auf Erden jedes Glied –
Ihr gebt mir eure Ähre,
Ich gebe euch mein Lied.

Du weißt nicht

Du weißt nicht, was du gewesen
bist.
Du weißt nicht, wozu du genesen
bist. –
Du bist noch von jedem Leiden
genesen.
Du bist! und also bist du gewesen!
Und also wirst du auch niemals
sterben,
Sondern nur Leben um Leben
erwerben. –

Gerhart Hauptmann

Was hast du jemals im Tode erkannt?
Weder Luft noch Wasser, noch trockenes Land!
Nicht Freund, nicht Weib, nicht Welt, nicht Geist,
Nicht was Gott, was Hölle, was Himmel heißt.
Dich lehrte der Tod weder Ja noch Nein,
Weder Dulder noch Überwinder sein:
Nun bist du Dulder, bist Überwinder!
Wir sind es alle, des Daseins Kinder.
Bleibt mir vom Leib mit eurem Geschrei,
Daß der Mensch nur ein Häuflein Asche sei!
Seine eigene Asche hat niemand gesehn!
Wovon wir wissen, ist Auferstehn!

Das Feuer minn' ich

Das Feuer minn' ich,
Das Feuer verehr' ich
Ein Feuer bin ich,
Zum Feuer kehr' ich.

Muß ich einst ruhen tief in der
Erden,
Werd' ich zum schlafenden Feuer
werden,
Schlafende Feuer, wachende
Flammen
Schlagen doch einstmals wieder
zusammen.

Traumgesicht

Wüßt ich, was der ewige Geist
Mir im Traume wies –
Er, den Erd und Himmel preist –,
Als er mich verstieß
In der fremden Wüste Rot
Aus dem Meer der Zeit,
Preisgegeben aller Not
In der Ewigkeit.
Und ich stand im Glutensand:
Gestern nicht noch heut
War dem Pulsenden bekannt!
Und von nichts betreut,

Gerhart Hauptmann

Stand ich ausgestoßen da,
Niemand zugetan,
Fremd war alles, was ich sah,
Alles Schein und Wahn.
Und ein Wesen – war's ein Mann? –
Glutensandverwühlt,
Sah mich fremd und schweigend
an,
Kalt und ungefühlt.
Irgendwie ward ich ergötzt,
Als ich Garben sah,
Wie von Menschenhand gesetzt:
War ich Menschen nah?
Doch mich trafs wie stummer
Schrei:
Es war leeres Stroh!
Ach, die Ernte wir vorbei
Und der Weizen: wo?
Sinnend über das Gesicht,
Traumhaft, stand ich da,
Als ich in dem Glutenlicht
Einen Riesen sah:
Heißer Stein aus Glutensand,
Weder Mann noch Weib,
Schweigend nackt, im Totenbann,
Stand der stumme Leib.
Hat die Sphinx dich ausgesandt?
Fragt es irgendwo.
Doch da dreht er blöd die Hand,
Zuckend lichterloh!
Frage niemand, wer ich bin,

Und auch nicht, wer du.
Fragen ist hier ohne Sinn!
Die lebendige Ruh
Scheinet leere um uns her.
Trau nicht der Gestalt:
Denn wir beide sind nur mehr
Schatten der Gewalt.

Gesang der Engel

Wir bringen ein erstes Grüßen
Durch Finsternisse getragen.
Wir haben auf unsern Federn
Ein erstes Hauchen von Glück.

Wir führen am Saum unsrer
  Kleider
Ein erstes Duften des Frühlings.
Es blühet von unsern Lippen
Die erste Röte des Tages.

Es leuchtet von unsern Füßen
Der grüne Schein unsrer Heimat.
Es blitzen im Grund unsrer Augen
Die Zinnen der ewigen Stadt.

Otto Ernst
1862 – 1926

An der Wiege

Wundersames Lächeln
Träumend unbewußt
Eines zarten Kindes
An der Mutterbrust!

Sei dafür mit Tränen
Still ans Herz gedrückt,
Engel, der seit Monden
Stammelnd uns beglückt!

Nur gedämpfter Schimmer
Dir ins Auge fällt:
Hinter Ahnungsschleiern
Dämmert dir die Welt,

Und dem Ohr vorüber
Zieht verwehter Klang,
Der vom Weltgebrause
Fern herüberklang.

Sieh' und doch schon lächelt
Hold dein Angesicht,
Schon durchströmt die Seele
Ein geheimes Licht. –

Laß uns nicht verzagen,
Wenn das Leid uns drängt,
Wenn der Schmerz umklammernd
Uns die Brust beengt!

Denn durch diese Tale
Wandeln wir im Traum:
Was uns wirr umflutet,
Wir verstehn es kaum;

Doch auf anderm Sterne
Werden wir's verstehn,
Wenn dies Kind noch irrend
Wird auf Erden gehn.

Wie des Kindes Auge
Schon der Zukunft lacht,
Ob es auch aus tiefen
Nächten kaum erwacht,

So in dankerfüllter,
Ahnungsvoller Ruh'
Lächle unser Antlitz
Jenen Fernen zu.

Mahnung

Eine Sense hängt im Baum.
Hat der Mäher sie vergessen?
Oder wessen ist sie? – wessen?
Sah man heut' den Gärtner? –
Kaum.

Kirsche blüht und Apfelbaum.
Aber alle Blüten schauen,
All auf mich mit stillem Grauen.
Jemand schleicht am Gartensaum.

Durch den lenzerhellten Raum
Ohne Zwitschern, ohne Singen
Schlüpft die Amsel; ihre Schwingen
Heben sich vom Boden kaum.

All mein Leben war ein Traum.
Soll ich nun so bald erwachen?
Sonne scheint und will nicht
lachen.
Eine Sense hängt im Baum.

Nis Randers

Krachen und Heulen und berstende
Nacht,
Dunkel und Flammen in rasender
Jagd –
Ein Schrei durch die Brandung!
Und brennt der Himmel, so sieht
man's gut:
Ein Wrack auf der Sandbank! Noch
wiegt es die Flut;
Gleich holt sich's der Abgrund.

Nis Randers lugt – und ohne Hast
Spricht er: «Da hängt noch ein
Mann im Mast;
Wir müssen ihn holen.»

Da faßt ihn die Mutter: «Du steigst
mir nicht ein!
Dich will ich behalten, du bliebst
mir allein,
Ich will's, deine Mutter!

Dein Vater ging unter und Momme,
mein Sohn;
Drei Jahre verschollen ist Uwe
schon,
Mein Uwe, mein Uwe!»

Nis tritt auf die Brücke. Die Mutter
ihm nach!
Er weist nach dem Wrack und
spricht gemach:
«Und seine Mutter?»

Nun springt er ins Boot und mit
ihm noch sechs:
Hohes, hartes Friesengewächs;
Schon sausen die Ruder.

Boot oben, Boot unten, ein
Höllentanz!

Otto Ernst

Nun muß es zerschmettern ...!
Nein: es blieb ganz! ...
Wie lange? Wie lange?

Mit feurigen Geißeln peitscht das Meer
Die menschenfressenden Rosse daher;
Sie schnauben und schäumen.

Wie hechelnde Hast sie zusammenzwingt!
Eins auf den Nacken des andern springt
Mit stampfenden Hufen!

Drei Wetter zusammen! Nun brennt die Welt!
Was da? – Ein Boot, das landwärts hält –
Sie sind es! Sie kommen! – –

Und Auge und Ohr ins Dunkel gespannt ...
Still – ruft da nicht einer? Er schreit's durch die Hand:
«Sagt Mutter, 's ist Uwe!»

Arno Holz **Phantasus**

1863 – 1929

Die Nacht liegt in den letzten
Zügen,
Der Regen tropft, der Nebel
spinnt …
Oh, daß die Märchen immer lügen,
Die Märchen, die die Jugend sinnt!
Wie lieblich hat sich einst
getrunken
Der Hoffnung goldner Feuerwein!
Und jetzt? Erbammungslos
versunken
In dieses Elend der Spelunken –
O Sonnenschein! O Sonnenschein!

Nur einmal, einmal noch im
Traume
Laßt mich hinaus, o Gott hinaus!
Denn süß rauscht's nachts im
Lindenbaume
Vor meines Vaters Försterhaus.
Der Mond lugt golden um den
Giebel,
Der Vater träumt von Mars-la-Tour,
Lieb Mütterchen studiert die Bibel,
Ihr Nestling koloriert die Fibel
Und leise, leise tickt die Uhr!

Arno Holz

O goldne Lenznacht der Jasminen,
O wär ich niemals dir entrückt!
Das ewige Rädern der Maschinen
Hat mir das Hirn zerpflückt, zerstückt!
Einst schlich ich aus dem Haus der Väter
Nachts in die Welt mich wie ein Dieb,
Und heut – drei kurze Jährchen später! –
Wie ein geschlagner Missetäter
Schluchz ich: Vergib, o Gott, vergib!

Wozu dein armes Hirn zerwühlen?
Du grübelst und die Weltlust lacht!
Denn von Gedanken, von Gefühlen,
Hat noch kein Mensch sich satt gemacht!
Ja, recht hat, o du süße Mutter,
Dein Spruch, vor dem's mir stets gegraust:
Was soll uns Shakespeare, Kant und Luther?
Dem Elend dünkt ein Stückchen Butter
Erhabner als der ganze Faust!

Die Nacht verrinnt, der Morgen
dämmert,
Vom Hof her poltert die Fabrik
Und walkt und stampft und pocht
und hämmert,
Ein hirnzermarterndes Gequiek!
Die Nacht verrinnt, der Traumgott
ruht nun,
Die Welt geht wieder ihren Lauf,
Zum Himmel spritzt der Tag sein
Blut nun,
Die Nacht verrinnt, und seufzend
tut nun
Das Elend seine Augen auf!

Die Schläfen zittern mir und
zucken,
Denk ich, o Volk, an deine Not,
Wie du dich winden mußt und
ducken,
Dich ducken um ein Stückchen
Brot!
Du wälzt vertiert dich in der Gosse
Und baust dir selbst dein
Blutgerüst,
Indes in goldener Karosse
Vor seinem sandsteingelben
Schlosse
Der Dandy seine Dirne küßt!

Arno Holz

Die Ritter von der engen Taille,
Das sind die schlimmsten aus dem
Korps,
Sie schimpfen hündisch dich
«Kanaille»
Und haun dich scharnlos übers
Ohr,
Was kümmert sie's, wenn Millionen
Verreckt sind hinterm Hungerzaun?
Noch gibt's ja lachende Dublonen,
Kasernen, Kirchen und Kanonen,
Und – köstlich mundet ein Kapaun!

O sprich, wie lang noch soll es
dauern,
Das alte Reich der Barbarei?
Noch stützen tausend dunkle
Mauern
Die feste Burg der Tyrannei.
Doch ach, dein Herz ward zur
Ruine,
Du lächelst nur und nickst dazu!
Denn auch der Mensch wird zur
Maschine,
Wenn er mit hungerbleicher Miene
Das alte Tretrad schwingt wie du!

Winter

Du lieber Frühling! Wohin bist du
gegangen?
Noch schlägt mein Herz, was deine
Vögel sangen.
Die ganze Welt war wie ein
Blumenstrauß;
Längst ist das aus!
Die ganze Welt ist jetzt, o weh,
Barfüßle im Schnee.
Die schwarzen Bäume stehn und
frieren,
Im Ofen die Bratäpfel musizieren,
Das Dach hängt voll Eis.
Und doch! Bald kehrst du wieder,
ich weiß, ich weiß!

Bald kehrst du wieder,
Oh, nur ein Weilchen
Und blaue Lieder
Duften die Veilchen!

Jüngst sah ich den Wind

Jüngst sah ich den Wind,
Das himmlische Kind,
Als ich träumend im Walde
gelegen,

Und hinter ihm schritt
Mit trippelndem Tritt
Sein Bruder, der Sommerregen.

In den Wipfeln da ging's
Nach rechts und nach links,
Als wiegte der Wind sich im
Bettchen;
Und sein Brüderchen sang
«Die Binke die Bank»,
Und schlüpfte von Blättchen zu
Blättchen.

Weiß selbst nicht, wie's kam,
Gar zu wundersam
Es regnete, tropfte und rauschte,
Daß ich selber ein Kind,
Wie Regen und Wind,
Das Spielen der beiden belauschte.

Dann wurde es Nacht,
Und eh ich's gedacht,
Waren fort, die das Märchen mir
schufen.
Ihr Mütterlein
Hatte sie fein
Hinauf in den Himmel gerufen.

Richard Dehmel

1863 – 1920

Morgenandacht

Sehnsucht hat mich früh geweckt;
Wo die alten Eichen rauschen,
Hier am Waldrand hingestreckt,
Will ich dich, Natur belauschen.

Jeder Halm steht wie erwacht;
Grüner scheint das Feld zu leben,
Wenn im kühlen Tau der Nacht
Warm die ersten Strahlen beben,

Wie die Fülle mich beengt!
So viel Großes! So viel Kleines!
Wie es sich zusammendrängt
In ein übermächtig Eines!

Wie der Wind im Hafer surrt,
Tief im Gras die Grillen klingen,
Hoch im Holz die Taube gurrt,
Wie die Blätter schauernd schwingen,

Wie die Bienen taumelnd sammeln
Und die Käfer lautlos schlüpfen –
O Natur! was soll mein Stammeln,
Seh' ich all das dich verknüpfen:

Wie es mir ins Inn're dringt,
All das Große, all das Kleine,
Wie's mit mir zusammenklingt
In das übermächtig Eine!

Richard Dehmel

Die ganze Welt

Wo hängt der größte Bilderbogen?
Beim Kaufmann, Kinder!
ungelogen!
Man braucht bloß draußen
stehnzubleiben;
Guckt einfach durch die
Ladenscheiben:
Da sieht man ohne alles Geld
Die ganze Welt.

Man sieht die braunen
Kaffeebohnen,
Die wachsen, wo die Affen wohnen.
Man sieht auf Waschblau, Reis und
Mandeln
Kamele unter Palmen wandeln,
Und einen Ochsen ganz bepackt
Mit Fleischextrakt.

Man sieht auch Zimt und
Apfelsinen
Und Zuckerhüte zwischen ihnen.
Man sieht auf rotlackierten Blechen
Matrosen mit Chinesen sprechen;
Und manchmal steht ein bunter
Mohr,
Der lacht, davor.

Am Eingang aber lehnt' ne Leiter
Mit Hasen, Hühnern und so weiter.
Und manchmal hängt an ihren
Sprossen
Ein großer Hirsch, ganz
totgeschossen.
Dann kommt so'n kleiner
Hundemann
Und schnuppert dran.

Manche Nacht

Wenn die Felder sich verdunkeln,
Fühl' ich, wird mein Auge heller;
Schon versucht ein Stern zu
funkeln,
Und die Grillen wispern schneller.

Jeder Laut wird bilderreicher,
Das Gewohnte sonderbarer,
Hinterm Wald der Himmel
bleicher,
Jeder Wipfel hebt sich klarer.

Und du merkst es nicht im
Schreiten,
Wie das Licht verhundertfältigt
Sich entringt den Dunkelheiten.
Plötzlich stehst du überwältigt.

Richard Dehmel

Erntelied

Es steht ein goldnes Garbenfeld,
Das geht bis an den Rand der Welt.
Mahle, Mühle, mahle!

Es stockt der Wind im weiten Land,
Viel Mühlen stehn am Himmelsrand.
Mahle, Mühle, mahle!

Es kommt ein dunkles Abendrot,
Viel arme Leute schrein nach Brot.
Mahle, Mühle, mahle!

Es hält die Nacht den Sturm im Schoß,
Und morgen geht die Arbeit los.
Mahle, Mühle, mahle!

Es fegt der Sturm die Felder rein,
Es wird kein Mensch mehr Hunger schrein.
Mahle, Mühle, mahle!

Lied an meinen Sohn

Der Sturm behorcht mein
Vaterhaus,
Mein Herz klopft in die Nacht
hinaus,
Laut; so erwacht' ich vom Gebraus
Des Forstes schon als Kind.
Mein junger Sohn, hör zu, hör zu:
In deine ferne Wiegenruh'
Stöhnt meine Worte dir im Traum
der Wind.

Einst hab' ich auch im Schlaf
gelacht,
Mein Sohn, und bin nicht
aufgewacht
Vom Sturm: bis eine graue Nacht
Wie heute kam.
Dumpf brandet heut im Forst der
Föhn,
Wie damals, als ich sein Getön
Vor Furcht wie meines Vaters Wort
vernahm.

Horch, wie der knospige
Wipfelsaum
Sich sträubt, sich beugt, von Baum
zu Baum;
Mein Sohn, in deinen Wiegentraum

Zornlacht der Sturm – hör zu, hör zu!
Er hat sich nie vor Furcht gebeugt!
Horch, wie er durch die Kronen keucht:
Sei Du! Sei Du! –

Und wenn dir einst von Sohnespflicht,
Mein Sohn, dein alter Vater spricht,
Gehorch ihm nicht, gehorch ihm nicht:
Horch, wie der Föhn im Forst den Frühling braut!
Horch, er bestürmt mein Vaterhaus;
Mein Herz tönt in die Nacht hinaus,
Laut …

Der Arbeitsmann

Wir haben ein Bett, wir haben ein Kind,
Mein Weib!
Wir haben auch Arbeit, und gar zu zweit,
Und haben die Sonne und Regen und Wind,
Und uns fehlt nur eine Kleinigkeit,

Um so frei zu sein, wie die Vögel
sind'
Nur Zeit.

Wenn wir Sonntags durch die
Felder gehn,
Mein Kind,
Und über den Ähren weit und breit
Das blaue Schwalbenvolk blitzen
sehn,
Oh, dann fehlt uns nicht das
bißchen Kleid,
Um so schön zu sein, wie die Vögel
sind:
Nur Zeit.

Nur Zeit! wir wittern Gewitterwind,
Wir Volk.
Nur eine kleine Ewigkeit;
Uns fehlt ja nichts, mein Weib,
mein Kind,
Als all das, was durch uns gedeiht,
Um so kühn zu sein, wie die Vögel
sind.
Nur Zeit!

Hermann Stehr

1864 – 1940

In den Ferien

Nun toben wieder in meinem Haus
Die wilden Jungen ein und aus,
Baun Ställe aus Brettern,
Jagen und klettern,
Keilen sich, singen,
Lachen und springen,
Drehn alles von unten nach oben,
Und will man sie fassen, sind sie zerstoben,
Quirlen die Straße hinaus ins Feld.
Und über ihnen am Himmelszelt
Wandelt der Berge riesiger Traum
In blauem Flug durch den blauen Raum.
Wir Alten schütteln den Kopf beglückt
Und sind uns gar weit zurückgerückt.
Was längst in uns vergessen schon,
Klingt wieder in gegenwärtigem Ton.
Die Bäume sind viel tiefer grün,
Viel satter im Garten die Rosen blühn.
Die Laube noch einmal so traut
Aus Ranken auf das Weglein schaut,
Und noch einmal so still und weit
Ist unsres Alters höh're Zeit,

An Gott

Du wirst mir noch die Bäume ganz
verwandeln,
Das Tier, den Strom, die Berge und
den Weg,
Du machst das Wirklichste ja
schon, mein Handeln,
Als ging in Luft ich einen
Geistersteg.

Aus Jahrmillionen grüßen Licht
und Schatten
Im Aug' der Kinder mich
geheimnisvoll.
Ich wirke, was sie tausendmal
schon hatten,
Verhaucht in ihnen ist, was ich erst
soll.

Doch alles, was sich gegenwärtig
knüpft
Und löst, war doch noch nie und
wiederholt
Sich immer, wie die Wolke stets
entschlüpft
In tausend Formen und niemals
verkohlt.

Es spielt des Unnennbaren
Geisterfinger

In den Gestalten sich sein ewig Lied,
Und wenn ich sinne, bin ich wie ein Singer,
Der kindlich sich um diese Weise müht.

Dann kann ich oft der Erde Wirklichkeiten
Und meinen Traum nicht voneinander trennen.
Es glüht aus mir der Geist der Ewigkeiten,
Und lodernd brenn' ich, ohne zu verbrennen.

Cäsar Flaischlen

1864 – 1920

Hab Sonne im Herzen

Hab Sonne im Herzen,
Ob's stürmt oder schneit,
Ob der Himmel voll Wolken,
Die Erde voll Streit ...
Hab Sonne im Herzen,
Dann komme, was mag:
Das leuchtet voll Licht dir
Den dunkelsten Tag.

Hab ein Lied auf den Lippen
Mit fröhlichem Klang,
Und macht auch des Alltags
Gedränge dich bang ...
Hab ein Lied auf den Lippen,
Dann komme, was mag:
Das hilft dir verwinden
Den einsamsten Tag!

Hab ein Wort auch für andre
In Sorg und in Pein
Und sag, was dich selber
So frohgemut läßt sein:
Hab ein Lied auf den Lippen,
Verlier nie den Mut,
Hab Sonne im Herzen,
Und alles wird gut!

Otto Erich Hartleben

1864 – 1905

Gesang des Lebens

Groß ist das Leben und reich!
Ewige Götter schenkten es uns,
Lächelnder Güte voll,
Uns den Sterblichen,
Freudegeschaffenen.

Aber arm ist des Menschen Herz!
Schnell verzagt, vergißt es der reifenden Früchte.

Immer wieder mit leeren Händen
Sitzt der Bettler an staubiger Straße,
Drauf das Glück mit tönenden Rädern
Leuchtend vorbeifuhr.

Frank Wedekind

1864 – 1918

Pennal

Länger kann mein Herz ich nicht bezähmen –
Ach du lieber Gott, ich tat es nie –
Doch Sie dürfen es nicht übelnehmen,
Aber ich gesteh's, ich liebe Sie.
Und wenn ich Sie auf der Straße sehe,
Dann ergreift es mich, ich weiß nicht wie;
Dann wird es mir klar, und ich gestehe
Ihnen noch einmal: Ich liebe Sie.

Ob ich gehe, stehe, liege, sitze,
Ob ich meinen Aufsatz schreiben soll,
Ob ich über der Grammatik schwitze,
Stets erscheint Ihr Bild verheißungsvoll.
Und wenn Sie mir nicht zu schreiben denken,
Dann soll ein verheißungsvoller Blick,
Den Sie im Vorübergehn mir schenken,
Bote sein von meinem größtem Glück.

Aber wenn mein Herz zu kühn
gewesen,
Wenn sich Ihre Blicke wenden ab,
Werden Sie vielleicht im Tagblatt
lesen,
Wo ein Lebensmüder fand sein
Grab,
So, Sie kennen nun mein
Liebesfeuer;
Winkt mir heitres, winkt mir
düstres Los?
Meine Freude wäre ungeheuer;
Meine Schmerzen wären
riesengroß.

Aufschrei

Was ich getan, das läßt sich nicht
bessern,
Es läßt das Gewissen sich nicht
verwässern.
Ich stehe schuldlos vor meinem
Verstand
Und fühle des Schicksals
zermalmende Hand.

Der Mut versiegt, es wachsen die
Schmerzen,
Und öd und trostlos wird es im
Herzen.
Ich bin verstoßen, ich bin
verdammt,
Ringsher von Rachegluten
umflammt.

Wenn jetzt mich Irrsinn lindernd
umfinge,
Wenn ich verkappt in den Himmel
ginge!
Verschlossen ward mir die
Seligkeit,
Ich schliche mich ein im
Schellenkleid.

Was ich begangen, läßt sich nicht
sühnen.
Man schätzt den Klugen, man
preist den Kühnen,
Allein das Herz, das Herz in der
Brust
Ist sich unendlicher Schuld bewußt.

Ricarda Huch

1864 – 1947

O Vögelgesang vor Tag,
Wie süß durchbohrst du das Grauen!
Du lockst, sich der Fahrt zu vertrauen
Des Herzens erwachenden Schlag.

O Harfengetön an Bord
Und zerrender Segel Meute!
Gefräßig kreischt um das Heute
Trompetender Möwen Akkord.

Mein Herz erbraust schon im Chor –
Ihr Himmlischen, Stürme und Wellen,
Mögt ihrs verschlingen, zerschellen,
Eh sichs im Staube verlor!

Uralter Worte kundig

Uralter Worte kundig kommt die Nacht;
Sie löst den Dingen Rüstung ab und Bande,
Sie wechselt die Gestalten und Gewande
Und hüllt den Streit in gleiche braune Tracht.

Da rührt das steinerne Gebirg sich sacht
Und schwillt wie Meer hinüber in die Lande.
Der Abgrund kriecht verlangend bis zum Rande
Und trinkt der Sterne hingebeugte Pracht.

Ich halte dich und bin von dir umschlossen,
Erschöpfte Wandrer wiederum zu Haus;
So fühl ich dich in Fleisch und Blut gegossen,

Von deinem Leib und Leben meins umkleidet.
Die Seele ruht von langer Sehnsucht aus,
Die eins vom andern nicht mehr unterscheidet.

Alles Menschenwerk, schönstes, gewaltigstes, endet,
Auch die heilige Ilion fiel,
Und die Schätze, die Tyrus verschwendet,
Sind der Wellen und Winde Spiel.

Und der marmornen Götter
erlauchtes Gepränge
Ward schon lange zu Asch' und
Staub.
Durch zertrümmerte Säulengänge
Treibt der Herbstwind das
raschelnde Laub.

Was wir hoffend gebaut, für die
Zukunft gegründet,
Der Jahrhunderte Fleiß und Kunst,
Es erliegt in Minuten, entzündet,
Triumphierender Feuersbrunst.

Aber Sonne und Sterne, die
Göttersöhne.
Nie ermüdet ihr herrlicher Tanz,
Und sie blühen in ewiger Schöne,
Eitel Kraft, eitel Jugend und Glanz.

Zuversicht

O Jugend meiner Sinne,
O Jugend meiner Jahre!
Mir glückt, was ich beginne;
Mich freut, was ich gewahre!

Ich will in meine Hände
Des Schicksals Führung nehmen;

Ich denke nicht ans Ende,
Kein Fürchten soll mich lähmen.

Und naht der Tod am Schlusse,
Will ich ihn selber werben
Und wie der Hauch im Kusse
Im Schoß der Liebe sterben.

Wüßt ich ein Lied, unser Elend zu singen

Wüßt ich ein Lied, unser Elend zu singen,
Unsern bitteren Gram, den Worte nicht fassen,
Es würde Steine bewegen und Eisen durchdringen,
Und wer es hörte, würde uns nicht mehr hassen.

Es gibt Unglück, das gleicht schwarzen Gewändern,
Die umgeben den, der es trägt, wie eine Mauer.
Singt ihr und tanzt in bunten Bändern,
Aber geht still vorüber an seiner heiligen Trauer.

Er wachte nachts bei seiner
geliebten Leiche,
Er folgte dem Scheidenden auf
seiner dunklen Reise.
Er war zu nahe dem Totenreiche;
Zieht den Einsamen nicht in eure
geschäftigen Kreise.

Es gibt Unglück, das wie ein
himmlisches Feuer
Mit unserm Glück zugleich unsre
Schuld verzehrte.
Schwer wie die Schuld war das
Lösegeld teuer:
Wir haben gezahlt, was der
wägende Richter begehrte.

Wir haben keine Heimat, keine
Zuflucht auf Erden,
Wir schleppen wunde Füße in
zerrissenen Schuhen,
Wir haben keinen Acker, keine
Weiden, keine Herden,
Wir haben kein Bett, um nachts
drin zu ruhen.

Wir drängen uns hungernd auf
harten Wegen,
Wir betteln von Bettlern das Brot
aus leeren Spinden,

Wir haben keinen Mantel in Frost
und Regen,
Wir sind dankbar für Lumpen und
trockene Rinden.

Wir haben keine Tochter, keinen
Sohn uns zu stützen,
Das Kind hat keinen Vater, das
kranke zu retten,
Wir sterben am Wege, im Graben
und in Pfützen,
Wir haben keine Ruhstatt, unsre
Toten zu betten.

Wir suchen unsre Häuser zwischen
wüsten Steinen,
Wir finden einen Balken, ein Brett,
ein paar Stufen.
Wir wühlen in der Asche nach
Schmuck und Gebeinen,
Wo drunten klagende Stimmen uns
geisterhaft rufen.

Wir genießen der Toten Freiheit
und Frieden.
Entrückt schon auf Erden dem
Streit und dem Hohne,
Wir, Gefährten der Nacht, von den
Frohen gemieden,
Wir, geglüht mit des Unglücks
blutiger Krone.

Hermann Löns

1866 – 1914

Das ferne Land

Und das ist offenbar:
Ich weiß ein Land, in dem ich niemals war;
Da fließt ein Wasser, das ist silberklar,
Da blühen Blumen, deren Duft ist rein
Und ihre Farben sind so zart und fein,
So zart und fein, wie sonst am Himmel nur
Der Abendröte allerletzte Spur
An hellen Abenden im jungen Mai
Beim allerersten fernen Eulenschrei.

Auch singt ein Vogel in dem fernen Land,
Er singt ein Lied, das ist mir unbekannt;
Ich hört' es nie und weiß doch, wie es klingt,
Und weiß es auch, was mir der Vogel singt;
Das Leben singt er, und er singt den Tod,
Die höchste Wonne und die tiefste Not,

Jedwede Lust und jeglich
Herzeleid,
Die Lust der Zeit, das Weh der
Ewigkeit.

Ich kenn' das Land und weiß nicht,
wo es liegt,
Und weiß es nicht, wohin der Vogel
fliegt,
Und hörte von dem Bach das
Rauschen kaum,
Der Blumen Duft empfand ich nur
im Traum;
Im Traume nur sind einst sie mir
erblüht,
Im Traum nur hörte ich des Vogels
Lied,
Das Lied vom Leben und das Lied
vom Tod,
Das Lied der Wonne und das Lied
der Not.

Erreiche ich das ferne, fremde
Land,
Dann blüht das Lebensmal in
meiner Hand;
Wenn nicht, dann sang der Vogel
nur von Tod,
Sang mir ein Leben, bitter und voll
Not;

Du weißt den Weg nach jenem Land; sag' ja!
Dann ist das ferne, fremde Land so nah,
Dann singt der Vogel nimmermehr von Tod
Und Not; dann blühen alle Blumen rot, so rot, so rosenrot.

Lied

Die Weidenröschen bedecken
Die Blöße mit Purpurpracht;
Durch rote Tannenstämme
Die goldene Sonne lacht.

Der Wind treibt goldene Wellen
Über den blauen See;
Ein großer, goldener Vogel
Schwebt langsam auf zur Höh'.

Wir folgen ihm mit den Augen
Und sehen uns lächelnd an:
So hoch wie unsere Liebe
Er niemals fliegen kann.

Der Bohrturm

Es steht ein schwarzes Gespenst im
Moor,
Das ragt über Büsche und Bäume
hervor.

Es steht da groß und steif und
stumm,
Sieht lauernd sich im Kreise um.

In Rosenrot prangt das Heideland:
Ich ziehe dir an ein schwarzes
Gewand.

Es liegt das Dorf so still und klein:
Dich mache ich groß und laut und
gemein.

Der Bauer schafft im goldenen
Feld:
Ich nehme dein Land und gebe dir
Geld.

Des Hafers goldne Rispen wehn:
Hier sollen schwarze Häuser stehn,

Es blitzt der Bach im
Sonnenschein:
Bald wirst du schwarz und
schmutzig sein.

Hermann Löns

Es rauscht der Wald so froh und
stolz:
Dich fälle ich zu Grubenholz.

Die Flamme loht, die Kette klirrt,
Es zischt der Dampf, der Ruß, der
schwirrt;

Der Meißel frißt sich in den Sand.
Der schwarze Tod geht durch das
Land.

Walther Rathenau

1867 – 1922

Die Stimme des Schicksals

Erbarmen nicht, noch Göttergunst,
   noch Bitten
Versöhnen dein Geschick;
Uralter Stempel, aus Demant
   geschnitten,
Prägt Leid und Glück.

Wie lange trübt der dunkle Quell
   der Trauer,
Der Lust den Lebensstrom?
Nur Dumpfheit malt auf leere
   Nebelmauer
Ihr Schreckphantom.

Getrost hinab die innerlichen
   Schächte,
Von Finsternis geschwellt;
Im Mittelpunkt vermählen sich die
   Mächte:
Recht, Wille, Welt.

Max Dauthendey

1867 – 1918

Die Scharen von mächtigen Raben

Es fliegen im Abend tief über die Ähren
Die Scharen von mächtigen Raben
Wie Geheimnisse lautlos, die sich begraben,
Wie Gedanken, die sich im Zwielicht mehren.

Und es hängen die Ähren zum Straßengraben,
Als ob sie Sehnsucht nach Menschen haben.
Es steht noch ein Mäher im Klee, im Dunkeln;
Du hörst nicht die Sense, du siehst nur ein Funkeln.

Es huscht noch ein Vogel schnell in die Hecke,
Die Feldwege schlängeln sich hinter Verstecke,
Die Raben kreisen und machen Runden,
Tauchen unter und sind in der Erde verschwunden.

Am Morgen war der Fluß verschwunden

Am Morgen war der Fluß
verschwunden,
Hab nur eine Nebelmauer
gefunden,
Die dicht bis an mein Fenster ging,
Als ob der Fluß im Himmel hing.

Hoch aus dem Nebel kam Gesang,
Am Bergufer gingen die Stimmen
entlang,
Als ob sich Menschen der Erde
entrücken
Und werden zu Riesen auf
Nebelbrücken.

Und körperlos wie des Todes Auen
Tat der singende Nebel ins Fenster
mir schauen.
Als ob die Welt im Tod verschwand,
Mein Haus nur einsam am
Weltrand stand.
Da war kein Himmel, da war kein
Land,
Nur die Liebste hielt mir noch
warm meine Hand.

Rudolf G. Binding

1867 – 1938

Gleichung

Soll ich dann nicht mehr sein
Wenn ich dir fern bin?
Wirst du dann Erde sein
Wenn ich ein Stern bin?

Folgest du mir nicht mehr
Wenn ich entschwunden?
Wenn ich entfesselt schon
Bist du gebunden? –

Leben und Tod ist nur
Gleiches Berauschen.
Sterne und Erde sind
Nicht mehr zu tauschen.

Sterb ich dir heute nicht
Sterb ich dir morgen:
Schwebend im Gleich des All
Sind wir geborgen.

Witwe

Von einem Toten bin ich nun
erfüllt,
Wie sonderbares Blei in mir ist das.
Ich bin so schwer wie er, wie er so
blaß –

Er dunkelte: da wurde ich verhüllt.
Von seiner Kälte bin ich mit
umkühlt.
Von seiner Starre bin ich mit
umstarrt.
Ich bin so tot wie er, nur
unverscharrt,
Von seinen Einsamkeiten ganz
umspült.

Ich trage mich umher, als ginge er
Irr durch die Welt vor mir und
unsichtbar,
Und läg doch fern von mir, und Tag
und Jahr
Ging einem Nichts ich heimlich
hinterher.

Doch wenn es nicht mehr kommen
wird; das Leid
Mir nicht mehr Obdach bietet,
nicht mehr Stand,
Wenn einst nach jahrelangem
Blühn das Land
Aufstünde neu mit lächelndem
Bescheid,

Und stumm verführt von einem
süßen März
In jungen Veilchen und dem
frühsten Flieder

Rudolf G. Binding

Das von mir ginge, sagend: freu
dich wieder –
Dann wirst du weinen, mein
verlassenes Herz.

Hochsommer

Feuriger Kampfplatz des Lichts,
Tanzend auf goldenen Meeren:
Stürmischer lodern die Ähren
Glühenden Angesichts.

Eng in die Waldung verbannt,
Lagern die Heere der Schatten.
Draußen im Licht ermatten
Blumen zu Sonnen entbrannt.

Flimmernde Säulen des Raums
Ruhn auf smaragdenen Wäldern,
Weit über kämpfenden Feldern
Wölbung versengenden Saums.

Unter den Füßen der Glut
Zittern die Halme im Blauen.
Flammende Lüfte brauen
Reife, Schwere und Tod.

Ludwig Jacobowski

1868 – 1900

Junge Kätzchen

Fünf Kätzchen vorm Fenster und Lieschen dazu,
Die stehen zusammen schon längst auf du.
Trippelt zum Garten sie in der Früh',
Wartet Frau Mietzekatz schon auf sie,
Putzt die vier kleinen noch akkurat;
Jeder macht gern mit den Kindern Staat.

Die Kätzchen haben heut Augen gekriegt,
Gucken ganz dumm und blinzeln vergnügt.
Wenn solch ein großes Wunder gescheh'n,
Das muß die Mutter doch auch mal seh'n!
Holt noch ein Näpfchen, so ein klein's,
Macht für die Kätzchen was Extrafein's.
Das ist ein Springen, hinauf und hinab,
Lecken sich alle Pfoten ab.

Ludwig Jacobowski

Durch den Apfelbaum,
schwerbelaubt,
Fällt der Mutter ein Strahl aufs
Haupt,
Glänzt dann auf Lieschens
Blondhaar hell,
Gleitet hernieder aufs Katzenfell,
Bis zu den Kätzchen winzig und
klein
Kriegt jedes sein bißchen
Sonnenschein.

Leuchtende Tage

Ach, unsre leuchtenden Tage
Glänzen wie ewige Sterne.
Als Trost für künftige Klage
Glühn sie aus goldener Ferne.

Nicht weinen, weil sie vorüber!
Lächeln, weil sie gewesen!
Und werden die Tage auch trüber,
Unsere Sterne erlösen!

Grabschrift

«Dem Auge fern, dem Herzen nah!»
Als ich die alte Grabschrift sah
Im eingesunknen Marmorstein,
Da fiel mein totes Lieb mir ein …

O Gott, ich schrieb schon
tausendmal
Das gleiche Lied aus gleicher Qual,
Und wir doch keins wie dieses da:
«Dem Auge fern, dem Herzen nah!»

Stefan George

1868 – 1933

Wir schreiten auf und ab im
reichen flitter
Des buchenganges beinah bis zum
tore
Und sehen außen in dem feld vom
gitter
Den mandelbaum zum zweitenmal
im flore.

Wir suchen nach den
schattenfreien bänken
Dort wo uns niemals fremde
stimmen scheuchten –
In träumen unsre arme sich
verschränken.
Wir laben uns am langen milden
leuchten

Wir fühlen dankbar wie zu leisem
brausen

Stefan George

Von wipfeln strahlenspuren auf uns
tropfen
Und blicken nur und horchen
wenn in pausen
Die reifen früchte an den boden
klopfen.

Der hügel wo wir wandeln liegt im
schaffen .
Indeß der drüben noch im lichte
webt
Der mond auf seinen zarten grünen
matten
Nur erst als kleine weiße wolke
schwebt.

Die straßen weithin-deutend
werden blasser
Den wandrern bietet ein gelispel
halt
Ist es vom berg ein unsichtbares
wasser
Ist es ein vogel der sein schlaflied
lallt?

Der dunkelfalter zwei die sich
verfrühten
Verfolgen sich von halm zu halm
im scherz …
Der rain bereitet aus gesträuch und
blüten

Den duft des abends für
gedämpften schmerz.

Nun laß mich rufen über die verschneiten
Gefilde wo du wegzusinken drohst:
Wie du mich unbewußt durch die gezeiten
Gelenkt – im anfang spiel und dann mein trost.

Du kamst beim prunk des blumigen geschmeides,
Ich sah dich wieder bei der ersten mahd
Und unterm rauschen rötlichen getreides
Wand immer sich zu deinem haus mein pfad.

Dein wort erklang mir bei des laubes dorren
So traulich daß ich ganz mich dir befahl
Und als du schiedest lispelte verworren
In seufzertönen das verwaiste tal.

Stefan George

So hat das schimmern eines augenpaares
Als ziel bei jeder wanderung geglimmt.
So ward dein sanfter sang der sang des jahres
Und alles kam weil du es so bestimmt.

Nachthymne

Dein auge blau, ein türkis, leuchtet lange
Zu reich dem Einen, ich verharre bange.
Den kiesel tröstet deines kleides saum.
Kaum tröstet mich ein traum.

Die alten götter waren nicht so strenge.
Wenn aus der schönen mutberauschten menge
Ein jüngling ungeglüht von frommem feuer
Zu ihrem lobe ließ des lichtes pfade:
So war das reine opfer ihnen teuer

So lächelten und winkten sie mit
gnade.

Bin ich so ferne schon von
opferjahren?
Entweiht mich süßes lüsten nach
dem tode
Und sang ich nicht zu dröhnenden
fanfaren
Der freudenliebe sonnen-ode?

Geruhe du nur daß ein kurzer
schimmer
Aus deiner wimper brechend mich
versehre:
Des glückes hoffnung mißt ich gern
für immer.
Nach deinem preise schlöß ich
meinen psalter
Und spottete dem schatten einer
ehre
Und stürbe wertlos wie ein
abendfalter.

Stefan George **Die Maske**

Hell wogt der saal vom spiel der
seidnen puppen.
Doch eine barg ihr fieber unterm
mehle
Und sah umwirbelt von den tollen
gruppen
Daß nicht mehr viel am
aschermittwoch fehle.

Sie schleicht hinaus zum öden
park, zum flachen
Gestade, winkt noch kurz dem
mummenschanze
Und beugt sich fröstelnd über eis
... ein krachen
Dann stumme kälte, fern der ruf zu
tanze.

Keins von den artigen rittern oder
damen
Ward sie gewahr bedeckt mit tang
und kieseln ...
Doch als im frühling sie zum
garten kamen
Erhob sich oft vom teich ein
dumpfes rieseln.

Die leichte schar aus scherzendem
jahrhundert
Vernahm wohl daß es drunten
seltsam raune ...
Nur hat sie sich nicht sehr darob
gewunden
Sie hielt es einfach für der wellen
laune.

Wer je die flamme umschritt
Bleibe der flamme trabant!
Wie er auch wandert und kreist:
Wo noch ihr schein ihn erreicht
Irrt er zu weit nie vom ziel.
Nur wenn sein blick sie verlor
Eigener schimmer ihn trügt:
Fehlt ihm der mitte gesetz
Treibt er zerstiebend ins all.

Christian Morgenstern

1871 – 1914

Vice Versa

Ein Hase sitzt auf einer Wiese,
Des Glaubens, niemand sähe diese.

Doch, im Besitze eines Zeißes,
Betrachtet voll gehaltnen Fleißes

Vom vis-a-vis gelegnen Berg
Ein Mensch den kleinen
Löffelzwerg.

Ihn aber blickt hinwiederum
Ein Gott von fern an, mild und
stumm.

Das ästhetische Wiesel

Ein Wiesel
saß auf einem Kiesel
inmitten Bachgeriesel.
Wißt ihr
weshalb?
Das Mondkalb
verriet es mir
im stillen:
Das raffinierte Tier
tat's um des Reimes willen.

Für viele

Wieviel Schönheit ist auf Erden
Unscheinbar verstreut;
Möcht ich immer mehr des inne
werden;
Wieviel Schönheit, die den Taglärm
scheut,
In bescheidnen alt und jungen
Herzen!
Ist es auch ein Duft von Blumen
nur,
Macht es holder doch der Erde Flur
Wie ein Lächeln unter vielen
Schmerzen.

Die unmögliche Tatsache

Palmström, etwas schon an Jahren,
Wird an einer Straßenbeuge
Und von einem Kraftfahrzeuge
Überfahren.

«Wie war» (spricht er, sich
erhebend
Und entschlossen weiterlebend)
«Möglich, wie dies Unglück, ja – :
Daß es überhaupt geschah?

Christian Morgenstern

Ist die Staatskunst anzuklagen
In bezug auf Kraftfahrwagen?
Gab die Polizeivorschrift
Hier dem Fahrer freie Trift?

Oder war vielmehr verboten,
Hier Lebendige zu Toten
Umzuwandeln, – kurz und schlicht:
Durfte hier der Kutscher nicht – ?»

Eingehüllt in feuchte Tücher,
Prüft er die Gesetzesbücher
Und ist alsobald im klaren:
Wagen durften dort nicht fahren!

Und er kommt zu dem Ergebnis:
Nur ein Traum war das Erlebnis.
Weil, so schließt er messerscharf,
Nicht sein kann, was nicht sein darf.

Aus «Palmström»

Mysterium

Unsichtbare Bande weben
Zwischen uns geheime Mächte,
Wirken in ein einzig Leben
Unsre Tage, unsre Nächte.

Und so wachsen wir zusammen,
Bis wir ganz uns selbst entglitten ...
Über unsern Häuptern flammen
Schon die Augen eines Dritten.

Franz Karl Ginzkey

Geb. 1871

Nachtbesuch

Milde Lampe brennt im Zimmer,
Wo ich stillen Werks bedacht.
Sie entsendet ihren Schimmer
Wie ein Leuchtturm in die Nacht.

Seltsam Volk, das draußen gaukelt,
Tanzt um meines Lichtes Band.
Einer kommt hereingeschaukelt,
Landet glatt auf meiner Hand.

Solchen nächtlich kühnen Ritter,
Klein wie eine Mücke zwar,
Ihn vergrößert mit Gezitter
Dreifach wohl sein Hörnerpaar.

Dunkle Perlen seiner Augen,
Vom Erstaunen überdacht,
Sie befragen und sie saugen
Das Geheimnis dieser Nacht.

So durchpulst von eignem Feuer,
Weisend fremden Lebens Sinn,
Ist er mir ein Abenteuer,
Wie ich selbst ihm eines bin.

Bruder du aus Urweltgründen,
Meine Seele eilt dir zu,
Schickt sich an, in dich zu münden
Und – erkennt die Welt wie du.

Franz Karl Ginzkey

Nun erscheint mir ungeheuer
Meiner Lampe stilles Licht.
Tosend wie ein Meer von Feuer
Loht sie mir ins Angesicht.

Im Gebrause, im Geschwele
Spür ich, daß ein Wunder raunt.
Zu erstaunen lernt die Seele,
Wohl ihr, daß sie wieder staunt!

Wohl ihr, daß sie im Gewühle
Märchenfroh sich kann befrein,
Daß befreit sie wieder fühle:
Staunen heißt lebendig sein!

Kleiner Gast, ich seh dich heben
Deine Wanderflügel sacht.
Mehr als ich dir konnte geben,
Gabst du mir in dieser Nacht.

Tassilo von Scheffer

1873 – 1951

Schicksalswende

Zerrissene so stehn wir
schwankend zwischen
Zwei vollen Zeiten, die sich hart
bedräun,
Wie wilde Zecher an gestürzten
Tischen,
Die keine Scham und keine
Schande scheun.

Um wirrer Kränze nun zerrissnes
Blühen
Weht noch ein Laut von einem
frohen Lied,
Das einig einst im Glanz der
Morgenfrühen
In uns erklang und nun für immer
schied.

Hart an den Toren rasselt das
Gewerke,
Zu kalter Fron ruft gellende
Gewalt,
Es reckt der Tag in riesenhafter
Stärke
Die schmuckentblößte, starrende
Gestalt.

Tassilo von Scheffer

Und düster über Zögernde und
Zage
Klirrt jäh ein Schritt, der alle
niederzwingt.
Wir aber sehen fern, wie eine
Waage
Am Arm des Schicksals in die Tiefe
sinkt.

Lulu von Strauß und Torney

1873 – 1956

Leid

Und wenn das Leid die Seele
läuternd reift,
So soll mein Beten um Erlösung
schweigen,
So soll mein Wunsch, der nach dem
Leben greift,
Die Stirn im Staube der Entsagung
neigen!

Aus eines großen Schmerzes
Dornenkranz
Blühn weiße Rosen, die ihn stolz
verklären –
Mein Bettlerschmerz kennt keiner
Hoheit Glanz,
Er ist das ewig darbende
Entbehren!

Noch mit erhobner Stirne will ich
gehn
Und schweigend tragen seine
heil'ge Schwere,
Und meine Augen sollen lächelnd
sehn
In meiner ernsten Einsamkeiten
Leere,

Und jener Morgen soll mir selig
sein,
Da sich das letzte Tor mir
leuchtend weitet,
Und meine Seele schmerzgereift
und rein
Zum stillen Berge der Erlösten
schreitet!

Hugo von Hofmannsthal

1874 – 1929

Ballade des äußeren Lebens

Und Kinder wachsen auf mit tiefen Augen,
Die von nichts wissen, wachsen auf und sterben,
Und alle Menschen gehen ihre Wege.

Und süße Früchte werden aus den herben
Und fallen nachts wie tote Vögel nieder
Und liegen wenig Tage und verderben.

Und immer weht der Wind, und immer wieder
Vernehmen wir und reden viele Worte,
Und spüren Lust und Müdigkeit der Glieder.

Und Straßen laufen durch das Gras, und Orte
Sind da und dort, voll Fackeln, Bäumen, Teichen,
Und drohende, und totenhaft verdorrte …

Wozu sind diese aufgebaut? Und gleichen
Einander nie? Und sind unzählig viele?
Was wechselt Lachen, Weinen und Erbleichen?

Was frommt das alles uns und diese Spiele,
Die wir doch groß und ewig einsam sind
Und wandernd nimmer suchen irgend Ziele?

Was frommt's, dergleichen viel gesehen haben?
Und dennoch sagt der viel, der «Abend» sagt,
Ein Wort, daraus Tiefsinn und Trauer rinnt
Wie schwerer Honig aus hohlen Waben.

Was weiß denn ich vom Menschenleben?
Bin freilich scheinbar dringestanden,
Aber ich hab' es höchstens verstanden,

Hugo von Hofmannsthal

Konnte mich nie darein verweben.
Hab' mich niemals daran verloren.
Wo andre nehmen, andre geben,
Blieb ich beiseit, im Innern stummgeboren.
Ich hab' von allen lieben Lippen
Den wahren Trank des Lebens nie gesogen,
Bin nie von wahrem Schmerz durchschüttert,
Die Straße einsam, schluchzend, nie! gezogen.
Wenn ich von guten Gaben der Natur
Je eine Regung, einen Hauch erfuhr,
So nannte ihn mein überwacher Sinn,
Unfähig des Vergessens, grell beim Namen.
Und wie dann tausende Vergleiche kamen,
War das Vertrauen, war das Glück dahin.
Und auch das Leid! zerfasert und zerfressen
Vom Denken, abgeblaßt und ausgelaugt!
Wie wollte ich an meine Brust es pressen,

Wie hätt' ich Wonne aus dem
Schmerz gesaugt:
Sein Flügel streifte mich, ich wurde
matt,
Und Unbehagen kam an Schmerzes
Statt …

Lebenslied

Den Erben laß verschwenden
An Adler, Lamm und Pfau
Das Salböl aus den Händen
Der toten alten Frau!
Die Toten, die entgleiten,
Die Wipfel in dem Weiten –
Ihm sind sie wie das Schreiten
Der Tänzerinnen wert!

Er geht wie den kein Walten
Vom Rücken her bedroht.
Er lächelt, wenn die Falten
Des Lebens flüstern: Tod!
Ihm bietet jede Stelle
Geheimnisvoll die Schwelle;
Es gibt sich jeder Welle
Der Heimatlose hin.

Der Schwarm von wilden Bienen
Nimmt seine Seele mit;

Hugo von Hofmannsthal

Das Singen von Delphinen
Beflügelt seinen Schritt:
Ihn tragen alle Erden
Mit mächtigen Gebärden.
Der Flüsse Dunkelwerden
Begrenzt den Hirtentag!

Das Salböl aus den Händen
Der toten alten Frau
Laß lächelnd ihn verschwenden
An Adler, Lamm und Pfau:
Er lächelt der Gefährten. –
Die schwebend unbeschwerten
Abgründe und die Gärten
Des Lebens tragen ihn.

Manche freilich müssen drunten
    sterben,
Wo die schweren Ruder der Schiffe
    streifen,
Andre wohnen bei dem Steuer
    droben,
Kennen Vogelflug und die Länder
    der Sterne.

Manche liegen immer mit
    schweren Gliedern
Bei den Wurzeln des verworrenen
    Lebens,

Andern sind die Stühle gerichtet
Bei den Sibyllen, den Königinnen,
Und da sitzen sie wie zu Hause,
Leichten Hauptes und leichter
Hände.

Doch ein Schaffen fällt von jenen
Leben
In die anderen Leben hinüber,
Und die leichten sind an die
schweren
Wie an Luft und Erde gebunden:

Ganz vergessener Völker
Müdigkeiten
Kann ich nicht abtun von meinen
Lidern,
Noch weghalten von der
erschrockenen Seele
Stummes Niederfallen ferner
Sterne.

Viele Geschicke weben neben dem
meinem,
Durcheinander spielt sie alle das
Dasein,
Und mein Teil ist mehr als dieses
Lebens
Schlanke Flamme oder schmale
Leier.

Richard Schaukal

1874 – 1942

Das Bild der Juno

Als er das Volk mit Palmen und Drommeten,
Die weißen Kinder mit bekränzten Haaren,
Geführt von Ältesten sah nähertreten
Und hinter diesen immer neue Scharen,

Hat er sein Werk mit einem Hieb zerschlagen.
Und also hat er vor die scheue Menge:
Ich hab' die Göttin tief im Wunsch getragen,
Doch meine Kraft reicht nicht an ihre Strenge.

Genügte auch mein Werk, doch könnt' es nimmer
Die laute Scham im Busen mir ersticken:
Kaum ihres Glanzes einen blinden Schimmer
Gelang der Seele zitternd zu erblicken.

Ich will euch Kreuze zieren leicht
mit Kränzen
Und euren Toten schlanke Urnen
richten
Und Schalen formen, Opfer zu
kredenzen,
Doch freveln nicht an göttlichen
Gesichten!

Das Lied von der Zeit

Die lichten und schwarzen Lose
Leg leise dem Leben zu Fuß,
Freu dich der gelben Rose,
Freu dich der Herbstzeitlose,
Wahre dir Klang im Gruß.

Jauchze deine Fanfare
Über die Wälder weit,
Lieb deine lodernden Jahre:
Einmal die schlichteren Haare
Kränzt dir die schweigende Zeit.

Wilhelm von Scholz

Geb. 1874

In einer Dämmerstunde

Ich wohne, wo die Wolken gehn,
Stillhoch in einer Dämmerstunde;
Waldtiefer Bäume Wipfel stehn
Um meinen Tisch in naher Runde,
Die gern mein Licht im Abend
sehn.

Alt ist der Leuchter, der es trägt,
Alt sind die Bäume, die es schauen,
Die Flamm' ist alt, die sich bewegt
Und flattert durch das ewige
Grauen,
Wenn die uralte Luft sich regt.

Flüsternd umkreist die Dämmerung
Mich und mein Licht, das nach ihr
greift.
So alt ist alles, ich so jung –
Da ist's, als ob ein Wort mich streift,
Das rings um mich zur Fülle reift.

«Du bist so alt als alle wir – »
Sprach es das Licht, sprach es der
Baum,
Sprach's der zersprungne Tisch vor
mir,
Sprach's um mich her der
Dämmertraum?
Ich fühl' es dunkel jetzt und hier.

Wie lächeln doch die ewigen Dinge,
Wenn solch ein Strudel Erdenzeit,
Ein Mensch, aufwacht in ihrem
 Ringe,
Aufbraust in ihrer Einsamkeit –
Wie lächeln doch die ewigen Dinge!

Sie lächeln mich in ihre Ruh –
Nun rag' auch ich uralt vom
 Grunde.
Du Flamme, warum zitterst du?
Bist du ein Wort aus meinem
 Munde,
Rief dich die Dämmerung mir zu? –

Nächtlicher Weg

Schwer schweigt der Wald in
 schwarzer Pracht.
Mein Mantel flattert durch die
 Nacht,
Streik welkes Laub am Boden mit;
Und wo die Äste wie Gestalten
Hoch über mir die Hände halten,
Folgt Zittern meinem festen Schritt.

Und leis an mir herniederglitt,
Als woll's im feuchten Gras
 erkalten,

Wilhelm von Scholz

Was in mir kämpfte, rang und litt;
Was ich in mir für schlecht
gehalten,
Das nahm die Nacht im Atem mit.

Und stiller meine Schritte hallten,
Wie eines fremden Freundes Tritt.

Zwiegespräch im Raum

«Wer bist du?» – «Der Gestaltende,
Der Waltende.
Und du?» – «Bin der Gewahrende.
Mein Leib, das Blut, das in ihm
kreist,
Mein dunkles Sein, wird mir zu
Geist;
Was ohne Worte in mir spricht,
Wird mir zu Wort, wird mir zu
Licht.
Ich bin der Offenbarende ...

«Was als Gedanke mich durchwallt,
Dem geb' ich bleibende Gestalt,
Dem geb' ich dunkles Sein und Blut,
Darin es auf sich selber ruht.» –

«So gib *mir* Blut!» – «Gib *du* mir
Licht!»
Wären wir eins, Gott wäre nicht.

Börries Freiherr von Münchhausen

1874 – 1945

Ur-Schreie

Ich sah ein Knaben spielen,
Von Eschenholz sein Bogen war,
Ich sah ihn eben zielen,
Als schon sein Pfeil entflogen war.

Ein Falken hört ich schreien,
Wild warf er sich ins Blau hinauf,
Er konnt sich nicht befreien,
Denn mit ihm stieg das Grauen auf,

Durch seines Fanges Wehren
Der Pfeil sich wildzersplittert bog,
Und neben ihm im Leeren
Der Jubelschrei des Jungen flog. –

Ich hört die Schreie beide
Und wußte nicht, wer heller klang,
Ob, der aus wildem Leide
Dem grauen Raubgesellen sprang,

Ob, der aus wilder Wonne
Der Knabenbrust heraus
entschallt, –
Sie flogen beid zur Sonne
Und waren beid jahrtausendalt.

Börries Freiherr von Münchhausen

Der goldene Ball

Was auch an Liebe mir vom Vater ward,
Ich hab's ihm nicht vergolten, denn ich habe
Als Kind noch nicht gekannt den Wert der Gabe
Und ward als Mann dem Manne gleich und hart.

Nun wächst ein Sohn mir auf, so heiß geliebt
Wie keiner, dran ein Vaterherz gehangen,
Und ich vergelte, was ich einst empfangen,
An dem, der mir's nicht gab – noch wiedergibt.

Denn wenn er Mann ist und wie Männer denkt,
Wird er, wie ich, die eignen Wege gehen,
Sehnsüchtig werde ich, doch neidlos sehen,
Wenn er, was mir gebührt, dem Enkel schenkt. –

Weithin im Saal der Zeiten sieht
mein Blick
Dem Spiel des Lebens zu, gefaßt
und heiter,
Den goldnen Ball wirft jeder
lächelnd weiter,
– Und keiner gab den goldnen Ball
zurück!

Karl Kraus **Traum vom Fliegen**

1874 – 1936

Und wieder mir träumte, ich wäre
geflogen,
Und diesmal war es doch sicherlich
wahr,
Denn ich hatte so leicht wie die
Luft ja gewogen
Und hatte die Knie an den Körper
gezogen,
Und es ging wie im Flug, im
beherztesten Bogen
Hoch über der schwergewichtigen
Schar,
Es war keine Täuschung, ich war
nicht betrogen,
Es flogen die Stunden, die Tage,
das Jahr.

Karl Kraus

Mit fliegenden Hoffnungen vollgesogen,
So wach ich mit müderen Gliedern auf.
Zu Lande ist Leben, und angelogen,
Vom leichtesten Trug an der Nase gezogen,
Aus allen Himmeln zur Erde geflogen,
Da lieg ich, da liegen die Lügen zuhauf.
Und trotzdem bleib' ich dem Traume gewogen,
So läuft er sich leichter, der Lebenslauf.

Rainer Maria Rilke

1875 – 1926

Eva

Einfach steht sie an der Kathedrale
Großem Aufstieg, nah der Fensterrose,
Mit dem Apfel in der Apfelpose,
Schuldlos-schuldig ein für alle Male

An dem Wachsenden, das sie gebar,
Seit sie aus dem Kreis der Ewigkeiten
Liebend fortging, um sich durchzustreiten
Durch die Erde, wie ein junges Jahr.

Ach, sie hätte gern in jenem Land
Noch ein wenig weilen mögen, achtend
Auf der Tiere Eintracht und Verstand.

Doch da sie den Mann entschlossen fand,
Ging sie mit ihm, nach dem Tode trachtend,
Und sie hatte Gott noch kaum gekannt.

Rainer Maria Rilke

Der Panther

Sein Blick ist vom Vorübergehn der Stäbe
So müd geworden, daß er nichts mehr hält.
Ihm ist, als ob es tausend Stäbe gäbe
Und hinter tausend Stäben keine Welt.

Der weiche Gang geschmeidig starker Schritte,
Der sich im allerkleinsten Kreise dreht,
Ist wie ein Tanz von Kraft um eine Mitte,
In der betäubt ein großer Wille steht.

Nur manchmal schiebt der Vorhang der Pupille
Sich lautlos auf. – Dann geht ein Bild hinein,
Geht durch der Glieder angespannte Stille –
Und hört im Herzen auf zu sein.

Herbsttag

Herr: es ist Zeit. Der Sommer war sehr groß.
Leg deinen Schatten auf die Sonnenuhren,
Und auf den Fluren laß die Winde los.

Befiehl den letzten Früchten voll zu sein;
Gib ihnen noch zwei südlichere Tage,
Dränge sie zur Vollendung hin und jage
Die letzte Süße in den schweren Wein.

Wer jetzt kein Haus hat, baut sich keines mehr.
Wer jetzt allein ist, wird es lange bleiben,
Wird wachen, lesen, lange Briefe schreiben
Und wird in den Alleen hin und her
Unruhig wandern, wenn die Blätter treiben.

Theodor Däubler

1876 – 1934

Der jüngste Mond

Geheiligter Mond, du erschreckst
meine Schafe,
Du scheinst mir die silbernde
Sehnsucht der Sonne.
Es naht deine Sichtbarkeit rosiger
Wonne,
Du sichelst dahin wie ein Schauen
im Schlafe.

Geheiligter Mond, du erschreckst
meine Klippen.
Das Eiland zerbröckelt für dich in
dem Fluten.
Wie sind wir bestürzt: überbring
uns den Guten!
Wir möchten vom perlenden
Lichtkelche nippen.

Geheiligter Halbmond, versprich
mir den Schnee,
Wir lieben des Eiswetters
schmeichelnden Schritt.
Der Winter mag kommen. Wer tut
mir ein Weh?
Ein Schnee wird erscheinen. Auch
wir glauben mit.

Der Sirius ist Reinheit. Durch ihn
wird der Regen.
Die Milchstraße schenkt uns den
ängstlichen Reif.
An funkelndem Tau ist der Leier
gelegen,
Der Viertelmond schneit seinen
wirbelnden Schweif.

Geheiligter Mond, du
beschwichtigst die Berge
Du hältst unsre frierenden Flüsse
zurück.
Du schließt meinen Wunsch in
kristallene Särge,
So mach mir aus Traum ein
vollendetes Stück.

Du bist doch der Schnee; und ein
Tanzschritt am Ganges
Beginnt dein Dahingeistern zierlich
zu feiern.
Die Nachtwandler ziehn auf
erleuchteten Eiern:
Ihr Mond ist der Zwang eines
nahenden Klanges.

Doch keine Musik. Mit dem Schnee
siegt die Stille.
Die Sichel verführt dich zum Kuß,
der entsagt.

Theodor Däubler

Jetzt haben die Lilien zu sterben gewagt.
Sie beben zum Monde. Sein Licht ist ihr Wille.

Behütet die Flocken. Ein silbernes Blühen!
Sonst mäht sie die sichtbare Sichel dahin.
Die sicherste Silbe? Wer sollte sich mühen.
Sie kommt einem lieblichen Kind in den Sinn.

Else Lasker-Schüler

1876 – 1945

Gebet

Ich suche allerlanden eine Stadt,
Die einen Engel vor der Pforte hat.
Ich trage seinen großen Flügel
Gebrochen schwer am Schulterblatt
Und in der Stirne seinen Stern als Siegel.

Ich wandle immer in die Nacht ...
Ich habe Liebe in die Welt gebracht –

Daß blau zu blühen jedes Herz
vermag,
Und hab im Leben müde mich
gewacht,
In Gott gehüllt den dunklen
Atemschlag.

O Gott, schließ um mich deinen
Mantel fest;
Ich weiß, ich bin im Kugelglas der
Rest,
Und wenn der letzte Mensch die
Welt vergießt,
Du mich nicht wieder aus der
Allmacht läßt
Und sich ein neuer Erdball um
mich schließt.

Mein blaues Klavier

Ich habe zu Hause ein blaues
Klavier
Und kenne doch keine Note.

Es steht im Dunkel der Kellertür,
Seitdem die Welt verrohte.

Es spielen Sternenhände vier
– Die Mondfrau sang im Boote –
Nun tanzen die Ratten im Geklirr.

Else Lasker-Schüler

Zerbrochen ist die Claviature ...
Ich beweine die blaue Tote.

Ach liebe Engel öffnet mir
– Ich aß vom bitteren Brote –
Mir lebend schon die Himmelstür –
auch wider dem Verbote.

Ich weiß

Eine Blume brichst du mir zum
Gruß –
Ich liebt sie im Keime
Setzte leise meinen Fuß
auf den Pfad zum ewigen Heime.

Ich weiß, daß ich bald sterben muß
Fahl werden meine Träume –
Nie dicht ich einen trüberen Schluß
In den Büchern meiner Reime.

Gertrud von Le Fort

Geb. 1876

Die Heimatlosen

Wir sind von einem edlen Stamm genommem,
Der Schuld vermählt,
Wir sind auf dunklen Wegen hergekommen
Wund und gequält.

Wir hielten einst ein Vaterland umfangen –
Gott riß uns los.
Wir sind durch Feuer und durch Blut gegangen
Verfolgt und bloß.

Des Abgrunds Engel hat uns überflogen
Wer bannt sein Heer?
Wir sind am Rand der Hölle hingezogen,
Uns graust nicht mehr.

Durch jede Schmach sind wir hindurchgebrochen
Bis ins Gericht:
Wir hörten Worte, die ihr nie gesprochen –
O, redet nicht!

Gertrud von Le Fort

Uns winkt hier niemals Heimat
mehr wie andern,
Uns hält kein Band,
Gott riß uns los, wir müssen
wandern, wandern –
Wüst liegt das Land,

Wüst liegt die Stadt, wüst liegen
Hof und Hallen.
Die Hand ward leer,
Wir sahen eine Welt in Trümmer
fallen –
Uns trifft nichts mehr.

Ziel eines Hasses oder eines
Spottes,
Was liegt daran?
Wir sind die Heimatlosen unsres
Gottes –
Er nimmt uns an.

Die Schuld ist ausgeweint, wir sind
entronnen
Ins letzte Weh:
Die Ew'ge Gnade öffnet ihre
Bronnen –
Blut wird zu Schnee.

Hermann Hesse

Geb. 1877

Im Nebel

Seltsam, im Nebel zu wandern!
Einsam ist jeder Busch und Stein,
Kein Baum sieht den andern,
Jeder ist allein.

Voll von Freunden war mir die
Welt,
Als noch mein Leben licht war;
Nun, da der Nebel fällt,
Ist keiner mehr sichtbar.

Wahrlich, keiner ist weise,
Der nicht das Dunkel kennt,
Das unentrinnbar und leise
Von allen ihn trennt.

Seltsam, im Nebel zu wandern!
Leben ist Einsamsein.
Kein Mensch kennt den andern,
Jeder ist allein.

Dem Frieden entgegen

Aus Haßtraum und Blutrausch
Erwachend, blind noch und taub
Vom Blitz und tödlichen Lärm des
Krieges,

Alles Grauenhaften gewohnt,
Lassen von ihren Waffen,
Von ihrem furchtbaren Tagwerk
Die ermüdeten Krieger.

«Friede!» tönt es
Wie aus Märchen, aus
Kinderträumen her.
«Friede!» Und kaum zu freuen
Wagt sich das Herz, ihm sind näher
die Tränen.

Arme Menschen wir,
So des Guten wie Bösen fähig,
Tiere und Götter! Wie drückt das
Weh,
Drückt die Scham uns heute zu
Boden!

Aber wir hoffen. Und in der Brust
Lebt uns glühende Ahnung
Von den Wundern der Liebe.

Brüder! Uns steht zum Geiste,
Steht zur Liebe die Heimkehr
Und zu allen verlornen
Paradiesen die Pforte offen.

Wollet! Hoffet! Liebet!
Und die Erde gehört euch wieder.

Stufen

Wie jede Blüte welkt und jede
Jugend
Dem Alter weicht, blüht jede
Lebensstufe,
Blüht jede Weisheit auch und jede
Tugend
Zu ihrer Zeit und darf nicht ewig
dauern.
Es muß das Herz bei jedem
Lebensrufe
Bereit zum Abschied sein und
Neubeginne,
Um sich in Tapferkeit und ohne
Trauern
In andre, neue Bindungen zu
geben.
Und jedem Anfang wohnt ein
Zauber inne,
Der uns beschützt und der uns
hilft, zu leben.

Wir sollen heiter Raum um Raum
durchschreiten,
An keinem wie an einer Heimat
hängen,
Der Weltgeist will nicht fesseln uns
und engen,
Es will uns Stuf um Stufe heben,
weiten.

Hermann Hesse

Kaum sind wir heimisch einem Lebenskreise
Und traulich eingewohnt, so droht Erschlaffen;
Nur wer bereit zu Aufbruch ist und Reise,
Mag lähmender Gewöhnung sich entraffen.

Es wird vielleicht auch noch die Todesstunde
Uns neuen Räumen jung entgegensenden,
Des Lebens Ruf an uns wird niemals enden ...
Wohlan denn, Herz, nimm Abschied und gesunde.

Rudolf Alexander Schröder

Geb. 1878

Es tönt mir wie der Glocke Klang

Es tönt mir wie der Glocke Klang:
Wie lang, wie lang?
Und ist doch alles nur ein Sturz;
Der Tag läuft um, die Zeit ist kurz.

Wer reist, dem ist ums Ende bang:
Wie lang, wie lang?
Da bricht der Abend schon herein;
Er wird nun bald am Ziele sein.

Zu Haus, zu Haus! O, wem's
gelang,
Wie lang, wie lang
Währt dessen Trost! Die Ewigkeit
Fragt nicht nach lang und kurzer
Zeit.

Hans Carossa **Der alte Brunnen**

1878 – 1956

Lösch aus dein Licht und schlaf!
Das immer wache
Geplätscher nur des alten
Brunnens tönt.
Wer aber Gast war unter meinem
Dache,
Hat sich stets bald an diesen Ton
gewöhnt.

Zwar kann es einmal sein, wenn du
schon mitten
Im Traume bist, daß Unruh' geht
ums Haus,
Der Kies beim Brunnen knirscht
von harten Tritten,
Das helle Plätschern setzt auf
einmal aus,

Und du erwachst, – dann mußt du
nicht erschrecken!
Die Sterne stehn vollzählig überm
Land,
Und nur ein Wandrer trat ans
Marmorbecken,
Der schöpft vom Brunnen mit der
hohlen Hand.

Er geht gleich weiter. Und es
rauscht wie immer.
O freue dich, du bleibst nicht
einsam hier.
Viel Wandrer gehen fern im
Sternenschimmer,
Und mancher noch ist auf dem
Weg zu dir.

Ja, wir sind Widerhall ewigen Halls

Ja, wir sind Widerhall ewigen
Halls.
Was man das Nichts nennt, ist
Wurzel des Alls.
Aber das wollen wir mutig
vergessen,
Wollen die Kreise des Da-Seins
durchmessen!
Was hier nicht gebunden wird, ist
nirgends gebannt.
Wie weit eine Liebe sich spannt
In die Zeit, in die Tat, in das Glück
ihrer Erde,
So tief wird sie zeugen im ewigen
Werde.

Anton Wildgans

1881 – 1932

Lied der Straßen

Werke sind wir eurer
Hochgedanken,
Mühsam *werden* wir durch eure
Hände –
Aber nur den Anfang, nicht das
Ende
Gebt ihr uns, denn wir sind ohne
Schranken!

Leblos scheinen wir wie Stein und
Mauer
Unter Sonnenbrand und
Sturmeshieben,
Doch wir leben, denn wir können
lieben,
Und wir liegen immer auf der
Lauer!

Aber Freunde sind wir lieber,
Guten,
Eingeweiht in alle Heimlichkeiten,
Eurer Fenster späte Schimmer
gleiten
Über uns und alle eure Schatten.

Eure Dirnen, Bresthaften und
Armen,
Die um falscher Ordnung willen
schmachten,

Und die Einsamen, die euch
verachten,
Suchen uns, denn wir sind das
Erbarmen.

Und wir dulden eure Narrenzüge,
Eurer harten Füße blindes Treten
Hinter Heiligen und
Trugpropheten,
Eurem Götzendienst vor Macht und
Lüge.

Siegeszeilen eurer
Schlachtenlenker,
Bühnen demagogischer Gelüste,
Tragen wir Triumphe, Blutgerüste,
Krönen heute und sind morgen
Henker.

Und wir dauern noch, wenn längst
zunichte
Eure Macht von Fürsten und
Tribunen,
Andre Völker deuten dann die
Runen
Unserer Steine – wir sind die
Geschichte!

Anton Wildgans

Letzte Erkenntnis

Willst du gleich die Früchte
greifen?
Hast doch eben erst gesät!
Laß sie werden, laß sie reifen:
Früh ist Arbeit, Ernte spät.

Läßt kein Wachstum sich
beschleunen,
Ihr Gesetz hat jede Saat,
Rüste Werkzeug, baue Scheunen
Für die Fechsung, für die Mahd!

Heimsen andre Pflüger eher,
Voll Geheimnis ist die Welt;
Sei kein Neider, sei kein Späher
Nach des Nachbars Ackerfeld!

Glaubst du vor dem Schnitt zu
sterben,
Sei nicht bange um die Frucht!
Kein Ertrag bleibt ohne Erben,
Keine Tat bleibt ungebucht.

Wer im Werk den Lohn gefunden,
Ist vor Leid und Neid gefeit,
Denn er hat sich überwunden
Und kann warten und hat Zeit.

Alfons Petzold **Heimat**

1882 – 1923

Ich hab' es lange nicht gewußt,
Was Heimat sei und Vaterland.
Sprach's einer mit durchglühter
Brust,
Winkt' ich nur spöttisch mit der
Hand.
Von meiner Tage Not gewürgt,
Sprach ich mit haßverzerrtem
Mund:
Nicht einmal hat für mich gebürgt
Der Heimat hochgepries'ner
Grund.

Hab' keinen Acker, und mein Feld
Ist einer Kammer Dielenholz.
Mir wuchs aus keiner eignen Welt
Der Scholle harter Bauernstolz.
Wenn ich im Sonntagsfrieden ging
Ins wälderfrohe Land hinein,
Mein Herz ein böses Weh empfing
Durch das Gefühl: es ist nicht dein.

Es ist nicht dein, was ringsum
blüht,
Es ist nicht dein, was ringsum
wächst.
Bist aus dem nächtlichen Geblüt,
Das nur für andre schafft und
ächzt.

Alfons Petzold

Und fremd war mir, was mich
umgab,
Was blühend stand und rauschend
floß,
Weil es in Fremdheit wie ein Grab
Mein heißes, junges Sein umschloß.

Da kam des Krieges rote Flut –
Ich hörte, wie die Erde schrie:
«Du bist mein Fleisch, du bist mein
Blut!
Steh auf, steh auf und banne sie!»
Ein Rauschen sprang in meiner
Brust
Empor und wurde wilder Brand. –
Auf einmal ward es mir bewußt,
Was Heimat heißt und Vaterland.

Wilhelm Lehmann

Geb. 1882

Auf sommerlichem Friedhof

Der Fliegenschnäpper steinauf,
steinab.
Der Rosenduft begräbt dein Grab.
Es könnte nirgend stiller sein.
Der darin liegt, erschein, erschein!

Der Eisenhut blitzt blaues Licht.
Komm, wisch den Schweiß mir
vom Gesicht.
Der Tag ist süß und ladet ein,
Noch einmal säßen wir zu zwein.

Sirene heult, Geschützmaul bellt.
Sie morden sich: es ist die Welt.
Komm nicht! Komm nicht! Laß
mich allein,
Der Erdentag lädt nicht mehr ein.
Ins Qualenlose flohest du,
O Grab, halt deine Tür fest zu!

Oskar Loerke

1884 – 1941

Sommernacht über Land

Von Rüstern schauert die hängende
Ernte der Traurigkeit:
Schon steigt aus Wurzeln die
drängende,
Die untere Ewigkeit.

Aus Brunnen krümmt sich der
tastende
Verwesende Nebel und klimmt.
Aus Löchern kommt das fastende
Grauen und nimmt und nimmt.

Hat der Horizont seine klagenden
Harfen zum Klagen gebracht?
Die Erde hat ach die tragenden
Schollen zu Wolken gemacht.

Die Nähe voll bitter steigender
Schluchzer wird ungewiß.
Der Himmel steht wie ein
schweigender
Berg der Kümmernis.

Der Kümmernisberg steht gläsern
still,
Vor alle Ziele gestellt.
Und wer in süßere Meilen nun will,
Dem steht er vor der Welt.

Ina Seidel **Ulrike**

Geb. 1885

Als du aus dem Namenlosen
tauchtest,
Hold mich spiegelnd in dem
blinden Blick,
Sprachlos deinen süßen Atem
hauchtest,
Ach, da hielt ich mich für dein
Geschick.
Und da gab ich dir den großen
Namen,
Um dein fließend Leben
einzurahmen.

Goldgestickt auf schwarzem
Sammet klang mir
Jener Name, der Ulrike hieß,
Und mein Herz in jenem Namen
sang dir
Hoffnung, die wie sanfter Südwind
blies:
Königlicher Name alter Zeiten
Sollte Schutz um dich, du
Kindchen, breiten.

Doch die roten Fiebertage kamen,
Und sie gruben dir das kleine Grab.
Ganz beladen mit dem schweren
Namen

Gingst du – und da nahm ihn Gott dir ab.
Und da reichte aus dem Dunkel nieder
Seine Hand mir stumm den Namen wieder.

Schöner Kronreif, den du doch nicht brauchtest,
Hängt nun arm und leer in meiner Hand.
Namenlos ins Unbenannte tauchtest
Du zurück und lächelst unverwandt:
Weder Wort noch Name soll uns trennen,
Nur am Leuchten sollen wir uns kennen.

Felix Braun **Die Berge**

Geb. 1885

Wir waren arm, und so fuhren wir lang
Mit dem Personenzug.
Meine Mutter hatte nur Wien gesehn,
Und ich war jung genug.
Wir fuhren lang über hügliges Land,
Ich zählte jede Station,
Ich trug sie wohl ein in mein Schönschreibheft,
An vierzig waren es schon.

Dann wurde ich müd, und ich schlief ein. –
Auf einmal – wie ward ich wach?
Was donnerte her? was brach herein?
Was rauschte und sauste nach?
Es ward so kühl und so finster das Grün,
Als schatteten Wände nah.
Meine Mutter zog mich zum Fenster hin –
Und ich sah:

Da ragten Berge himmelan,
Grünmoosig und felsigkahl,
Und einzelne Fichten hingen
daran,
Und ein Wasser stürzte zu Tal.
Das Wasser, ja, das brauste so laut,
Weiß schleiernd, mit gläsernem
Bug.
Kalt war's – mir schauderte Mark
und Haut.
Dumpf fort stampfte der Zug.

Und höher und höher stieg das
Gewänd.
Woher soviel Wasser quoll?
Es floß vielleicht aus dem
Firmament,
Dunkelblau und wolkenvoll.
«Das ist das Gesäuse», sprach
jemand.
Meine Mutter nickte bloß,
Heftig griff sie nach meiner Hand
Und ließ sie nicht mehr los.

Und die Berge blieben. Zum
erstenmal
Im Sommer sah ich Schnee.
«Eine Gemse!» rief meine Mutter.
«Da!»
Aber es war nur ein Reh.

Unter hölzerner Brücke die Ache
warf
Grünweißen Wellengischt.
Ah, wehte die Luft eisigkühl und
scharf,
Mit Nadel- und Harzduft
vermischt! –

Es war schon Abend, da stiegen wir
aus,
Das Dorf lag so fremd, voll Gefahr.
Unser Haus war ein altes
Bauernhaus,
Alles war wunderbar.
Mein Bett nur war zu früh gemacht
Es gab noch so vieles zu schaun –
Meine Mutter weinte die ganze
Nacht
So laut rauschte die Traun.

Gottfried Benn

1886 – 1956

Astern

Astern –, schwelende Tage,
alte Beschwörung, Bann,
die Götter halten die Waage
eine zögernde Stunde an.

Noch einmal die goldenen Herden
der Himmel, das Licht, der Flor,
was brütet das alte Werden
unter den sterbenden Flügeln vor?

Noch einmal das Ersehnte,
den Rausch, der Rosen du –,
der Sommer stand und lehnte
und sah den Schwalben zu,

Noch einmal ein Vermuten,
wo längst Gewißheit wacht:
die Schwalben streifen die Fluten
und trinken Fahrt und Nacht.

Georg Heym **Der Krieg**

1887 – 1912

Aufgestanden ist er, welcher lange schlief,
Aufgestanden unten aus Gewölben tief.
In der Dämmrung steht er, groß und unbekannt
Und den Mond zerdrückt er in der schwarzen Hand.

In den Abendlärm der Städte fällt es weit,
Frost und Schatten einer fremden Dunkelheit.
Und der Märkte runder Wirbel stockt zu Eis.
Es wird still. Sie sehn sich um. Und keiner weiß.

In den Gassen faßt es ihre Schulter leicht.
Eine Frage. Keine Antwort. Ein Gesicht erbleicht.
In der Ferne zittert ein Geläute dünn,
Und die Bärte zittern um ihr spitzes Kinn.

Auf den Bergen hebt er schon zu tanzen an,
Und er schreit: Ihr Krieger alle, auf und an!
Und es schallet, wenn das schwarze Haupt er schwenkt,
Drum von tausend Schädeln laute Kette hängt.

Einem Turm gleich tritt er aus die letzte Glut,
Wo der Tag flieht, sind die Ströme schon voll Blut.
Zahllos sind die Leichen schon im Schilf gestreckt,
Von des Todes starken Vögeln weiß bedeckt.

In die Nacht er jagt das Feuer querfeldein,
Einen roten Hund mit wilder Mäuler Schrein.
Aus dem Dunkel springt der Nächte schwarze Welt,
Von Vulkanen furchtbar ist ihr Rand erhellt.

Und mit tausend hohen Zipfelmützen weit
Sind die finstren Ebnen flackernd überstreut,

Und was unten auf den Straßen
wimmelnd flieht,
Stößt er in die Feuerwälder, wo die
Flamme brausend zieht.

Und die Flammen fressen
brennend Wald um Wald,
Gelbe Fledermäuse, zackig in das
Laub gekrallt,
Seine Stange haut er wie ein
Köhlerknecht
In die Bäume, daß das Feuer
brause recht.

Eine große Stadt versank in gelbem
Rauch,
Warf sich lautlos in des Abgrunds
Bauch.
Aber riesig über glühnden
Trümmern steht,
Der in wilde Himmel dreimal seine
Fackel dreht.

Über sturmzerfetzter Wolken
Widerschein,
In des toten Dunkels kalten
Wüstenein,
Daß er mit dem Brande weit die
Nacht verdorr,
Pech und Feuer träufet unten auf
Gomorrh.

Georg Trakl

1887 – 1914

Kindheit

Voll Früchten der Holunder; ruhig wohnte die Kindheit
In blauer Höhle. Über vergangenen Pfad,
Wo nun bräunlich das wilde Gras saust,
Sinnt das stille Geäst; das Rauschen des Laubs

Und in heiliger Bläue läuten leuchtende Schritte fort.
Ein gleiches, wenn das blaue Wasser im Felsen tönt.
Sanft ist der Amsel Klage. Ein Hirt

Folgt sprachlos der Sonne, die vom herbstlichen Hügel rollt.
Ein blauer Augenblick ist nur mehr Seele.
Am Waldsaum zeigt sich ein scheues Wild und friedlich

Ruhn im Grund die alten Glocken und finsteren Weiler.
Frömmer kennst du den Sinn der dunklen Jahre,
Kühle und Herbst in einsamen Zimmern;

Leise klirrt ein offenes Fenster; zu
Tränen
Rührt der Anblick des verfallenen
Friedhofs am Hügel,
Erinnerung an erzählte Legenden;
doch manchmal erhellt sich die
Seele,
Wenn sie frohe Menschen denkt,
dunkelgoldene Frühlingstage.

Der Herbst des Einsamen

Der dunkle Herbst kehrt ein voll
Frucht und Fülle,
Vergilbter Glanz von schönen
Sommertagen.
Ein reines Blau tritt aus verfallner
Hülle;
Der Flug der Vögel tönt von alten
Sagen.
Gekeltert ist der Wein, die milde
Stille
Erfüllt von leiser Antwort dunkler
Fragen.

Und hier und dort ein Kreuz auf
ödem Hügel;
Im roten Wald verliert sich eine
Herde.

Georg Trakl

Die Wolke wandert übern
Weiherspiegel;
Es ruht des Landmanns ruhige
Gebärde.
Sehr leise rührt des Abends blauer
Flügel
Ein Dach von dürrem Stroh, die
schwarze Erde.

Bald nisten Sterne in des Müden
Brauen;
In kühle Stuben kehrt ein still
Bescheiden,
Und Engel treten leise aus den
blauen
Augen der Liebenden, die sanfter
leiden.
Es rauscht das Rohr; anfällt ein
knöchern Grauen,
Wenn schwarz der Tau tropft von
den kahlen Weiden.

Wladimir von Hartlieb

1887 – 1951

Gorgo

Menschen haben Menschen
gepeinigt,
Menschen gemartert, Menschen
getötet,
Menschen gehenkt und geköpft
und gesteinigt,
Menschen mit Menschenblut Erde
gerötet.

All die entsetzlichen Laute und Töne,
Die von den Lippen Verendender
kommen,
Schrei und Gebrüll, Geröchel,
Gestöhne,
Haben die schaudernden Lüfte
vernommen.

Alle Qualen des zuckenden
Fleisches,
Bis zu den furchtbarsten, wurden
gelitten
Gellen des Weiber- und Kinder-
gekreisches
Hat die nächtliche Stille zerschnitten.

Endlose lechzende, fiebernde
Stunden
Legten sich brütend auf gräßliche
Krämpfe,

Wladimir von Hartlieb

Nebel sogen an klaffenden Wunden,
Bis sie aussahn wie blutige Dämpfe.

Menschen wurden lebendig
geschunden,
Menschen lebendig verbrannt und
zerrissen –
Und man kennt so entsetzliche
Wunden,
Daß man erschauert allein schon
im Wissen.

Fühlendes Fleisch! in deinen
Martyrien
Hat die leibhaftige Hölle gewütet
Und an deinen Schmerzensdelirien
Wahnsinn voll Schrecken und
Grauen gebrütet.

Aber all die Laute und Töne,
Die auf den Lippen Verendender
ächzen,
Schrei und Gebrüll, Geröchel,
Gestöhne,
Flüche, Gewimmer, Gebete und
Krächzen:

Haben sich alle in Schweigen
verkrochen,
Furchtbare Stille verschluckte die
Klagen.

In den Gräbern zerfielen die
Knochen,
Die die mißhandelte Hülle
getragen.

Staub der Verwesung hat nichts
mehr behalten
Von den schauerlich wühlenden
Qualen.
Aufgelöst sind die bleichen
Gestalten
Mit den blutausströmenden Malen.

Daß sie gelitten, unsäglich gelitten,
War es mit ihrem Tode zu Ende?
Oder schleichts mit gespenstischen
Schritten
Durch der Zeiten entfernteste
Wende?

War es zu Ende, so kann ich nicht
fassen,
Daß auch so grausige Schrecken –
entsteuern.
Geistern sie fort, so muß ich
erblassen,
Weil sie das Antlitz der Gorgo
1921 erneuern.

Friedrich Schnack

Geb. 1888

Vorbei

In versunknen Toren,
Wo wir Träume, Zukunftswelten
groß beschworen,
Haust die Spinne der verschollnen
Zeit.
Keine Worte schallen,
Wort ist abgefallen,
Und die Zauberformel ward
entweiht.

Wir sind Weltzerstreute,
Schwarzer Magier Beute,
Rot mit Haß besudelt und mit Blut.
Bei den Ungerechten,
Die die Seele knechten,
Schwand dahin das eingeborne
Gut.

Wo seid ihr geblieben,
Liebende der Lieben,
Süße Zaubrer, die der Wind
verschlang?
Ach, ihr habt erduldet,
Was ihr nicht verschuldet,
Schwer im Untergang!

Georg von der Vring

Geb. 1889

Nie genug

Bei meines Lebens Narretein,
Da ward ich einmal klug,
Ich liebte mich in dein Herz hinein.
Und tat's doch nie genug.

Dein Mund so schön, dein Auge klar
War alles, was ich frug,
Bis daß ich gar verwandelt war,
Und war's doch nie genug.

Du wurdest unsre Mutter dann,
Die meine Kinder trug,
Ich saß bei dir und sah dich an,
Und tat's doch nie genug.

Und als das Unheil lauerte
Und als der Tod dich schlug,
Da weint ich hin und trauerte,
Und tat's doch nie genug.

Wie dank ich's dir? Das Leben hier
Ist eines Vogels Flug.
Was ich noch bringe, bring ich dir,
Doch nie und nie genug.

Kurt Tucholsky

1890 – 1935

Nach fünf Jahren

Und Vater tot und Bruder tot
Und einer kriegsgefangen;
Und Mutter sitzt in Rentennot:
Was essen meine Rangen ... ?
So stehn wir da im schäbigen Kleid
Und denken an die alte Zeit.
Und hassen.

Und hassen jenen Preußengeist
Der uns geduckt, betrogen.
Und hassen, was von Orden gleißt.
Ihr Aar ist fortgeflogen.
Er hinterließ als armen Rest
Uns nur ein ganz beschmutztes
Nest
Und graue Elendsmassen.
Wir hassen.

Hör, Bruder, standest du nicht
stramm
Vor Knechten und vor Schiebern?
Du gingst zur Schlacht als
Opferlamm.
Wir fiebern, fiebern, fiebern ...
Wach auf! Du warst so lange krank!
Es dauert nicht ein Leben lang!
Mußt's nur nicht gehen lassen!
Wir hassen.

Brenn aus! Brenn aus! Mit Stumpf
und Stiel!
Greif mutig in den Himmel!
Die Oberschicht – sie zählt nicht
viel –
Versinkt in dem Gewimmel.
In Dreck und Blut und Schlamm
und Schmerz
Blieb uns ein warmes Menschen-
herz.
Schlag zu mit wuchtigen Hieben!
Wir lieben!

Frank Thiess **Der Mensch**

Geb. 1890

Hinwandelnd zwischen Paradies und Hölle,
verstrickt in Schuld, in ein Gestrüpp von Qual,
steht er. Und nur die Welt geht von der Stelle,
und Wind und Wetter rauschen in das Tal.

Er steht. Verharrend. In die Erd gewachsen,
Bewegungslos. Den Peitschenhieben nackt.
Und rechts und links kreist um erglühte Achsen
die tolle Welt, von Leid und Lust gepackt.

Er schleudert sein Gelächter in die Sterne
und schleift das Heiligste in Dreck und Kot,
liebt sieben Jahre jemand in der Ferne
und peinigt ihn im achten bis zum Tod –

Errichtet Dome, preist den Herrn der Meere,

wirft sich zu Boden und verrät,
verlacht
sich, Weib und Freund, sein Tand
und seine Ehre
und stürzt gehetzt und schreiend in
die Nacht.

Er ist ein Tor, durch dessen kalten
Bogen
ein Strom von Liebe unabsehbar
fließt,
und alle Welt ist durch ihn
hingezogen,
er ist ein Tor, das sich vor keinem
schließt.

Dies ist der Mensch. Und mitten
aus der Erde,
noch braun von Acker, feucht von
Schlamm und Feld,
springt er ins Licht mit jubelnder
Gebärde
und greift mit beiden Händen in die
Welt.

Georg Britting **Hast du auch Knechte, Tod?**

Geb. 1891

«Hast du auch Knechte, Tod?» Ich habe Knechte!
«So nenne sie!» Da sind einmal die Seuchen.
Ich lobe sie. Sie sind aus dem Geschlechte,
Das Unflat speit aus vollen, gelben Bäuchen.

Im Wasser dienen mir die wilden Hechte,
Im Wald die Beeren auf den Giftgesträuchen,
Den Baum zu stürzen, dient mir gut die Flechte,
Der Marder, um das Federvieh zu scheuchen.

Das Gras zu dorren, dient die Sonne mir,
Die Saaten zu ersäufen, Wasserflut.
Die Wölfe reißen mir die zarten Kälber.

Sind gute Knechte. Bess're nenn' ich dir:
Gilt's hinzumähen ihre eigne Brut,
Dienen am besten mir die Menschen selber.

Klabund (Alfred Henschke)

1891 – 1929

Der südliche Herbst

Und so will ich, was ich werde;
Immer größer grüßt der Mond.
Palmenbaum und dunkle Erde
Werden zarter sich gewohnt.

Silbersee zieht ohne Barke
Stromgleich durch verlaßnes Laub.
Und des Winzers goldne Harke
Sank beseligt in den Staub.

Daß sich Brust an Brüsten dehne!
Gib den Winden ihren Lauf!
Einer Flöte Kantilene
Spielt zum Tanz der Motten auf.

Rote Rose, Winter witternd,
Kranke Frau im weißen Thron –
Heute starb, ich ahn es zitternd,
Meiner Küsse schönster Sohn.

Josef Weinheber

1892 – 1945

Im Grase

Glocken und Zyanen,
Thymian und Mohn.
Ach, ein fernes Ahnen
Hat das Herz davon.

Josef Weinheber

Und im sanften Nachen
Trägt es so dahin.
Zwischen Traum und Wachen
Frag' ich, wo ich bin.

Seh' die Schiffe ziehen,
Fühl' den Wellenschlag,
Weiße Wolken fliehen
Durch den späten Tag –

Glocken und Zyanen,
Mohn und Thymian.
Himmlisch wehn die Fahnen
Über grünem Plan:

Löwenzahn und Raden,
Klee und Rosmarin.
Lenk es, Gott, in Gnaden
Nach der Heimat hin.

Das ist deine Stille.
Ja, ich hör' dich schon.
Salbei und Kamille,
Thymian und Mohn,

Und schon halb im Schlafen
– Mohn und Thymian –
Landet sacht im Hafen
Nun der Nachen an.

Ernst Penzoldt **Die einst als Knaben**

1892 – 1955

Die einst als Knaben Gottes Antlitz kannten,
In ihren Augen haftet noch sein Licht.
Sie aber schweigen oder wissens nicht,
Daß sie ihn gestern noch: Mein Vater! nannten.

Doch wenn sie Ihn in andern wiederfanden,
Verhüllten sie ihr flammend Angesicht
Und leugneten den Glanz von seinem Licht,
An dem sie immer wie mit Fackeln brannten.

So leiden sie, bis ihnen Gott begegnet,
Der allen Irrtum, der nicht lieblos klang,
Mit seiner größten Liebe segnet.

In seinem Munde sind die Unerlösten,
Die immer suchend seiner sich entblößten,
Um ihrer Sehnsucht willen Lobgesang.

Werner Bergengruen

Geb. 1892

Mit einer Halskette

Die Kette hat nicht Ende
und hat nicht Anbeginn.
Es gehn durch deine Hände
die weißen Kugeln hin.

Du willst die Kugeln zählen,
sie haben keine Zahl.
Willst eine dir erwählen,
doch keine steht zur Wahl.

Sie sind so glatt geschliffen,
so sänftlich dem Gefühl.
Die Hand, die sie ergriffen,
die heiße Hand wird kühl.

O edle Kugelründung,
vollkommene Gestalt!
Verheißung und Verkündung
der göttlichen Gewalt.

Sie hat nicht lauten Willen,
schließt alle Form in sich.
Sie ruht gewiß im Stillen
und unantastbarlich.

Sollst in der Kette finden
den urgeheimen Sinn.
Sie schien bestimmt, zu binden,
und wird zur Löserin.

Zum Ring, der unanfänglich
und endelos sich schließt,
damit du unvergänglich
das große Inbild siehst.

Du sollst die Kugeln tragen,
zu schöner Schnur gereiht,
Du bist in allen Tagen
ein Kind der Ewigkeit.

Anton Schnack

Geb. 1892

Nachtstunde vor einem Luftangriff

Du horchst hinunter. Keiner geht
vorbei.
Ist es schon eins? Ist es schon zwei?

Die Uhren wurden stumm. Ihr
Schlag verklang,
Der Wind fährt schlürfend durch
den hohlen Gang.

Aus allen Fenstern dunkelt
schwarze Nacht,
Wand auf, Wand ab. Kein Licht in
Fenstern lacht.

Anton Schnack

Da schlafen sie ... Da ruhen sie ... Mann, Weib
Und Kind. Getrennt. Vereinsamt, Leib an Leib.

In einem Prunkgemach. In einem engen Raum.
Mit bösem Alb. Mit einem Unmutstraum.

Da schlafen sie. Und keiner lauschend hört,
Ob sich nicht plötzlich ein Dämon empört.

Da schlafen sie. Und über ihnen fällt
Ein Stern in eine andre Sternenwelt.

Da schlafen sie wie Masken. Wie Gespenster.
Es schauert mich. Ich schließe fest das Fenster.

Das Licht im Leuchter wird zum fahlen Schein
Und Tod tritt heulend durch die Türen ein.

Richard Billinger

Geb. 1893

Trostlied der Gefangenen

Wir preisen Gottes Gaben,
wir sind noch nicht begraben,
das Nichts gilt reine Speise
für Tolle und für Weise.

Wir loben Gottes Dunkel.
Es schlägt der Glockenschlag
ab von dem Zeitkarfunkel
den harten Reuetag.

Wir pilgern Gottes Wege
vom Tisch zur Zellenwand,
und unseres Herzens Schläge
zählt Gottes ewige Hand.

1935
Geschrieben im Gefängnis

Carl Zuckmayer

Geb. 1896

Von der Unsterblichkeit

Dauer, Zeit und Raum
Sind wie Brandungsschaum,
Der verweht, indes die Hut sich wendet –
Doch das kleinste Sein
Schließt ein Wesen ein,
Das von Anfang ist und niemals endet.

Der du dich besinnst,
Ob du einst verrinnst,
Gleich dem Sand und gleich dem Regentropfen –
Denk, daß Meer und Land,
Wasser, Fels und Sand,
Steter sind als deines Herzens Klopfen.

Nur was in dir brennt,
Was kein Wort benennt,
Dauert über der Vernichtung Flammen.
Wärst du nicht geweiht
Zur Unsterblichkeit –
Bräch die Schöpfung in sich selbst zusammen.

Friedrich Bischoff

Geb. 1896

Das Regenlied

Wenn des Sommers Regenwebe
Rieselnd überm Garten hing,
So als sei er drin gefangen
Wie ein bunter Schmetterling –
Sagt, wie hat es angefangen,
Wenn die Tropfen klingend sprangen,
Und das Rauschen ging im Kreis,
Daß wir sangen, nichts als sangen,
Von der Laube grün umfangen,
In den Regen lind und leis?

Waren Lieder, viele Lieder,
Keines, das ein Ende hat.
Wie die Tropfen huschend sprangen,
Schwangen sie von Blatt zu Blatt.
Sagt, wie hat es angefangen,
Daß die Tage so vergangen?
Regen sing doch, kling doch her!
Daß ich in dein Netz verfangen
Höre, wie wir damals sangen
Und dann nimmermehr.

Manfred Hausmann

Geb. 1898

Nebel

Es hat mit schwebender
Beständigkeit
Den ganzen Tag auf Baum und Flur
geschneit.

Nun kommt der Nebel und verhüllt
den Schnee,
Verhüllt das Dorf, den Hügel, die
Allee.

Wir gehen langsam, du und ich,
den Pfad
Am Knick von Schlehdorn hin und
Stacheldraht.

Der Abend dämmert durch den
blinden Rauch.
Unsichtbar weht der Reif an jedem
Strauch.

Der letzte Schein erlischt des
Tageslichts,
Und um uns her entsteht das
dumpfe Nichts.

Entsteht und bleibt mit seiner
Geistermacht
Wie das Erstickende im
Brunnenschacht.

Das Herz wird uns, der Atem so beengt,
Daß Schulter suchend sich an Schulter drängt.

Wir lauschen. Stille. Nirgendwo ein Laut.
Nur Wesenlosigkeit, vor der uns graut.
Wie aber eins des andern Wärme spürt,
Geschieht's, daß innen sich ein Rieseln rührt

Von Glück und Ahnung und Geborgensein.
Wir stehn im Nichts, jedoch wir sind zu zwein.

Ob alles denn in Ungewißheit sinkt
Und Nebelnacht, ob kein Gestirn mehr winkt:

Du legst den Arm hilflos um meinen Hals,
Wir lieben uns, wir sind der Sinn des Alls.

Bertolt Brecht **Erinnerung an die Marie A.**

1898 – 1956

An jenem Tag im blauen Mond
September
Still unter einem jungen
Pflaumenbaum
Da hielt ich sie, die stille bleiche
Liebe
In meinem Arm wie einen holden
Traum.
Und über uns im schönen
Sommerhimmel
War eine Wolke, die ich lange sah.
Sie war sehr weiß und ungeheuer
oben,
Und als ich aufsah, war sie nimmer
da.

Seit jenem Tag sind viele, viele
Monde
Geschwommen still hinunter und
vorbei.
Die Pflaumenbäume sind wohl
abgehauen.
Und fragst du mich, was mit der
Liebe sei?
So sag ich dir: Ich kann mich nicht
erinnern.
Und doch, gewiß, ich weiß schon,
was du meinst

Doch ihr Gesicht, das weiß ich
wirklich nimmer,
Ich weiß nur mehr: Ich küßte es
dereinst.

Und auch den Kuß, ich hätt ihn
längst vergessen
Wenn nicht die Wolke da gewesen
wär
Die weiß ich noch und werd ich
immer wissen
Sie war sehr weiß und kam von
oben her.
Die Pflaumenbäume blühn
vielleicht noch immer
Und jene Frau hat jetzt vielleicht
das siebte Kind
Doch jene Wolke blühte nur
Minuten
Und als ich aufsah, schwand sie
schon im Wind.

Bertolt Brecht

Legende von der Entstehung des Buches Taoteking auf dem Weg des Laotse in die Emigration

Als er siebzig war und war
gebrechlich,
Drängte es den Lehrer doch nach
Ruh.
Denn die Güte war im Lande
wieder einmal schwächlich
Und die Bosheit nahm an Kräften
wieder einmal zu.
Und er gürtete den Schuh.

Und er packte ein, was er so
brauchte:
Wenig. Doch es wurde dies und das.
So die Pfeife, die er immer abends
rauchte,
Und das Büchlein, das er immer
las.
Weißbrot nach dem Augenmaß.

Freute sich des Tals noch einmal
und vergaß es,
Als er ins Gebirg den Weg
einschlug.
Und sein Ochse freute sich des
frischen Grases
Kauend, während er den Alten trug.
Denn dem ging es schnell genug.

Doch am vierten Tag im
Felsgesteine
Hat ein Zöllner ihm den Weg
verwehrt:
«Kostbarkeiten zu verzollen?» –
«Keine»
Und der Knabe, der den Ochsen
führte, sprach: «Er hat gelehrt.»
Und so war auch das erklärt.

Doch der Mann, in einer heitren
Regung,
Fragte noch: «Hat er was
rausgekriegt?»
Sprach der Knabe: «Daß das weiche
Wasser in Bewegung
Mit der Zeit den mächtigen Stein
besiegt.
Du verstehst, das Harte unterliegt.»

Daß er nicht das letzte Tageslicht
verlöre,
Trieb der Knabe nun den Ochsen
an,
Und die drei verschwanden schon
um eine schwarze Föhre,
Da kam plötzlich Fahrt in unsern
Mann
Und er schrie: «He, du! Halt an!

Was ist das mit diesem Wasser, Alter?»
Hielt der Alte: «Interessiert es dich?»
Sprach der Mann: «Ich bin nur Zollverwalter,
Doch wer wen besiegt, das interessiert auch mich.
Wenn du weißt, dann sprich!

Schreib mir's auf! Diktier es diesem Kinde!
So was nimmt man doch nicht mit sich fort.
Da gibt's doch Papier bei uns und Tinte,
Und ein Nachtmahl gibt es auch: ich wohne dort,
Nun, ist das ein Wort?»

Über seine Schulter sah der Alte
Auf den Mann: Flickjoppe. Keine Schuh.
Und die Stirne eine einzige Falte.
Ach, kein Sieger trat da auf ihm zu.
Und er murmelte: «Auch du?»

Eine höfliche Bitte abzuschlagen
War der Alte, wie es schien, zu alt.
Denn er sagte laut: «Die etwas fragen,

Die verdienen Antwort.» Sprach der Knabe:
«Es wird auch schon kalt.»
«Gut, ein kleiner Aufenthalt.»

Und von seinem Ochsen stieg der Weise,
Sieben Tage schrieben sie zu zweit,
Und der Zöllner brachte Essen (und er fluchte
Nur noch leise
Mit den Schmugglern in der ganzen Zeit).
Und dann war's soweit.

Und dem Zöllner händigte der Knabe
Eines Morgens einundachtzig Sprüche ein.
Und mit Dank für eine kleine Reisegabe
Bogen sie um jene Föhre ins Gestein.
Sagt jetzt. Kann man höflicher sein?

Aber rühmen wir nicht nur den Weisen,
Dessen Name auf dem Buche prangt!

Denn man muß dem Weisen seine
Weisheit
Erst entreißen.
Darum sei der Zöllner auch
bedankt:
Er hat sie ihm abverlangt.

Die Liebenden

Seht jene Kraniche in großem
Bogen!
Die Wolken, welche ihnen
beigegeben,
Zogen mit ihnen schon, als sie
entflogen
Aus einem Leben in ein andres
Leben.
In gleicher Höhe und mit gleicher
Eile
Scheinen sie alle beide nur
daneben.
Daß so der Kranich mit der Wolke
teile
Den schönen Himmel, den sie kurz
befliegen,
Daß also keines länger hier
verweile
Und keines andres sehe als das
Wiegen

Des andern in dem Wind, den
beide spüren,
Die jetzt im Fluge beieinander
liegen.
So mag der Wind sie in das Nichts
entführen.
Wenn sie nur nicht vergehen und
sich bleiben,
So lange kann sie beide nichts
berühren,
So lange kann man sie von jedem
Ort vertreiben,
Wo Regen drohen oder Schüsse
schallen.
So unter Sonn und Monds
verschiedenen Scheiben
Fliegen sie hin, einander ganz
verfallen.
Wohin, ihr? – Nirgend hin. – Von
wem davon? –
– Von allen.

Erich Kästner **Zeitgenossen, haufenweise**

Geb. 1899

Es ist nicht leicht, sie ohne Haß zu schildern,
Und ganz unmöglich geht es ohne Hohn.
Sie haben Köpfe wie auf Abziehbildern
Und, wo das Herz sein müßte, Telephon.

Sie wissen ganz genau, daß Kreise rund sind
Und Invalidenbeine nur aus Holz.
Sie sprechen fließend, und aus diesem Grund sind
Sie Tag und Nacht – auch sonntags – auf sich stolz.

In ihren Händen wird aus allem Ware.
In ihrer Seele brennt elektrisch Licht.
Sie messen auch das Unberechenbare.
Was sich nicht zählen läßt, das gibt es nicht!

Sie haben am Gehirn enorme Schwielen,
Fast als benutzten sie es als Gesäß.

Sie werden rot, wenn sie mit
Kindern spielen,
Die Liebe treiben sie
programmgemäß.

Sie singen nie (nicht einmal im
August)
Ein hübsches Weihnachtslied auf
offner Straße.
Sie sind nie froh und haben immer
Lust.
Und denken, wenn sie denken,
durch die Nase.

Sie loben unermüdlich unsre Zeit,
Ganz als erhielten sie von ihr
Tantiemen.
Ihr Intellekt liegt meistens doppelt
breit.
Sie können sich nur noch zum
Scheine schämen.

Sie haben Witz und können ihn
nicht halten.
Sie wissen vieles, was sie nicht
verstehn.
Man muß sie sehen, wenn sie
Haare spalten!
Es ist, um an den Wänden
hochzugehn.

Erich Kästner

Man sollte kleine Löcher in sie
schießen!
Ihr letzter Schrei wär noch ein
dernier cri.
Jedoch, sie haben viel zuviel
Komplicen,
Als daß sie sich von uns erschießen
ließen.
Man trifft sie nie.

Wert und Wahrheit eines Kunstwerkes erweisen sich je nach der Macht, mit der es den für Schönheit, Größe und Harmonie empfänglichen Menschen in eine höhere Sphäre zu erheben vermag. Nirgends wird dies so klar ersichtlich wie in den Werken der Lyrik und in der Anteilnahme eines Volkes am künstlerischen Erbe seiner Dichter. Während jedoch diese Sonderstellung poetischer Wirkung von jedem nach tieferer Bildung Strebenden erkannt und genutzt wird, bleibt eine Gewinnmöglichkeit anderer Art oft übersehen: die Möglichkeit, den unvergänglichen Ausdruck einer Zeit, eines Volkes, einer Persönlichkeit in der Dichtung wiederzufinden und unsern Geist wie unsere Empfindungen daran zu bereichern.

In jedem wahrhaft poetischen Werk (wie in jedem Kunstwerk überhaupt) tritt die Persönlichkeit seines Schöpfers sinnfällig in Erscheinung. Und der Dichter selbst wieder, als Wirkender, wird mit seinem Werk zum Mittler und Ausdruck jener geistigen Sphäre, die das Wesen seiner Zeit und seiner Heimat in sich vereinigt. Keine andere Kunstart gibt derart deutlich die für ihre Schöpfungen maßgebenden Einflüsse wieder. Daraus erklärt sich Richard Newalds Feststellung (in seiner *Geschichte der Deutschen Literatur)*: «Das empfindlichste Barometer, welches die Stimmungen eines Zeitalters anzeigt, bleibt die Lyrik.»

Das bewußte, reizvolle Miterleben der Ursprungs-Atmosphäre erscheint bei den Schöpfungen der Musik, der Malerei, der Bildhauerkunst, der Architektur einem begrenzten Kreis Musik- und Kunstverständiger vorbehalten. Das lyrische Werk dagegen eröffnet sich jedem denkenden und fühlenden Menschen, dessen

Verständniswillen ihm entgegengeht. Hier wurde das *Wort* zum Werkstoff künstlerischer Schöpfung, und all das Vielfältige, das, aus der Gedanken-und Empfindungswelt des Dichters, aus dem Wesen der Zeit und der Landschaft kommend, darin Form und Gestalt annahm, wird eben daraus der Mit- und Nachwelt immer wieder lebendig.

So vermittelt jedes mit tieferem Verständnis empfangene Gedicht, falls es sich nicht um oberflächliche Dutzendware, um bloße Reimspielerei und Wortartistik handelt, ein wesentliches Wegstück aus dem Leben seines Schöpfers. Verfolgt man die bedeutenderen Dichtungen in der Reihenfolge ihres Entstehens, so erlebt der mit entsprechendem Einfühlungsvermögen Begabte auf solchem Weg die Freuden und Leiden, Hoffnungen und Enttäuschungen und, alles in allem, das Schicksal seines Dichters mit. Gesteigert und ergänzt allerdings würde diese Möglichkeit tieferen Erfassens durch die systematische Erweiterung unserer Kenntnisse über das äußere Leben der Dichter und über die Entwicklungsgeschichte der Literatur. Ein Hindernis für das Aufsuchen derartiger Bereicherung an den Schätzen deutscher Poesie lag und liegt in dem Brauch, lyrische Anthologien nach bestimmten Themen geordnet zusammenzustellen. Das mag seinen Reiz in anderer Hinsicht haben; nur werden damit die Eindrücke von der Art der einzelnen Dichter und von dem Wesen ihrer Zeit vermengt und verwischt, ähnlich wie bei einem nach Farben geordneten Blumenstrauß Eigenart und Aroma der einzelnen Blüten in der Menge verschwinden. Da steht dann Brecht neben Bierbaum, Nietzsche neben Liliencron, Fleming neben Wedekind, Herder neben Ringelnatz! Und dabei sollte der jedem wahrhaft poetischen Werk anhaftende Hauch des Ursprünglichen: die Atmosphäre seines Entstehens erhalten bleiben!

In vorliegender Auswahl wurde ein anderer Weg vorgezogen, der in letzter Zeit immer mehr an Boden gewinnt: die naturgegebene, chronologische Aneinanderreihung der Dichter und ihres Schaffens. Darüber hinaus hat der Herausgeber versucht, soweit zur Verfügung stehende Unterlagen die Möglichkeit boten: genauere Anführung der Entstehungs- oder Erscheinungsjahre überall dort, wo dies für die Beurteilung der Dichtung oder des Dichters von Bedeutung schien. Wohl mit Recht hält Eduard Engel solchen Hinweis durch Angabe der Jahreszahlen für «unentbehrlich zur *Vermenschlichung der Literatur*, denn das Lebensalter, in dem ein Schriftsteller sein Werk geschaffen, ist die wichtigste aller äußerlichen Kenntnisse über das Werk.» Dadurch wird u. a. Fehlurteilen vorgebeugt, genereller Ablehnung dieses oder jenes Dichters nur auf Grund eines Poems, das noch zur Zeit der Unreife entstand. Selbst Goethe hat ja in seiner Jugend so manches gedichtet, was zum Maßstab genommen ihm eine vernichtende Einschätzung verschaffen würde.

Es ist ein lohnendes und reizvolles Beginnen, in den Schöpfungen eines Dichters seinen Entwicklungsgang zu verfolgen. Am eindrucksvollsten wird dies an Goethe merkbar, auf seinem Weg vom schönen Enthusiasmus der Jugend zur großartigen Universalität des herangereiften Denkers und schließlich zur monumentalen Weisheit des Alters. Wir sehen Schillers feuertrunkenen Geist vom Freiheitsrausch der Jugend unter dem Schatten allzufrühen Todes zu einer einzigartigen Fülle gedankentiefer, formvollendeter Dichtungen sich entfalten. Wir erleben bei Lenau, Hölderlin und Nietzsche den Durchbruch dichterischen Genies in die Tiefen der Seele angesichts des kommenden Wahnsinns. Und wir entdeckten vielfach das Tragische als Ursprung des Erhabenen, wollten wir unsere Kenntnis der Dichtung durch gründliche Kenntnis über den Dichter selbst erweitern.

Nicht minder aufschlußreich und ergiebig wäre es, der fortschreitenden Geistesentwicklung zu folgen, wie sie sich u. a. auch in dem poetischen Schaffen dieser acht Jahrhunderte offenbart. Im Aufbruch des abendländischen Geistes durch den Humanismus, in der gewaltigen Erschütterung durch Reformation und Dreißigjährigen Krieg erwächst Deutschlands erste literarische Epoche von bleibender Bedeutung. Inmitten der Greuel, die dem deutschen Volk zwei Drittel seiner Menschen vernichten, treten Gryphius, Fleming, Gerhardt, Logau, Angelus Silesius hervor. Hier zeigt sich, was später immer wieder bestätigt wird: wie gerade aus physischem Druck und seelischer Depression der Geist sich zu besonderer Höhe erhebt. Damals entstanden u. a. «Der Cherubinische Wandersmann» und Paul Gerhardts «Nun ruhen alle Wälder» das Lieblingsgedicht Schillers, was wir bei deren Lektüre nicht übersehen sollten.

Dem Aufschwung folgt ein Wellental der deutschen Poesie; Goethe nennt es in seiner *Dichtung und Wahrheit* rückblickend «die nulle Zeit» der Literatur. Dann erlebt das Abendland seine nächste schwere Erschütterung, diesmal durch die Französische Revolution und die Napoleonischen Kriege. Das zeitigt jene erstaunliche Erhöhung deutschen Geistes, die mit ihrer überwältigenden Menge an Genialem, Neuem, Revolutionärem unsere weitere Entwicklung entscheidend bestimmt, Matthias Claudius, Bürger, Herder, Goethe,

Schiller, Hölderlin, Novalis, Brentano, Chamisso, Uhland, Rückert und Eichendorff sind Dichter einer deutschen Epoche, die gleichzeitig einen Kant, Fichte, Schelling, Hegel, Schleiermacher, die Brüder Humboldt als geistige Repräsentanten aufzuweisen hat.

Noch erzeugen reaktionäre Unterdrückung und das Streben nach sozialer Erhebung manches an Bleibendem: Heine, Lenau, Freiligrath, Annette von Droste-Hülshoff, Mörike, Hebbel entstammen dieser Zeit. Dann aber tritt mit dem materiellen Aufschwung des Reiches anstelle des Dranges zur Höhe das Streben in die Breite. Es erscheinen wohl einige bedeutende Dichter, die beides miteinander verbinden: Gottfried Keller und Conrad Ferdinand Meyer (in ihrer Schweizer Heimat von der geistigen Bewegung Deutschlands keineswegs abgeschlossen), Storm, Busch und Fontane. Zumeist aber verließ sich die lyrische Dichtung im Mittelmaß, wenn nicht im Oberflächlichen. Nietzsche durchbricht diese Zeit wie ein Blitz aus heiterem Himmel. Vorbote der Wahnsinnskatastrophen unserer jüngsten Epoche. Wir nähern uns der Jahrhundertwende; gesteigerte Sensibilität der Dichtung scheint kommende Erschütterungen vorauszuahnen. George, Rilke, Hofmannsthal finden neue und tiefere Wege, um seelisches Empfinden in geschliffenen Spiegel der Lyrik vielfältig aufleuchten zu lassen. Dieses Vordringen in das Innerste der menschlichen Seele, wie es vordem bei Hölderlin, Novalis, Lenau und Nietzsche bereits sichtbar wurde, kennzeichnet die neue Entwicklung der Lyrik. Christian Morgenstern versucht auf romantische Art, dem Hintergründigen im Wesen des Menschen Gestalt zu geben; dann aber kommt Bertolt Brecht, vollbringt das gleiche als Realist und stellt das Untergründige, Hintergründige, das Irrationale mitten in den Alltag, in die lebendige Wirklichkeit. Er macht das Unsichtbare zum Wesentlichen, zur kaltschnäuzigen Wirklichkeit und läßt «die Realität» des Alltags sich dahinter in gespenstischen Schatten auflösen. Das ist das Entscheidende an Brecht, nicht bloß sein Streben nach sozialer Erneuerung und nach neuer dichterischer Form.

Dies ausführlicher darzulegen schien nötig, da hier ein neuer Weg der Dichtergeneration unserer Tage sich abzuzeichnen beginnt. Die Dichtungen dieser jüngsten Epoche konnten hier jedoch nur zum kleinsten Teil wiedergegeben werden. Die Zahl derer, die «nicht nur reden wollten, sondern etwas zu sagen hatten», ist so groß, das von ihnen Ausgesagte so bedeutend, daß es einen eigenen Auswahlband erfordert.

Carl Stephenson

VERZEICHNIS DER GEDICHTANFÄNGE

VERZEICHNIS DER GEDICHTÜBERSCHRIFTEN

VERZEICHNIS DER DICHTER